安徽省文学艺术界联合会
安徽省文艺评论家协会 编

# 文艺
# 百家谈

U0654899

2021 年第 1 辑，总第 26 辑

北京时代华文书局

**图书在版编目（CIP）数据**

文艺百家谈. 2021年. 第1辑: 总第26辑 / 安徽省文学艺术界联合会，安徽省文艺评论家协会编. — 北京: 北京时代华文书局，2022.7

ISBN 978-7-5699-4641-3

Ⅰ. ①文… Ⅱ. ①安… ②安… Ⅲ. ①文艺评论—中国—当代—文集 Ⅳ. ① I206.7-53

中国版本图书馆 CIP 数据核字 (2022) 第 096559 号

拼音书名 | WENYI BAIJIA TAN: 2021 NIAN DI 1 JI, ZONG DI 26 JI

出 版 人 | 陈　涛
责任编辑 | 周海燕
责任校对 | 陈冬梅
装帧设计 | 迟　稳
责任印制 | 訾　敬

出版发行 | 北京时代华文书局 http://www.bjsdsj.com.cn
　　　　　北京市东城区安定门外大街 138 号皇城国际大厦 A 座 8 层
　　　　　邮编：100011　电话：010-64263661　64261528

印　　刷 | 三河市嘉科万达彩色印刷有限公司　0316-3156777
　　　　　（如发现印装质量问题，请与印刷厂联系调换）

开　　本 | 710 mm×1000 mm 1/16　　印　张 | 19　　字　数 | 290 千字
版　　次 | 2023 年 3 月第 1 版　　　　　印　次 | 2023 年 3 月第 1 次印刷
成品尺寸 | 170 mm×240 mm
定　　价 | 68.00 元

# 目　录

## 新时代文艺谈

## 脱贫攻坚主题文学创作研讨会

# 习近平关于文艺工作重要论述研究与实践

坚持以人民为中心的文艺评论方向

邵　明

试论习近平对毛泽东文艺批评思想的继承与发展

杨德忠

论当代文学人民性的观念新辩及实践偏离

刘霞云

坚持以人民为中心的摄影创作导向
——以安徽省文联系列主题摄影活动为考察案例

赵　昊

# 坚持以人民为中心的文艺评论方向

◎ 邵　明

"不知细叶谁裁出，二月春风似剪刀"，无论是对文学作品、艺术家的创作，还是对读者、观众等接受群体的阅读欣赏与审美体验，文艺评论都应当发挥不可替代的判断、评价和引导功能，既如滋养生机的和煦春风，亦如修枝裁叶的灵巧剪刀，从而培育出文艺百花园姹紫嫣红、争奇斗艳的瑰丽景观，以感染人、塑造人、凝聚人，更好地"举精神之旗、立精神支柱、建精神家园"。当然，要充分地做到这一切，就必须始终坚持以人民为中心的文艺评论方向。

## 一、明确价值立场，把握文艺评论的"坐标系"

习近平总书记在文艺工作座谈会上的讲话指出"人民需要文艺""文艺需要人民""文艺要热爱人民"，深刻阐明了以人民为中心的创作方向。要促进文艺创作始终心系人民、扎根人民、服务人民，文艺评论就必须建立以人民为中心的价值"坐标系"，明确立场、发挥功能。为此，文艺评论应做到以下两个坚持。

（一）坚持马克思主义立场。马克思主义是以实现人类解放为目的、为最广大人民群众谋利益的科学理论，马克思主义的唯物史观明确宣告了人民创造历史的主体地位，文艺评论只有始终坚持马克思主义的立场，才能始终坚持以人民为中心的价值取向，才能对文艺作品的思想艺术特征、倾向、意义作出准确的判断。例如，自《红楼梦》成书之后，阅读、传播掀起了热潮，与此同时，关于作品的研究也大量出现。但是受制于研究者的知识结构和价值认同，研究结论不外乎人物索隐、映射朝政、色空观念，此类研究固然有助于读者从不同侧面认识作品的丰富性，但是无法真正把握并阐明这一部划时代的巨著所包含的文学与文化意义，作品深邃的价值内涵始终蛰伏于社会潜意识之中，无法以明晰的话语形式得到表达。俄国十月革命之后，随着马克思主义传入中国，以及基于马克思主义的文艺评论的形成，《红楼梦》通过对贾宝玉、林黛玉爱情悲剧的描写，揭露封建社会的黑暗与罪恶、预示封建制度的行将覆灭、憧憬新的社会理想等具有深刻人民性的内涵与意义，文学价值方才得到清晰的阐释。

（二）坚持中华文化立场。具体而言就是要在文艺评论中始终坚持中华优秀传统文化、革命文化、社会主义先进文化的价值立场。中华优秀传统文化的思想观念、道德规范、人文精神是中华文明在数千年历史发展中凝聚的价值瑰宝；革命文化蕴含的崇高理想、坚定信念、斗争勇气和奉献热忱等是中国人民极为宝贵的精神财富；社会主义先进文化特别是作为其思想内涵凝练表达的社会主义核心价值观，是当代中国精神的集中体现，是全体中国人民的共同价值追求。文艺评论坚持中华文化立场，就是要坚持以上述文化价值作为评价作品、引导创作的依据与准则，唯其如此，才能在纷繁复杂的创作现象面前，始终胸有成竹、保持定力，不被乱花迷双目、不畏浮云遮望眼。例如，近年来的电视剧创作，题材多样、品类丰繁，宫斗剧、穿越剧、玄幻剧等新的创作类型层出不穷，往往引发收视热潮，对于研究工作提出了全新的挑战。大家可以看到，类似于2019年热播的《延禧攻略》《庆余年》《青云诀》等剧作，与传统现实主义、浪漫主义创作观念相去甚远，既有的批评范式似乎难以找到透视作品的入口。但是，只要能够切实坚持中华文化立场，深入分析其价值表达的方向与社会影响，就必然能够以人民性为准绳对其作出准确的评判。

毫无疑问，坚持马克思主义立场与坚持中华文化立场具有内在的统一性，前者明确了科学的世界观与方法论，后者提供了丰富的概念范畴、价值资源，两者统一于服务人民的文艺评论实践。

## 二、提升理论能力，打磨文艺评论的"透视镜"

文艺评论是专业性的研究工作，其专业性主要体现在研究者运用专业理论透视文艺作品、文艺思潮，对之作出具有专业性的阐释、判断、评价与引导，从而促进文艺创作繁荣发展，服务于满足人民群众精神文化需求的工作。这就意味着，文艺评论工作者要切实提高专业理论水平，打磨出能够聚光聚焦、曲尽纤毫的文艺评论的"透视镜"。

对文艺评论工作者而言，掌握一种特定的理论，就形成了进入文艺作品的特定路径、探查文艺作品的特定视角。例如，掌握了现实主义理论，就会着重分析作品描绘的典型环境、塑造的典型形象及其对于社会现实反映的准确性与深度；掌握了叙事学理论，就会着重分析作品的叙事视角、叙事时间、叙事顺序及其对于意义表达的影响与作用；掌握了对话理论，就会着重分析作品人物的多元价值立场和众声喧哗的论辩论争及其对于世界歧义性特质的显现；掌握了象征理论，就会着重分析作品营造的意象、氛围及其对于日常生活隐秘内涵的外化方式；等等。

所以，文艺评论工作者必须以服务人民的责任意识和担当精神，勤于学习、敏于实践，不断提升自身的专业理论水平。为此，应当做到以下三点。

（一）要丰富理论工具。文艺评论工作者如果能够掌握多样化的文艺理论，分析作品就能形成多样化视角，极大地提升自己的阐释与判断能力。正如习近平总书记所说："要以马克思主义文艺理论为指导，继承创新中国古代文艺批评理论优秀遗产，批判借鉴现代西方文艺理论，打磨好批评这把'利器'。"与此同时，任何一种文艺理论都有其特定的适用范围，不可能用于分析一切文艺作品、现象和思潮，所以格外要求研究者不断扩充自己的理论工具箱，熟练掌握文艺评论的"十八般武艺"，才能避免面对自己理论视域之外的作品时，或者茫然无语、失去阐释能力，或者胡言乱语、失去专业品质。只有见多识广、博学多闻，才能措置裕如、游刃有余，甚至可以综合运用哲学、文化学、人类学等人文学科的专业理论，充分发挥学科交叉的优势促进创新。例如，奥地利心理学家弗洛伊德以"俄狄浦斯情结"的心理分析理论，阐释莎士比亚著名悲剧《哈姆雷特》中王子一再"延宕"复仇的心理动机，就令人耳目一新。

（二）要把握理论精义。对于研究者而言，只有全面准确地掌握某种理论的精义，才能以之为工具切入文艺作品。新时期以来，随着中西方社会文化交流日益广泛、深入，西方人文社会科学理论被大量译介到中国学界，如果能在深入把握的基础上批判借鉴、"洋为中用"，对中国学术的发展必然大有裨益。但是，在此"西学东渐"的过程中，也出现一些需要批评的现象，最突出的就是极少数研究者并未真正把握有关理论的内涵，在一知半解的情形下，甚至是仅仅凭着对于某些概念的望文生义式的理解，就敢于放言高论、夸夸其谈。此种阐释方式，与其说是采用新理论分析解读作品，倒不如说是以虚妄之见扭曲作品，既是对学术的不负责任，也是对人民的不负责任。

（三）要推动理论创新。学习掌握前人的理论成果，在此基础上形成文艺评论的专业能力，固然是研究者必须经历的成长阶段，然而，不应该是其最终目标。"转益多师"的目的在于"自铸伟词"，站在前人的肩膀上遥望远方的地平线，才是有志气的研究者应有的姿态。相当长的一段时间，在文艺评论的研究文章中比比皆是"文本""符码""能指""所指""规训""解构""镜像""他者""空间""场域"等来自异域的概念及其背后的理论、观点，它们当然都有其特定的阐释功能，可以为我所用。但是，我们更应该立足当代中国文艺创作的现实，提炼出能够恰切把握中国文艺的学术体系、话语体系，从而更有效地阐释中国文艺所蕴含的中国精神、中国价值、中国审美。所以广大文艺评论工作者要以高度的学术自觉意识，努力提出新理论、新观点、新概念，促进学术发展进步。

总之，文艺评论工作者要在融会多元理论的基础上，提升理论能力，勇于创新创造，更好地服务于人民群众的文艺事业。

## 三、提倡批评精神，锻造文艺评论的"手术刀"

文艺评论必须在直击当下、跟进创作的过程中，褒优贬劣、激浊扬清，以促进文艺发展大繁荣，为人民群众创造更多优质精神食粮。所以文艺评论要做"剜烂苹果"的工作，像鲁迅说的那样，"把烂的剜掉，把好的留下来吃"。这就需要文艺评论工作者充分发挥批评精神，锻造文艺评论的"手术刀"。当前，特别要做好以下各项批评工作。

（一）对思想内容的错误倾向展开批评。文艺作品对于接受群体最重要的影响在思想方面，它塑造社会成员的价值认同，并因此对社会运行发挥重大作用。所以，针对文艺作品在思想内容方面的错误倾向，文艺评论要敏锐地捕捉并及时地反映，提出明确的、尖锐的批评意见，以免"谬种流传"，导致思想认识的混乱。改革开放以来，我国文艺创作百花齐放、成果丰硕，发挥了讴歌时代、凝心聚力的历史作用。不过，也有少数作品在思想上存在严重问题，最突出的问题就是历史虚无主义、价值相对主义，其表现正如习近平总书记所指出的，或"调侃崇高、扭曲经典、颠覆历史，丑化人民群众和英雄人物"，或"是非不分、善恶不辨、以丑为美，过度渲染社会阴暗面"。对此，文艺评论一定要表明立场、敢于亮剑，痛下针砭、扶正祛邪，阐明其价值偏颇和社会危害性，使其无所遁形。

（二）对创作态度的浮躁跟风展开批评。思想精深、艺术精湛、制作精良的优秀文艺作品，往往都经过创作者精益求精的倾心打磨。杜甫诗云"为人性僻耽佳句，语不惊人死不休"，曹雪芹写《红楼梦》"批阅十载，增删五次"，这些例证无不明确地告诉世人，文学史上的巨匠们都是在创作中燃烧生命、呕心沥血、追求极致，方才成就其伟大的文学创作业绩。不可否认，在当代文艺创作中依然存在着创作态度不端正导致的浮躁跟风现象，造成了在艺术创意上抄袭模仿、复制粘贴，这一点在网络文学中表现得尤为突出，甚至出现了所谓的"万年写作模式""万能情节结构"；在艺术表达上粗制滥造、漏洞百出，特别是在电视剧创作中，甚至出现了"八年抗战现在已经进入第七年"的荒谬台词，"手撕鬼子""裤裆藏雷"的荒唐情节。凡此种种，都需要文艺评论充分发挥专业精神，展开严肃的批评剖析，绝不能让此类作品大行其道，绝不能坐视劣币驱逐良币，要有效鼓励艺术家发挥"板凳坐得十年冷"的创作精神，孜孜以求、精益求精，产出艺术精品。

（三）对衡量标准的利益主导展开批评。在社会主义市场经济条件下，许多文艺产品要通过市场实现价值，并以此获得持续发展的资金，所以不能完全忽略经济效益的考量，有必要设置衡量市场接受程度的发行量、票房量、收视率、点击率的恰当指标。但是，文艺作品作用于人的精神世界，必须承担价值塑造的教化功能，发挥济世匡时的社会效益。然而，在当前的文艺创作中，有少数作品片面追求市场价值，将经济效益最大化作为创作的导向，乃至于以低俗代替通俗、以欲望代替希望、以感官刺激代替精神愉悦，造成了对文艺的伤害、对社会精神生活的伤害。这就要求文艺评论要始终坚持把社会效益放在首位，实现社会效益与经济效益统一的原则，坚持艺术标准高于商业标准，切实坚守艺术品位，切实履行社会责任，从而矫正价值取向上的偏差，推进文艺创作的健康发展。

文艺评论只有磨砺出清醒的批评精神，才能成为文艺创作的一面镜子、一剂良药，发挥引导创作、提升审美、培育风尚的积极作用。

习近平总书记指出："历史和现实都证明，中华民族有着强大的文化创造力。每到重大历史关头，文化都能感国运之变化、立时代之潮头、发时代之先声，为亿万人民、为伟大祖国鼓与呼。"今天，中华民族处在近代以来最好的历史时期，迎来了伟大复兴的光明前景。生机勃勃的现实生活孕育出丰盈饱满的文化精神，华丽蝶变的文化精神升华了气韵流动的现实生活。如果说优秀的文艺作品必须应和时代的旋律，成为凝聚、表达当代文化精神的生命之灵，那么，优秀的文艺评论就必须把握历史的脉搏，成为呵护这一生命之灵诞生、成长的助产士与守护者。广大文艺评论工作者应不负时代召唤、不负人民期许，以出色的业绩推动文艺事业的发展进步，为铸就中华文化新辉煌作出更大的贡献！

# 试论习近平对毛泽东文艺批评思想的继承与发展

◎ 杨德忠

2014年10月15日，习近平在文艺工作座谈会上发表的重要讲话中对文艺批评的功用、重塑批评精神、文艺批评的标准以及文艺批评的工作方法等多个方面进行了阐述，不仅为我们新时代的文艺批评理论奠定了基础，同时也为我们今后的文艺批评工作指明了方向，集中体现了习近平的文艺批评思想。习近平的文艺批评思想一方面是在新形势下结合中国社会的文艺发展现状总结出来的高屋建瓴的理论见解，另一方面也是对马克思主义经典文艺批评理论以及毛泽东、邓小平等同志文艺批评思想的继承和发展，尤其与毛泽东的文艺批评思想关系密切。下面我们主要根据习近平与毛泽东在两次文艺座谈会上关于文艺批评方面的讲话内容，对习近平与毛泽东的文艺批评思想进行简略的比较和分析，进一步深入学习和领悟习近平的重要讲话精神，不断改进文艺批评工作，发挥其在文艺事业中的引领作用。

## 一、对文艺批评工作的高度重视

毛泽东和习近平两位领导人都专门就文艺批评工作发表了意见，无论是毛泽东在延安文艺座谈会上的讲话，还是习近平在文艺工作座谈会上的讲话，都体现了对文艺批评工作的高度重视。毛泽东在讲话中指出："文艺界的主要的斗争方法之一，是文艺批评。文艺批评应该发展，过去在这方面工作做得很不够。"①在这里，毛泽东首先对文艺批评的性质和功能进行了概括，指出文艺批评是文艺界的主要斗争方法之一，要繁荣和发展文艺创作事业，一方面必须掌握文艺批评这一重要的话语权，另一方面要积极运用文艺批评这一文艺界的主要斗争方法。紧接着，毛泽东对文艺批评的工作状况提出了意见："文艺批评应该发展，过去在这方面工作做得很不够。"这意味着今后要在文艺批评这一工作上给予更多的投入和更多的重视。习近平同样也非常重视文艺批评工作。他在文艺工作座谈会上的讲话中强调："要高度重视和切实加强文艺评论工作。文艺批评是文艺创作的一面镜子、一剂良药，是引导创作、多出精品、提高审美、引领风尚的重要力量。"②在这里，习近平用了"高度重视和切实加强"这样的措辞，不仅充分表明了他对文艺批评工作重视的程度，而且也充分肯定了文艺批评工作的性质和功能。

## 二、对文艺批评的性质、功能之论述

对比习近平和毛泽东关于文艺批评的性质和功能的表述，我们可以看到，毛泽东认为文艺批评的一个重要功能，就是进行文艺界的思想斗争。结合毛泽东在延安文艺座谈会上的讲话中的主要内容，我们可以知道毛泽东所说的这种文艺界的思想斗争，是带有根本性的文艺思想问题。针对当时延安地区各种带有根本性的文艺思想问题，毛泽东在讲话中首先就"文艺是为什么人的"问题展开了论述，指出文艺"为什么人的问题，是一个根本的问题，原则的问题"③，强调了文艺要为人民大众服务这一根本性的文艺思想观念。同时，他还充分阐述了革命现实主义的基本观点，并针对当时延安文艺界存在的一些诸如"抽象的人性""人类之爱""暴露文学"等"糊涂观念"进行了一一分析和驳斥，指引文艺界明辨是非，其目的就是希望能够促

① 毛泽东：《在延安文艺座谈会上的讲话》，《毛泽东选集》第三卷，人民出版社 1991 年版，第 868 页。
② 习近平：《在文艺工作座谈会上的讲话（2014 年 10 月 15 日）》，《人民日报》2015 年 10 月 15 日第 2 版。
③ 毛泽东：《在延安文艺座谈会上的讲话》，《毛泽东选集》第三卷，人民出版社 1991 年版，第 857 页。

使广大文艺工作者形成正确的文艺价值导向和文艺思想观念，从而推进当时的革命文艺实践。毛泽东关于文艺批评的性质和功能的阐述主要是根据当时革命战争年代特殊历史时期的特殊文艺工作环境得出的结论。

相比较而言，习近平对文艺批评的性质和功能的阐述主要是根据马克思主义文艺美学以及我国当代文艺批评的发展状况作出的概括，不仅更加具体，而且也让人更容易理解文艺批评是改进文艺创作的重要手段。习近平在讲话中同样也谈到了"坚持以人民为中心的创作导向"以及文艺批评的标准等重要问题，不仅肯定了"追求真善美是文艺的永恒价值"，要求文艺创作要有文化传统的血脉，要弘扬社会主义核心价值观和中国精神，而且要求"文艺不能在市场经济大潮中迷失方向""文艺不能当市场的奴隶，不要沾满了铜臭气"，[①]这些显然都是在当下新的历史环境条件下，对于文艺的价值导向提出的新要求。习近平强调"要高度重视和切实加强文艺评论工作"，也正是希望利用文艺批评这种工具，对文艺作品、艺术家或文艺现象、文艺思潮等进行分析和评价，真正起到提高审美、引领风尚等价值导向的积极作用。

### 三、坚持"文艺为人民"的根本原则

无论是毛泽东的文艺思想，还是习近平的文艺思想，包括文艺批评在内，他们关于文艺工作的所有逻辑起点都是围绕"文艺为人民"所展开的。在毛泽东看来，"人民，只有人民，才是创造世界历史的动力"[②]。所以，在延安文艺座谈会上的讲话中，毛泽东首先重点阐述了"我们的文艺是为什么人的"这一"根本的问题、原则的问题"。围绕着"文艺为人民大众"这一根本原则，毛泽东认为人民大众不仅是文艺创作表现的主体，同时也是文艺作品好坏的评判主体，文艺批评应该根据人民大众的审美需求和真实的利益

---

① 习近平：《在文艺工作座谈会上的讲话（2014 年 10 月 15 日）》，《人民日报》2015 年 10 月 15 日第 2 版。
② 毛泽东：《论联合政府》，《毛泽东选集》第三卷，人民出版社 1991 年版，第 1031 页。

来进行。毛泽东指出："戏唱得好坏，还是归观众评定的。要改正演员的错误，还是靠看戏的人。"① "任何一种东西，必须能使人民群众得到真实的利益，才是好的东西。"② "无产阶级对于过去时代的文学艺术作品，也必须首先检查它们对待人民的态度如何，在历史上有无进步意义，而分别采取不同态度。"③ 可见，能不能"使人民群众得到真实的利益"，"对待人民的态度如何"就成为毛泽东文艺批评思想的逻辑核心，也成为文艺批评的总的出发点；而文艺作品的好坏，终归要由作为观众的人民来评判。

习近平继承并发展了马克思主义经典文艺理论和毛泽东、邓小平等人的文艺思想，进一步强调："坚持以人民为中心的创作导向。""社会主义文艺，从本质上讲，就是人民的文艺。""要把满足人民精神文化需求作为文艺和文艺工作的出发点和落脚点，把人民作为文艺表现的主体，把人民作为文艺审美的鉴赏家和评判者，把为人民服务作为文艺工作者的天职。""优秀作品并不拘于一格、不形于一态、不定于一尊，……只要有正能量、有感染力，能够温润心灵、启迪心智，传得开、留得下，为人民群众所喜爱，这就是优秀作品。"④ 可以看出，习近平同样认为不仅要"把人民作为文艺表现的主体"，同时也要"把人民作为文艺审美的鉴赏家和评判者"，要把人民群众的喜爱程度作为评价作品优劣的重要标准。此外，习近平还指出"一部好的作品，应该是经得起人民评价、专家评价、市场检验的作品"⑤，"人民需要艺术，艺术更需要人民。马克思说：'人民历来就是作家"够资格"和"不够资格"的唯一判断者。'"⑥ 因此，文艺作品能不能满足人民群众的精神文化需求，能不能得到人民群众的认可，这既是习近平文艺批评思想的

---

① 毛泽东：《在中国共产党第八届中央委员会第二次全体会议上的讲话（一九五六年十一月十五日）》，《毛泽东选集》第五卷，人民出版社1977年版，第316页。

② 毛泽东：《在延安文艺座谈会上的讲话》，《毛泽东选集》第三卷，人民出版社1991年版，第864—865页。

③ 毛泽东：《在延安文艺座谈会上的讲话》，《毛泽东选集》第三卷，人民出版社1991年版，第869页。

④ 习近平：《在文艺工作座谈会上的讲话（2014年10月15日）》，《人民日报》2015年10月15日第2版。

⑤ 习近平：《在文艺工作座谈会上的讲话（2014年10月15日）》，《人民日报》2015年10月15日第2版。

⑥ 习近平：《筑就中华民族伟大复兴时代文艺高峰——在中国文联十大、中国作协九大开幕式上的讲话》，《中国法治文化》2016年第12期。

基本逻辑，也是他坚持的文艺批评的根本原则。

## 四、关于文艺批评的标准问题

毛泽东在延安文艺座谈会上的讲话中提出"文艺批评有两个标准，一个是政治标准，一个是艺术标准"，"任何阶级社会中的任何阶级，总是以政治标准放在第一位，以艺术标准放在第二位的"，并且要求"政治和艺术的统一，内容和形式的统一，革命的政治内容和尽可能完美的艺术形式的统一"。①毛泽东关于文艺批评标准的论述一直是文艺界研究和讨论的热门议题，我们在这里不拟多述。但是有一点必须指出，那就是毛泽东在讲话中提出的文艺批评标准是在革命战争年代这一特殊的历史时期提出来的，因此具有其历史的特殊性和具体的针对性，也因此具有其历史合理性，无疑是具有积极意义的。但是在后来的极左思潮影响下，特别是在中华人民共和国成立后的一段时间里，"政治标准"被极左化，"艺术标准"也被模式化，不仅违背了艺术发展的基本规律，更是背离了人民群众的愿望和要求，这一点是值得反思的。因此，"文革"结束以后以邓小平为核心的党中央领导开始带领文艺理论批评界拨乱反正，指出："党对文艺工作的领导，不是发号施令，不是要求文学艺术从属于临时的、具体的、直接的政治任务，而是根据文学艺术的特征和发展规律，帮助文艺工作者获得条件来不断繁荣文学艺术事业，提高文学艺术水平，创作出无愧于我国伟大人民、伟大时代的优秀文学艺术作品和表演艺术。"②此后，政治标准和艺术标准的说法在文艺理论批评界开始慢慢淡化，不再作为文艺批评的绝对标准。一段时间以来，文艺批评界很多人甚至不屑于谈文艺批评的政治标准和艺术标准相统一的问题。

没有了统一的文艺批评标准，从表面上看似乎能够让更多的艺术现象获

---

① 毛泽东：《在延安文艺座谈会上的讲话》，《毛泽东选集》第三卷，人民出版社 1991 年版，第 868、869、870 页。

② 邓小平：《在中国文学艺术工作者第四次代表大会上的祝辞（1979 年 10 月 30 日）》，《文学评论》1979 年第 6 期。

得百花齐放、百家争鸣的自由发展空间，但是也带来了文艺批评标准的缺失现象。也正是因为如此，改革开放以来随着市场经济大潮的到来，我国的文艺界又逐渐出现了其他一些不好的现象。正如习近平在讲话中所提到的，在文艺创作方面，"存在着有数量缺质量、有'高原'缺'高峰'的现象，存在着抄袭模仿、千篇一律的问题，存在着机械化生产、快餐式消费的问题。在有些作品中，有的调侃崇高、扭曲经典、颠覆历史，丑化人民群众和英雄人物；有的是非不分、善恶不辨、以丑为美，过度渲染社会阴暗面；有的搜奇猎艳、一味媚俗、低级趣味，把作品当作追逐利益的'摇钱树'，当作感官刺激的'摇头丸'；有的胡编乱写、粗制滥造、牵强附会，制造了一些文化'垃圾'；有的追求奢华、过度包装、炫富摆阔，形式大于内容；还有的热衷于所谓'为艺术而艺术'，只写一己悲欢、杯水风波，脱离大众、脱离现实"；在文艺批评方面，则出现了"庸俗吹捧、阿谀奉承"和"套用西方理论来剪裁中国人的审美"，以及"用简单的商业标准取代艺术标准，把文艺作品完全等同于普通商品，信奉'红包厚度等于评论高度'"①等不良现象。

针对我国当下文艺界出现的种种不良现象和不正之风，习近平在文艺工作座谈会上的讲话中重新提出了文艺批评的标准问题，强调要加强和改进党对文艺批评工作的领导，指出"不能用简单的商业标准取代艺术标准，把文艺作品完全等同于普通商品"，"一部好的作品，应该是经得起人民评价、专家评价、市场检验的作品，应该是把社会效益放在首位，同时也应该是社会效益和经济效益相统一的作品。……同社会效益相比，经济效益是第二位的，当两个效益、两种价值发生矛盾时，经济效益要服从社会效益，市场价值要服从社会价值"，提出要"把好文艺批评的方向盘，运用历史的、人民的、艺术的、美学的观点评判和鉴赏作品"②。习近平提出的文艺批评标准，既是对马克思主义经典文艺批评理论及毛泽东、邓小平等同志文艺批评思想的继承和发展，更是针对我国新时期文艺批评领域的时弊所提出的具有

---

① 习近平：《在文艺工作座谈会上的讲话（2014年10月15日）》，《人民日报》2015年10月15日第2版。

② 习近平：《在文艺工作座谈会上的讲话（2014年10月15日）》，《人民日报》2015年10月15日第2版。

建设性的理论创新。在"历史的、人民的、艺术的、美学的"四个观点或四个标准中，"历史的""美学的"观点是对马克思主义经典文艺批评理论的继承，①"艺术的"观点是对毛泽东所提出的文艺批评思想的继承，同时习近平又创造性地提出了一个"人民的"观点。这四个观点或四个标准既相互独立，又相互补充，构成了一个互相联系、各有侧重的评价体系；既有现实针对性，又能够保持各自理论上的张力；既是文艺批评中具体的、有针对性的标准，又共同构成了文艺批评中最高的、普遍性的标准，②体现了文艺的倾向性与普遍性的统一、社会效益与经济效益的统一，是马克思主义文艺思想在我国社会主义新时期面对新的历史环境的发展和应用，是目前关于文艺批评的最全面和最科学的标准，对我们今后的文艺批评工作具有非常重要的指导作用。

## 五、关于文艺批评的工作原则与方法

文艺批评是一项既要有理论高度，又要付诸社会实践的文艺活动。文艺批评的标准可以为文艺批评实践提供价值评判的依据，但如何将批评的标准落实为文艺批评的实践活动，坚持正确的批评原则和批评方法就显得至关重要。毛泽东在马克思主义哲学的指导下，遵循文艺发展的内在规律，提出了文艺批评应该在创作者的主体态度与客观效果的关系上遵循动机与效果相结合、在批评的具体方法上应该遵循革命性与科学性相统一的原则，在批评的主体上要兼顾专业批评与人民的大众批评，要做到全面系统、科学合理地展开文艺批评。③毛泽东指出："我们的文化是人民的文化，文化工作者必须有

---

① 1847年，恩格斯在针对卡尔·格律恩提出批评时说："我们决不是从道德的、党派的观点来责备歌德，而只是从美学和历史的观点来责备他；我们并不是用道德的、政治的或'人的'尺度来衡量他。"（恩格斯：《诗歌和散文中的德国社会主义》，《马克思恩格斯全集》第四卷，人民出版社1958年版，第257页）后来，恩格斯在致拉萨尔的信中进一步把"美学和历史的观点"看作是普遍的并且最为科学的文艺批评的标准。

② 丁国旗：《当代我国文艺批评的新标准》，《前线》2016年第3期。

③ 舒克斌：《论毛泽东的文艺批评思想》，《文史博览（理论）》2007年第8期。

为人民服务的高度的热忱，必须联系群众，而不要脱离群众。要联系群众，就要按照群众的需要和自愿。一切为群众的工作都要从群众的需要出发，而不是从任何良好的个人愿望出发。"①

毛泽东非常注重文艺批评的"批评性"原则。他说："我们的文艺批评是不要宗派主义的，在团结抗日的大原则下，我们应该容许包含各种各色政治态度的文艺作品的存在。但是我们的批评又是坚持原则立场的，对于一切包含反民族、反科学、反大众和反共的观点的文艺作品必须给以严格的批判和驳斥。"②所以，毛泽东要求文艺批评工作者在开展文艺批评工作时，要坚持真理，发扬无产阶级革命者应有的战斗风格，要旗帜鲜明地开展彻底无畏的文艺批评。例如，他在1948年4月《对晋绥日报编辑人员的谈话》中就曾说过："我们必须坚持真理，而真理必须旗帜鲜明。我们共产党人从来认为隐瞒自己的观点是可耻的。我们党所办的报纸，我们党所进行的一切宣传工作，都应当是生动的，鲜明的，尖锐的，毫不吞吞吐吐。这是我们革命无产阶级应有的战斗风格。……用钝刀子割肉，是半天也割不出血来的。"③

习近平同样也非常注重这种旗帜鲜明的批评精神。他在文艺工作座谈会上的讲话中对此有一段比较详细的论述："文艺批评要的就是批评，不能都是表扬甚至庸俗吹捧、阿谀奉承，不能套用西方理论来剪裁中国人的审美，更不能用简单的商业标准取代艺术标准，把文艺作品完全等同于普通商品，信奉'红包厚度等于评论高度'。文艺批评褒贬甄别功能弱化，缺乏战斗力、说服力，不利于文艺健康发展。真理越辩越明。一点批评精神都没有，都是表扬和自我表扬、吹捧和自我吹捧、造势和自我造势相结合，那就不是文艺批评了！金无足赤、人无完人，天下哪有十全十美的东西呢？良药苦口利于病，忠言逆耳利于行。有了真正的批评，我们的文艺作品才能越来越好。文艺批评就要褒优贬劣、激浊扬清，像鲁迅所说的那样，批评家要

---

① 毛泽东：《文化工作中的统一战线》，《毛泽东选集》第三卷，人民出版社1991年版，第1012页。

② 毛泽东：《在延安文艺座谈会上的讲话》，《毛泽东选集》第三卷，人民出版社1991年版，第868—869页。

③ 毛泽东：《对晋绥日报编辑人员的谈话》，《毛泽东选集》第四卷，人民出版社1991年版，第1322页。

做'剜烂苹果'的工作,'把烂的剜掉,把好的留下来吃'。不能因为彼此是朋友,低头不见抬头见,抹不开面子,就不敢批评。作家艺术家要敢于面对批评自己作品短处的批评家,以敬重之心待之,乐于接受批评。"[①]在上述这一段话中,习近平所强调的一个核心思想就是高度重视文艺批评的批评精神,指出文艺批评的一个基本原则就是要坚持实事求是,敢于褒优贬劣、激浊扬清,敢于批评。总之,在习近平看来,要端正文艺批评界的这些不正之风,没有"剜烂苹果"的批评精神肯定是不行的。马克思主义哲学认为,事物都是对立统一的,存在着正反两个方面。所谓金无足赤、人无完人,文艺批评既要褒优,也要贬劣,这样才能更加全面地作出客观真实的评价,才能真正成为文艺创作的一面镜子、一剂良药,才能起到引导创作、引领风尚的作用。从本质上来讲,坚持文艺的批评精神实质上就是一种追求真理的实事求是精神。所以,习近平在讲话中最后强调文艺批评要"在艺术质量和水平上敢于实事求是,对各种不良文艺作品、现象、思潮敢于表明态度,在大是大非问题上敢于表明立场,倡导说真话、讲道理,营造开展文艺批评的良好氛围"[②]。这既是一种求真务实的工作态度,更是一种坚持文艺为人民服务、为社会主义服务的工作原则。同时,他还指出落实文艺批评,首先"要以马克思主义文艺理论为指导";其次需要"继承创新中国古代文艺批评理论优秀遗产";再次要"批判借鉴现代西方文艺理论",要做到古为今用、洋为中用,全力打磨好文艺批评这把"利器","把好文艺批评的方向盘",为文艺批评的工作方法指明了道路。

## 六、结语

毛泽东的文艺批评思想集中体现在《在延安文艺座谈会上的讲话》当中,为处理当时的中国无产阶级文艺发展过程中出现的诸如文艺服务的对象

---

① 习近平:《在文艺工作座谈会上的讲话(2014年10月15日)》,《人民日报》2015年10月15日第2版。

② 习近平:《在文艺工作座谈会上的讲话(2014年10月15日)》,《人民日报》2015年10月15日第2版。

问题、普及与提高的问题、内容与形式的问题、暴露与歌颂的问题等提供了一些理论上和实践上的指导，为之后几十年中国文艺事业的发展指明了方向，对文艺批评和文艺创作都产生了非常深远的影响。2014年的文艺工作座谈会是在我国推动社会主义文化大发展大繁荣的新的时代背景下召开的一次文艺界的动员大会。习近平在大会上发表的重要讲话集中体现了他在文艺事业方面的领导智慧和文艺思想，为我国当前和今后一段时间的文艺工作指明了发展方向，同样具有非常重要的意义。通过简略比较和分析习近平与毛泽东在文艺批评思想方面的相关性，我们可以得出以下结论：首先，习近平和毛泽东对文艺批评工作都给予了高度重视，都把文艺批评看作是加强党对文艺工作领导的重要途径。其次，习近平和毛泽东对文艺批评工作的认识都是建立在"文艺为人民"这样一种基本的逻辑起点上的，显示了两位领导人共同的文艺价值观。再次，针对新时期中国文艺批评的现状和新的历史环境，习近平在继承了毛泽东等人的文艺思想的同时，又赋予了文艺批评标准新的内涵和要求。最后，无论是毛泽东还是习近平，他们都非常注重文艺批评的"批评性"或"批评精神"，正如习近平在讲话中所言，"文艺批评要的就是批评"，一点批评精神都没有，那就不是文艺批评了。总之，习近平的文艺批评思想既是立足于新时代、针对新问题积极思考的理论创新，更是对毛泽东等同志文艺批评思想的继承和发展。习近平关于文艺批评的重要论述为我国当前文艺批评的改进以及新时代文艺评论话语体系的建构确立了努力的方向，是对我们今后正确开展文艺批评工作的重要理论指导，是繁荣和发展新时代中国特色社会主义文艺的思想指南和行动纲领。

# 论当代文学人民性的观念新辩及实践偏离

◎ 刘霞云

文学即人学。文学该为什么样的人服务，又该怎样进行服务？这是一个关键问题，是厘清文学与人民、政治以及内容与形式等关系的逻辑起点。继毛泽东同志《在延安文艺座谈会上的讲话》提出"为什么人的问题，是一个根本的问题"，并明确"为广大的人民大众服务"的文艺方针之后，邓小平、江泽民、胡锦涛三位同志继续执行此文艺方针，习近平同志《在文艺工作座谈会上的讲话》（以下简称《讲话》）继续提出坚持以人民为中心的创作导向。可见，以人民为中心的创作导向一直以来皆为党对文艺战线提出的一项基本要求。正如《讲话》所言"社会主义文艺，从本质上讲，就是人民的文艺"，以人民为中心的创作导向与马克思主义文论的重要内容即文学人民性相契合，换言之，是文学人民性理论的改造、延续与发展。追根溯源，文学人民性作为一个具体的概念始于18世纪。从最初的概念提出发展至今，其内涵不断拓展，欲深刻领会以人民为中心的创作导向，有必要了解文学人民性作为一个概念的由来及演变，在此基础上审视当下文学人民性的观念新辩及创作，有助于充分发挥其在当下文学发展中所起的精神引领、价值引导与理论指导作用。

## 一、文学人民性的由来及演变

文学人民性最初产生的意义与民族性密切相连。1778年德国学者赫尔德在《诗歌中各民族的声音》中开始探讨文学的人民性问题，但更多是从民族性出发。接下来，俄国的社会运动使文学人民性得到充分发展，诗人兼批评家维亚捷姆斯基在1819年写给屠格涅夫的信中提及人民性。随后诗人普希金对此概念加以探讨，也认为人民性是"一种只能为本国同胞赏识的优点"①，但指出作品是为了揭示"人的命运和民众的命运"②，遂将人民性扩展为民众性。别林斯基初期对文学人民性的理解带有普希金的影响，后期则将国家整体的认识拓展为对普通人的审视，尤其是以农民为主的底层人民。而在无产阶级文学发展史上，人民性的概念也是基于整体性之上的政治拓展。19世纪英国宪章运动文学的代表人物埃内斯特·琼斯最早提出人民性，倡导"到人民中间来，为人民写作"，并带头创作诸多反映现实人民生活和斗争的作品，恩格斯评价其"正确地表达了工人的普遍的情绪"③。随后，恩格斯和马克思提出文艺为无产阶级服务的美学任务，列宁也提出文学为人民服务的原则。

上述粗略梳理了西方有关文学人民性的基本论述。以此观照，我国文学以现实主义为主潮，虽历经不同阶段④的发展，但马恩现实主义所含的真实性、典型性、人民性等深深影响了大家，有关人民性的理解也是在继承西方论述的基础上丰富与发展起来的，如在人民性范畴上，"五四"时期蔡元培提出"劳工神圣"⑤，劳工则指为社会作出巨大贡献的劳动大众。1942年，毛泽东同志明确广大的民众指"工人、农民、兵士和城市小资产阶级"。之

---

① ［俄］普希金：《论文学中的人民性》，《普希金文集》第7卷（汉译本），人民文学出版社1995年版，第39页。
② 张铁夫：《再论普希金的文学人民性思想》，《外国文学评论》2003年第1期。
③ 杨周翰等编：《欧洲文学史》下卷，人民文学出版社1979年版，第152页。
④ 写实主义、批判现实主义、社会主义现实主义、马恩现实主义、革命现实主义和革命浪漫主义的结合、现实主义复归、现代现实主义、多元现实主义等。
⑤ 蔡元培：《劳工神圣——在北京天安门举行庆祝协约国胜利大会上的演说词》，《蔡元培全集》第3卷，中华书局1984年版，第219页。

后，对于人民性的理解多局限在"工农兵"的范畴之中。1979年，邓小平同志《在中国文学艺术工作者第四次代表大会上的祝辞》确定人民为全体社会主义劳动者、社会主义事业的建设者、拥护中国共产党和中国特色社会主义的爱国者、拥护祖国统一和致力于中华民族伟大复兴的爱国者，人民不再局限于"工农兵"而具有更广泛的意义。2014年习近平同志在《讲话》中将人民的范畴拓展为不同国家、民族乃至不同历史时期的"人民大众"。至此，我国文学人民性中"人民"的范畴历经"劳工""工农兵""人民大众"等变化，与革命、建设、改革等不同历史时期社会特点相适应，与西方文学人民性的内涵既相似又有所突破，具有时代性、开放性等特征。

## 二、时代变迁中的观念新辩

承上述，人民性作为一种理论，始终处于不变与变之中。不变的是表现内容与写作立场，但由于表现对象一直处于发展之中，人民性的内涵和外延也随之变化。尤其进入21世纪，随着科技的迅猛发展，中国已然进入前现代、现代与后现代并存的多元社会发展阶段，人们的世界观、人生观、价值观等也呈分化状态，作家的写作也由之前的共名写作转为无名写作。如此语境下，或出自对时代新变的困惑，或出自对健康文艺发展的责任，或出自对偏离人民性创作倾向的不满，围绕人民性展开的热议则成了马克思主义文论发展进程中的题中应有之义。热议主要围绕人民性的范畴以及如何实现人民性等方面展开，大致分为以下几种观点：一是"公民性"[1]。此观点由学者王晓华提出。他认为人民是公民共同体，公民是国家和社会的主权者，人民是主权者的联合。文学要建构真正的人民性，就要表现所有公民的主权者身份。二是"底层性"。此观点由学者张丽军[2]和方维保[3]提出。张丽军认为公

---

[1]　王晓华：《我们应该怎样建构文学的人民性》，《文艺争鸣》2005年第2期。
[2]　张丽军：《新世纪文学人民性的溯源与重申》，《文艺争鸣》2005年第5期。
[3]　方维保：《人民·人民性与文学良知——对王晓华先生批评的回复》，《文艺争鸣》2005年第6期。

民性尚不适合中国语境，人民性的本义在中国文学的源流中只能是最广大的人民群众。方维保将人民等同于底层，认为知识分子在中国语境中从来都只是人民中特殊的一部分，从来就不属于社会底层的人民。三是"新人民性"[①]。此观点由学者孟繁华提出。他认为文学不仅要描绘底层人民的生存状态，表达他们的思想、情感和愿望，同时要真实地反映底层人民存在的问题，揭示他们的民族劣根性和道德上的底层陷落。四是"后人民性"[②]。此观点由学者陈晓明提出。他认为人民性是针对文学现实的情境建构艺术性表达的一个起点，将人民性放置在美学表现的策略中得以体现。

### 三、偏离人民性的创作倾向

与上述围绕人民性的热议遥相呼应的则是部分作家偏离人民性的创作倾向，大致分为以下几种类型：

一是紧贴现实、零度还原的原生态写作。此类写作侧重原生态还原现实生活，零距离陷入"一地鸡毛"式的琐碎庸常。但面对生活时，作家放弃价值评判，隐匿情感，宣扬"热也好，冷也好，活着就好"的人生态度。二是解构正史、宣泄个体的新历史写作。此类写作本着"历史是任人涂抹的小姑娘"的历史观，立足于民间文化立场，将集体经验形态的正统历史改写为个人经验形态的历史。在他们的笔下，历史成了碎片，漫天飞舞；历史成了自述，弥漫着个体感觉。三是脱离社会、沉溺个体的私语化写作。此类写作以个体隐秘的私生活为写作对象，沉迷于铺陈个体细碎烦琐的现实生存，敷演出大量卿卿我我的生活故事，以貌似反叛的张扬做派渲染着理直气壮的颓废心态。四是屏蔽生活、追逐形式的本体论写作。此类写作受文学本体论的影响，将写作的重心由对故事、人物、主题等小说要素的表现转向对语言、结构、叙述方式等文体因素的经营。小说人物飘忽、情节零散、情感缺席，意

---

① 孟繁华：《新人民性的文学——当代中国文学经验的一个视角》，《文艺报》2007年12月15日第3版。

② 陈晓明：《"人民性"与美学的脱身术——对当前小说艺术倾向的分析》，《文学评论》2005年第2期。

义被消解，生活被隔离，留给读者的是一堆语言的残片和拼贴的技巧。

## 四、文学人民性的重识及反思

综上所述，可以看到人们对人民性的认识与时俱进，其中既有不乏新意的阐释与拓展，也有偏离本义的认知与实践。结合习近平同志在《讲话》中对文艺发展提出的要求，重识并反思人民性的当下阐释及创作，可进一步明确文学人民性的必要性和科学性。一是"公民性"和"底层性"针对人民性范畴提出。公民性提倡整体性之下的个体重现，将仅限于底层的人民上升为公民群体，达到概念意义上人与人之间的平等，对于理解人民性不失为一个新的意义增长点，但结合《讲话》中的人民观，必须清醒地认识到，人民必须热爱自己的国家，并以自己的方式参与国家建设。底层性将人民的范畴缩小为底层大众，虽然与人民性本义一致，但结合当下的社会语境，我们不能将底层之外的劳动者排除在人民之外，也不能说描写精英大众的文学不是人民性文学。

部分作家曲解人民性，将现实生活窄化为私人生活，于是出现了私语化写作。《讲话》中提及"只写一己悲欢、杯水风波，脱离大众、脱离现实"指的就是此类写作，他们将人民性等同于工具性，将宏大叙事等同于意识形态话语，自以为私语化是文学寻求出路的一种突破。诚然，文学创作是个体独特的生命体验，但若脱离时代，屏蔽众生，文学则变成无涉他人的自娱自乐，除了满足一些窥私者的猎奇之外，还有何意义与价值？正如《讲话》所言，人民性写作不能"以自己的个人感受代替人民的感受，而是要虚心向人民学习、向生活学习"，否则"文艺就会变成无根的浮萍、无病的呻吟、无魂的躯壳"。

二是"新人民性"和"后人民性"针对如何实现人民性提出。新人民性是对"五四"以来文学启蒙精神的坚持，要求作家表达人民愿望时，要揭示与批判阴暗面。由此反思原生态写作，其虽不乏对底层人民的贫穷和困顿施以人文关怀，但不能对琐碎生活作出理性反思，不能让底层人民在磨难中奋起，相反有意让其在庸常中堕落。正如《讲话》所言，"如果只是单纯记述现状、原始展示丑恶，而没有对光明的歌颂、对理想的抒发、对道德的引导，就不能鼓舞人民前进"。相比原生态写作，部分作家受后现代主义文化思潮的影响，打着"颠覆权威"的旗号解构历史的新历史写作在立场上更加偏离人民性。《讲话》亦指出文艺创作存在"调侃崇高、扭曲经典、颠覆历史，丑化人民群众和英雄人物"的现象。相对于传统历史写作，新历史写作借宏大历史浇心中块垒，肆意放纵个体有悖于常识的感性认知。如此立场，与《讲话》强调文艺要"引导人民树立和坚持正确的历史观、民族观、国家观、文化观，增强做中国人的骨气和底气"相悖，亟须调整。"后人民性"强调艺术上的追寻而将人民性搁置，与之相呼应的创作有甚嚣尘上的本体论写作。《讲话》中提及的"为艺术而艺术"、追求"形式大于内容"等指的则是此类写作。我们虽肯定作家艺术创新的勇气，但普通民众的生活沦为形式实验的副产品，如此拒绝人民的写作，又何谈艺术生命力？如何妥帖处理形式与内容的关系？《讲话》指出"文艺创作是观念和手段相结合、内容和形式相融合的深度创新"则给了大家明确的答案。别林斯基曾说过："人民性算不得真正艺术作品的优点，只不过是它的必要条件。"[①]的确，具有人民性的作品不一定就是优秀作品，但缺少人民性的作品一定很难成为优秀作品。当下文学产量高，出现有"高原"缺"高峰"的现象已是不争的事实，偏离人民性不能不说是原因之一。故立足文学发展现状，认真领会以人民为中心的创作导向，将人民性作为植根大地、讲述中国故事、弘扬中国精神的重要理论支撑，文学的健康发展才能持续实现，更多承载深邃意蕴、彰显艺术魅力、无愧于时代和人民的优秀作品才能不断涌现。

---

① ［俄］别林斯基：《亚历山大·普希金作品集》（选译），《别林斯基文学论文选》，满涛、辛未艾译，上海译文出版社 2000 年版，第 455 页。

# 坚持以人民为中心的摄影创作导向

## ——以安徽省文联①系列主题摄影活动为考察案例

◎赵　昊

习近平总书记在文艺工作座谈会上指出"坚持以人民为中心的创作导向"，对文艺发展影响深远，指明了艺术创作方向。随着科技进步，摄影成为人民自发展现美好生活的重要方式，人人拿起相机、手机拍摄，记录生活、表达情感、关注社会。摄影以其视觉化纪实特点，在政策宣传、观念传达等方面独具优势；科技与传媒的发展，更推进了摄影大众化传播，促进了摄影面向生活、聚焦人民。中国摄影人在波澜壮阔的抗日战争中，从风花雪月的诗情画意表达，迅速转向直面人民生活的宣传动员。延安时期，中国共产党领导的摄影队伍，充分发挥了摄影宣传的战斗作用，一直影响到中华人民共和国成立后的摄影发展，涌现出诸多载入史册的经典之作。新时代为摄影家创作提供了更广阔的现实土壤，也提出了更高要求。如何创作精品力作，繁荣发展摄影文化，满足人民群众日益增长的精神文化需求，摄影家必须坚持以人民为中心的创作导向。

省文联深刻认识到摄影在大众化创作与传播中的重要作用，在习近平新时代中国特色社会主义思想指导下，全面引领、指导摄影创作，深入贯彻落实以人民为中心的创作导向，开展理论建设、主题活动、新型传播，由理论驱动、活动带动，使摄影家在基层创作与多样传播中互动，且与大众互动，

---

① 安徽省文联，为"安徽省文学艺术界联合会"的简称。

形成了以人民为中心的创作自动。

## 一、理论驱动、学用结合、提升认知

坚持以人民为中心的创作导向，基础在于引领摄影家在理论学习中提升认知。省文联、摄协（"安徽省摄影家协会"的简称）组织摄影人深入学习习近平总书记关于文艺工作的一系列重要论述，力求学深弄懂悟透践行，达到学用结合。

### （一）建立具有深度与广度的综合学习体系，提升认识高度

省文联、摄协及时、定期组织摄协领导团队、摄影家、大众摄影人代表等学习，采用专题会、学习班、观摩、研讨等多种形式，形成常态化、深入化。通过对习近平总书记系列重要讲话的原本学习、领导解读、理论家诠释、摄影家阐述，提升深度；通过对习近平总书记重要讲话精神的学习、国情省情的了解、创作现状的分析，拓展广度，引导广大摄影人从马克思主义文艺观发展、新时代社会主义文化发展、中华传统文艺创作载道的高度，提高认识。注重展览观摩与榜样引领，组织摄影人在"安徽著名老摄影家致敬展"等观展中接受教育。引导摄影人对照自身创作，从创作与接受角度，以问题为导向探究，即学即用、活学活用、深学深用，提升思想认知与创作品质。

### （二）形成具有力度与效度的研究宣讲体系，理清创作思路

省文联、摄协定期分析省内摄影现状，结合展赛举办研讨，深入剖析创作问题，解析摄影浅表化审美的误区：部分摄影家因摄影大众化而转向片面追求观念新奇与技巧变幻，少数摄影人则因艺术误识而一味拍摄美人美景等，其为艺术而艺术的狭隘思维，限制了创新发展，问题实质是脱离了人民。研讨以习近平总书记关于文艺工作的一系列重要论述为指导，深入分析

摄影家创作立场、态度、情感对创作的影响，引导摄影家深刻认知以人民为中心的创作导向。

不断强化理论研究，探索创作如何"跟上时代发展，把握人民需求"。组织理论工作者开展《抗战时期中国共产党形象的图像传播研究》等国家社科项目研究，从历史中寻求经验；通过安徽主流摄影研究等项目研究，从现实中总结思路；先后发表了《汲取源头活水　繁荣摄影文化》《植根文艺沃土　聚焦中国梦》等文章来指导实践。密切关注摄影家在境外的作品传播，总结摄协海外办展经验。开展摄影评论下基层等活动，结合实例宣讲，提升认知。

省文联、摄协通过针对性、贴近性、前瞻性的理论建设与实践指导，使摄影家结合创作深悟习近平总书记的重要讲话精神，看清拍摄问题，理清创作思路，认清发展方向。

## 二、活动带动、深入基层、强化导向

坚持以人民为中心的创作导向，重点在于组织摄影家在深入基层中强化导向。面对人民对摄影作品的新要求、读图时代摄影创作的新定位、安徽摄影发展的新问题，省文联以习近平总书记指出的"扎根人民、扎根生活"的文艺创作方法论为指导，立足实际，精准设计政策性、导向性摄影主题活动，开展千名文艺工作者下基层采风、文化进万家暨向群众"送文化年货"、"到人民中去"文艺志愿服务等主题活动，举办"农民工·我的兄弟姐妹"摄影展、扶贫公益摄影展、"新时代·新安徽"改革开放40周年主题摄影展、"70年·70人——我与共和国同成长"摄影展、聚焦战"疫"等，在策划、推进全程中指引广大摄影家深入基层创作，明确价值取向。

（一）由政策性、导向性的主题活动策划，从主题层面强调导向

主题活动以导向为先，紧密联系政策要求与群众精神文化需求。摄影者

理解主题意义，熟悉政策内容，有利于创作思考与画面预想；政策的稳步推进为拍摄者提供了良好的创作条件，得到拍摄对象的理解、支持；拍摄者与受众形成特定期待，拓展了传播面。主题策划体现了人民是历史的"创造者"，指引摄影家在创作中落实习近平总书记文艺工作座谈会重要讲话精神，"把人民作为文艺表现的主体"。主题的导向性使摄影家的创作必然聚焦人民，令其以贴近性、真实性、生动性的佳作展现人民生活，作品必然深受人民欢迎，这也必然促进摄影家建立以人民为中心的创作导向。

**（二）以集中采风与分散创作的下基层组织方式，从实践层面强化引导**

主题活动通过集中采风推动个人创作，强化导向。有序组织摄影家成规模地深入基层创作，相对密集关注同一主题，增强了关注度与传播力。集中采风为摄影者深入厂矿企业等提供了创作便利，增强了现实体验，在活动中相互熟悉，促进比较、研讨，共同提升，形成了为人民创作的浓厚氛围，提高了分散创作水平。

组织、带领摄影家下基层采风，使以人民为中心的创作导向内化为拍摄者的自觉意识。社会发展、人民生活为摄影者的创作提供了丰富素材，摄影家深入基层创作，切实感受到人民的力量，因瞬间情感迸发而创的佳作极具感染力，也极易引起共鸣。长期开展主题活动，丰富了摄影家的生活积累与情感感悟，推进了精品生成。在鲜明主题下深入生活创作，其过程也是对摄影者的思想教育、情感培养和创作引导。

摄影家、群众积极参与活动，摄影家以多样思维、精美画面展现主题，指导群众摄影提升水准；摄影家感悟群众摄影中真情实感的自然表现，群众广泛参与也为摄影家深挖生活"富矿"提供了参考，拓展了新题材。

主题活动立意深远、立足当下、聚焦人民，强调"思想性、艺术性、观赏性有机统一"的作品创作，还结合摄影特点突出了宣传性、教育性与实用性，如扶贫公益摄影展形象化地呈现了扶贫过程及成效，并为贫困地区旅游开发、农产品推广进行视觉代言，使大众深感影像的力量。

### 三、传播互动、培育文艺、凝聚共识

坚持以人民为中心的创作导向，关键在于促进摄影人在传播互动中凝聚共识。省文联、摄协通过作品多渠道传播，增进摄影家之间、摄影家与群众之间的交流，在培育、兴起群众文艺中深化思想。线上线下展示作品，从大众需求出发，探索网络传播新方式，使摄影家与大众乐于、便于参与，调动创作、传播的积极性，使摄影活动的参与人数多、时空跨度广、带动效果好、影响力强。

（一）以时空开放、参与便捷的方法创新推广，在推进作品传播中促进认知

省文联、摄协根据传播环境的新变化，创新艺术传播形式来促进认知。组织摄影家、群众运用便捷化、图文化的美篇等工具在网络中展示作品，分享感悟，拓展影像传播时空，使观者欣赏更多作品，在互动中推进普及与提高。

网络作品传播以直观形象及其评论，引导摄影家在作品赏析、比较中认知创作导向、提升水准；引导大众认识自身生活影像表达的意义，提升生活影像的艺术表达与摄影技巧；佳作展示也为对外传播提供了丰富素材。

（二）以传受互动、多项联系的网络桥梁搭建，在推动人民评判中深化导向

以美篇进行网络传播拓展了参与度，建起了网络新桥梁，切实按照习近平总书记的要求，"把人民作为文艺审美的鉴赏家和评判者"。摄影家、大众通过网络传播，相互转载、点赞、评论，增强了联系，拓展了交流，拉近了距离。摄影者系统了解大众审美，大众及时欣赏、学习佳作，在互动、联系

中不断深化创作导向，推进摄影发展。

## 四、创作自动、知行合一、自觉践行

坚持以人民为中心的创作导向，根本在于引导摄影人在长期实践中形成创作自动。长期常态化举办主题活动，从表象看，增强了摄影者的主题敏感与创作动力，他们积极参与活动，形成自觉创作诉求，自觉寻找、选择相关题材创作，从命题式到自选式拍摄中，越来越关注人民生活，转变创作观念与思路；从深层看，建立了摄影者的人民情感与人民情怀，他们在深入基层中感受人民生活与精神面貌的新气象，越来越感受到人民的力量，转变创作情感与思想，立志"为人民抒写、为人民抒情、为人民抒怀"，争做"有信仰、有情怀、有担当"的新时代文艺工作者。从艺术发展而言，众多摄影家的创作主题聚集，利于营造艺术创作环境，利于提升创作水平、凝练风格与形成流派，利于产生艺术大家与经典名作。

摄影人在系列主题活动中深入基层，逐渐与人民"同呼吸、共命运、心连心"，在实践创作中深化情感，由量变到质变，逐步建立以人民为中心的创作观念。经组织者、摄影家、大众共同努力，初步形成了安徽摄影品牌，带动各地组织创作队伍，深入开展公益全家福、城市建设、战"疫"等摄影活动，打造出现实主义创作新典范。现有多支摄影志愿者队伍正聚焦脱贫攻坚，蹲点驻村，积极作为。省摄协微信公众号先后推出的摄影家创作的《一张满意的"脱贫答卷"——大湾村的巨变》《郎溪："花花世界"助脱贫》《砀山：四季畅拍酥梨香》《舒城：扶贫菜寄托小康梦》《合肥：云上助力脱贫攻坚》等反映脱贫攻坚的佳作，深受好评。此外，还积极与中国摄协纪实摄影委员会、《中国摄影》杂志社联系，在宁国市港口镇西村建立了我国首个"中国摄影艺术乡村"，以影像活动助力乡村振兴。大众摄影人逐渐向摄影家转化，摄影家创作水平逐步提升。长期开展引导有方、组织有序、推进有力的主题活动，使群众有期待、作者有热情、创作有成果、文艺有发展、教育有成效。

就本质特征、技术特性与传播特点而言，摄影具有大众化艺术的特点。摄影的纪实性要求摄影者与拍摄对象处于同一时空，表现即时感受，作品深具情感穿透力。今年疫情防控艺术传播中，摄影佳作的视觉冲击力与情感震撼力对大众影响深远。随着技术便捷及摄影家的艺术指导，群众不断掌握技术、提升水平，摄协会员数量增多，也使摄影家开阔视野、丰富创作，促进了摄影大众化与精品化的大发展。传播技术进步与平台丰富，拓展摄影作品的传播，充分发挥了审美、认识、教育等作用。

安徽省文联精准把握摄影的大众化特点与摄影作品的审美性与功能性，以此为重点，开展系列活动，形成创作引导的"驱动、带动、互动、自动"的长效机制。通过学、研、宣一体化理论建设，从纵横立体层面、宏微视野与政治、社会、艺术多维角度，驱动摄影家提升认知；通过主题活动，带动摄影家在深入生活创作中建立正确导向；通过传播新形式增加互动，凝聚共识，实现在文艺家中树观念、在群众中种文艺，使以人民为中心的创作导向深入人心并形成创作自动，力攀创作高峰。

# 现实题材
# 文艺创作研讨会

在安徽省首届现实题材文艺创作研讨会上的发言

## 徐粤春

现实主义的"真"与"伪"

## 江　飞

重建当下文学创作的政治维度与现实关切

## 陈振华

现实题材网络小说的"硬核"

## 陈　进

宅男的冒险
——卢德坤小说读札

## 王晴飞

评储兆庆的扶贫主题长篇小说《春到茶岗》

## 韩　进　方　川　施晓静

# 在安徽省首届现实题材文艺创作
# 研讨会上的发言

◎ 徐粤春

尊敬的何书记、朱部长、孟社长，各位专家，各位朋友：

大家上午好！

首先，我代表中国文艺评论家协会对安徽省首届现实题材文艺创作研讨会的成功举办表示热烈的祝贺，对安徽省文联对现实题材文艺创作的关注和支持表示由衷的赞赏。

安徽文化积淀深厚，徽派文化享誉全国，在世界上也有一定知名度，又是改革开放的发轫地，在农村改革、民营经济等多个领域开全国风气之先，孕育了安徽文化、安徽艺术独特的精神气质，为现实题材文艺创作提供了肥沃的土壤。安徽省首届现实题材文艺创作研讨会的召开，恰逢其时，具有很强的学术意义和现实意义。对于如何深刻认识并切实加强现实题材文艺创作，我具体谈三点体会。

## 一、现实题材是攀登文艺高峰的必然选择

谈到现实题材，首先绕不开的就是现实主义。现实题材指向文艺题材类型，现实主义则是一种创作方法，两者共同面向现实，之间有着无法割裂的联系。中外众多文艺理论家、作家、艺术家秉持着文学艺术本质上是对现实的反映这一观点，从白居易的"文章合为时而著，诗歌合为事而作"到杨万

里的"闭门觅句非诗法，只是征行自有诗"，从亚里士多德的"模仿说"、莎士比亚的"镜子说"到恩格斯将"细节的真实"与"真实地再现典型环境中的典型人物"作为现实主义的规定性，概莫能外。而我们当下所说的现实主义、现实题材，则根植于中国特色社会主义伟大实践，密切联系着中国生动的社会文化现实。

2014年习近平总书记在文艺工作座谈会上指出我们的文艺有"高原"缺"高峰"的现象，今年"十四五"规划建议提出要实施文艺作品质量提升工程，攀登文艺高峰是我们文艺界的重大任务。那么什么才是文艺高峰？习近平总书记在看望参加全国政协会议的文艺界社科界委员时强调，一切有价值、有意义的文艺创作和学术研究，都应该反映现实、观照现实，都应该有利于解决现实问题、回答现实课题。也就是说，文艺的价值无法自证，文艺的意义无法自洽，它只有在推动人类文明发展和社会进步中实现自身的历史价值、人民价值、美学价值和艺术价值。因此，现实题材是攀登文艺高峰的必然选择。纵观中外历史，伟大的时代大都伴随着伟大的文艺创作，而这之中现实题材文艺作品占有很大的比例。比如：中国古代反映远古狩猎活动的《弹歌》，反映农夫艰辛劳作、士兵征战生活与青年爱情生活的《诗经》，反映游牧生活的《敕勒歌》，鞭笞统治者掠夺人民罪行的《卖炭翁》；"十七年文学"中的《红岩》《红日》《红旗谱》《创业史》《保卫延安》《青春之歌》《山乡巨变》《林海雪原》；改革开放以来的小说《平凡的世界》、电影《芙蓉镇》《我不是药神》、电视剧《外来妹》《鸡毛飞上天》等；西方被誉为"资本主义社会的百科全书"的《人间喜剧》、描写俄国人民反抗侵略战争场景的《战争与和平》；等等。这些久传不息的高峰文艺作品无不根植于当时的社会现实与生活图景，无不彰显着对人民命运的悲悯与对人民悲欢的关切，无不回应着时代的要求与人民的心声。历史和现实都证明，这些充分反映社会现实、反映人民心声的现实题材文艺作品，收获了历史的热情褒扬，深受人民群众所喜爱，成为传得开、留得下的高峰文艺作品。可以想见，中国当代的文艺高峰必然是根植于中国特色社会主义伟大实践的高峰，必然是反映我们这个时代人民群众喜怒哀乐、冷暖悲欢的高峰，必然是有鲜明的时代特征和生活底色的高峰。

## 二、现实题材文艺创作是解决人类共同文化困境的中国经验

当下，人类文化在物质消费、市场驱动、技术规制等多重力量的挤压下，面临着共同的困境，我将其称为"心为物役"。其中一个突出的表现就是，虚构的世界对人类精神世界的大肆入侵。在文艺领域表现为非现实文艺题材盛行。日本御宅族文化就是一个典型的例子。发端并兴起于20世纪90年代的日本御宅族文化，在喜爱动漫、电子游戏、计算机及科幻小说等群体中构建了一个虚构的世界。这种非现实的创作倾向和作品无限地放纵了人们的想象，使创作与现实之间无限脱离，导致沉浸其中的人们飘浮在虚构的时空点上，对诸如职场、家庭等社会现实并不重视，缺少与真实世界的互动。精神世界的虚空，在一定程度上导致了自杀募集网站兴起、自杀攻略泛滥、群体自杀出现等社会问题。据统计，日本自杀率一直高居发达国家前列，2019年，日本自杀人数近2万。

过分追求非现实创作倾向的文艺，只能是"无根的文艺"，这个根就是现实。关于文艺与现实的关系，我经常打一个比喻，就好比风筝，必须紧紧连接着大地，才能迎风放飞梦想；断了线的风筝，脱离了大地母体，就是失了魂的人生，只能消失在无限虚空中。对于艺术创作而言，艺术既要放飞想象的翅膀，又要脚踩坚实的大地；艺术家既要勇于表达自我，又要具备"铁肩担道义"的社会责任感。对于艺术审美而言，既要满足人的文化需要，又要增强人民的精神力量。现实题材文艺所蕴含的现实主义精神，是一种原理，又是一个体系；是一股潮流，又是一场运动。这是中国现实主义创作观念，这种观念是我们为解决人类共同文化困境提供的一种中国经验。广大文艺工作者当以现实主义精神和浪漫主义情怀观照现实生活；以直接反映人民实践、描绘现实群像、表达真实情感的作品，观照社会变革和文明进步中人

类精神的生长；以关怀人生、温润心灵、昭示光明、催人奋进的作品，观照悲观者对人类命运的担忧甚至失望，用光明驱散黑暗，用真善美战胜假丑恶，让人们看到美好、看到希望、看到梦想就在前方，让人类以无比强大的自信迎接无法预知的未来。

### 三、新时代呼唤更高质量的现实题材精品力作

文艺是时代前进的号角，最能代表一个时代的风貌，最能引领一个时代的风气。当前，我国即将进入全面建设社会主义现代化国家新征程，向第二个百年奋斗目标进军的新发展阶段，社会主义文艺事业也正处于前所未有的重大战略发展机遇期，文艺工作者的舞台更加广阔、大有可为。但也应该看到，与中国正在进行的伟大实践相比，我国现实题材文艺创作还有很大的进步空间。立足新时代，生产创作出更高质量的现实题材精品力作，我以为重点要处理好两组关系，即"假"与"真"、"大"与"小"的关系。

一是处理好"假现实"与"真现实"的关系。当前现实题材文艺创作领域存在着一个不良倾向，就是把"现实主义"当作一个筐，什么都可以往里装。对此，老作家马识途曾说："现在写的这种都市小说大多是都市高层人士、大款大腕和新兴资产者们的生活，无非是尔虞我诈，悲欢离合，卿卿我我，酒楼饭店，床头车上，寻欢作乐。"这类作品最大的问题是真正的"现实"的缺席、现实主义精神的缺失、对个体命运与现实向度观照的缺乏，而更多的是作者的自说自话。

二是处理好"大时代"与"小人物"的关系。人民是历史的主角，是历史的创造者，也应当是文艺作品中的主角。现实题材文艺作品不管表现的是哪个时代的特征，最终都要回归到对个体的抒写上。比如，脱贫攻坚主题创作，应当将农民作为表现主体，而不是将过多的笔墨倾注于对外在因素的呈现上。电影《我和我的家乡》就是很好的例子。影片虽然反映的是脱贫致富奔小康的主旋律主题，但没有重主题、少情节，重场面、少细节，重道

理、少感情，而是通过小人物自身视角看周遭变化，以小人物表现大情怀，以小日子折射大梦想，在家长里短中反映宏大叙事，令观众毫无疏离和违和之感。

　　总之，面对史诗性的社会变革，广大文艺工作者只有将个体放置在历史的语境中，深入生活、扎根人民，才能最大限度地释放真实的力量，创作出更多现实题材的精品力作。

　　以上就是我对现实题材文艺创作这个话题的一点个人认识，和大家分享，希望能起到抛砖引玉的作用。

# 现实主义的"真"与"伪"

◎江 飞

　　在今天，某些作家认为只要自己写的是现实题材，就一定是货真价实的现实主义作品，似乎离"茅奖"（茅盾文学奖）、离经典就不远了。这就让人不得不产生疑问：写现实题材的作品就是现实主义文学吗？答曰：非也。在我看来，现实主义作为一种创作原则、创作方法，与现实题材的结合无疑更能显示出写实的重量和深度，两者是相得益彰的，但并非写现实题材的作品就是现实主义文学。正如鲁迅当年对"革命文学"的批评，他指出："我以为根本问题是在作者可是一个'革命人'，倘是的，则无论写的是什么事件，用的是什么材料，即都是'革命文学'。从喷泉里出来的都是水，从血管里出来的都是血。"鲁迅的现实主义不同于茅盾的现实主义，巴尔扎克的现实主义不同于卡夫卡的现实主义，可见，最重要的不是写什么样的现实，而是作家如何理解现实，又如何表达现实，由此决定了现实主义的"真"与"伪"。

　　埃德加·莫林和安娜·布里吉特·凯恩在《地球　祖国》一书中区别了两种不同的"现实主义"：一种是不对抗现实，并且去适应它；一种是重视现实，以便改变它。前者可以说是一种"伪现实主义"。回顾中国新时期文学就可以发现，自20世纪80年代中后期出现"新写实"潮流以后，自然主义代替了现实主义；当"分享艰难"的所谓"现实主义冲击波"出现以后，现实主义的写作更是成了一种对于现实的妥协、屈从，甚至与现实相互勾结。这些所谓的"现实主义"其实都是伪现实主义。以新写实为例，传统现实主义的问题在于，常常把现实观念化乃至政治化，使生活失去了它那绚丽多姿的迷人风情，丰富多彩的生活情趣，最终沦为干瘪思想的代名词，而新写实小说坚持的美学品格是表达其关注世俗生活的理想，他们把理想生活化、世俗化，这种文学精神与美学追求本质上是一种民间理想，这是值得肯定的。但是，我们更应当看到：新写实小说强调的"情感零度介入""冷漠化客观化叙述"的功能，在一定程度上影响了其美学品格的表达，正如批评家所指出的，"新写实"的所谓写实是"以'不成体统'的零散化拆卸了僵硬的清洁链条，以普通的凡人小事突破了'典型'的局限，以'自然'的格局消解了'意念'的痕迹"。如此所付出的代价是，作家的道德评价被悬置，读者很难把握人物形象所标举的精神趋向；小说中的叙述者只是扮演着冷静的旁观者，不再具有立体的透视功能，它所叙述的也只能是目击者平面化的种种场景，只能发挥着类似于摄像机的功能，仿佛法国新小说派的代表作家阿兰·罗伯-格里耶所倡导并践行的"把人从世界中驱逐出去"，仅仅呈现人的外部特性，表现出从物到物、以物观物的"写物主义"倾向，体现出的是对平庸生活和放逐理想的消极陈述和肯定。而有的作品虽然不乏批判和揭露的锋芒，但廉价的批判不仅不能触及本质，还认同着一种无奈的沮丧情绪，甚至部分作品过分宣扬现实生活的残酷和非人性，思想观念的灰暗与无望，传达到读者那里，便成为对理想的更加失望和无望。这样的现实主义只是对现实的低级模仿，丧失了作家的意志，丢失了文学的价值，因而是虚伪的。

"重视现实，以便改变它"，我以为这才是我们现实题材文艺创作应当坚持的"真现实主义"。借用罗兰·巴尔特的话来说，现实生活在人那里一直都呈现着三重面貌：真实的、意象的和书写的，小说作为某种特殊的书写形式，它要书写的并非"真实的生活"，而是"意象的生活"。现实主义不能仅仅当作一种描写现实、接近真实的创作方法，不应仅仅满足于对现实的逼真摹写，更不应该因此而成为某些低俗、庸俗、恶俗的所谓"现实主义写作"的借口，而应该作为一种认识世界的态度和立场。尤其在今天这样急功近利、纵欲过度的时代，文学更应该有一种对现实的批判和超越精神，也就是说，真正的现实主义最起码应当是批判的现实主义、人道主义的现实主义，既要对社会现实的黑暗给予毫不留情的揭露和批判，同时也要关注那些卑微的人生，对人性的探究、人性的含量、人性的传达，表达出一种诸如社会平等、公正等理想价值和人文情怀。进而言之，真现实主义实际上对作家提出了非常高的要求，"要求作家必须拥有独立自治的精神空间，彻底地挣脱主流意识的牵制，摆脱一些道德理想主义的潜在干扰，以民间化的价值立场和知识分子特有的审视姿态，对社会现实中各种不合理的生存秩序和不公正的体制结构进行不留余地的揭示和批判，从而凸现出作家自身的价值标尺，而不是停留于简单的道德层面上，让人物在好与坏的二元对立模式中来完成作家对社会现实的是非判断"。这样的作家才可以称得上是现实主义作家，这样的文学才可以称得上是现实主义文学，这样的现实题材文艺作品才具有相当高的精神高度和文化内涵。

在当下的现实题材文艺创作中，不乏这样的现实主义文学作品。比如脱贫攻坚主题的中篇小说《找呀找幸福》（《清明》2020年第4期），作者没有流于平面的政治化的书写，而是侧重于表现贫困农民王功兵对个人尊严的寻找，扶贫干部李朝阳的以心换心、以情动人的精准帮扶，使王功兵和幸福村都得到脱胎换骨的改变，真正走上了幸福之路。小说通过新旧对比，生动展现了新时代乡村的新变化，尤其是人们精神生活的变化，洋溢着现实主义和乐观主义精神。再比如中篇小说《爱恨江城》（《广州文艺》2020年第4期），小说巧妙地把男女情爱纠葛的故事，放置在生死危急的新冠肺炎疫情的背景之中，没有停留于对偷情男女的道德审判，而是写出了一个女子的自我迷失和人格复活，也从侧面表现和歌颂了一线医护人员（尤其是女性）柔弱背后的坚韧，把个人爱恨升华为大爱、宽恕和拯救。尽管情节的设置上可能有过分巧合的地方，但总体看来，小说在人物情感思想的变化和纵深度的开掘上、在诸多细节的处理上都非常到位，既是一部优秀的抗疫之书，也是一部抗疫人的心灵之书。

当然，需要注意的是，也有某些作家按照某种主观的想象或意识形态的需要而刻意改变现实、再造现实。比如中篇小说《水患》[《北京文学（精彩阅读）》2020年第8期]。小说非常写实地表现了森林警察与猪嘴冲村村民之间的冲突，以及村民与洪水激烈搏斗的情景。作者前半部分对支队长皮耀远、政委古谈的塑造和后半部分对洪水的描绘都非常生动形象，但可能是因为作者太想表达军民之间尽释前嫌、互相救赎的崇高与伟大，而刻意让赶去救援的七辆军车葬身洪水，让"刁民"莫宝郎率领村民几次三番奋不顾身地拯救被围困的几名军人，显然有违现实逻辑，反客为主，显得虚假，让人难以信服。

文学艺术的逻辑不等于也不能等于现实生活的逻辑，但这并不表明作家可以随意"改变"现实，指鹿为马或削足适履，以迎合某种特定的主流思想。换句话说，文学的现实不是生活的现实，也不是单向度的某种主观想象的或政治观念的现实，归根结底，是"以人民为中心"的人的现实，要遵从艺术的逻辑、心灵的逻辑。

在这里，我想重提一部现实主义作品：皖籍作家许春樵的长篇小说《男人立正》。小说写的是20世纪90年代初下岗工人陈道生为救女儿被朋友骗去了东挪西借的30万元，为了还这30万元钱，他开始了八年漫长的含辛茹苦、妻离子散的还债的苦难历程，直至生命的最后一息。这部小说是想通过陈道生这个小人物悲壮的生活经历，唤醒人们业已麻木的诚信、道义、廉耻、信誉的意识，试图在一个小人物的命运中重建社会的信任与道德理想。相比较"新写实"小说对底层小人物琐碎平庸的生活现实"原生态"般的描写和体验，以及现实批判立场的缺失和主体批判意识的缺席，《男人立正》这样的现实题材作品具有深刻的现实批判意味，它没有停留在对底层苦难生活现实的平面展示上，而是将笔触更深地探进底层大众的精神处境和心灵困境之中，"从生活的内里写起"，写出了对现实的对抗与改变。当遭遇种种苦痛、打击、背叛、欺骗的时候，陈道生所表现出的坚韧意志和对生命的抗争、对人性尊严和道义的坚守，不同于"福贵"（余华《活着》）那样隐忍，作者的目的"显然是要从一般意义的道德命题进入更深层次的人性命题，探寻并表现人性觉悟与人性升华的路径及其丰富性"，作品"从处于生存绝境中的卑微者陈道生身上提升出自我拯救和维护尊严的人性力量"，从而达到对种种背信弃义行为的批判和反思。"这是《男人立正》最有价值的创构，由此而与单纯叙写苦难厄运一类的小说拉开了距离，并且由此而通向世俗人道主义新思潮之中，从卑微的小人物身上发掘出高尚的人性精神。"[1]在小说的最后，骗钱出逃的刘思昌派人给已经死去的陈道生送来一张50万元人民币的支票，这于陈道生而言已不重要，但于读者或整个小说来说，却格外重要，至少它让我们看到了对底层小人物的人性尊严和道义有了一丝肯定和安慰。从这个意义上说，我以为这是一部批判现实、审问灵魂、为背叛赎罪、为人性讴歌的作品，具有强烈的人道主义精神和时代精神，是一部现实主义精品力作。

一个时代有一个时代的现实，一个时代有一个时代的现实主义。罗杰·加洛蒂在《论无边的现实主义》中，分别介绍了毕加索、圣琼·佩斯、卡夫卡，从绘画、诗歌、小说三个领域，论证了现实主义的"无边"。也就是说，尽管他们作品的形式迥异于传统，但依旧是现实的真实反映，比如卡夫卡以荒诞的形式表现现代人情冷漠的真实，因此仍属于现实主义范畴的创作。这给我们以启示：现实永远是流动的，文学永远是流动的，文学永远不是简单地模仿现实、反映现实，而是发现现实，甚至创造现实。这种发现和创造很大程度上体现于作家对艺术形式的再发现和再创造，而这恰恰是那些迷信内容的"题材决定论者"所忽略的。很显然，就叙述效果而言，传统现实主义因过分追求对现实的模仿而遵从于生活本身的线性逻辑，显得过于沉稳和僵化，缺少与现代人的娱乐愁怨相匹配的开放和灵动，也难以与当下多元变动的社会生活和读者的阅读心理相一致。从这个意义上说，真正的现实主义，不仅呈现在作品内容的批判性和人文性上，也必然要求在形式上充满探索性和当代性，而不能故步自封、抱残守缺，还自我标榜是"现实主义的坚守者"。

比如同样是扶贫题材的两部小说，长篇小说《授渔记》(《啄木鸟》2020年第2期)通过挂职扶贫干部梁双喜在崖上村的所见所闻所思所想，表

---

[1] 王达敏：《卑微者人性精神的演进——评长篇小说〈男人立正〉及其人道主义内涵》，《扬子江评论》2008年第2期。

现了脱贫攻坚的艰难历程，塑造了一群真实可感的底层民众群像，充满生活的质感。作者意在凸显"授人以鱼，不如授人以渔"的主题，但在形式上非常传统，平铺直叙，十分单一，尤其是中间部分，几乎流于故事串联，甚至许多政治话语直接掺入，一定程度上削弱了主题的表达和深层意蕴的揭示。相反，中篇小说《拯救那片庄稼地》（《作家天地》2020年第9期）却有意在形式上做文章，作者以浍湾农场的三场对话和一场茶馆对话来塑造人物、推动情节，借用巴赫金的话来说，这是一种"多声部性"的、"全面对话"的"对话体小说"。作者有意通过两两对话、多人对话、群体对话、人物之间的对话、人物自身对话等多种对话形式，展现官员、商人、农民等不同人物的身份、思维、性格、语言等差异，加速推进叙事视角的转换，在小说文本内部呈现多声部的碰撞与融合，在众声喧哗中凸显叙述声音。此外，对话形式还呈现出典型的戏剧化特征，人物、时空、情节相对集中并富有戏剧性，尤其是茶馆和农场大会的两场对话，仿佛舞台上的方言版群口相声，语流密集且迅速，信息丰富而形象，具有强大的裹挟力和感染力，让人如闻其声、如临其境。尤其值得一提的是，在对话形式中作者还建构了多重嵌套结构，比如在土地对话中嵌入淮海战役的支前故事，自然而然地交代了这片土地和人民的光荣历史，丰富和强化了小说的历史内涵和红色基因。可以说，对话不仅创造了艺术的新形式，更使得扶贫题材的表达有声有色、灵动而不生硬、通俗而不庸俗，从而保证了作品的艺术价值。

总之，现实题材的作品并不一定就是现实主义文学，现实主义有真伪之别，虚伪的现实主义是对物质现实的顺从、粉饰或遮蔽，是现实主义文学园地中的稗草，是需要辨别和警惕的。真正的现实主义是对社会现实的批判和对人的精神现实的观照，是以人文关怀作为一种基本而重要的表达立场重视现实、改变现实，并以形式的创新发现现实、创造现实，呈现出对现实的艺术性、当代性和总体性的把握与理解。对于作家而言，与其偏信现实题材，不如提升自己对现实的理解和表达，因为归根结底，无边的不是现实或现实主义，而是伟大作家的内心！

# 重建当下文学创作的政治维度 与现实关切

◎ 陈振华

80年前，火热的革命战争年代，《在延安文艺座谈会上的讲话》（以下简称《讲话》）开辟了文学的新时代。80年历史沧桑社会风雨，《讲话》精神并没有被雨打风吹去，其中的一些论断在完成了历史有效性、合理性之后，逐渐隐去，而大多数论断则穿越了历史时空，至今言犹在耳，具有超越历史性的恒久价值，对于当下的现实、对于新世纪语境下的文学创作仍然具有很强的现实指导意义。鉴于当前的文学创作状况与文学生存语境，笔者认为重建当下文学创作的政治维度与现实关切应当是当下文学走出困境的重要选择。

一

在特定的历史时期，《讲话》明确了"文艺为政治服务"的重要方针，提出文艺从属于政治，政治标准第一，艺术标准第二，将文学定位在"工具论"的层面上。从文艺规律和文艺本质的意义上而言，这样的方针将文学置于政治的附庸地位，对文艺自身的特点与规律没有给予充分的重视，显然有悖于文学自身的属性。但考虑到当时特殊的战争环境，"救亡压倒启蒙"，"救亡"成为全民族最大的政治，每个人都有责任有义务参与其中。当时的历史情境决定了"文艺为政治服务"的方针非但重要，而且必不可少。以历史的眼光、辩证的思维重新审视曾经的历史现场与《讲话》精神，这样的方针无疑具有历史合理性和历史正当性。

在《讲话》精神指引下，解放区文学获得了突破性的进展，涌现了诸如赵树理（《小二黑结婚》），李季（《王贵与李香香》），贺敬之（《白毛女》），丁玲（《太阳照在桑干河上》），周立波（《暴风骤雨》），马烽、西戎（《吕梁英雄传》），孔厥、袁静（《新儿女英雄传》）等一大批体现"为政治服务、为工农兵服务"、具有"中国作风、中国气派"、老百姓喜闻乐见的作家作品。这些作品的最重要特征就体现在它们服务于时代的政治功利性。"这一历史的质的规定性又反过来成为文艺发展的动力和文艺面貌审美变化的制约性因素。主题提炼的政治革命化、题材选择的'工农兵'化、笔触情调的大众化、功能职责的服务化和作家切入生活视角的阶级化等，不但是革命对文艺的要求，同时也形成了一种时尚。"①

中华人民共和国成立之后，在《讲话》精神的惯性延续与指导下，文艺与政治之间的从属关系非但没有弱化，相反在政治激情的催化下，作家创作了一批经典的现实主义作品。尤其是杜鹏程的《保卫延安》与柳青的《创业史》，前者以史诗般的规模再现了解放战争的宏伟篇章，塑造出了以周大勇为代表的英雄形象，体现了"宏大叙事"的社会政治诉求；后者则极具典型性和真实性地描绘了和平时期建设生活的时代图景，完成了由宏大叙事向塑造英雄性格的文学转变，弘扬了高昂的时代精神。尽管文学仍然是为政治服务的，但由于柳青等人具有丰富的生活积累、发自内心的政治豪情，因此他们能将自己对政治的理解、能将自己的生活方式融入政治生活中去，所以政治对文学创作的高度介入并没有完全取代生活经验本身，反而彰显了鲜明的时代政治主题。同时期具有鲜明政治主题的还有《青春之歌》《红旗谱》《红岩》《红日》等。这种历史情境之下，"文学与意识形态的各个门类彼此呼应，协同推动一个巨大的观念体系缓缓运转。在阿尔都塞所论述的'意识形态国家机器'之中，文学与宗教、教育、家庭、法律、政治、工会、大众

---

① 朱栋霖、丁帆、朱晓进主编：《中国现代文学史：1917—1997》上册，高等教育出版社1999年版，第324页。

传播媒介从属于同一个结构，唇齿相依，荣辱与共"①。

但必须指出的是，尽管解放区文学、中华人民共和国成立后的十七年文学均取得了不菲的创作业绩，也有重量级的经典，但总体而言，中国这一时期的文学和西方文学、苏联文学仍存在不小的差距，没有世界级的作品问世，这和中华民族所遭受的苦难、战争、牺牲是不相称的。其根本原因就在于文学过于附着于政治，过于表现政治主题，过于突出政治规训，过于突出阶级斗争，过于沉溺于中华人民共和国成立后的欢乐气氛和政治颂扬，而忽略了更为广阔复杂的社会、历史、现实与生活。尤其是在表现战争题材方面，我们的文学创作过于看重战争胜利的结果，而无视战争带来的悲剧性遗留，无视战争所带来的创伤、失落、破败、颓废、离散。为此，有论者指出："西方文学与苏联文学皆表现战后的悲伤，而唯独中国文学表现的却是战后的欢乐。"②受制于政治层面的主题囿限，那个时期的文学普遍缺乏深度的悲剧意识和悲剧精神，没有能够产生类似于《战争与和平》《这里的黎明静悄悄》《老人与海》《第二十二条军规》等大师级的优秀作品，这应当说是解放区文学与十七年文学的巨大遗憾。

"文革"期间的"潜文学"除外，显在的文学创作更是沦为极左政治的传声筒，成为继续革命、阶级斗争的工具，尤其是"文革"期间的革命样板戏更是体现了意识形态和政治乌托邦思维，"以政治乌托邦的方式讲述现代民族国家创立的历史和巩固这一成果的'现实'"③。这些革命样板戏的程式化、形式化倾向绝不意味着政治内容的虚无，"京剧的程式变成了'形式的意识形态'。事实上，属于京剧'形式'范围的脸谱、服装、音乐无一不显示出价值判断的意义。当观众日复一日地沉醉于这些程式时，他喜欢上的不仅仅是形式，而是形式蕴含的道德原则"④。"根本任务""主题先行""三

①　南帆：《四重奏：文学、革命、知识分子与大众》，《文学评论》2003 年第 2 期。
②　曹文轩：《20 世纪末中国文学现象研究》，北京大学出版社 2002 年版，第 24 页。
③　温儒敏、赵祖谟主编：《中国现当代文学专题研究》，北京大学出版社 2002 年版，第 233 页。
④　李杨：《抗争宿命之路——"社会主义现实主义"（1942—1976）研究》，时代文艺出版社 1993 年版，第 300 页。

突出"等政治上的创作要求变成了文学创作的金科玉律甚或文艺宪法。在文学与政治的关系中，政治的中心地位、绝对地位导致了文学创作的概念化、类型化与图解化，进而逐步形成了工具论、从属论、反映论、认识论的文学本质观，甚至把这种文学观当作文学规律或正确论断来看待，结果导致了文学的全面枯萎，妨碍了文学的创造性发展。正如美国学者房龙所言："把艺术公式化，把艺术弄成政治纲领的一部分的做法已屡见不鲜。但从来没有成功过，也永远不会成功。"①

正是鉴于"文革"文学的深刻教训，新时期以来的文学创作除了在刚开始的两年延续了"文革"政治话语及其思维方式外，一直在极力撇清和政治的关系，试图找寻文学的审美自律，于是开始了长达几十年的"去政治化"的历程。1979年《上海文学》刊载了一篇题为《为文艺正名——驳"文艺是阶级斗争的工具"说》的理论文章，从此揭开了文学疏离政治，文艺非政治化、非意识形态化、非工具化的序幕。在之后的历史语境中，人们逐渐认为，文学是应该独立的，有其自主性的品格，政治不能凌驾于文学之上，政治对文学的强硬入侵，只会导致文学主体性、独立品格的溃败，文艺更不是阶级斗争的工具，文艺只是形象地对社会生活整体地再现、反映与表现，然而矫枉过正，由此，文学的政治维度遭到了空前的放逐。20世纪80年代，文学以审美自律、"回到文学本身"、"纯文学"的艺术诉求开始逐渐逃离政治，开始以文学的自律来疏离、对抗文学的他律。新生代诗歌强调"诗到语言为止"，先锋文学则高举"形式革命"的旗帜，他们在纯文学、去政治的审美自律的道路上愈行愈远，把逃避政治看作是对文学自身的深刻救赎。正如马尔库塞所认为的，艺术自律的产生不仅是艺术文化在理论上的一个价值论目的，而且首先是其在实践中的一种防御手段，它成为艺术的一个避难所和立足点。客观而言，创作领域一直张扬"审美主体""艺术本体""情感"等文学自律的创作实践，理论领域则建构了一套文艺自律的理论知识谱

---

① ［美］房龙：《人类的艺术》下册，衣成信译，中国和平出版社1996年版，第696页。

系，两者的合力确实把文学从政治的束缚和工具论的禁锢中解放出来，在新时期的历史语境中起到了重要的思想解放作用。

但是物极必反，"去政治化"的文学、"为艺术而艺术"的文学创作与理论主张，也在新时期以来的历史语境中逐渐走向困境。一方面，过于自律的文学逐渐放弃了文学的思想使命，审美的乌托邦丧失了民族、宗教、历史、社会、文化等政治性意蕴而显得虚飘。审美自主性甚至成了某些作家逃避政治、逃离现实的借口，成了他们精神缺钙、思想犬儒的遁词。"关于文学'自足'的想象事实上将文学'悬置'在一个无法落实其现实性的'空位'上。人们发现，文学已经丧失了介入社会现实的能力，文学的写作与阅读已经告别了社会公共领域而进入到个人化的生活领域。"①先锋文学、"私人化写作"、后现代写作、历史的戏说等文学思潮有意取消思想的深度，保持和时代、公众、政治、现实的距离，渴望在和意识形态的疏离中获取价值认同。文学从公共生活领域、公共空间大踏步地后撤到私人化的领域与空间，这不仅是文学表现领域的变化，更是文学精神与思想立场的倒退。房龙在其《人类的艺术》中所言极是："为艺术而艺术的艺术是没有前途的，适应某种需要而产生的艺术，为达到一定目的而创造的艺术，是永久有生命力的。"②另一方面，相当部分文学在日益世俗化、商业化、市场化、产业化的社会进程中，逐渐走向媚俗化、娱乐化、消费化、大众化。享乐主义、流行性的消费主义文学观念也不可避免地消解文学的政治维度与政治表现，某种程度上，文学的动力不是来自内在的思想激情与政治伦理诉求，而是被欲望、金钱所劫持，文学成了大规模的复制、粘贴与文化快餐，装点着粗鄙化的转型期生存景观。文学抽空了政治内涵、失去了政治维度等于失去了自身的血脉、思想、意蕴甚至重量，变得苍白无力，这是因为政治是现实生活中影响最为深远、最为集中，也是无法"逃离"、无处不在的根本性因素。可以说，除了极端"审美主义"的特例，文学和政治须臾不可分离。新

---

① 施立峻：《公共空间与文学价值——重新审视文学与政治关系的一个视角》，《文艺理论研究》2011年第3期。
② ［美］房龙：《人类的艺术》下册，衣成信译，中国和平出版社1996年版，第796页。

时期以来文学由于过度疏离政治，造成了文学缺少黄钟大吕式的作品、缺少民族国家恢宏的想象、缺少对现实政治的有效关怀与回应，缺少现代性进程中政治逻辑的艺术呈现、缺少史诗般的时代经典……针对这样的现实语境与文学现场，文学应当尽快重建失落的政治维度，形成良性的文学与政治的理性互动及审美对话——当然，并不一定要回到古典的"诗言志"或"文以载道"的传统，更不能回到"文学从属于政治"的历史套路与思维定式，而是要在文学与政治之间找寻恰切的审美通道，以审美表现的方式体现宏观政治与微观政治的现实存在。文学不应回避政治，而是应当超越政治，超越文学与政治二元对立的思维模式，超越"工具论"的本质主义文学观，同时也要超越"审美自律论"的本质主义倾向，回到文学与政治的关系主义建构上。可以肯定地说，文学政治维度的重新建构，需要文学摆脱本质主义的束缚，回到关系主义的正确逻辑轨道上来。

## 二

文学与现实的关系似乎不言自明——文学是现实的反映，现实、生活是艺术的源泉，谁能否认这一点呢？这也是《讲话》中反复强调的文艺规律。然而，不同的语境、不同的文学主张又决定了文学与现实关系的种种差异，构成不同的现实主义：莫里哀的现实主义体现了与现实、王权的妥协，突出了宫廷色彩，因此是古典现实主义；巴尔扎克、狄更斯、屠格涅夫注重对现实的批判、对现存秩序的否定与怀疑，持有坚定的批判精神和道义立场，因此是批判现实主义；反映"道路是曲折的，前途是光明的"是社会主义现实主义；对现实进行照相式的观察与描绘，是自然主义的现实主义；注重日常生存的一地鸡毛、柴米油盐是所谓的新写实的现实主义；制造叙事圈套是博尔赫斯的迷宫现实主义；还有马尔克斯的魔幻现实主义……这么说来，文学中的现实无时、无处不在，而我们今天重提当下文学创作的现实关切似乎是一个伪命题。

但是看一看当下文学的创作实际，这非但不是伪命题，而且还是一个大问题——我们不能同意德国汉学家顾彬所认定的中国当代文学是垃圾的观点，但也无法否认中国当代文学没有产生无愧于这个"大时代"的大师级作品，也无法否认当代文学创作缺少应有的现实批判精神，无法否认当代作家很大程度上的精神犬儒主义。造成这种情形的原因固然很多，但回避当今的社会现实是其中最重要的原因之一。阎连科在《文学的愧疚》中毫不客气地指出："恕我直言，我想我不会因此得罪下列我非常尊敬的作家们——有一个事实似乎应该挑破窗纸说出来，就是那些最值得尊敬的作家的代表作或影响最大的作品，大都和大陆今天的现实没有直接关系……这是非常值得探究的一个问题。"①阎连科接着列举了陈忠实的《白鹿原》，余华的《活着》《许三观卖血记》，莫言的《红高粱家族》《丰乳肥臀》《檀香刑》，王安忆的《长恨歌》，李锐的《旧址》《无风之树》，阿来的《尘埃落定》，韩少功的《马桥词典》，张承志的《心灵史》，苏童的《河岸》《米》，叶兆言的《1934年的爱情》，格非的《人面桃花》，迟子建的《额尔古纳河右岸》，李洱的《花腔》，毕飞宇的《平原》，麦家的《解密》等代表性作家作品均与中国当今的现实无关，或总是隔着一层。这是当下文学至关重要的欠缺所在，面对现实存在，我们的文学失却了自己的声音，"面对社会现实，文学总是那样简单、浅薄和逃避"，与我们当下的现实相去十分遥远，"今天大陆三十年的改革开放，给中国大陆作家提供了一个最好的写作时机——这里说的最好的写作时机，不是写作的环境，不是写作的真正的自由，而是大陆今天的社会现实，到了一个前所未有的混乱、复杂、富裕、矛盾和荒谬的境地。任何一个作家、学者、哲学家和思想家，想把我们的现实搞清理顺，都几乎是不可能的事情。生活中的故事，远远比小说的故事更为复杂怪诞、跌宕起伏和含意深刻"②。面对当下充满悖谬复杂的社会现实，我们的文学只能心生愧疚，没有产生和这个时代相称的大家与鸿篇巨制。所以，当下的文学创作非常有必

---

① 阎连科：《文学的愧疚》，《扬子江评论》2011年第3期。
② 阎连科：《文学的愧疚》，《扬子江评论》2011年第3期。

要将文学与现实的关系重新问题化，重建文学的现实关切，用伟大的文学作品呼应这个伟大的时代。

鉴于现实精神的匮乏，当下文学创作该如何重建现实关切呢？

其一，文学创作应当彻底改变过于附着于现实表象的境况。20世纪90年代以来一直延续到今天，中国并不乏与现实密切接触的文学创作。诸如"新写实主义""下岗文学""现实主义冲击波""官场文学""反腐文学""新都市文学""新乡土文学""中产阶级写作""打工诗歌""底层文学""职场白领小说"等几乎与社会思潮、中国现代性、后现代性的社会进程同步。其中也出现了一批优秀的作品，但却没有生成时代的经典与享誉世界的文本，究其原因在于：这些"反映"现实的作品，过于附着于现实的表象，没能对现实本身进行深度勘探；过于停留在现实的已然层面，缺少对现实的可能性层面的进入；过于关注现实的经验层面，没能对现实进行形而上的提升，现实仅仅是现实，而与现实联系的历史、文化、人性、政治等深度内涵却在现实中缺席，现实缺失了现实的前因后果、来龙去脉，仅仅止于现实的表层。譬如现实主义冲击波，在"分享艰难"的现实中，历史理性与人文关怀双重缺失，文本展示的仅仅是经验层面的社会存在现象。再如"底层文学""打工诗歌"，赢得了道德口碑，却失却了审美意蕴，短暂的"反响"效应之后，很快归于沉寂，甚至相当一部分文学作品的层次只是停留在五四时期所谓的"社会问题小说"的水平，这些文学创作只能说辜负了时代的馈赠与期许。

其二，文学创作应当具有孤独悲悯的意识与现实批判精神。现实中有很多的苦难与悲剧，文学应该不仅仅停留在苦难展示的层面或悲剧揭示的层面，面对现实中的苦难，作家及其作品应该有悲天悯人的意识，应该具有忏悔的态度，而不是一味地埋怨、愤恨或是以"零度情感"冷眼旁观。中国当下的文学之所以缺乏"大气象"的扛鼎之作，其中一个很重要的原因在于中国作家心中缺乏"大爱"，缺乏悲天悯人的精神，缺乏穿越现实苦难的人生情怀，缺乏深层次的悲剧意识与悲剧精神。当然，当下的作家某种程度上也缺乏孤独意识，缺乏陈子昂意义上的"前不见古人，后不见来者。念天地之悠悠，独怆然而涕下"的旷世孤独感与天地、宇宙胸怀。如此，再丰富复杂的现实对于文学创作又有何益呢？可以说，在日益世俗化的语境中，伟大的孤独感的丧失，也是文学平庸化的重要因素。非但如此，当下的作家还被广泛指称为精神上的犬儒主义，缺乏对现实应有的批判精神。事实上，作家的日益体制化，文学创作的日益市场化、大众化，文学的去政治化、去历史化等合伙造成了当下文学创作现实批判精神的沦落。真正的文学往往就是现实秩序的"他者"，甚至本身就具有反极权的性质，文学一方面要保持对现实的足够关切，另一方面要对现实中的不公、非正义保持足够的批判精神。

其三，文学创作应当重建现实经验的整体性与历史总体性。在历史总体性被宣称失效之后，历史并没有终结，21世纪被冠之以新世纪，人们仍然在延续达尔文主义的"时间神话"。历史总体性裂解之后，现实愈加多元、破碎、吊诡乃至光怪陆离。什么是现实的真实？不同的立场、视角、情绪均会有不同的现实经验，"现实"逐渐变得支离破碎了。当下文学的现实处境就是建立在碎片化的现实经验之上，这样的文学创作或许会收获片面的深刻性与经验的广泛性，但却失去了经验的统一性与整体性，无法建构完整的"中国经验"。每一种经验都振振有词，自说自话，唯我独尊，这很容易形成文学面对现实的众声喧哗与繁荣的表象——个人化的私语不是现实吗？下半身写作不是现实吗？欲望不是现实吗？底层不是现实吗？鸡毛蒜皮、飞短流长不是现实吗？……然而，杂乱纷呈的文学现实景观无法实现对当下现实的整体思考，无法建构类似于马尔克斯笔下《百年孤独》中的拉丁美洲总体的历史记忆、现实整体与文化思考。尽管有人宣称历史总体性不复存在，但转型期的中国社会总还是有其特定时期的质的规定性，更何况意识形态一直在想方设法建构新的价值体系来整合多元化的社会现实。而文学要获得历史、现实关切的深度，就不能无视中国记忆、中国经验对历史与现实的整合。也只有在零散的现实经验基础上重建历史的总体性与经验的整体性，文学才能获得"大时代"质的规定性，才能取得文学面对转型期中国现实的根本突破。

其四，文学创作应当重建现实的信仰与形而上的超越追求。毋庸讳言，无论是标举审美主义旗帜的"纯文学",还是标举个人主义旗帜的"人的文学",都和当下变动不安的社会现实相去甚远,文学正在丧失对现实的敏感性与批判性,即使是标举"写实"的创作,也纷纷持价值中立的态度,以"日常生活"叙事达到"去价值化"的诉求。20世纪90年代以来,作家和知识分子逐渐退出公共领域,也逐渐放弃了作为"时代良心""公共知识分子"的角色认同。"作家们普遍缺乏有效的思想资源来廓清层出不穷的新现实,更不用说进行有力的批判","现实主义创作面临的思想困境,也正是站在20世纪末的中国知识分子普遍面临的精神困境"。[①]作家主体精神的沦落必然导致当前文学创作娱乐功能放大、精神导向意义萎缩的结果。部分文学叙事尽管充满了现实的符号和中国经验的表象,但它们是类型化的仿真,并没有触及现实的核心,这些"伪现实主义"所生产出来的文学"现实"实际上是权力话语与商业资本、商业逻辑合谋的产物。因此,当下的文学创作应当重建现实的信仰,应当有效地以艺术的方式呈现中国社会各种现实症候。当然,重建文学的现实信仰还不够,创作还需要在进行现实指涉的同时,具备形而上的超越性追求。如果说20世纪八九十年代,文学的现实指涉具备相当程度的形而上追求,出现了诸如刘索拉、残雪、韩少功、史铁生、北村等优秀作家,那么21世纪初的文学,这种形而上的冲动就大为削弱了。文学的现实性书写关注的是形而下生存或出自政治、伦理的现实功利考量,大多数作品都未能抵达形而上的思想高度,这也是中国当代文学与世界文学存在差距的又一重要原因所在。即便是关注现实的作品也要有形而上的追问:"文学在背弃实用主义哲学,在摆脱功利主义注视,在超越实在时空而去超时空领域捕捉所谓永恒,在抛却充塞于我们视野的社会景象与日常社会景象,而努力在深远的背后发现目光初不能达、力初不能及的更具普遍意义的景象。"[②]如此,当下的文学创作才能不被现实所拘囿,才能走向廓大和

①　邵燕君:《与大地上的苦难擦肩而过——由阎连科〈受活〉看当代乡土文学现实主义传统的失落》,《文艺理论与批评》2004年第6期。

②　曹文轩:《20世纪末中国文学现象研究》,北京大学出版社2002年版,第338页。

深邃。

　　社会历史、文学思想的进程诞生了《讲话》，而《讲话》精神又参与、改写了文学的现实面貌与历史进程。80年的历史风烟散去，我们当下的文学创作正面临困境，同时又在积攒着突破困境的能量。今天我们重申文学的政治维度与现实关切，并非只是为了纪念《讲话》发表80周年，而是从当下文学创作的困境着眼，充分考虑当前的思想文化语境，为当下的文学创作把脉。一面是对当代文学的质疑声不绝于耳，一面又对新世纪文学充满期许，我们正行走在没有文学主潮的"千座高原"时代。文学创作将向何处去？是继续在《讲话》精神的指引下进行新的世纪跋涉，还是突破《讲话》的历史阶段性进行新的世纪开拓？尤其是在新世纪的现实语境下，面对西方强势文化符号和价值体系的输出，面对全球化进程背后的文化与价值灌输，我们的文学如何保持文化的自主性与中国经验的独特性，而避免被文化殖民，这是每一位作家都必须面对的世纪课题。

# 现实题材网络小说的"硬核"

◎陈　进

新世纪以来，中国在经济、科技、文化领域都取得了举世瞩目甚至不可思议的发展。互联网经济、人工智能、大数据、物联网、云计算、高铁等新经济形态、科学技术日新月异。在主流现实主义作品里，我们很少看到这些题材的作品。面对如此巨大的时代变迁，我们很多号称"做时代的记录者"的主流专业作家为什么处于一种缺席、失声的状态？书写今天的现实是有难度的。在今天这个日益专业化、阶层分化且固化、行业壁垒森严的世界，传统的专业作家，由于知识结构的单一、实践领域的贫乏，在处理日益丰富且专业化的现实世界时，个体的经验难免捉襟见肘。过去那种政府下指令、专业作家出才华，无所不能写的创作模式，已经应对不了新的现实。

在网络文学那里，我们看到了应对这种挑战的一种可能。近年来，现实题材网络小说大有蔚然兴起之势。网络小说过去那种玄幻、修真、仙侠、魔幻的整体风貌发生了很大改变。除了体量的庞大、基数的磅礴，可圈可点的优秀作品也不在少数，如《复兴之路》《大国重工》《朝阳警事》《规培医生》《中国铁路人》《网络英雄传》等，既在官方评奖中获得认可，也在读者的"流量投票"中大获全胜。和传统的现实题材小说相比，这些小说在题材领域开拓得更加广泛，对时代脉搏把握得更加紧密，对当下生活更具贴近感和鲜活感。比如，当前互联网正值短视频、直播、网红经济的风口，九个栗子的《直播之工匠大师》就迅速涉猎这一领域，将传统的雕刻工艺与当下最火热流行的网络直播、网红经济融合，既涉及传统雕刻行业的诸多内幕，又讲述了最前沿的互联网传播模式。

现实题材网络小说为什么能如此贴近时代？这和作者的身份有关。他们都不是科班出身、体制供养的专业作家，写作本身是业余行为，所写题材却来自他们的主业。比如，《网络英雄传》写到了互联网创业、黑客攻防，作者郭羽、刘波的主业就是企业家、投资人、互联网行业精英；《大国重工》围绕冶金、矿山、电力、海工等写国家如何发展重型装备工业，作者齐橙是北京师范大学经济与工商管理学院副教授、中国社会科学院工业经济研究所博士；《最后一个金融大鳄》写到了国际金融市场动荡下的清查整顿，作者邓荣栋是金融操盘手，曾供职于汇丰银行伦敦总部，归国后从事金融投资工作。这种"斜杠青年"的身份，反而有利于他们迈过日益专业化的门槛。

由专业性带来的真实性，是现实题材网络小说作者的核心优势所在。《当代》杂志主编孔令燕认为网络文学"应该向更垂直更细分的领域发展，比如发掘爱好写作的金融才子、企业高管，他们对于本行业的了解和描绘是专业作家不可比拟的"。《网络英雄传》的作者郭羽、刘波在获奖感言中称，"《网络英雄传》系列是一个正面强攻、与时代无限接近的作品，现实感、真实感、实战感是我们一直在追求的"，"这些商业逻辑、商业运作都源自我们的创业经历，和传统虚构的作家不一样，我们描绘的是一个真实的世界"。两位作者反复提到的"真实"其实是"细节真实"。达到这种"细节真实"，他们的方法是"亲历"，这是一种无法替代的优势。用今天的网络词来说，就是"硬核"所在。

在今天的现实主义文学理论建构中，"硬核"应该是一个值得深入研究的概念。"硬核"是近年来网络上的高频词，经过不断衍生，应用于各种语境。一般认为，"硬核"这个概念源于说唱音乐的一种形式，被称为硬核说唱，后来引申出"面向核心受众，有一定难度和欣赏门槛的事物"或者"类似核心受众或高水平爱好者的行事风格"。"硬核"一词的另一个重要来源，是伊姆雷·拉卡托斯在《科学研究纲领方法论》中提出的"硬核—保护带"理论。在这里，"硬核"被定义为一种科学理论中最具基础而不可颠覆的原理。借助拉卡托斯的理论，我们可以更容易理解"硬核"在文学中的意义。

"硬核"最早进入文学领域，成为文学概念术语，源于科幻小说。科幻小说一般被分为软科幻与硬科幻，"软科幻是借科幻之名叙当下之人事，硬科幻则更纯粹地试图以现有或可预见的科技作为支撑，去谈论未知时空下的某种可能"，详细的科学说明与技术勾勒，成为小说"叙事本身无可替代的推动条件"。一旦抽离了这些科学说明与技术勾勒，整个小说叙事将面临无法为继的崩塌。比如，刘慈欣的长篇小说《三体》，里面就充满了诸多现代物理学知识，一旦抽离了这些知识，不但科学幻想失去根基，人物的矛盾也"皮之不存，毛将焉附"。

在科技高速发展的当下，科幻与现实的边界本来就比较模糊，昨天的科幻可能就成为今天的现实。故而，"硬核"理论又迁移到一些专业性很强的现实题材网络小说中。在铁路、航空、官场、商界等题材的小说中，要么行业壁垒导致信息神秘，要么知识专业导致进入困难，作者如果不具备一定的专业知识和行业经验积累，则无法在细节上逼真。这种技术细节的详细勾勒，就是小说的"硬核"。比如，同为写官场生活，王蒙的《组织部来了个年轻人》、阎真的《沧浪之水》更多的是关注人际关系的异化和心灵世界的变化；而小桥老树的《侯卫东官场笔记》则写具体的行政工作、官场潜规则，也包括如何提拔运作。同为工业题材，蒋子龙的《乔厂长上任记》写的是改革者在"四化"阻力面前的无畏气魄，对官僚主义进行批判；路内的《少年巴比伦》写的是国企改革时代少年的迷惘和成长，工厂只是一个背景，人物形象、情节矛盾放到其他环境中依然成立；而齐橙的《大国重工》则是实打实地写到了工业经济发展的各个方面。人物情感失真与否，可能不太影响总体情节的推进。而常识性知识与逻辑的失当，则无法自圆其说。"硬核"是一个门槛，既是读者欣赏、接受，甚至说服自己相信的门槛，也是作者创作提高细节真实度和逻辑自洽的门槛。如果"硬核"不硬，作者在专业领域不能进行技术细节的详细勾勒，读者就有理由评价为"不真实"。

传统的现实主义文学理论非常注重"细节真实"。恩格斯在致玛格丽特·哈克奈斯的信中就指出现实主义的意思包括细节的真实。而"硬核"

的本质就是"细节真实",但它所侧重的不是人物性格与情感,而是事件发展、社会环境、技术手段和自然事物最小组成单元的真实。传统的现实主义文学批评其实也很重视这种细节真实,对于巴尔扎克的《人间喜剧》,恩格斯就如此盛赞道:"在这幅中心图画的四周,他汇集了法国社会的全部历史,我从这里,甚至在经济细节方面(如革命以后动产和不动产的重新分配)所学到的东西,也要比从当时所有职业的历史学家、经济学家和统计学家那里学到的全部东西还要多。"恩格斯所说的"经济细节",如果放在"超级现实"的时代,其实就是一种"硬核"。

现实题材网络小说"硬核"的出现,本质上是由媒介革新文学生态带来的。顺带比较一下两个世纪初的媒介革命。清末民初科举制度的废除和现代报纸出版业的兴起,推动一批传统文人转型为现代作家,促使小说文类上升,成为"文学之最上乘",启蒙成为文学或显或隐的主题。但这种启蒙仅处于理念层面,因为大多数作家还是观念型的知识分子,对现代性的理解还停留在理念的瓶颈。21世纪之初,网络文学的盛行和市场经济的深化,让一批行业专家兼任网络作家,"硬核"成为现实题材网络小说的圭臬与追求,现代性理念表述的及物性大大增强,现代性叙事由此变得丰富、驳杂而细密。

一个常识是,文学作品的核心并不是"硬核",而是艺术价值。"硬核"的实证性,在摹写现实的层面具有无可替代的优势,但是伟大的作品应当在现实世界之外,还有它的意义和形式世界。因此,对现实题材网络小说的评价,同样应当遵循艺术规律。今天的"硬核"现实题材网络小说并不等于传统的现实主义小说,在美学风格、精神价值方面相去甚远,大多是去价值化的"爽文",接近于电子游戏的"升级打怪"模式。在很多"霸道总裁""上门女婿"类型的小说里,作者极其善于描写人情冷暖、世态炎凉,比传统的底层叙事更加沉重。但这种现实世界的沉重更像是"先抑后扬"的叙述心理技巧和一种犬儒式的自我调侃。小说里,人物的成长,全靠"金手指"的频繁出现,"爽点"的适时激励,一旦"开挂"人生马上走向巅峰,不但完全没有对人生、社会的深刻反思，甚而进一步宣扬权力财富决定论的功利乃至低俗价值观。传统的现实主义文学要求"真实地再现典型环境中的典型人物"，而很多现实题材网络小说中的主人公更像是亚当·斯密所说的"经济人"，即以完全追求物质利益为目的而进行经济活动的主体，也可以称为"经济动物"。《侯卫东官场笔记》是前些年十分火热的官场小说，在网络上获得极大流量后出版成纸质图书。邵燕君曾将这部小说与传统官场小说《沧浪之水》、个人奋斗小说《平凡的世界》进行比较，指出侯卫东"始终是一个符号性的人物，而不是一个文学形象"，"存活在一个非人格化的'科层制'体系中，构成其价值属性的不是人物个性，而是其职业特性"。侯卫东、杜拉拉等网络小说主人公的成长，都量化为层级的上升、财富的积累，更像是电子游戏里的不断进阶，而心灵蜕变、精神升华这种更具人文精神的成长，根本不在此类小说所考虑的范围之内。

而读者对"硬核"现实题材网络小说的阅读偏好，有时候可能和文学本身并没有什么关系，而是我们所说的"硬核"，即"有用"的知识和技术。邵燕君指出《侯卫东官场笔记》"在去价值化后，写实类小说的阅读重心转向中性化的知识，作为一种文学形式的现实主义小说蜕变为知识性小说乃至指南攻略。作品的自传性则是以亲历性佐证所传授知识的可靠性"。在脚注里，她还举《侯卫东官场笔记》《杜拉拉升职记》的副文本（封面广告语）为例，出版社打上了"公务员必读""官场百科全书""知识小说""读小说，学知识""中国白领必读职场修炼小说""当官是门技术活"等广告语。类似于《侯卫东官场笔记》，今天很多现实题材网络小说大多是以揭露行业内幕、传递行业知识为卖点，比如，Superpanda的《一栋人间烟火》从法律专业角度讲述房屋产权争执，有翔实的房地产行业知识、庭审细节。从读者角度来看，"硬核"又保证了专业知识与行业经验的真实性、细节的可靠性。哈贝马斯在《认识与旨趣》中提出人的认识实际上受三种认识旨趣的支配，包括技术的认识旨趣、实践的认识旨趣和解放的认识旨趣。真正的文学阅读，其旨趣应当是审美的、超功利的，应当属于实践的和解放的认识旨趣。当读者的文学阅读兴趣集中在"硬核"（即技术）上时，实际上是一种认识旨趣的降维。

如果单从现实题材网络小说的流行看，我们或许会对文学本身产生复燃的乐观，而当我们透过表象看到"硬核"时，才能洞察这折射出今天的大众文化、时代精神似乎已经失去了对文学本身的审美感受兴趣和时代人文精神的进一步退潮。十几年前，现当代文学内部的主要分裂与矛盾还是雅俗对立。但无论是纯文学还是通俗文学，其审美的文学本质是一致的。今天的文学，雅俗之间彼此消融，明显的对立已不复存在，转而呈现的是小说内部审美与"硬核"的对立。这种对立的趋势是，在知识与经验的强势侵袭下，审美在不断萎缩。在功利环境中，审美是极其脆弱的，因为它"无用"。鲁迅在《摩罗诗力说》中将"诗力"与其他知识门类相比较："益智不如史乘，诚人不如格言，致富不如工商，弋功名不如卒业之券。"今天，小说依然还是小说，但是在"硬核"、实证、知识的"借壳上市"下，文学的本质属性与价值日益陷入危机，正如学者汪卫东所说，"'文学'的外延不断扩散，内涵不断被分化和掏空，丧失自己的本质规定，成为空洞的能指，换言之，我们以前称之为'文学'的所在，正在不断'挥发'，面临被消解的可能"。

"硬核"本身是中性的、技术的，它并非必然与人文精神不容。我们追根溯源，现实题材小说的"硬核"式写作在传统文学里早已存在。茅盾在20世纪30年代创作了长篇小说《子夜》。这部被誉为"社会剖析小说"的作品，通过精细观察，运用社会科学思想分析社会生活，"兼具文艺家写作品与科学家写论文"的创作手法，和今天现实题材网络小说的"硬核"一样，呈现出自然主义或科学化的倾向，尤其是小说对金融世界的描写，几乎成为一种金融现代性叙事。《子夜》的成功，对今天的"硬核"现实题材网络小说有很大的启示，那就是在实证和想象之间做好权衡，在真实、专业地再现现实世界之外，还要进一步创造它的意义世界。

经典作品的意义世界，不可能是"去价值化"的攻略指南。实际上，现实世界的每一次新变都会带来人际关系、人与自然关系的新变，以及美学风格的变化。在博德里亚所说的"超级现实"的时代，网络世界的暗黑丛林、空间距离感的消失、新经济形态造成的人际关系异化，都不仅仅停留在现实表象层面，而是深刻影响了人们的心理状态、思维方式，以及时代的审美。现实题材小说的创作，也不应仅仅满足于用"硬核"进行逼真的"画皮"，而应当用与时俱进的世界观与方法论，进行深度的伦理思考，对现实进行深度的介入与"画骨"。

# 宅男的冒险

## ——卢德坤小说读札

◎ 王晴飞

一

卢德坤目前已发表的大部分小说是对现代都市景观、生活方式及由此引发的现代人心理细致而又精确的想象与描写，这当然会使人联想起本雅明所分析的波德莱尔及其笔下的第二帝国的巴黎，以至于使人阅读时常不免有波德莱尔之叹。这么说当然不是在贬低卢德坤写作的意义，文学总有理论难以概括的盈余之处，而我们今天仍然处于波德莱尔、本雅明所面临的那个时代的延长线上，商品化、现代化程度和对普通人日常生活的渗透程度又远远过之，对我们身处时代的观察，自然会有溢出前人观察与总结的新异之处。卢德坤着意观察的超市、电视、网购、快递、朋友圈等当下社会新的生活、社交方式，都是本雅明时代所不曾出现而又与我们今天一般人的生活息息相关的。

卢德坤的小说主人公常常是宅男。《逛超市学》中的宅男他要定期离开自己独居的空间逛超市去。他不仅"逛"，还如同调研一样地逛，在"逛"中形成了一门"逛超市学"。超市之于城市，意义重大，它是商品的集散地，也是现代人如教徒一般日常朝圣之所。对于超市的"逛"是他定期融入商品之潮寻求快感、增加"多巴胺额度"的乐事，也是一种带有距离的观察，他试图穷尽这个城市的变化，得其全貌。逛超市并不源于直接的生存需求（比如补充生活用品），而是内心一种有频率的躁动（即"不安于室"的驱使）。在超市里，他像科学家面对实验对象一样对待商品，细致，精微，随时算计、思索，超市中几乎每一件商品都会引起他充足的兴趣和考量，在他的内心引起全新的感觉和刺激，失落，欢欣，犹疑，满足，各种感觉彼此交织，他也乐在其中。

除逛超市，又有对城市的"逛"，而且是随机的逛，"盲坐"公交车的"盲逛"。从这一点来看，倒颇似都市闲逛者，不过他的注意力不在人群，只在超市和城市景观本身，并从中发现城市的悖论：千篇一律与时刻变动。几乎全世界的城市都是同一副面目；而即便是同一座城市，此刻与下一刻，从此角度与彼角度观察，也完全不同。现代人既难以对自己安居之地产生完全的熟悉与信任之感，又无法找到真正陌生的异质体验。

作为都市闲逛者，卢德坤笔下的宅男与波德莱尔式的游荡者颇有些不同。波德莱尔笔下的人物往往是高贵的精英人士，他们对都市和人群的观察采取的往往是俯视视角，而宅男则是社会中最普通的一群，甚至是边缘人，被人群遗弃者。超市也是与寻常百姓的日常生活息息相关，更具平民色彩，卢德坤笔下的宅男固然也观察、研究，但采用的是平行视角，而且关注更多的还是自己脑中随时升起的感觉。这当然也是因为当下社会的现代化程度和对普通人生活的渗透已远远超过本雅明的时代。

《逛超市学》中最像波德莱尔式闲逛者部分的或许应该是对公交车上一位萍水相逢的女性的观察——"他目不转睛盯着她看"。他们的目光几度接触，但是对方似乎都没有意识到他的"看"，现代都市生活尤其是与陌生人同处一辆公共交通工具的频繁体验已经使人对于和他人的接触（包括视线接触）视若无睹，有所应对也几乎是习惯性的本能机械反应。于他而言，虽然在女子下车的一瞬间有跟着下车的冲动，但这种冲动更多的是源于空虚与无聊，而非强烈的爱欲吸引。本雅明在分析波德莱尔的《给一位交臂而过的妇女》时说，"使大都市人着迷的东西并不是那来自第一瞥的爱，而是那最后一瞥中产生的爱。这是一种再也不会重逢的别离，这种别离就发生在这首诗中出现着迷的一瞬间"，"并不是那种每一根神经都触到了爱欲的精神快乐，而更是那种性冲动，就像在独居者那里会出现的性冲动那样"（《论波德莱尔的几个母题》第五章）。而卢德坤笔下的宅男闲逛者则连肉欲的冲动都不会产生："他感到愉悦？抑或失望？事实上，两者皆非。他甚或觉得目光的相遇时间太短暂，但并不觉得愉悦或失望。"这种交臂而过于他而言，只是偶尔的轻微刺激而已。这也是我们时代的宅男与19世纪都市闲逛者的不同：他们不仅失去爱的能力，似乎连性的欲望都丧失了。

在《逛超市学》中，他对同城超市的穷尽，是怀着"逛完城中所有超市"这样的雄心壮志的。所谓的"集邮""打卡"，成为"达人"，是很多现代都市人热衷之事，今日网络的普及更是不断生产出各种网红打卡点，现代都市事物的瞬息万变与无限自我繁殖使得"达人"事业成为永远不可能完成的任务，从收集大业中得到刺激的宏愿与现代都市自身的性质恰是相悖相生的。本雅明曾论述过现代人的收藏癖，在他看来，收藏是城市人"力图弥补私生活在大城市中没有地盘之不足的努力"，"将该生命使用物品时留下的踪迹保存下来"（《波德莱尔笔下的第二帝国时期的巴黎·休闲逛街者》），不过与本雅明时代相比，现在"达人"的收集范畴更广，或许这也说明今天的城市人私生活、个人性更少，而保存、弥补的方式也更多，这本就是一体两面的事。

卢德坤另一篇小说《失眠症》中的"我"是一名深度收藏癖患者。"我"因细事离职，饱受失眠之苦，在终于有所改进之后偶然迷恋上了收藏、网购旧影碟、旧杂志等故物。这一人物及其收藏行径恐怕更符合本雅明意义上的收藏者，"我"对收藏的执念，既有保留个体性、弥补空虚的徒劳，也是对商品刺激依赖不断加深的饮鸩止渴。在网购藏品的过程中，"我"免不了要与快递员打交道，这一点值得注意。快递的盛行正是我们这个时代的一大特征——这是波德莱尔和本雅明的时代不曾出现的——也是使"我"能够宅在室内离群索居的最重要的现代机制。在此意义上，快递员只具有商品的工具属性，也正因为这一点，快递员的工作自有其运行逻辑，他的送达时间并不能依据"我"的意愿，从而严重影响到"我"的睡眠和生活节奏。正常良好的睡眠与对收藏品的执念似乎构成了对立的两极。而即便如此，"我"只要银行存款还未用完，便不可遏止地持续囤积（收藏）各种零碎，这也是现代人的典型症状。为此，"我"制订了详细而庞大的"阻断计划"以调整睡眠。所谓"阻断计划"，阻断的正是对商品和现代生活方式的中毒式依赖。

最能体现现代人对"购买"活动重度依赖的是一个带有隐喻性的细节。"我"在网上参加一套法国《电影手册》的拍卖，卖家将截止时间定为凌晨五点，"我"虽然长于熬夜，子夜之后还是设置了"代理竞价"功能，不断暗示自己不必执着。诡异的是，在四点四十八分的时候"我"忽然从熟睡中醒来，最终成功拍到藏品，一切焦虑仿佛瞬间化解，心满意足之下难得地睡了个好觉。对此，叙述者"我"有自觉意识："第二次醒来时，我才开始琢磨凌晨四点四十八分时，我是怎么醒的？当时，睡着而无梦的我似乎听到一种切实的召唤，犹如神谕，促我醒来"，"这是个小小的漏洞，对我的睡眠似乎未造成什么大的影响……但我常常想起那道无由来的'神谕'，觉得恐怖"。所谓的神谕，可以视为这个时代对购买行为给予人控制的隐喻，似乎商品已经取代了上帝的地位，在"我"的大脑中植入了神谕般的指令，随时发出神圣的召唤，而"我"显然无法拒绝。


## 二


《逛超市学》中的他虽有穷尽全城超市的雄心，但是有些区域他是小心翼翼地避开的，那就是熟人的"领地"。现代人对于都市人际关系的适应，使得他们谨慎地将自己与外部世界相区隔，宅男更是自我放逐于个人狭小的居室之中。

卢德坤小说中的宅男，或是因失去工作而宅（如《失眠症》），或因工作性质而宅（《逛超市学》中虽未提及他的工作，但从他理直气壮地宅着而家人也毫无怨言看来，应当有一份自由职业），或仅仅因为不想工作而宁愿吃软饭而宅（如《毒牙》），总之，他们对于人际关系尤其是亲密关系都有着一种似乎源自本能的恐惧。相对于和人相处，他们更愿意置身于商品之潮并从中得到快感，而相较于熟人，他们也更愿意和陌生人打交道，因为城市里的陌生人——比如快递员——往往只展现其功能性的一面，更像是商品。

宅男这一群体本身也是现代都市的产物，正是都市将大量陌生人集中在一起，以快节奏生活，使得都市人对他人充满警惕甚至恐惧之感，并由此失去建立亲密关系的欲望与能力。也正是现代都市机制使得都市人一边对他人的工作更加依赖，一边又将人从与他人的直接交往中抽离（就宅男而言，是"解放"）出来，使其不需要与他人建立亲密联系而照样可以满足日常需求，很好（对于宅男来说，其实是更好）地生活。宅男出现的原因同时也是宅男出现的可能，二者相互渗透，使人对现代社会机制依赖加深，如本雅明所说，"安逸使人们封闭了起来；而在另一方面，它又使享用这种安逸的人进一步依赖于某种机制"，他引用瓦雷里的话说："住在大都市中心的居民又退化到野蛮状态中去了，也就是说，又退化到了各自为营之中。那种由实际需求不断激活的，生活离不开他人的感觉逐渐被社会机制的有效运行磨平了。这种机制的每一步完善都使特定的行为方式和特定的情感活动……走向消失。"（《论波德莱尔的几个母题》第八章）

《毒牙》中的"软饭男"赵心东宁愿被同居女友"饲养"也不愿离开个人居住空间，而他与女友李丽的两次决裂，都与离开居室去与人建立更亲密的联系有关。一次是李丽让他去工作，赵心东以离家出走的方式蒙混过关，得以继续"在室"做宅男。第二次是在同居四年后，李丽终于提出结婚，这是比"出室"工作更亲密的关系，两人再次决裂。赵心东"离室"出走时发现，他四年来的活动区域最远处只在离家四站路的地方。以居室为圆心，四站路的距离为半径，就是赵心东的最大活动区域，也是他自我区隔的最大范围。赵心东因为不愿意和女友建立更亲密的（婚姻）关系，而不得不离开在对方卵翼之下才有可能出现的自我区隔空间，越界走向未知。这似乎也可以视为现代城市人处境的隐喻：他们深度依赖的，正是他们不愿亲密的。

而在《逛超市学》中，他由定期定点逛超市到后来的"盲逛"，其实已有越界冒险之意，不过真正的冒险还是到熟人的领地去，因为这意味着可能与熟人相遇，突然置身早已不能适应的传统人际交往模式之中。他甚至将这种恐惧概括为一个带有悖反性的"超市相遇焦虑问题"：不论遇到或未遇到熟人，都是可怕的；遇到固然可怕，未遇到则要随时做好相遇的心理准备，更为可怕；为解除这种不定时炸弹般的焦虑，只有主动和熟人相遇以解除危险。当他怀着这种视死如归般的心情拜访弟弟一家时，却"受到比预期中热烈得多的欢迎。不知从什么时候开始，他总低估别人的热情程度"。

低估别人的热情，是他推己及人的症状，弟弟一家的热情，也似乎在显示着人与人之间亲密关系的可能。卢德坤的另一篇小说《活力人》写的正是另一个极端：关系过分亲密而对世界和他人充满炽烈热情的人。小说的情节很简单：加平去医院看望数年未见的表哥兴华，与表哥、表嫂在病房聊了一下午天，兴华夫妇非常热情，晚上又热情地挽留他一起吃晚饭，说了很多话，加平回去后很晚才睡着，接下来几天都处于空虚之中，一个星期才完全恢复。兴华夫妇显然和加平不是同一类人。加平更像是现代都市人，待人冷若冰霜，并不长于跟人亲密相处。兴华夫妇则浑身充满活力，无论是夫妻之间，还是和已三年没见的加平，都能相对无距离感地相处。

加平的探望，显然有应付的意思，他一边与兴华夫妇聊天，一边暗暗盘算得体的离开时机，所以他对于谈话，不免一半参与，一半游离，兴华夫妇则是完全沉浸其中。加平和兴华夫妇都被老家人称为"有个性"，含义指向其实不同。加平的"个性"是被动的，侧重的是冷口冷面，并不与亲友建立亲密关系；兴华夫妇的"个性"是主动的，积极主动寻求合意的亲密关系。

《活力人》采用的是加平的叙述视角，他对兴华夫妇这种"活力人"充满活力的社交方式是何种态度，似乎也很暧昧，给人的感觉是有一些羡慕，也不免受到一定的感染，比如屡次发现最佳起身时间而并未真正起身；也有一些不适应，比如表嫂将红包退还给他时，直接塞入他破了的口袋，"加平觉得表嫂的手指头伸到衣服'内壁'，像施行了什么探入性检查"。但终究是有一点吃不消，感到疲乏，最终落下过度交心综合征——一个星期才恢复便是证明。"活力人"的热情似乎可以弥补现代人的虚弱，但是过度的热情和缺少距离的越界，恐怕还是让加平这样的人觉得太过灼热，耗费元气。

在那些描摹现代城市人生存状况的小说里，卢德坤的写作精确细密，几乎是瞬时记录下人物面对外部世界和自己内心时的反应，各种感觉纷至沓来，一念方生，一念又起，甚至到了使当事人被过多感觉与念头卡住的地步。烦琐的细密源于对人心的过度反思，有时候似乎也不免使人物成了承载各种念头的容器。

新作《伴游》，对于卢德坤来说，或许也可以看作一种冒险，寻求新的越界尝试——他的作品终于不再是一个人的独语，而开始有了两个人的碰撞与互动。此前的《活力人》《电视晶体》中出现的主要人物固然不止一个，但几乎从题目即可看出，小说的主旨还是在概括两种人的类型：活力人和电视人，人物的特征不免从一开始就已确定。《伴游》的不同之处在于，两个人物（老沈和一莉）的本质并不固定，他们在叙事的展开中不断生长，具有更多未知的可能性——这种可能性在小说结尾仍然未能确定。

《伴游》之于卢德坤，可算是一次突破，它延续了他此前小说对现代人新的生活方式及相应的感觉方式的敏感和即时关注，又从很普通的日常事件中发掘出人心深处不断荡漾的波动，以洗练、准确而富于弹性和暗示性的语言，耐心、从容的笔调描画出事物与人应有的状态，人情练达，更富于世俗烟火气息。现代人的生活和感觉固然不免受制于新的机制与技术，但人与机制的关系毕竟不会完全是单向的刺激与反应，将人物置于充满更多可能性的人际关系中，使其自由生长，看一看他们在互动中会发生什么，还是一件值得期待的事情。

# 评储兆庆的扶贫①主题长篇小说
# 《春到茶岗》

## 新时代乡村振兴的"创业史"

韩　进

《春到茶岗》（安徽人民出版社2019年版）是农村题材扶贫主题文学创作的重要收获。小说成功塑造了扶贫干部、驻村第一书记王有根的典型形象，记录了第一书记带领茶岗人从脱贫致富迈向乡村振兴的全过程，讴歌党的执政为民理念和脱贫攻坚政策，讴歌社会主义制度优越性，讴歌新时代新农村新农民爱党爱国爱家爱生活的精神风貌，是一部新时代乡村振兴的"创业史"，为脱贫攻坚伟大战役留下了永恒记忆。

### 一、扶贫干部创作的扶贫小说

《春到茶岗》的作者储兆庆是作品主人公王有根的原型，储兆庆驻村扶贫的茶庵镇就是作品中茶岗镇的发生地。在三年选派扶贫期间，作为驻村扶贫工作队队长、第一书记，储兆庆始终奋战在脱贫攻坚第一线，用诺言、用行动、用青春、用感情，带领乡亲们脱贫攻坚，同时用文字记录下"驻村扶

---

① 2015年，十八届五中全会将扶贫攻坚改为脱贫攻坚，但是由于地区发展不平衡，许多地方在布置工作时，仍沿用"扶贫"字样。

贫日记"，以此为素材创作扶贫主题长篇小说《春到茶岗》，为扶贫驻村第一书记立传，为脱贫攻坚战役立传，真实、鲜活、亲切、感人。这份可贵的文学收获，既是对脱贫攻坚岁月的最好纪念，也宣传了脱贫攻坚伟大事业，用文学的方式带来脱贫攻坚第一现场的真实报告。

## 二、讲述脱贫攻坚安徽故事

茶岗原是一处供行人歇脚喝茶的茶亭。由喝茶摆摊到茶岗集市，由市而村，村镇合一，形成"杨王吕罗"四大家族，历史上曾经有过短暂辉煌，终因环境恶劣、交通不便、疾病频发、村班子不和谐，导致经济发展落后，成为全县有名的重点贫困村和村班子软弱涣散村。扶贫工作队的到来，拉开了茶岗村从脱贫致富走向乡村振兴的序幕。

小说共十七章，分为三部分。第一章至第四章为第一部分，写基础设施建设与美丽小镇规划。以申报"美丽小镇"建设为龙头，统一村干部思想认识，先把镇区路网修好，再把农贸市场建好，然后整饬老街，唤醒村民乡愁，再建市民文化广场，每一件都是从老百姓关心的身边大事做起，让看得见的环境优美起来，为下一步招商引资创造条件。第五章至第十一章为第二部分，写招商引资与村镇经济发展。抓住市领导来茶岗调研的机会，启动"凤还巢"回乡创业计划，引导个体小农经济向村镇集体企业转型发展。杨凡平回乡创业，夏小慧开豆腐坊、林木春三次转型……在招商引资带动下，茶岗集体经济呈现蓬勃发展景象。第十二章至第十七章为第三部分，写文化扶贫与美好生活。小说第十二章写到"房子盖高了，家电升级了，轿车下乡了"，但"农村的精神文明建设弱化了，针对群众的思想政治工作也淡化了"；明白了"物质上的扶贫固然重要，精神上的扶贫甚至更为重要，看来扶贫的任务比想象的要艰巨得多"。为让村民们自愿从麻将桌前走出来，茶岗村恢复了"罗家班"锣鼓队的演出表演，组建了干部家属王咏梅带头的广场舞蹈队，开办了茶岗夜校和茶岗讲堂，建立农民工培训基地……物质生活的不断富有和精神生活的不断丰富，让茶岗人对美好生活充满向往，杨凡平和夏小慧对爱情的勇敢追求，既是他们美好生活的开始，也象征着茶岗人告别了一个贫穷落后的旧时代，进入了一个全面小康的新时代。

茶岗村的脱贫致富是安徽决胜脱贫攻坚战役的缩影。截至2020年4月，安徽省31个贫困县（区）3000个贫困村全部摘帽，这是安徽发展史上具有里程碑意义的重大事件，标志着安徽区域性整体贫困问题基本解决，开始踏上全面小康的美好征程。《春到茶岗》就是一座文学丰碑，上面刻录着安徽决胜脱贫攻坚战役的伟大业绩，有其现实而深远的意义。

## 三、塑造第一书记崭新形象

驻村第一书记是加强脱贫攻坚领导工作的一项制度创新，第一书记是党的脱贫攻坚政策的忠实执行者，是贫困村脱贫摘帽的第一责任人，实现农民全面小康的带头人。王有根就是这样一位组织信任、村民信赖的党代表，在他身上有着共产党人的优秀品质。王有根是茶岗养育出来的国家干部，时刻不忘报恩家乡，主动请缨回乡扶贫。他说："如果能回到家乡去驻村，带领乡亲们脱贫致富，那也是一件十分开心的事。"王有根是清醒的思考者，他了解家乡的穷根子，有一套完整的扶贫思路，就是以"三改"引路——改善交通、改造环境、改变思想，"三引"并重——引进项目、引进人才、引进企业，坚持扶贫与扶志、扶智有机结合，做到扶贫扶人双管齐下、治愚治穷齐头并进。王有根是"要干就干好"的实干家。在三年任期里，他抓了脱贫攻坚"三大工程"，即早期的"美丽小镇"规划工程、中期的"凤还巢"招商引资工程、后期的茶岗夜校文化工程。"三大工程"的实施和完成，体现了王有根对党脱贫攻坚政策精神的准确理解和生动实践，将三年选派扶贫工作与茶岗三十年乡村振兴愿景规划结合起来，不仅让茶岗人得到眼前脱贫的实惠，还交给茶岗人致富奔小康的本领。

作为第一书记，王有根身上既有共产党人的坚定信念、使命担当、群众路线、作风踏实等斗争精神，又有新时代青年政治理想、事业抱负、敢为人先、人文情怀等优秀品质。其中人文情怀表现为人情往来、人性关照、人文关怀的"人情味"，往往是做好群众工作的通行证，却是很多干部缺少的"情商"。中国是人情社会，王有根最懂人情，善于调动自己所有的"人情"关系——领导关系、同学关系、老乡关系，甚至夫妻关系，全部用到脱贫攻坚上。王有根回乡扶贫，不仅是报效家乡的"乡情"美德，也有熟悉"人情"便于工作开展的原因。王有根了解茶岗的人和事，深知亲情的重要性，在工作中遇到棘手的问题时，他会巧妙地放到"杨王吕罗"四大家族的血缘亲情关系中来化解。王有根对杨凡平与高菲、吕先富与夏小慧的爱情关心，尽显兄弟情义和人性观照。"人情牌"也成为王有根克敌制胜的法宝。小说第十章写村班子为争取企业家林木春来茶岗投资时，列出四条投资优势：一是土地资源，二是区位优势，三是交通条件，四是王队长的人际关系。王有根的风俗"人情"与他的文学"才情"结合在一起，使他的思想工作做起来有人情味和感染力。工作中，王有根没有官僚主义架子，没有形式主义习气，讲政治讲政德、敢作为敢担当、想干事干成事、有想法有办法、不谋私不贪腐，这样的第一书记正是新时代党员干部的楷模，也为当代文学画廊提供了难得的有血有肉的第一书记的崭新形象。

## 四、浓郁的象征意义

小说以《春到茶岗》为名，有着浓郁的象征意义。"春到茶岗"既有春风吹来的意思，也有"春驻茶岗"的寓意，象征包含了从脱贫攻坚迈向全面小康的美好生活。小说开篇第一章写道："精准扶贫的春风一路吹来，吹到了江淮分水岭，及时雨般地吹到了淮滨市安丰县茶岗镇茶岗村。"在第二章"美丽小镇"建设规划方案通过后，小说写道："蓝图绘就，只等建设。曾经辉煌现在没落的茶岗，没想到柳暗花明迎来了一个建设发展的春天。"小说第十七章，也是全书最后一个故事，杨凡平与夏小慧走进婚姻殿堂，作者写"杨家院外墙根的那几株梅花开了"，寓意春天就要到了——春天在茶岗人的美好生活里，正如迎亲花轿上联所写："佳人定节后春时，劝平哥要等春来，假春汛，寄春闺，惹动一点春心，借得春光红紫茂。"六个"春"字，借景写人，写茶岗人心中的春光春色。党的脱贫攻坚政策，像春风吹醒了茶岗人追求美好生活的春心，第一书记就是播种春天的使者。没有"春到茶岗"，又哪有茶岗人谈情说爱的春天。

《春到茶岗》是一部有生活深度、思想高度和情感温度的优秀作品，充满正能量和精神力量。作者站在时代精神高处，写到乡村生活深处，记录脱贫攻坚新征程，塑造第一书记新形象，讴歌全面小康新时代。中国是农业大国，乡村是文学创作的永恒母题，决胜全面小康，王有根是全国290万驻村第一书记的杰出代表。倘要追寻这部扶贫小说的意义，那就在于它记录了中华民族向贫困宣战并取得决定性胜利的伟大时刻，讴歌了中国共产党为人民谋幸福、为民族谋复兴的伟大事业，塑造了驻村第一书记的伟大形象，表达了过上美好生活的人们永远跟党走的伟大情感。一部作品是作者一段生活的记忆，也是一个时代变迁的记录。作者用饱含深情的文笔，为脱贫攻坚雕刻了一座永恒的文学之碑，用它告诉后人：有这么一段不平凡的创业历程，永远铭刻在中华民族伟大复兴的征程上；有这么一种脱贫攻坚的茶岗精神，是永远照亮人们迈向美好生活的不灭神灯。

# "有根有底"的现实主义创作

方　川

曾经挂职村党支部第一书记的储兆庆先生出版了一部名叫《春到茶岗》的长篇小说。猛地听到这个题目，感觉这是一幅国画、油画、摄影，甚至是抒情诗的题目，画面感十足。等我拿到装帧典雅、由我省著名书法家杜鹏飞题写书名的作品后，"期待视野"激荡着我认真地读了起来。读着读着，我觉得小说题目取得还真是名副其实：改革开放、联产承包、土地流转、脱贫攻坚、美丽乡村、乡村振兴等一系列大政方针，可不就是一股股的春风吹到了乡村田野、吹遍祖国大地，同样也吹到了江淮分水岭上的茶岗村，茶岗村发生了翻天覆地的变化。小说中虚构的茶岗村是中国农村改革开放的缩影，它就像凤阳小岗村、湖南十八洞村、金寨大湾村等现实村落一样，在全面建成小康、精准扶贫、脱贫攻坚等和煦春风吹拂下，变得民主文明、富裕幸福、和谐美丽。小说告诉世人：中国全面建成小康社会的目标就要实现了，向世界承诺的减贫计划就要兑现了。

读完《春到茶岗》，我深切感受到这是一部直面当下"精准扶贫，全面建成小康社会"的现实主义创作，是"深入生活、扎根人民"有根有底的作品，是讴歌"真扶贫、扶真贫"的作品，是"扶贫又扶智"有温度有情怀的作品，是一部有血有肉有灵魂的作品。正如小说封腰描述的那样，这部小说是"扶贫扶志扶智，驻村扶贫选派干部的倾情创作，贴近农民，贴近农村生活的源头活水"。《春到茶岗》为乡村振兴战略立传、为脱贫攻坚行动立传、为扶贫干部立传、为作者的人生历练立传。

## 一、这是一部"有根有底"的现实主义好小说

孟子主张"读其书，不知其人，可乎？是以论其世也"。研究一位作家的作品，特别是现实主义的作品更要知人论世，可以说孟子是现实主义创作的社会历史学研究方法的发明者。为什么说《春到茶岗》是一部有根有底的现实主义好小说呢？第一，当数作者的丰厚农村现实生活积累。作者出生在江淮热土、桐城派故里、历史文化名城的桐城，故乡的山山水水、四季景物、人文风情，深深镌刻在作者的大脑沟回里，这是构成《春到茶岗》创作的现实生活底色。第二，明清以来形成的桐城文风对作者有着深切的浸润和熏陶，这是《春到茶岗》创作的精神或灵魂的底单。第三，作者大学毕业被

分到淮南工作，先在国企——淮南矿务局——从事企业管理工作，然后调到经贸委，后来又调到市委政策研究室工作。故乡、大学、国企、机关的人生履历，造就了其世事洞明、人情练达的表达生活感悟的创作底气。读完全部作品，乡土故园、大学生活、官场规则等现实生活场景的再现，在小说里几乎无处不在。同时，《红楼梦》里贾史王薛四大家族的兴衰史的创作模式，北宋以来古白话小说善于引用古典诗词进行创作的风貌，是《春到茶岗》创作的底本。

2010年，作者以市委政策研究室副主任的身份，率队进驻瓦埠湖东岸的孙庙乡，进行了为期半年的田野调查和淮河流域传统村落文化的社会历史研究。通过全方位透视淮河流域传统村落20世纪以来在政治、经济、社会、文化等方面的历史变迁，写下了15万字的研究报告。在调研期间作者结识了很多乡村朋友，听到了很多农民朋友干事创业的感人故事。这是一笔宝贵的创作财富，奠定了《春到茶岗》创作的温床。据储兆庆同志介绍，当年驻村调研结束之后，就萌发了将那些没有写到调研报告中的故事用文学的方式发表出来的念头，但一直没有想好想透，也就放了下来。

2016年1月，寿县划归淮南后，储兆庆作为第六批选派干部，披挂上阵，成为江淮分水岭上瓦埠湖西岸茶庵镇茶庵村扶贫工作队队长和第一书记。扶贫期间，他深感肩上的责任重大，在与乡亲们摸爬滚打中，他又结识一批新的乡村朋友，又听到一些感人至深的故事。这些人和事在他的大脑里挥之不去，萦绕其间。他利用扶贫空闲的夜晚，动手写了几篇反映乡村生活的散文、诗歌，发表在《安徽日报》《淮南日报》等媒体上，很多读者，尤其是一些选派干部，纷纷通过微信或者电话给以鼓励、点赞，这激发了储兆庆同志的创作热情和创作欲望。

渐渐地，储兆庆感觉发表散文、诗歌已不足以表达自己内在的激越情感和火热的现实生活，于是他拿起笔开始了小说创作。这一次心中埋藏的创作火种被彻底点燃，储兆庆先写出短篇小说《茶岗之春》，发表在《淮南文艺》上，得到编辑部等文学同好的充分肯定和高度认可。这是点燃《春到茶岗》创作的导火线。

这部长篇小说是在约3万字的短篇小说《茶岗之春》的基础上发展而来的。小说的结构、人物关系、场景设置等内涵和外延都发生了巨大变化。尤其是篇幅，达到了15万字之多，是原来的5倍。在文学史上，从一部中短篇小说发展为长篇小说的例子并不少见。比如，贾平凹的长篇小说《废都》就是在其中篇小说《废都》的基础上转换创作出来的。现在有些影视作品拍出来后市场反应非常好，还补拍了"前传"，比如电视剧《闯关东》播放后，收视率高，观众反响好，于是编导们又导出一部《闯关东前传》来。

同时，《春到茶岗》虚构的主人公名叫"王有根"，也寓意其创作是有根有据的，不是胡编乱造没有生活根基的"狂轰滥炸"。熟悉储兆庆的读者都晓得，这部小说明显带有自传的特点。作者储存着用不完的乡村创作素材，在创作过程中如何去粗取精、去伪存真，的确费了他不少脑筋。

## 二、这是一部带有浓郁"乡土情结"的好小说

《春到茶岗》有浓郁的乡土情结。作者作为"凤凰男"，出生在乡村，长大在乡村，有深厚的农村生活基础，同时又是一名地地道道的到乡村挂职的"第一书记"，有丰厚的乡村生活体验，他愿意把这份浓浓的乡土乡情和自己的人生感悟，用文学的手法表达出来，和读者朋友共同分享。《春到茶岗》是生长在乡村的作者写的乡土小说，是一名机关干部写的乡土小说，是一名扶贫干部写的乡土扶贫小说。

自从现代文学发展初期，以鲁迅为代表的作家离开故土家园，到外面讨生活、寻出路，把自己经历的外面世界与故乡做对比，开启了乡土小说创作的先河。乡土小说作家要么歌颂乡土生活的诗意与纯美，如沈从文、汪曾祺等；要么批判乡土生活的愚昧与龌龊，如鲁迅、柔石等。如果按照乡土小说发展脉络来看，《春到茶岗》无疑属于前者。

诺贝尔文学奖得主莫言也是中国乡土小说在当代文学中的发展和继承

者。当莫言在小说创作中找到安绥其灵魂的"高密东北乡"后，他说，"高密东北乡，是地球上最美丽最丑陋、最超脱最世俗、最圣洁最龌龊、最英雄好汉最王八蛋、最能喝酒最能爱的地方"。莫言眼中的乡土是矛盾的乡土，裹挟着光明与黑暗、爱与恨、赞美与批判。作者是想把他虚构的故土"茶岗"最美好的一面展示给读者，哪怕有矛盾冲突也是一笔带过，昭示着茶岗在党的精准扶贫、生态文明、美丽中国、乡村振兴战略等政策的帮扶下，一定会建设得越来越美好。他是瞒着妻子报名参加扶贫工作队的，本来想着妻子得知一定会大吵大闹，结果却是：当王有根接下扶贫工作队队长的任务后，妻子只是殷殷嘱托："你就放心地回家扶贫吧，要干就干好，为家乡做点事……"妻子在民间俗称为"书记"，这也就意味着是组织的嘱托，所以王有根发誓说："坚决干好，不干好绝不回来。"这是对妻子的承诺，也是对组织的承诺。

当王有根心中有了这根红线，又是回到自己的故乡去脱贫攻坚，底气足、腰杆硬。他就瞄准这个奋斗目标，大刀阔斧地开始了他在茶岗的扶贫工作。要想富先修路，他首先抓住美丽乡村建设契机，报项目发展村村通，找资金对旧街道改造，建新区盖商贸街，建设文化广场，让茶岗的面貌焕然一新。他调查研究，在无农不稳的前提下调整产业结构，大力发展蔬菜生产；开办农民夜校，扶贫扶智，从根本上脱贫；招商引资，土地流转办企业、开办合作社；吸引大学生、研究生返乡创业，开办电子商务中心；恢复乡村传统文化表演，振兴传统文化，把茶岗村脱贫攻坚、美丽乡村建设搞得风生水起，将茶岗建设得如花似锦，令人艳羡不已。

王有根挂职还没到期，全村就已脱贫出列。小说运用倒叙的手法，写王有根离开茶岗后，还被邀请作为杨凡平、夏小慧这一对恋人男方的媒人，返回茶岗见证他们的婚礼。作品显示王有根是一位有价值有贡献、无法被人们忘怀的优秀挂职干部。

正如季宇先生在"序言"中的概括："《春到茶岗》最大的亮点，就是它的思想性，充满着正能量。创作小说有很多技巧，但最重要的是思想性。"正如小说结尾带有象征描绘的那样："侧目过去，院墙上那条'不忘初心、牢记使命，志存高远、脚踏实地'的标语洁净如新，白墙红字下面便是静悄悄开放的梅花。一架从省城机场起飞的客机，轰鸣着从杨家屋顶、从茶岗上空掠过，在湛蓝的天空划出一道白线，越飞越高，越飞越远。"把作品的思想性大大向前推进了一步，也表达了作者对未来乡土世界的美好祝愿。

## 三、这是一部"有温度有情怀"的好小说

小说作者储兆庆认为，这篇处女作美中不足的是写作技法尚欠火候，只是写出了自己在扶贫工作中的感人片段，有碎片化倾向，对一些人物的刻画还不够丰满，情节发展还不够完整，留下一些遗憾。但是作者的创作初衷是真诚的，写作态度是认真的，写作过程也是精心谋划的。正如季宇先生在"序言"中所说："初出手就写长篇，挑战自我的勇气可嘉，是故好奇。小说写得颇有特色，谋篇布局不输熟手，人物刻画不逊里手，文采章法不让老手，可以说挑战成功。"所以，我认为它是一部有温度有情怀的好小说，值得认真一读，仔细品味。

一是真实再现了脱贫攻坚一线的生活图景。小说叙事，不疾不厉，为我们徐徐展开扶贫干部的工作图景和生活原貌。作者以自己真实的生活体验为基础，运用"杂取种种人合成一个"的典型化手法加以提炼，达到了文学的真实性和典型性统一。恩格斯在读了中篇小说《城市姑娘》后，给作者哈克奈斯写了一封信，他在信中说："据我看来，现实主义的意思是，除细节的真实外，还要真实地再现典型环境中的典型人物。"作者无疑是按照这样的创作思路开展的。小说用明暗两条线索展开叙事，以江淮分水岭上茶岗的王有根回乡扶贫、杨凡平返乡创业、豆腐西施夏小慧改嫁等为一条线索，可视为明线；描绘茶岗四大家族情与爱、冷与暖的老故事为另外一条线索，可视为暗线。一明一暗两条线索，反映了中国乡村从传统聚族而居的农业文明，发展到信息时代现代化的历程，具有一定的史诗气息，具有较强认识价值和时代印

痕。同时小说塑造了"王有根"这个名字土得掉渣，成长在改革开放，实干在中国特色社会主义新时代的扶贫干部典型形象。

二是重彩描绘了江淮分水岭上浓郁的民俗风情。作者将儿时记忆中或调查研究听来的故事，运用白描的手法，挥洒在小说的发展情境中，如颗颗珍珠，在小说里熠熠生辉，增强了小说的可读性。比如茶岗的地名，来源于杨姓人家看中江淮分水岭这块风水宝地，在此搭庵卖茶。对富庶的吕家堆房的描绘、淮河鼓书艺人的民间说唱情景、三女婿拜寿的民间传说、老杨家的古井由来、百里不同俗的"鸡头事件"、民间小戏庐剧的演出、淮河流域汉族民间舞蹈代表作花鼓灯的表演、江淮分水岭上杀年猪习俗、白头红纸春联的由来等这些风俗故事，细节描写逼真，读来趣味盎然。

作品写了很多次的酒席和美食，从豆腐、牛肉汤、炒饭到小酱、豆腐乳，从瓦埠湖的老三秀（瓦虾、银鱼、毛刀鱼）到瓦埠湖的新三秀（红菱、芡实、大闸蟹），等等，显示出作者对生活观察的细心和对生活的无限热爱。这一点和《红楼梦》比较类似：于日常生活描绘中展现矛盾冲突、塑造人物性格、抒发文化情怀。

三是声情并茂地描绘了六对美好的爱情。王、杨、吕、夏四大姓氏，同居一乡，联姻成婚最为正常。《春到茶岗》绘声绘色地描述了王有根和派嫂（田静）、吕先富和豆腐西施夏小慧、吕先业和王咏梅、杨凡平和高菲、杨凡平和夏小慧、杨燕和夏大有这六对美好的爱情故事。这里面既有如胶似漆甜如蜜的婚姻，有离异的苦涩，也有再婚的忐忑，爱恨之间反映了真实的人性。每对婚姻爱情都是一个独特故事情节和发展线索，为读者的形象再创造展开了巨大的张力。作者坦言，当他大学毕业来到城里工作时，由于城乡的剪刀差，出生于农村的储兆庆，有一种莫名的自卑。他担心自己找不到媳妇，会打光棍。王有根和派嫂（田静）一对，再加上其他几对情侣的爱情，是作者"借他人之酒杯浇心中之块垒"，明显带有作者人生的自我况味。所以这些情节在小说里显得特别精彩。不得不说的是吕先业和王咏梅这一对爱情的发生，在说书场上吕先业奋不顾身救了如厕时被蛇惊吓"失身"的王咏梅，抱得美人归，具有明显"孟姜女传说"母题的化身。

四是展示了作者深厚的古典文学修养。首先，作者将自己在日常生活中创作的古典诗词、对联嵌入作品的情节发展和人物行动中，为作品增添了不少文学色彩。全书有两首词、一首曲、两副对联，切入巧妙自然而又不露痕迹。比如，当王有根参加杨凡平和夏小慧的婚礼时，看到杨凡平写了一副花轿联：喜期约年前腊日，邀慧妹随腊去，赏梅花，敲腊鼓，扫除几多腊气，结成腊底风鸾娇；佳人定节后春时，劝平哥要等春来，假春汛，寄春闺，惹动一点春心，借得春光红紫茂。情真意切、香艳无比。其次，作者在作品中巧创了很多新的词语。比如派嫂、城归、拐的拉客、"随依讴"（CEO）、"许三多"等等。这些词语可能是民间的说头，也可能是作者平常思考所得，也可能是创作过程灵机一动的"现挂"，我们都不觉得生硬或出格，反而令人耳目一新。我印象比较深刻的有"随依讴"（CEO）：时时随着老板跑跑腿，做个追随者；事事依着老板办办事，做个执行者；处处讴歌老板吹吹风，做个维护者。"许三多"指的是机关许多会议、许多接待、许多文件。作者深得官场游戏规则和个中滋味，这些词语口语色彩浓郁，增强了作品的文学魅力。当一个作家能够轻松驾驭自己笔下的文学语言，在自己创造的艺术世界里纵横驰骋、出入自由的时候，他就无往而不胜。

作者没有读过中文专业，也没有经过小说创作训练，所以乍读作品，感觉不像小说。有人说是纪实文学，有人说是报告文学，有人说是非虚构小说。不管怎么说，《春到茶岗》是一部现实主义的文学。小说中的很多地名除了淮滨市、安丰县、茶岗等是虚构的外，马鞍山、和县、当涂等地名就是实写。作者干脆自谦说自己的小说是"日记"。我认为，作为一名文学业余爱好者、一位曾经做过作家梦的"文学青年"，第一次出手写长篇就能达到这个水平，已非常不容易。正如作者在"后记"中说，"当前全国有数百万选派帮扶干部奉献在扶贫工作一线，尤其是2015年以来，已经有200多名党员干部牺牲在脱贫攻坚的道路上，我作为选派干部的一员，有责任为这个群体写篇工作日记"。既然作者自认为自己的作品是"日记"，《春到茶岗》自然就比较原生态，自我的东西难免会多一点儿。我们看到作品里写了很多扶贫工作的大段介绍；作品的起承转合不够明显，结构安排得不够紧凑；叙述人语言过多，作者的意图没能通过人物语言和场景描写自然而然地流露；等等。

正如季宇先生评价的那样，"乍读文稿，感觉像是散文的写法"，还有一些语句是陈述与议论。读完全篇，又觉得这些散文化、评论化的片段，不但没有冲淡小说的主题，而且增加了作品的可读性。看起来没有套路，但读完以后又觉得有一些不同寻常的套路。"虽然是文无定法，但是还是有章可循。"作者没有受过小说创作训练，反而丰富了小说这一体裁。特别值得一提的是，"从文中嵌入的词、曲、联来看，作者的文字也颇具功底"，"我相信这部作品一定会受到农民朋友的喜爱，也一定会给广大扶贫干部和'三农'工作者带来一些启迪"。

祝愿储兆庆同志在未来，沿着现实主义的创作道路一路前行，笔耕不辍、刻苦磨炼，创作出更多无愧于新时代的"思想精神、艺术精湛、制作精良"的优秀作品。

# 记录扶贫路上攻坚人

施晓静

《春到茶岗》是淮南市委政策研究室副主任、第六批选派帮扶干部储兆庆创作的一部记录驻村扶贫干部在脱贫攻坚工作中所见所闻的长篇小说。该作品先后入选全国"助力小康社会与脱贫攻坚"主题出版物目录、2020年安徽省农家书屋重点图书推荐目录，荣获第34届华东地区优秀哲学社会科学图书二等奖。这部聚焦现实题材、讴歌新时代、兼具深度和温度的文学作品，具有以下几个方面的特点：

一是具有时代画面感。作品的重点，是通过驻村扶贫干部王有根脱贫攻坚道路上的亲身经历，串联起茶岗村干部吕先业、成功商人林木春、返乡创业者杨凡平以及发展家族技艺的夏小慧、罗守进等一系列人物，为改变农村面貌不懈奋斗的感人故事。通过前任村支书杨老书记、富而返贫的吕先富家庭、先富带后富的杨凡平这些人物，连接起农村发展的过去与现在，既讲唯物论，又有辩证法。无论是对集体经济、家庭联产承包责任制，还是脱贫攻坚、精准扶贫，该赞扬的赞扬，同时也能直面问题，不回避矛盾。小说反映中国农村经过改革开放近40年的奋斗发生了巨变，但物质贫困依然存在，精神贫困更为普遍；在新的历史条件下，发展村级集体经济，可以"办更多的事，才能更好地办事"，这是历史沿革和时代变迁的真实存在。作品没有将改革开放前后的中国农村对立起来，有选择地刻意贬低、刻意溢美，做到了"两个三十年"不互相否定。譬如在"美丽小镇"建设过程中，将年久失修的镇（公社）老礼堂修建成为开放式礼堂兼讲堂，再铺上步道与文化广场连成一个整体，在礼堂两侧和背面建成文化墙，构成"一场（文化广场）二堂（礼堂、讲堂）三室（图书室、电子阅览室、文化活动室）四墙（宣传政策、村史文化、村规民约、发展愿景的文化墙）"，就具有中国共产党带领人民向共同富裕道路迈进的象征意义。

二是充满生活烟火气。书中每个主要人物出场，都伴有与之相关的身世故事、情感故事、婚姻爱情、家长里短，以及他们面对公与私、得与失时的内心争斗与盘算等等，真实可感，充满了烟火气。如杨老书记卸任时没有推荐杨凡友接班，却私下嘱咐吕先业多带带杨凡友；"倒插门"到高家的杨凡平，在负责寻找扶贫项目带头人工作的王有根的建议下，选择回乡创业；失去丈夫的夏小慧谨慎处理再婚等诸多人情世故、生活细节，都非常具有生活气息。书中很多场景描写也非常精彩，譬如在集市上听大鼓书的段落："主人家少不了摆上一两张八仙桌、几把椅子和几条大板凳，烧上几瓶开水，再泡上一壶茶。遇到大方好客的，还要摆上瓜子、花生甚至糖果。当然那也就是摆摆样子而已，主人客气地招呼大家来吃，大家也都自觉，要么不吃，要么一边称谢一边象征性地捡上几颗、抓上一撮。那几把椅子和大板凳算是雅座，专供老寿星和几个前来贺寿的亲戚围桌而坐，其他的听众得自己带只小凳子，嫌麻烦的干脆抓把稻草或者麦秸秆垫上，席地而坐。当然有大队干部或者是集上有头有脸的人来，那也是要请上雅座的。"将当地的民风民情鲜活地呈现在读者面前。即便是对如何得到领导支持、如何争取项目、如何向不同层级的领导汇报工作等官场规则的描写，也是真实客观，有趣有味，非常难得。如王有根约请市农委蔬菜办张主任的饭局被林木春合二为一，王有根先后为落实"美丽小镇"建设项目与开导遭遇婚变情绪低落的杨凡平，破例到村支书吕先业家吃饭、在工作日陪杨凡平喝酒，还有为增进杨凡平、夏小慧之间情感，撮合杨燕、夏大有等不同饭局的描写，都是既有人情味又有市井气。正是这些人间的烟火气、世俗味，使作品没有陷入图解政策的泥潭。

三是记录扶贫路上攻坚人。党的十八大以来，以习近平同志为核心的党中央把脱贫攻坚摆到治国理政突出位置，党的十九大要求动员全党全国全社会力量，确保到2020年我国现行标准下农村贫困人口实现脱贫，贫困县全部摘帽，解决区域性整体贫困，做到脱真贫、真脱贫。生动诠释"以人民为中心"发展思想的脱贫攻坚、全面小康，既体现了社会主义制度的优越性，也化解了社会风险、缩小了贫富差距。《春到茶岗》主人公的扶贫点恰巧是其家乡，回乡扶贫正好可以顺带照顾父母、家庭；即便如此，他还是采用先斩后奏的方式硬闯"夫人关"。小说还通过写市长到扶贫联系点调研，交代了市领导包点联系乡镇脱贫攻坚工作，到蹲点基层调研，不仅在次数上、时间上有硬性规定，在吃住行等方面也有具体规定。这一方面说明党中央把脱贫攻坚摆在治国理政的突出位置，同时也表明工作落实上的客观艰难和主观不易。

四是体现责任与担当。作为淮南市直干部的储兆庆，坚决拥护党的大政方针，积极投身脱贫攻坚第一线，扶贫工作卓有成效，体现了国家公职人员的责任与担当。工作之余，他还将自己在驻村扶贫工作中的所见所闻、所思所想记录下来，塑造了驻村扶贫工作队队长王有根，以及吕先业、杨凡平、夏小慧等一系列人物形象，呈现脱贫攻坚道路上的感人故事；还涉及国企下岗、面向农民的房地产、超生等民间疾苦，有褒有贬，有赞有弹，无不出于民众写作者的视野与视角，体现了作家的责任与担当。

最后提一点建议。小说或多或少或浓或淡地描述了扶贫工作队队长与帮扶对象、项目责任人、引进人才、各级领导、同学校友、妻儿父母的相处之道，却没有对朝夕相处、休戚相关，更容易出现戏剧冲突和故事叙说的扶贫工作队的内部关系着力发掘。可以设想，如果作品中有不同背景、境遇、年龄和性格的驻村扶贫工作队普通队员的人物形象出现，将他们对扶贫工作的理解认识、摩擦纠葛和情感变化有所展示，多维度、多视角、多侧面表现扶贫工作的复杂与艰辛，可能会让主人公的人物形象更加立体、丰满，扶贫故事更加精彩、生动、深刻、全面。

不可否认，在当下的文学评论中，对主题与国家时事联系紧密、内容与政府行政遥相呼应的"主题创作"文学作品，容易产生一种"警惕"的质疑态度，怀疑其文学性和客观性。其实，应景无碍出佳作，命题也有好文章，关键在于作者为什么写、写什么、怎样写、为谁立传。只有以人民为本位、根植于现实的土壤、遵循艺术规律，真诚反映而不是虚饰生活，勇于直面而不是回避真相，才有可能创作出吐纳民众胸臆、牵动百姓情感的优秀作品，储兆庆的小说《春到茶岗》无疑在这方面迈出了可喜的步伐！

# 人性的无奈

## ——读黄复彩长篇小说《墙》

◎ 许春樵

　　"一千个人眼里有一千个哈姆雷特",这是现代阐释学对文本意义敞开性的深刻理解。也就是说,小说在读者那里呈现的不一定是作者的意图,也不一定是专家权威的解读,而是每个读者根据自己的人生经验、生活经历和审美趣味,作出的个人化、个性化的判断,不存在一个绝对的真理性的阐释。

　　基于这一现代阐释学原理,我对黄复彩长篇小说《墙》的理解是,韩七枝与沈仲景悲欢离合的命运是故事载体,而"爱而不得"是小说的精神指向;小说的表层是写"人生的无常",而深层则是写"人性的无奈"。

　　这部小说剑走偏锋的独到之处在于,小说写了两个"爱而不得"的爱情悲剧,韩七枝不可救药地爱上了大她十八岁的"姨夫"江义芳,沈仲景死心塌地地爱上了韩七枝,这看上去像一个三角故事,其实这三角之间是一个平行关系,江义芳和沈仲景不需要冲突,也不存在冲突。小说"陌生化"的设计在于,浪荡而颓废的江义芳并不具备男子汉的强大魅力,而懵懂中的韩七枝却一走进江家就为他着迷;沈仲景孩童时代就爱上了韩七枝,可他始终都没能走进韩七枝的内心深处。这些原生态的初恋裹挟着巨大的盲目、执着、坚定与蛮不讲理,进而让两个人都为两个不爱自己的人付出了一生的代价。黄复彩从人性的丰富性、复杂性和非理性中试图探索人性的真相,并揭示出日常化的人生尤其是情感化的人生实际上是被非理性控制的,非理性的人性是真实的，是动人心魄的，是凸显审美力量的。小说从这一层次入手，足见黄复彩长篇小说的站位和思考已远远超越了平庸与平常，小说的品质和作家的功力由此而获得了足够的认证。

爱是人的灵性，而不是理性，正如一句歌词中所言，"没有理由，没有原因"，江义芳这个破落地主的后代，慵懒、颓废、散漫，既没有男人的担当，也没有男人的气质，而十二岁的韩七枝竟然无缘无故地爱上大自己十八岁的"姨夫"，也是自己童养媳身份的"公公"，这个乱伦的爱情不合道德、不合情理，黄复彩却从人性无奈的深层角度挖掘出了这种爱情的真实和尊严，并赋予了反世俗化的宽容和确认。韩七枝的悲剧在于，她坚贞不渝地爱着江义芳，而江义芳只是享受和感动着一个少女的投怀送抱和本能的复活，情感背景错综复杂的他不可能像韩七枝一样疯狂投入情感，韩七枝没法接受，和悦洲一别，竟是永诀。直到韩七枝找到上海，这个男人最终还是在各种传说中下落不明。

韩七枝是一个凄美而善良的人物形象，这个形象的文学价值非常独特，她用一生的时光守候着江义芳，等待着一个永远不会到来的"戈多"，但迫于生计，她又感动于爱上她的男人邢男、金顺生、沈仲景，她给予三个男人温暖、关心、体贴，就是没法给他们爱情，因为她内心深处一直爱着那个慵懒、颓废、散漫、没有男人气概的江义芳。在深夜杭州运河的船上，当沈仲景过来要兑现与韩七枝的爱情时，韩七枝像是一个贞洁烈女，坚决不从，并威胁要从船上跳下去殉节。从时代定位来看，韩七枝是传统守旧而封建的女性；而从人性角度来审视，她是一个忠于爱情、追求终极价值的高贵的女人。

另一个悲剧性人物就是小说中的父亲沈仲景，这个本该成为一代名医的青年才俊，少年时代阴差阳错地爱上了童养媳韩七枝，他以男人的勇气和全部的青春等待守候着韩七枝，固执坚定，九死不悔，弃医从政并没有给他带来韩七枝，只是让他的情感越来越扭曲和变形，唯一没有扭曲和变形的是对韩七枝的爱。娶雅兰迫于无奈，为了表达或象征对韩七枝的至死不渝，在"爱而不得"的无望中，沈仲景娶了一个与"韩七枝"谐音的护士"戚芝"，两任妻子先后去世后，父亲沈仲景与许多女人乱性，几乎到了一种失控和疯狂的地步，直到多次被告发后以流氓罪锒铛入狱。父亲的这个形象内涵比韩七枝更丰富，他除了不爱雅兰和戚芝，与其他许多女人乱性是爱情幻灭和绝望中的自我放逐与道德崩溃，就像昆德拉的《不能承受的生命之轻》一样，外力极度挤压下的性放纵是一剂消痛的药方。沈仲景无疑是有道德缺陷的，但他的人性是唯美的，用一生去守候一个女人，直到垂暮之年。

韩七枝与沈仲景在步入中老年后终于走到了一起，然而悲剧在于，韩七枝是出于感动，是出于怜悯，是出于天性的仁慈；沈仲景虽然在坐牢后得到了韩七枝，但他终究会意识到，他等来的是韩七枝，而不是爱情，"人生多少事，转眼已成空"。

在阅读这部小说的过程中，笔者有一个疑惑纠缠始终，这就是：人生路上的"墙"究竟是什么？在合上全书的最后一页后，一个清晰的结论终于形成：你想要的要不到，你不想要的却是你无法抗拒的。这也是佛学中"诸法空相"的文学注解。

黄复彩的长篇小说具有宏大气象，和悦洲澜溪镇的世纪沧桑，实际上也是一个国家、一个民族的历史缩影。从技术层面上看，整部小说结构规整，人物设计戏剧性对位，情节关系错综复杂，故事推动跌宕起伏，小说人物众多，世象纷呈，细节扎实，叙事从容。作为一个有品质的作家，黄复彩真正的老辣和深刻在于他能够走进人生的隐秘世界，在对隐秘世界的拆解与剖析中，发现了人性的真相，揭示出人性的无奈，悲悯人性的受伤。这是一个作家的人文情怀，这也是一部作品的高贵气质。

# 从现实主义角度浅谈长篇小说《大江大海》的创作得失

◎ 姚　祥

　　《大江大海》是安徽作家许冬林于2018年创作出版的一部长篇小说。许冬林写散文多年，在省内乃至全国小有名气，她的创作优长是小、巧、灵，个人风格鲜明。《大江大海》是一部聚焦乡镇民营企业发展的长篇小说，这类题材怎么也应该摆脱不了大、厚、实的内在特点。创作《大江大海》对于许冬林来说，是一个不小的挑战。小说出版后，我在第一时间得到了赠书，仔细阅读后，感到许冬林用现实主义手法结构这部现实题材的作品，实现了个人创作突破，也留下了遗憾。

　　小说描绘的是皖中长江之畔的滨江镇，以高云天、郑永新、唐升发为代表的第一代乡镇企业创业者和以高远波、郑岚等为代表的第二代民营企业家，勇闯市场，兴办企业，从无到有、从小到大的艰难历程。近半个世纪的时间跨度，几乎与中国40年的改革开放进程同步，作品呈现的农村历史性巨变，虽有地域局限，但就中国乡镇企业、民营经济发展演变来看，仍具有广泛的代表性和典型性。从农民成长为企业家，在看似鲜花铺就的大道上，实际上布满了无数个诡异的陷阱，在每一个路口前，非大智与大勇，很难作出抉择。小说直面矛盾和问题，创业者所经历的明枪与暗箭、所面临的困境和挑战、所展现的信心与魄力，多有深刻书写和动人展现，也因为凭借几个勇于挑战自我的人，完成了对所写时代及其精神的双重塑形。正所谓，波澜壮阔之下，暗流汹涌；光环耀眼之时，危机四伏；迷茫徘徊之际，希望仍在。

小说有力地阐明：路都是人走出来的，只有那些敢于拼搏的人，才有机会以青春和生命书写从泛舟小河小湖到破浪于大江大海的时代传奇。

这部不折不扣的现实题材作品，以线性的时间叙事、严谨的时空坐标，达成了具有开放视野与宏阔背景的历史维度，基本具备了现实主义文学的诸多特点。

首先，聚焦客观现实。小说采用平民化叙事策略，写出了高、郑、唐、蓝四个家族之间盘根错节的关系。作为第一代创业者的高云天、郑永新、唐升发、蓝书记，就是各自家族的掌门人，他们之间是上下级关系，也多是同事关系、朋友关系，有的甚至是亲戚关系。这是农村乡土社会的普遍现象，即所谓的人情社会，也是这部小说平民化现实叙事的基础。父辈们在为实现发家致富这个共同目标中增进了感情，也因为竞争产生了一些误会，同时在各自发展中更需要强强联手，在这种情况下，传统的联姻从来都是维系、深化家族之间关系的最佳选择。小说很早就打开了高远波、蓝云涣、郑岚等几个第二代优秀代表的生活空间、学习空间、梦想空间，特别是情感空间，让读者了解到他们的成长经历。不过，随着第二代的日渐长成，青春的荷尔蒙在他们体内奔突，家族之间的各种联姻组合越发扑朔迷离。长辈们现实利益的考量，年轻人爱情的自主性，都因为时代发展被提到了前所未有的高度，最终导致每个人的选择既有情感的合理性，更有现实的必然性。随着岁月的流逝，他们之间的关系更加微妙，误会、猜忌从未间断，妥协、煎熬贯穿始终。爱情的善变与坚守、遗憾与美好，给年轻一代在冰冷生硬的拼搏中增添了烦恼，也注入了奋斗的动力。这种保留了纯洁却又不再纯粹的情感，符合那个年代乡村青年的爱情实际，毫无拔高之嫌。小说就这样据实写来，完成的虚构恰恰是客观现实的投影。

其次，人物形象典型。高远波是《大江大海》的一号人物，小说的主要内容就是在告诉人们，这个典型的当代农民企业家是怎样炼成的。毫无疑问，如何塑造好高远波这个正面人物，避免假、大、空，是需要解决的一个难点问题。作者的高明之处在于，将小人物置身于客观现实环境，以个人的经历丰满其血肉、丰富其形象。在小说中，高远波作为一个普通乡村青年，他的每一步成长，都可以说是被逼出来的。他想继承早亡父亲的衣钵跑市场、办企业，可是母亲却拼命要他念书上大学，两次名落孙山后，却得到了叔伯们的关照。他深爱着郑岚，两人私奔出来，却被来自女方的势力棒打鸳鸯，在带回的外地女人跑走后，"青梅竹马"的蓝云涣却主动走近了他。当他在大唐电器厂将推销工作做得风生水起时，却因为自己的善良、重情，帮助同学时出现意外而导致失败；当他得到蓝云涣的激励，决定东山再起时，又被另一个同学骗了一回；再次回到原点后，又是叔伯们的扶助，使他以破釜沉舟的决心，再次挑战困难，搏击命运，最终成为滨江电缆行业的领军人物。可以说，高远波人生的岔道口、关键处，都有客观因素在起作用。换言之，在高远波走向成功的路上，虽无先例可循，也无经验可鉴，但他并非一个天生异才、神通广大、能够呼风唤雨的高大全式的英雄人物。相反，他有很多缺点和不足。不过，这些缺点和不足，与他那不达目标不罢休的闯劲、越挫越勇的斗志、置之死地而后生的决心相比，又显得微不足道。至此，小说顺理成章地完成了对一介草根白手起家、逆境求生的传奇书写，实现了对来自社会底层小人物奋斗精神的讴歌。我想，只要稍加辨析，就会发现高远波的成功，更多地得益于这个激进变革的伟大时代，或者说，是改革开放的好时代，给予了他个人努力的最大回报。而让一个平凡的草根人物，在与时代大潮搏击中一步步露出峥嵘伟岸的面貌，完全符合恩格斯"真实地再现了典型环境中的典型人物"的论述。

再次，表达方式客观。小说在情节的推动上，完全是平民化的生活流，即所谓"故事不多，宛如平常一段歌"，总是在不疾不徐中，真真切切。那些人情世态，聚拢起普通人日常生活中最为逼真的样子。在展现人心的复杂多样时，充分考虑人物的身份和当时的处境，不猎奇，不显摆，遵循人物性格和心理逻辑。在展示错综复杂、交缠纠结的关系图谱时，既给出矛盾和纷争的缘由，又能温情地化解冲突与困境的藩篱，条分缕析，丝毫不乱。所有这些，都是精心设计的，也完全符合生活的逻辑。更为巧妙的是，情节的推动一环扣一环，总能在山穷水尽之处柳暗花明，既出人意料而又在情理之中。有意味的是，小说最后写到了滨江电缆企业面临的困境，高远波、郑岚等人遇到的困难，好似当年他们父辈遇到的困难。令人欣喜的是，这时更有文化和知识的第三代人已经茁壮成长。在蓝书记的孙子杜小涛等人的帮助下，滨江电缆开始扬帆出海，虽未解决实质性问题，但也让人们看到了另一番天地。从高云天等人开始，每次都是年轻人打开僵局，寓意着人间的接力奋斗永无止息。这是小说选择开放式结尾的原因。在描写上，小说对风俗画般的生活场景精雕细刻，且就地取材的自然风光多与人物内心相契合，深化了人情人性的美好；在写人物对话时，有意添加一些掩饰心理的小动作，凸显人物的个性。这些精微的细节，体现了作者极其透彻的洞察、极其深刻的体验，加之语言上的形象、空灵，使得厚重的文本瞬间轻盈起来。这种真实而细腻的表达，有心的读者自会读出作者的思想倾向和情感、价值取向，根本无须作者自己跳出来议论，或借书中人物之口说出来。《大江大海》以其典型的现实主义表达方式，触及了生活的纹理和质地，升腾起了小说的烟火气，成为小说最为打动人心的地方。

此外，小说在细节上也力求真实无误。很显然，对于这段历史，未能完全感同身受的许冬林是做足了功课的，体现在政治、经济、社会、生活、风俗等方方面面。譬如，不同年代政治话语的精准注入，乡镇企业、民营企业兴衰曲线的精准把握，社会环境开放程度的精准定位，人们价值取向、观念裂变的精准捕捉，生活面貌悄然变迁的精准拿捏，日常用品、价格换算的精准更迭，等等，这些暗含时代特征的年份亦一一对应，毫厘不爽，不亚于非虚构作品，甚至纪实作品。

综上所述，我认为现实题材长篇小说《大江大海》是一部忠实于时代、忠实于生活的严谨之作。尽管遵循历史发展轨迹，真实而细腻地描摹社会生活，是此类现实题材小说之必须，但是，细究当下文坛类似作品，能够完全做到这一点的并不多。对此，我是不吝赞美的。

话说回来，山高必然谷深。《大江大海》在秉持现实主义创作方法有序铺陈的同时，决定了情节的推进也亦步亦趋地跟着生活的变化走，这种过于客观、审慎、不偏不倚的原生态描写，使得小说以艺术逻辑统领生活逻辑的原则没有得到很好的贯彻。作为一部反映伟大时代变迁的厚重题材，在增强可读性的基础上，着力提升文本的思想性和艺术性，避免过多宣传说教与纪实化、概念化演绎，同样重要。很显然，《大江大海》在主旨升华上存在不足，未能达到形而上的思想高度。笔者认为，用现实主义方法创作现实题材作品，文学性、艺术性只能增强，不能削弱。基于此，小说在聚焦真实生活的同时，还必须有高度的提炼和升华，与真实生活拉开距离。其原因有二。

其一，从文体特征来说，小说是现实的反映，更是现实的升华。小说源于生活、忠于生活，而又高于生活。尤其是现实主义作品，首先需要对现实生活中发生的无数真实现象进行归纳、总结、抽象，得出其中共性的和近似的成分，然后将其融入作品中。这种虚构之法只是小说创作的第一步，《大江大海》无疑做到了这点，而且做得很好。但是，作为一种艺术形式，文学更需要与现实生活拉开距离，现实主义创作手法概莫能外，这是文学之所以为文学的本质特征所决定的。没有在现实基础之上的高度提炼和升华，或者说，不与现实拉开距离，小说的创造性就会势能不足，进而文学性和艺术性就会大打折扣，很难产生与众不同的陌生化的独特文本，终归与纪实性作品差别甚微。

其二，从社会价值来说，小说既要体现时代风貌，更要体现"时代良心"。小说不仅要描摹一个时代的风貌，更要通过故事讲述把作者对时代的看法隐含其中。这种"看法"既有竭力颂扬的正能量，也要有在针砭时弊基础上意欲改良社会生活的价值。简单的现实表面和私人常识经验不在此列。没有在现实基础之上的高度提炼和升华，或者说，不与现实拉开距离，就不能以俯视的眼光洞穿生活那层隔膜，深刻揭露社会的本质，从而达到一种更为真实的真实，即所谓艺术的真实。《大江大海》尽管没有概念化、标签化地高调宣扬主流价值观，没有脸谱化、扁平化塑造人物，也未给典型人物拔高之嫌，但因缺乏高度的提炼和升华，主要人物的对立面人物"反面形象"

不够阴险狠毒，高远波创业的人为障碍过于轻松，小说精神链的打造难称完美。更为重要的是，在深刻揭露社会本质方面，小说几乎没有发出审视的、怀疑的、抗辩的声音，批判意识的缺失，实为一大遗憾。

那么，如何用现实主义手法构建《大江大海》这类现实题材的作品呢？我认为，在现实生活的基础上，以文学的艺术逻辑统领生活逻辑，即所谓"贴地飞翔"当是最佳选择。

所谓"贴地"，就是贴着生活写生活。作家要近距离地穿行于生活的琐细之中，并将个人从生活中获得的独特观察与体验，以文学的语言、文学的形象赋能笔下的人物，让时代的基本样貌、特定人物的具体状况由此清晰地展现出来。所以，一个没有深入体验过笔下人物生活的创作者，是很难游刃有余地把握好现实题材作品的。

所谓"飞翔"，就是跳出生活写生活。需要作家有高度的文学眼光、哲学眼光、历史眼光，在思想层面和意识深层充分展示主观能动性，创造一个比现实生活还要真实的"第二生活"。在这样的一个虚拟生活中，有美也有丑，有光明也有阴暗，因此批判精神不可少，且要用犀利的批判促进反思，用高拔的精神引领未来。

既要贴着生活写生活，又要跳出生活写生活。若此，一个有责任感的现实主义作家，才会潜心深入生活、全面反映现实，才会有更高的站位、更大的胸襟和气度，超越当下，创造出更有力度、更具价值的文本。

# 在异质文化中寻找"我是谁"

——读李岘的《微时代VS青春祭》

◎ 缪丽芳

  海外华文作家李岘的作品《微时代VS青春祭》是一部主题多元、内涵丰富、结构新颖的长篇小说。阅读它，犹如穿梭于变迁的时间维度，游走于异质的文化空间，经历命运的感叹、心灵的微颤、理性的凝思。随着饱蘸深情的笔墨轻轻点染，朴素自然的文字如泉水缓缓流淌，五位主人公李沙、大鹏、向红、向阳、郭燕的故事在千丝万缕的联系中——展开——从"北大荒"共同奋战的有憾青春，到"微时代"美国重逢的尴尬岁月，在碎裂与黏合、跌倒与奋起的循环往复中，抛却了过往的苦痛与仇恨的记忆伤痕，在异国他乡以悲悯与宽容建立起新的精神纽带。

  在此过程中，有一条隐约的线索贯穿始终，他们不管是在"知青年代"，还是在"移民潮涌"之中，始终追寻着、探索着那个变化不定却又无法消亡的"自我"，直指人类的永恒之问："我是谁？"

  本书开篇是"李沙"名字的演变过程，极具哲学意味。"父亲给她起这个名字的时候是带着草字头的。'文革'时，为了避免与俄罗斯的'喀秋莎''莎莎'等名字接近，父亲就把草字头的'莎'换成了大沙漠的'沙'。"当她嫁给美国丈夫后，戴在她无名指上的戒指刻着"伊丽莎白"这四个字。她的名字后面也跟上了一连串的后缀"伊丽莎白·李·施耐德"。于是她问自己：怎么就糊里糊涂丢掉了自己的中文名字？常言说："行不更名，坐不改姓。"但是当人的命运被时代的洪流裹挟着前进，当自己如一叶扁舟被浪头推送着忽前忽后，不知去往何方，名字不再是关乎根本的生命标志，而成了权宜变化的生存策略。在父亲的时代里，要靠沙漠的"沙"来申明思想的纯正，以期在风声鹤唳、草木皆兵的时局变动中寻求一丝安全，而在踏上异国土地之后，她的名字也需敲上"入乡随俗"的烙印。"伊丽莎白"的身份犹如一层镀金的保护色，让她进入了美国中上层社交圈，然而她又想保有那个在中华文化熏染之下的李沙，这是分裂的、无法两全的。融入异域文化，意味着原初印记的消亡，也就是自我的消亡，这对于寻梦美国的开拓者来说，不仅是追求自由、解放、价值实现的过程，也是迷惘、焦虑、自我犹疑的阶段。二十多年前，李岘写作了她的第一部长篇小说《跨过半敞开的国门》，用一种巴尔扎克式的严肃笔调，剖析了当时国内观念的保守落后、对人性的禁锢，以及对先进文化思想的渴求。许多青年在惶惑之中，把去美国当作解药，那时的美国梦如一股具有神秘力量的旋风，可以吹落捆缚在身上的锁链，又可以吹醒闭塞不开的大脑，异国他乡像是镶满钻石的宫殿，不惜一切代价要踏入这宫殿的门槛，小说的结尾正是以实现去美国而"尘埃落定"。时至今日，再度回望，李岘在这部新作中有了更冷静深刻的反思，异国他乡并非"梦幻天国"，而仅仅是另一种苦乐参半的人生旅程。不管是去掉草字头，还是加上草字头，她都是被动的、无法自主的。

衣帽间的李沙为迎新晚宴的着装举棋不定。"多年的经验告诉她，只要含中国元素，如各色旗袍或各种大红色服装，保准在宴会上得到好评——亚洲人紧致的肌肤和均匀纤细的身材就足以让进入中老年的白人男女羡慕不已！"社交场上的独领风骚或独占鳌头并没有给她带来优越感、安全感。"在清一色的白人中间，因为她是唯一的亚洲人，即使她加入美国国籍的时间比认识这些人的时间都长，她还是要扮演着中国使者的身份，满足着他人对中国文化和语言的好奇心。""旗袍""红色"成了中国元素的象征、标签，如果说在白先勇《纽约客》之《谪仙记》的开篇中，四个女孩在奔赴美国的机场中身着如红云般艳丽的中国旗袍，来自她们的天真蒙昧、自信洒脱的自发状态，那么李沙是作为一个演员，被众人的目光聚焦和封锁，扮演一个别人所期待的形象。她就是萨义德笔下"想象中的东方"——"东方几乎是被欧洲人凭空创作出来的地方，自古以来就代表着罗曼司、异国情调、美丽风景、难忘的回忆、非凡的经历。"李沙是"被看"的"他者"，光彩照人、优雅自如都在异域文化期待视域的钟形罩之下，她的意志被囚禁，她在热闹与赞叹中孤独。李沙似乎很享受这种生活，被瞬间产生的幸福感所触动，但稍纵即逝的"自我迷醉"却恍然如梦。外在的身份与内在的自我始终没有统一，无法形成真正的归属感，她必须把自己一分为二，一半用来应对外部的环境以求生存，一半用来保存自我，使过去的名字不至于完全涂抹。这种"被看"的情境一度推向了高潮，她身着长袖飘飘的汉服并化着中国古代的妆容站在车水马龙之中，受到众人围观竟导致交通拥堵。在异域目光的包围中，她何其新鲜奇特，又何其渺小无助。"他者"的尴尬处境，是异质文化的包围之下无法摆脱的宿命，而在人群中的"孤独"是一种更加难以言说的隐痛。

李沙在美国是"中文教授"，有确定的中上层身份和经济保障，所以她内心的痛苦更倾向于精神化的反思，而小说的另一个人物"向红"却是在生存线上挣扎，她没有工作，为了通过结婚获得绿卡，不惜嫁给了酒鬼迈克。她把婚姻当作唯一的救命稻草，曲意逢迎、强颜欢笑。"现在你是伊萨贝拉，不是向红，现在你要说英语，不是汉语！"迈克给自己起的名字，她不敢说不喜欢，同样她也不敢穿西式的晚礼服，而是穿上了一件湖蓝色的印花旗袍。向红是带着身心的创伤来到美国的。在她幼年时期，母亲因为是俄罗斯美女而被关进了劳教所，父亲是个画家，却在母亲平反之后另结新欢，向红在绝望中自杀未遂，后来为了获得香港身份而与人仓促结婚，她的丈夫却想着如何利用她敲诈那位声名鹊起的画家父亲的钱。种种遭遇使向红把美国当作解脱之地，想在这里寻找一种安定的、一劳永逸的生活，摆脱屈辱与窘迫。

婚姻是她身份的分水岭，维系婚姻，她就是美国公民、豪宅的女主人；失去婚姻，她就是没有从业资质的夜店按摩女、钢管舞女。当婚姻处在暧昧不明的状态中，她在两种身份间切换。夜店的经历把她"破茧而出""展翅高飞"的梦想彻底粉碎，她再次被打回"被侮辱与被损害的"原形。

"亚洲人的皮肤天生比白人紧致，所以在昏暗的霓虹灯下，身着彩蝶舞蹈服的向红在钢管上上下翻飞，唤醒了所有昏昏欲睡的男人。"此时，向红的"被看"不仅仅是满足异质文化的猎奇心理，而且成了"欲望的对象"。他们无法饮鸩止渴，希望看到"蚕茧脱壳"，最后，竟然抓她的乳房，拉她的短裤。人格、尊严，被剥夺得荡然无存，琉璃般光彩夺目的"美国梦"碎成了玻璃的残渣，在北大荒青春岁月里破碎的自我，在另一个时代、另一个国度同样无法复原。

日光在不停变幻着颜色，而在它照耀之下的透明水滴也随之变化，无法知道自己的本来面目。知青时代瞬息万变的外部环境之下，命运是荒诞不可控的，这一代人无法确知"我是谁"。而当把美国当成解药，以为砸碎了一切束缚之后就可以重新挖掘和发展真正的自我时，遭遇的却是另一种"封锁"。日光不见了，阴沉的天空下水滴只是混沌的灰色。这是移民内心深处那不见底的悲哀。

与传统小说中以某个人物为主角，其他人物配合其完成故事情节推动的框架设计不同，本书让五个人物都成为故事的主角，互相交织又互相独立，就像雨点初落时湖面泛起的涟漪，各自成为中心波纹又互相扰动重叠，形成一幅独特的画面。这样的构思更符合生活的本相，每个人都是自己人生的主角，每个人又都是别人人生的配角，由此作者脱离了单角度、单视线的叙事，而进入形态各异的人物的内心，去追踪他们性格的发展轨迹。相较于她早期的作品《跨过半敞开的国门》，这是一次突破性的尝试，对于以单主角为核心的传统小说来说，更是颠覆性的实验。每一个"他者"都是"自我"，每一个"自我"又都是"他者"，每一个人都在寻求自我的确认。

作者匠心独具地以名字的对抗、较量，作为第一章节的小标题："伊丽莎白VS李沙""长空燕叫VS郭燕""伊萨贝拉VS向红""笑比哭好VS向阳""谁主沉浮VS薛大鹏"，意在表明"真实自我"与"身份符号"之间的微妙关系。"伊丽莎白""伊莎贝拉"是李沙、向红在美国的身份符号，为其提供了生存便利，同时也封锁了她们真实的内心。"长空燕叫"却是郭燕的"理想自我"。她十五岁就从省城来到"北大荒"，后因母亲的牵连常常与母猪睡在一起。她最渴望的事情就是做一只在长空中畅快欢叫的飞燕，展翅翱翔，吐尽心中的抑郁。同样，薛大鹏不可一世的微信名"谁主沉浮"，展露了他渴望掌握命运、指点江山的豪情，然而实际生活中的他，从小自卑，受人欺负，没有朋友，有如蜷缩在壳中的蜗牛，对外界充满了畏惧与怀疑。两个在生活中最受压抑的人，不约而同地选择了最高调的名字，是渴望通过微信命名在虚拟空间达成现实中无法实现的身份认同。向阳的"笑比哭好"却有另一番况味。向阳是向红的姐姐，"北大荒"时代，她与余科长发生关系，以怀孕相要挟，使余科长原有的婚姻解体，本以为能依靠婚姻回城，没想到余科长以及他们所生的孩子反而成了拖累，于是她狠心绝情舍下一切后返城。然而，她并没有得到想象中的幸福，之后的漫长人生中，在服侍失智母亲的辛劳，以及因抛下儿子而不断懊悔的煎熬中度过，她只好寄情宗教，在烧香叩首之中劝慰自己"笑比哭好"。每个名字都是对他们生存状态的一种描述，以一种浓缩的抽象性概括了他们的人生。

他们每个人的悲剧命运似乎都存在一个"始作俑者"。薛大鹏的母亲宋筱钰受到郭燕母亲的陷害，受尽折磨后自杀。此后，薛大鹏性格巨变，从养尊处优到郁郁寡欢。郭燕因母亲的问题，选择在"北大荒"成家立业。向阳、向红则因父亲背叛婚姻、抛弃家庭而走向颠沛流离。然而作者并不想着力揭示人性之恶，也无意于煽动仇恨，建立"以牙还牙，以眼还眼"的逻辑，她更想深究社会性、历史性因素对人造成的影响。在一个荒诞的时代，人性被扭曲，罪责并不全由"具体的人"承担，他们似乎是悲剧的促成者，而本身也是悲剧。当他们踏上异国的土地，因着重逢，突然体会到"血浓于水"的温情，在彼此宽恕中抛却过往，建立起新的情感纽带。

多年来，郭燕都记恨着母亲，怪她在"文革"时干坏事使自己留在了农场，没有返城。她也怪高唱与母亲结婚，老妻少夫的婚姻，让她在农场一直抬不起头，不过这一刻，她感受到血浓于水的亲情和温暖。在美国，郭燕在背井离乡的绝望中宽恕了自己的母亲。当郭母跪在薛大鹏面前，薛大鹏说："那是一个疯狂的时代，既然我父亲都原谅您了，我想我妈也早就原谅您了。""干妈逼死了妈妈"，像魔咒一般，伴随着薛大鹏走过青少年时代，如今，往昔的痛和恨融化在忏悔的温情之中。同样，向阳与唆使她以怀孕胁迫余科长离婚的红姐偶遇，也化解了过去的怨恨。向阳把身患肺癌的余科长接回家中，甚至重新对他产生了爱意。

把往昔的"伤痕"纹理清晰地一一图解，却并不沉溺在伤痕之中，自叹自怜、作茧自缚，用放下、宽恕对待伤害过自己的人，以及过去那个如同站立在地震带上动荡不安、无法确认的"自我"。

如果说在"文革"时期瞬息万变的时局使身份确认、自我认知在不停地流转，那么踏上异国之土又是新一轮的流转。与世界和解、与他人和解、与自己和解，使支离破碎、变幻不定的"自我意象"重新得到稳固和确立，任何一个"自我"都不是孤立地存在于世界之中的，"自我"在与"他人"的关系中得以完善，得以完全。在此意义上说，《微时代VS青春祭》这部小说是"治愈系"的，在人生的绝境之中寻找出路，在暗黑的夜中寻找希望之光。即使是在文化差异的婚姻中，李沙和汉斯用各自的母语毫不相让，最后，汉斯对李沙的爱超越了文化的界限和种族的隔阂。

我是谁——中国人？美国人？舞女？教授？……或许在执着的寻求中，轮廓越来越清晰，也或许仍然模糊不清。然而，在"爱"与"宽恕"中，一切矛盾得到解锁。作者跳出了新移民文学"文化对立"的拘囿，也不再纠结于"落叶归根"或是"落地生根"的困惑，而是以一种更加理性和宽容的心态去描述一个时代里形形色色渺小又独特的人生。正如中国世界华文文学学会会长王列耀在评介中写道："这是一部穿行于不同文化时空的流动性文学作品，在异质空间文化碰撞的特定语境下，产生出起伏跌宕的故事情节、丰富的人物性格和令人深思的主题。"

# 且看心理负能量如何缓释

## ——读李前锋《湖边的伊甸园》

◎张 伟

　　李前锋的长篇小说《湖边的伊甸园》，一开头就紧紧地抓住了读者，让人忍不住一探究竟，欲罢不能。读到最后，谜底才告揭晓，耐读耐品，煞是好看。就凭这一点，作品已成功了三分之二。何况，小说容纳了丰富的心理内涵，在步步惊心的情节推进中，让读者反思家庭教育，关怀青春成长，思考从未缺席。既引人入胜，又发人深思，一部作品兼具这两种品质，夫复何求？是青春成长小说？是侦破、悬疑、科幻、推理小说？还是心理小说？任何贴标签的做法都是徒劳无益的，都无法涵盖其丰富性。前者的题材内容，中者的悬念噱头，后者的思想意蕴，优势互补，岂不三全其美？

　　小说是在一串问号中展开的，四个章节的标题，列出四个等式，等号的前面是不同的字母，等号的后面一律是问号，令人疑窦丛生。

　　公安局局长被举报，而且是被自己的女儿举报，读者的好奇心迅即被逗引出来。女儿的初恋N死于镜湖，自杀乎？他杀乎？莫名所以。于是，家庭矛盾、父女冲突，置于前台，高潮迭起。为女儿早恋事，夫妻先自剑拔弩张，火药味儿十足。左国正军人出身，赳赳武夫，公安局局长的权柄又助长了他的家长作风，在子女教育上简单粗暴。小说写到，面对美丽的女儿，"人家父亲……自然是自豪和高兴，左国正看到天仙一般的女儿，似乎得到了什么印证，心里更加焦虑和激愤起来，脸上也更加不好看了"。人物性格"定型"了，接下来的故事就顺理成章了。情节是人物性格发展的历史嘛。他偷看女儿的日记，不准女儿参加文艺活动，奉"棍棒底下出孝子"为信条，给女儿配备的手机设置了监听，像监管犯人一样。正当青春期的女儿，同样是过激反应，"像一头饿急了的小兽，疯狂地向自己的嘴巴里扒起饭来，直到嘴巴被饭撑满，这才冲向卫生间，然后大声地呕吐起来"。家庭气氛如此紧张，似乎划一根火柴空气就会熊熊燃烧，女儿意欲跳楼，离家出走，罹患心理病症，也就不可避免了。左国正深爱着女儿，却不知道怎么去爱，鲁迅当年就写过《我们现在怎样做父亲》，"鲁迅之问"，在许多人那里并没有得到很好的应答。

左一帆的日记柔情缱绻，意中人是谁？左国正要打碎他的脑袋，读者要看到庐山真面目，却原来子虚乌有，是左一帆幻想出来的影子。当然，这一切，读者是蒙在鼓里的，写到结尾才水落石出，小说的叙述张力也由此增生。如果小说因袭传统的写法，在老路上凭着惯性滑行，则必泯然于众矣。其出奇制胜之处，恰在于将人物逼入险境，山重水复而柳暗花明。学习的高压，家长的威压，左一帆的心理出现异常，幻想出一个男朋友N来，并将幻影当真，走火入魔，如醉如痴。这样的写法，可以上溯到汤显祖的《牡丹亭》，杜丽娘与柳梦梅梦中相爱，亦真亦幻，如梦如醒，生可以死，死可以生；可以联想到蒲松龄《聊斋志异》里的花妖狐媚，虚虚实实，虚实相生。当然，更贴近的互文，是大盛于网络文学中的玄幻、惊悚，无中生有，有诞于无。李前锋找到其心理依据，赋予其心理容量，于是，天马行空般的想象，便如风筝一线相牵，牢牢地掌控在作者手中，既恣纵无涯，又开合有度。

公安局局长的身份设定是精准的，左国正有了这个岗位的特权，才可以假公济私，大开方便之门，安排最得力的刑警对N进行侦查。撒巴提和刘当的工作紧锣密鼓，很专业，很缜密，地毯式排查，扯出许多线头，吊足了读者的胃口。还煞有介事地弄出个那伦导演来，与N（拼音首字母）对上了号，而此人恰是个花心大萝卜。作者安排他演出了一出滑稽戏，制造出更多疑点。人物和读者都被蒙在鼓里，不知道这是一场"空城计"，进入"无物之阵"了。也正因此，屡屡扑空，案件更显扑朔迷离。我想，作者占据了智力的制高点，在这场"游戏"中，他以绝对的优势排兵布阵，迷惑读者，一定很惬意，过足了瘾，越写越有信心，故事越编越结实。不仅故事有吸引力，心理分析同样是针脚细密的。如撒巴提（实际上是作者）对成笑笑的研判："在左一帆这件事上成笑笑是一座富矿。就两人关系而言，成笑笑显然要比左一帆更有心计，对外，她很好地利用了闺蜜这个关系，让人看出来，她是多么乐于助人；对内，不管左一帆是怎么想的，她却把左一帆当成了具有威胁性的对手。""这种心态，一旦具有攻击左一帆的条件时，会显得更为扭曲和活跃。"性格逻辑、事理逻辑都完全成立，令人信服。

别说，还是那个那伦最先接近正确答案的："这个N未必还在，不不不，未必存在。我觉得是这个女孩自娱自乐的产物。"几经周折，当研判得出结论，N子虚乌有，乃为左一帆心中的幻影，便制造或者说编造了一起N溺水身亡案。这时，小说里的人物同作者一样成为知情者，留下读者继续受蒙蔽。于是，小说进入第二叙事单元。"亦真亦幻难取舍"，渐入佳境，别有洞天。我们必须得承认，卯榫接合处，处理起来是有相当的难度的，作者的高明，也正表现在这里，该省略的省略，该隐藏的隐藏，该暗示的暗示，了无痕迹，天衣无缝。

进入第二章，水更深了。看看这个人物表——

高个子——男？职业？

矮个子——男？职业？

第三个黑影——男？职业？

这一堆问号，把读者带进黑豆地了。电闪雷鸣，黑影幢幢，却没了下文，读者又扑空了。原来，这是个过渡，必要的过渡，让读者有一个心理适应的过程，然后，重头戏拉开大幕。章节之间如此不匀称，这样的艺术处理，是需要胆识的。第二章篇幅虽短，却是左一帆变为苏汀的重要转折，是叙事节奏的需要。

原来，越南战场上曾是左国正手下卫生员的杨焗，如今已是医学院的博导，这一切，都是他绝对专业的神操作。左一帆患上了控制恐惧症，其病因源于家长的教育和心理塑造。行伍出身的左国正，以严苛的军事管理的方式对待女儿，用杨焗的话说，如果我们的爱被孩子判定为绳索，那我们的教育基本上就失败了。为了逃脱家长的控制，女儿假想出一个可以倾诉衷肠的人来，那是她的安全城堡。

杨焗的治疗方案是，假戏真做，制造一个官方消息，宣布那个NNDC已经自杀了，接下来，与病人的思维站在一条线上，在取得病人信任的情况下，进行疏导，最后达到断绝的目的。疏导不成，又冒着巨大的风险，借助医学设备对人体进行干扰，阻断意识。于是，就有了第二章里那惊悚的一幕。左一帆被麻醉之后，涅槃重生，考上了大学，又考取了杨焗的研究生，开了心理诊所。在调查陈墨自杀事件的过程中，实现了自我疗愈，那个反复出现的影子最终消失。这些，都是第四章即小说结尾交代的。第三章，变身而为苏汀的心理咨询师，对咨客陈墨之死展开调查，成为小说浓墨重彩的主体部分。

局外局，戏中戏，像俄罗斯套娃一样，从层层包裹中次第打开。公安继续介入，撒巴提、刘当还在破案，苏汀（左一帆）因是陈墨的心理咨询师，是陈墨出事前见过的最后一个人，被卷入案件中，讯问如期进行，有板有眼，很像那么回事儿，刑侦分析与心理破译相叠合，戏份儿更多了。杜遥的出现，又给故事加入了一点言情的成分，色香味俱全矣。没能治愈陈墨，没能阻止他自杀，苏汀内疚、自责，主动投入到事件调查中，后续的情节也就自然而然地展开了。

孩子的问题，终归是家长的问题。正应了这句人们常说的话，陈墨也有一个问题妈妈，一个控制欲极强的妈妈。儿子有了女朋友，当妈妈的应该开心地祝贺才是，然而在她看来，那是女孩"偷了别人的东西"。陈墨母亲就是《孔雀东南飞》里焦仲卿的母亲再世，是棒打鸳鸯的陆游的母亲重生。

畸形的爱，畸形的教育，形塑出一颗畸形的心灵。"我的心理咨询师跟我说，我的身后站了许多人，每个人的手上都牵着一根绳子，他们的想法我一点都不敢苟同，但是，他们都站在我的背后，我一点办法都没有。"如出一辙，陈墨与左一帆同样的心理病症是与幻想中的女朋友约会。他在伊人谷订了茶座，点了双份牛排、鸡蛋，还备了酒。与左一帆不同的是，陈墨在现实中先后有两个女朋友，还有一个"同志"（实际上是第二个女友方小芸女扮男装、男声）。头绪纷繁，剪不断，理还乱，再加上富有象征、隐喻色彩的梦境描绘，这些形成了小说的看点，异彩纷呈。

虽然左一帆已化身为苏汀，但她的那个N，仍如晃动在她眼前的影子，与她纠缠不休。"每每当陈墨离开她的诊所，她的脑海里都会很奇怪地掠过一个人的身影。这身影是男是女，她无法确定，但是，这个身影的善意是分明的，因为每当这个身影掠过，她的心里都会有一种莫名的追随感和亲切感。""一个黑影从她的身后蹿出来，然后仓皇地逃走了，她一下子坐了起来，怔怔地久久地看着黑影逃走的方向，才感觉那种幻觉又来了。""那个黑影在两个时间段上出现频繁，一是当苏汀进入陈墨的情感困境时，二是每当杜遥向她表白时。"这不难理解，陈墨的情感困境，也是苏汀（左一帆）自己的困境；杜遥表白时，自己意欲接受杜遥时，前男友就会带着醋意现身，也能找到心理依据。黑影像幽灵一样，反反复复地出现，后来，"她从陈墨的那个X作出一个判断，跟随自己多年的那个影子可能也是自己造出来的"。渐渐地，她走出了心理的阴霾。

读完之后，你是不是觉得这是一篇烧脑的小说？是不是很佩服作者的审智之功？是的，审智，不同于审美、审丑的审智。作者的知识储备，诸如刑侦方面的知识、心理咨询方面的知识，不消说要做大量的功课。处理复杂的情节，又要符合人物性格，又要兼顾人物关系，又要吸引读者看下去，这些在考验着作者的智商，一着不慎，小有纰漏，挑剔的读者就会转身离去。在信息爆炸、文本过剩的时代，当个好作家着实不易。我想，李前锋可以拍着胸脯说：读者朋友，怎么样，我为你们交上的这份答卷，你们应该是满意的吧？

# 新时期中国现实主义油画创作中的农民形象

◎ 刘立冬

当代中国绝大多数的油画艺术工作者，基本都经过系统的写实造型基础训练，他们对具象写实绘画有着天然的亲近与喜好。"现实主义"绘画创作观念，在中国油画界已深入人心，一直受到20世纪初至今中国油画创作主流群体重视；它与20世纪乃至当下中国历史发展的进程一脉相连，反映了这片"黄土地"上人民艰苦卓绝的奋斗意志。本文通过对中国现实主义油画创作群体中前后两代代表画家罗中立、忻东旺的主要代表作品作出创作分析，对新时期中国现实主义油画创作中农民形象的表达作出解读，以期新时代艺术实践工作者在现实主义油画创作中对贫困群体形象的塑造予以更多的关注。这是当下中国社会所关注的焦点之一，也是新时代"脱贫攻坚"的伟大壮举，更是宏伟的人类反贫困历史篇章在绘画表达上的迫切要求。

## 一、现实主义油画创作溯源

自20世纪初以来，就中国的油画创作而言，现实主义和写实主义绘画语言表达一直紧密联系在一起，文艺复兴时期对视觉真实、客观实在的科学理性的研究一直是西方学院派重要的学术传统，由此上溯探究可以追溯到古希腊时期的"模仿"理论。原始艺术中对自然的直观感知，在古希腊时期演变成理性的写实。客观形状比例的和谐就是"美"，是西方形式主义美学的根基。文艺复兴时期对人文精神的追求，对科学理性精神的崇尚，让艺术家、科学家们开启了对视觉以及生理机制的科学探寻，人体解剖、景框取像、凸透成像、光色原理、光学摄影、默片电影，直至数字化的三维虚拟图像技术，都是一路发展研究的成果。这一研究过程里导出的虚拟三维写实绘画方式，可称为写实艺术，这是理性主义的产物。[①]

16世纪欧洲尼德兰的彼得·勃鲁盖尔是西方绘画史上最早以农民生活为绘画创作主题的画家，他的画直面真实的尼德兰农民生活，人物形象"粗鄙"，不带丝毫"雅致"。这种直面真实现实生活的创作态度正是勃鲁盖尔伟大的地方，人世的苦乐、生存的艰辛、沉痛的时代背景在现实的观看下展示无遗。之后17世纪的卡拉瓦乔主义者们用世俗化的创作态度处理神圣的宗教题材绘画，借用神的光环让现世生活中普罗大众的生死哀乐得到表现与赞美。彼得·勃鲁盖尔这种直面真实生活的艺术创作态度在伦勃朗、委拉斯开兹以及19世纪法国现实主义美术创作中都能找寻到精神遗存与继承。

在19世纪前期浪漫主义创作光辉闪耀过后，随着第一次工业革命在欧洲大陆的深入发展，阶级矛盾也在不断深化，浪漫的激情、"理想王国"的幻想在工人运动的风暴中破灭了。伴随着自然科学的发展进步，人文哲学也在阶级斗争中取得新成就，艺术创作的主流转向真实的生活和再现真实社会面貌、揭示社会矛盾的现实主义。赞美颂扬自然风光、描绘普罗大众真实生活状况的现实主义运动在欧洲大陆资本主义飞速发展下，在尖锐复杂的阶级矛盾和理性务实的社会群体心理中扩展开来，并进一步影响到现代艺术的成长、发展，乃至影响到后来西方诸多的形式观念以及现代艺术流派。这种直面真实现实的创作态度同样对19世纪后半叶俄罗斯批判现实主义绘画创作以及20世纪苏联社会主义现实主义绘画创作产生重大影响，从中华人民共和国成立始一并成为中国现实主义绘画创作的标杆。

"'现实主义'一词当然是从西方引进的。'五四'时期一般译为'写

---

① 王端廷：《重建巴别塔：全球化时代的中西当代艺术》，北京时代华文书局 2015 年版，第 32 页。

实主义'。30年代瞿秋白介绍马克思主义经典著作，论述文艺问题时，将'写实'译作'现实'，强调其社会意义和倾向性。其实两个词在西文中都是一个字'Realism'。其后，在我国'现实主义'与'写实主义'（尤其是与"自然主义"）就有了'质'的区别，也就是高尔基所说的：'艺术家总是要表现他赞美什么，反对什么。'才够得上为'现实主义'。"①同样，按照恩格斯的判断理解"现实主义就是除客观的细节真实外，还要真实地再现社会典型环境中的社会典型人物形象"。恩格斯对现实主义的诠释，说明了艺术反映生活的一般性原则："认识的实质和概括的性质，生活真实的原则，描写的基本对象——发展过程中的人的生活。"②现实主义在不同的历史时期、不同的历史文化背景下由于面对的现实的艺术、社会环境差异，人们在理解与运用上也不尽相同。这是一个完全开放的理念，现实主义强悍的生命力也正体现于此。但是这并不意味着现实主义是一个包容万物的概念，我们理解现实主义时应该强调它的主体性，也就是着重于艺术表现的历史意义和艺术的社会意义，能够反映真实的社会面貌，感受现实生活的幸与不幸并勇敢地面对。它的基本特征从不因外在的缘由而变化——关注当下：现实主义顾名思义，它反映的艺术重心在于当下的现实生活，即使偶有对过往的牵涉也是为了烘衬当下，在对当下的现实关注中使自身的价值得以肯定；尊重客观：现实主义尊重客观实在，反对虚假臆造，以科学的态度真实地、客观地反映、表现现实的人生和社会，尊重事实即意味以真诚的内心面对客观现实；批判态度：以批判的态度参与社会现实，揭示、批判社会的矛盾，关注人和人之间、社会与人之间、社会与社会之间的矛盾，关注苦难的底层贫困群体生活是现实主义创作观念强大生命力的源泉，更是现实主义存在的价值。

---

① 迟轲：《现实主义的生命力：从广州美院部分老、中年教师的创作谈起》，《美术》1995 年第 11 期。
② 杭间：《艺术向度》，中国发展出版社 2000 年版，第 4 页。

## 二、重读《父亲》与"父亲"之后

新时期开始后农村成为人们关注的焦点，经济改革首先以农村为突破口逐步扩展到各行各业，社会经济情况普遍好转，农民生活水平得到了前所未有的提高。但是随着改革的深化，新的社会问题也随之出现，转型期的中国社会在短时间内出现了不可避免的社会经济利益和社会权利分配失衡。因为低下的经济地位直接导致了底层贫困群体远离社会经济、文化的发展，无法跟上快速的时代进步，这是新时期政治、经济、文化生活中无法忽视、回避的弱势群体，他们本身的利益表达机制贫乏且不顺畅，他们在制度安排上处在被社会边缘化的状态，他们是"沉默的大多数"。

中华人民共和国成立前百年救亡的需求，新旧历史的更替，震撼的时代变革让我们发现：中国油画最明显的特点就是现实主义传统，以写实的形式行现实的精神批判事实。十一届三中全会后国外大量的信息纷沓而来，重新认识我们的国情和当下生活需要批判的现实主义精神，在对现实、历史的反思和批判中，中国现实主义油画创作达到了新的高度。一批艺术家直面社会现实，从生活经历中体验感悟艺术创作，从而创作出杰出的具有现实主义精神的作品。

新时期的中国油画同新时期的中国文艺创作一样，在对十年"文革"拨乱反正之后的改革开放中，发生重大转变。20世纪80年代初，四川美术学院一批青年作者率先推出具有鲜明现实主义特征的油画作品，这当中以罗中立的《父亲》影响最大。他在谈到创作初衷时说：20世纪70年代中期，"文化大革命"结束前的那年除夕，无意间看见一个在厕所旁守粪的农民。在万家灯火、热闹欢腾、鞭炮齐鸣的夜晚，他默默地站在风雪中，像一个被遗忘的人，一个仿佛不存在于人世的人。处处传来的欢声笑语映衬着这位为一池肥田粪便而在除夕伫立在风雪中的男人……此人、此时、此景深深撼动了他，为苦难的"父亲"哀恸不已。《父亲》借宏伟的纪念碑式构图，采用巨大的尺寸规格（155厘米×222厘米），将人物头顶轮廓和手放大至边框之外，"无限"放大的肖像图式带给观者强烈的视觉冲击。从形式上看，这一类似于随手拍摄的即视聚焦放大视觉形象摆脱了传统的肖像构图关系，在手机拍摄图片盛行的当下仍具现实指导意义。这个苦难深重的形象，新时期以来让无数中国人内心为之哀恸。其强烈的批判精神，影响了相当长一段时间中国现实主义美术创作潮流。[1]

《父亲》之后，罗中立又画了一系列技法、形式语言相似的农村题材作品，如《岁月》《年月》《春蚕》《金秋》《苍天》《祈》等。从绘画语言上看，这些作品都是《父亲》的延续，但是这些后续之作的艺术、社会价值因批判精神的弱化都没有超过《父亲》的现实高度。

今天回头再看《父亲》，它的意义和价值正是其所具有的强烈人文关怀和现实主义批判精神。感人的不是画面技巧及表现形式，而是情感的真挚，是作者对底层贫困群体的强烈同情和自觉代言，是其所具有的现实与文化批判意识。这个满脸褶皱灰暗苦涩的"父亲"形象已经成为底层群体的集体代言，超越了一般的审美范畴，他的苦难与贫困谁来负责？谁又能罔顾事实来隐藏他的苦难，人为美化修饰贫困生活的美好？几千年以土地耕作为根本的农业国家，人们关注的焦点从来就没有离开过"黄土地"。这片国土的主体就是农民，这个民族的成长与进步脱离不了农民，农民的命运即是这块黄土地的命运。正因为"父亲"处在苦难、贫穷的最底层，社会的变革才首先从农村伊始。"父亲"的形象是苦难的，悲怆的力量让人沉痛，更催人奋进努力改变"父亲"的苦难生活。

重读《父亲》，回想在新时期之初那批油画家创作的反映社会真实状况的作品，敢于直面人生，饱含悲悯的情怀，强烈的现实主义批判精神才是永恒的。在新时代脱贫攻坚的当下回顾《父亲》，反思中国现实主义油画创作的现实意义，也正是在此。

20世纪90年代之后，罗中立仍然继续创作农村题材，只是在语言上作品由写实再现转换为对民俗乡情的表现，罗中立沿着乡土写实走向一种乡谣式

---

① 杭间:《艺术向度》,中国发展出版社 2000 年版,第 4 页。

的纯粹与原始表达。可以看出，西方现代艺术，比如20世纪20年代毕加索部分作品的图式语言对其此时作品的初始表现形式产生了直接影响。罗中立仍在描绘纯粹憨直的巴山农民，但是从创作观念、语言形式上已经与伤痕时期有了云泥之别。用笔上：有意识地运用粗放断续、参差不齐如同刀砍斧劈般果断与肯定的笔触；造型上：其吸收部分民俗人物造像特征，人物造型丰满壮硕、四肢粗大、丰乳肥臀，人物粗犷而充满野性的原初美，具有强盛的生命力；用色上：画面色彩浓郁，颜色深重不失热烈，在民俗化的桃红与柳绿中闪耀着刺目的白，在金黄的跳跃中隐藏着幽幽的蓝绿，具有强烈的视觉冲击，影响着观者的心理感知。参差不齐的短促用笔、粗矮敦实的女人体、"俗不可耐"的色彩，描绘的是野性的乡土山野之美。借理想中巴山农家日常劳作、男欢女爱、四时风雨的乡土生活描绘，展现的是中国农民在苦难酸楚之外的朴素与平和，在田园牧歌式的乡情里，我们体味到他对朴实纯粹生活的追寻与向往。

殷双喜在一篇评论中写道："罗中立的作品，实际上为我们提供了一个生存的参照，一个恒久的人与人交往的价值模式。"[①]这时候的巴山农民生活表现，不是表面化的乡土生活风情展示，写实主义绘画语言向表现性语言转化之间呈现的是对社会发展进程中价值观念、民族精神的思考。20世纪90年代至今，罗中立作品里的农民形象不再是作为对现实的批判而存在。理想中的传统乡土生活状态是中国知识分子的桃花源，罗中立通过这种亲切而又有距离感的巴山农民生活描绘，展现了在恶劣的自然生存环境里人类不屈的生命与珍贵的亲情。借对中国农民生活的理想化表现，以此喻生命存在的意义。

我们无法否认罗中立当下作品的品质以及其所企及的艺术高度，更不能左右其独立的创作追求。不可否认的是，罗中立20世纪90年代至今作品中的农民与新时期伊始的"父亲"有了迥然不同的意味，如同四川美术学院2005年新建虎溪校区建筑群里留存的仍让人耕作的农田。在当下的社会现实语境里提供给我们的桃花源式梦想，终归是可望而不可即。

---

① 转引自彭彤、支宇：《全球语境与中国图像——论90年代中国油画民间本土化思潮》，《美苑》2004年第3期。

## 三、城镇化进程中的农民、农民工肖像

1984年之后，中国的社会变革重心开始从农村转向城市，城镇化的进程伴随着工业化的发展迅速改变着中国社会的传统结构。随之而来的是大量劳动人口流动，农民从熟悉的土地流向陌生的城市。农民的概念让位于独具中国特色的农民工身份，这是特定社会历史发展时期出现的特殊社会群体，在可见的很长一段时间内我们都无法回避"农民工"群体的存在。城镇化进程伴随着当代每一个中国人，关注社会现实的艺术家无法回避这一进程中产生的诸多社会问题，因此对变化中农民形象的描绘也就成了当代中国现实主义油画创作中最重要的表达主题。其中忻东旺（1963—2014）作品中的农民、农民工肖像无疑最具代表性。忻东旺长期坚持对社会变革期底层群体的关注，塑造了众多经典人物肖像，这些肖像被誉为"时代的肖像"。

20世纪90年代伊始忻东旺就开始关注进城的农民工群体，也因描绘进城寻求更好生活机会的农民工形象作品《诚城》开始广为人知，余生20年始终坚持对普通大众的描绘。忻东旺不以先验的主题预设进行创作，作品中所表现的人物和内容取材于日常的人和事，创作直接来源于身边。其作品往往在他与他所描绘的人物面对面交流中以写生的形式完成。在众多不同年龄、不同性别的农民、农民工肖像中，朴实的油画表现技巧里我们能够感受到他对他们的熟悉与热爱，这是对自身来源群体的致敬。忻东旺用"造像"的方式关注他曾经同生活、同哀乐的人群，以"尊重"的目光塑造他们的形象，书写他们的日常，向我们宣示了这些寻常生活中常见的普通人与生俱来的生命尊严和存在价值。忻东旺这些年所塑造的农民、农民工形象，能让所有关注现实的人都静默下来，从麻木的视觉习惯中重新面对这些时刻存在于我们身边的农民工群体，重新审视自身。

忻东旺成长过程中对底层群体艰难生存境遇的直接体验，让他在面对这个群体时具有天然的情感倾向来表现好农民、农民工背后蕴含着的现实意义，用平等的视角亲近他所刻画的对象，回想生存的艰辛和对未来的希望，

用切身的体会与他们一起去面对生活的困难，感受城市的陌生，憧憬未来的美好。"他以独特的眼光去关注社会变革中非常普遍的现象，以动情的画笔勾勒出农民工在现代生活中的焦虑与困惑、艰难与迷茫、憧憬与失落，从而展现中国城市化进程中的一个侧面。"①

表达的意愿必须通过切实的艺术手段来实现。忻东旺的油画作品在欧洲写实绘画技法基础上，进一步吸收中国民间传统造型元素，将"世事无相，相由心生"的东方意象美学观引入写实油画技法中。团块和线条有机结合，以富有书写性的笔触，运用大的色块来塑造人物、组织画面。粗放中不失精细，注意细节的"传神"，赋予细节以心理的想象，传递人物的社会化信息。人物造型特点吸收中国汉代陶俑以及宋代泥塑人物造型语言，夸大头手比例，通过对人体局部特写的夸大，展示丰富的人物性格；笔法朴实干脆，人物面部表情特征塑造有意强调轻微的呆滞感；人物躯干比例的压缩变形，给人以紧张的压迫感，从心理上让人联想到生存的艰辛。正是由于在创作过程中与对象保持直接交流，他与他所描绘的人们在内心的同轨，让观者觉得忻东旺作品中的人物形象更贴近生活本身，显得鲜活真实，情感上也更容易引起共鸣。忻东旺用朴素的油画语言，描绘出进入城市的农民在陌生环境中的艰难生活和精神境遇的无助。"艺术来源于生活"，但是画家却没有"美化生活，让生活诗意化"，在这里我们可以看出他与他所描绘的对象在人格上的平等，他对他们的关爱和尊重；在安详的接触中，悄悄完成了对底层群体的艺术关怀与致敬。忻东旺作品呈现出的现实主义精神内涵和人文关怀，无愧为当代中国现实主义油画创作群体中最为耀眼的代表。

## 四、现实主义的实质

阿多诺说：艺术的实质是"表现苦难的语言"。阿多诺的意思是指，真

---

① 杨飞云：《纪念东旺》，《美术》2014 年第 3 期。

正的艺术只能是在对现实采取批判的立场上呈现。"把实存的苦难加工而成肯定的安抚，这样提供给人们的只是一种假象、一种幻想。它表面上充斥着善意的愿望，而实质上则无多少真理性内容可言。"①鲁迅指出：掩饰缺陷和粉饰现实的病态心理，在思想上的表现就是自欺欺人的"精神胜利"病；在艺术上的表现就是掩盖矛盾的浅薄病。②

现实主义艺术的独特魅力在于它的真诚性和批判性。这决定了在任何一个时代，现实主义都是其他艺术形式所无法取代的，现实需要质疑者的存在。艺术家的作品可以和现实生活遥相观望，却不可逃避对现实的关注。现实主义不单纯是生活场景的真实再现，而是以真实的世俗生活作为表达的载体，在批判的态度中体现出人性的伟大与崇高。

现实主义不仅仅是一种艺术创作认识论，更是一种在唯物实证的立场上去直面世俗生活的人生态度，落实到艺术创作上就是：艺术的人类学本性在于用真诚的态度，客观地反映社会生活的全部场景，在艺术创作中充分表达人性的关爱与悲悯，而不是在"写实、再现"的名义下将人性复归于"食色"的本能。③

新时代以来，帮助底层贫困群体摆脱贫穷的经济状态以及恶劣的生存环境，跟上社会经济、文化的发展已成为当下整个社会关注的焦点，这一"反贫困"的新时代号召必然也必须在当下中国现实主义油画创作中得到体现。在一定程度上，当代语境下中国油画"现实主义"的实质就是对当下的、历史的底层贫困群体生存环境、精神状态的关注与探询。中国现实主义油画创作要直面现实，就必须面对当下的贫困群体；要讲人文关怀，就必须面对这些重重困境中生活的脱贫攻坚对象。

艺术不能让我们的人生免于苦难，却可以让我们更好地承受苦难。

---

① ［德］阿多诺：《美学理论·引言》，王柯平译，四川人民出版社 1998 年版，第 7 页。

② 鲁迅：《鲁迅全集》第九卷，人民文学出版社 1981 年版，第 124 页。

③ 刘立冬：《现实关注下的弱势群体》，四川美术学院硕士学位论文，2005 年，第 13 页。

# 民族的才是世界的

## ——在关注国际环境与弘扬民族主体意识中建构中国当代美术

◎ 陈明哲

缺乏民族文化的国家，在全球化的共同语境中只会消解自我存在的价值。没有中华文化的繁荣昌盛，就没有中华民族的伟大复兴；没有民族精神力量的不断增强，一个国家、一个民族就不可能屹立于世界民族之林。在当代美术创作中弘扬民族主体意识，在全球化潮流中必然强调中国自身的文化价值与判断。中国绘画和西方绘画代表着东西方文化的两个高峰，它的发展是以自己的内在精神统领时代变迁、地域变迁和个体的变异，不断形成新的传统，以不变应万变。在中国绘画的背后，有着一个足以与西方文化体系并峙的庞大的文化构架，而这个文化构架正是中华民族几千年历史发生、发展的基础。当代中国美术的构建只有以本民族文化精神为基础，坚定绘画的民族立场，重新确立自己的话语体系和评判标准，在国际环境下，强调具有民族主体意识的现实主义美术创作，才能在全球化格局中重建自己的美术主体地位。

## 一、"西学东渐"以来中国绘画的笔墨生态变迁

中国绘画经过数千年的发展，不仅是中华民族文化的精粹，也是世界文化的重要组成部分。中国绘画作为中华文化宝库中的重要部分，其延续时间之长、传播地域之远、对中华文化影响之深，在我国民族文化形成发展进程

中表现得相当突出。

近百年来，中国绘画的笔墨生态遭到了严重的破坏，绘画中的民族主题意识不断被削弱。晚清之后，伴随着中国封建统治的没落与外敌的侵入，中国文化发展的自我封闭状态被逐渐打破，从而开始了"被动接受并进而主动崇尚"西方文化的转变历程。随着时间的推移，国人对西方世界开始由单纯的物质崇拜走向了全面的精神崇尚，由此带来了民族文化自信的丧失。受其影响，最能代表中国文化精粹的中国绘画成了被批判的对象。康有为、陈独秀提出要改造中国画，首先对以"四王"（王时敏、王鉴、王原祁、王翚）为代表的文人画进行批判，中国绘画就是在这样的笔墨生态下艰难地行走了半个世纪，经历了"融合""改造""变革"等一系列探索发展，反而在全球化的共同语境中逐渐消解了自我存在的价值。但是，与这种文化激进姿态相对应，以维护传统之价值，强调以自我文化为基础，从传统中寻找发展脉络的艺术主张也同时产生。陈师曾的文人画诉求、潘天寿的"中西绘画要拉开距离"等[①]正是这一主张在画学思想上的具体体现。

中国画的绘画主张，其内在逻辑隐含了一种对民族文化自信的前提，即相信民族绘画独特的审美价值和持续发展进步的可能，并进而寻求这种精神气质与现代生活的连接。值得重视的是，这种主张在20世纪上半叶民族救亡与图强的历史潮流中，不仅保证了民族绘画相对独立的发展，而且还为我们提供了一种成功的转化案例：由"传统"到"现代"的转化可以发生在传统内在的逻辑体系中，而不是以外来力量为中心、以否定为目的的"革命"或"变革"。

中华人民共和国成立后，美术家在时代面前开始思考"传统"的有效性和继续发展的可能性，以及"传统"能不能为当下服务、能不能继续深入和走向未来的问题。在中国绘画的发展进程中，坚持走民族绘画之路从未停止，美术家既清楚地意识到西方绘画的长处，也不否认近代中国在物质文明

---

① 潘公凯编：《潘天寿谈艺录》，浙江人民美术出版社 1985 年版，第 8、10 页。

上的落后，但他们却并不因此就接受中国传统绘画艺术已日暮途穷的说法。他们清醒地把物质文明和精神文明的标准区别开来，拒绝"美术革命者"康有为、陈独秀等人提出的用西方绘画来改造中国绘画的方案。中国绘画与西方绘画是并峙世界的两大艺术高峰，正像潘天寿先生所讲："东西两大系统的绘画，各有自己的最高成就。就如两大高峰，对峙于欧亚两大陆之间，使全世界仰之弥高。这两者之间，尽可互取所长，以为两峰增加高度和阔度，这是十分必要的……在吸收之时，必须加以研究和试验。否则非但不能增加两峰的高度和阔度，反而可能减去自己的高阔，将两峰拉平，失去了各自独特的风格。"又说："中国绘画应该有中国独特的民族风格，中国绘画如果画得同西洋绘画差不多，实无异于中国绘画的自我取消。"[1]中国绘画一直以来都是世界艺术的高峰。

## 二、坚定民族绘画之路　重建中国美术的话语体系

近百年来中国绘画笔墨生态的破坏，导致中国绘画逐渐失去了自己的话语体系和评判标准。今天中国的绘画审美风向出现了某些偏离，动辄"黑白灰""点线面"，常常用西方的审美标准和价值观念评判中国绘画，导致部分年轻美术家不断跟风：颓废的人物，污浊的色彩，以丑为美的风气在蔓延，作品缺少正大气象和民族精神。"一民族之艺术，即为一民族精神之结晶，故振兴民族艺术，与振兴民族精神有密切的关系。"[2]从某种意义上讲，文化自信就是民族的自信。中国美术的发展必须以本民族文化精神为基础，增强民族文化自信心，坚持绘画的民族立场，注重传统绘画独特的精神价值，强调中国自身的文化价值与判断，这样才能在全球化格局中构建自己的美术主体地位。

---

① 潘天寿：《谈谈中国传统绘画的风格》，潘公凯编：《潘天寿谈艺录》，浙江人民美术出版社1985年版，第20、21页。

② 潘天寿：《潘天寿美术文集》，人民美术出版社1983年版，第155页。

鲁迅先生在《且介亭杂文》中说："只有民族的才是世界的。"审美理想渗透于审美感受之中，主宰一定民族、一定时代的审美趣味和趋向。谢赫的"六法论"就是中国古代美术品评的标准和重要美学原则。关于艺术的民族性问题，1956年毛泽东与音乐工作者座谈强调了民族形式，为处理中西学术之间的关系提供了一个指导思想。1956年7月文化部召开全国油画教学会议，又讨论了民族风格，在这样的形势下，民族传统重新得到重视，民族主体意识得到高扬。"每一个国家民族，应有自己独立的文艺，以为国家民族的光辉。民族绘画的发展，对培养民族独立、民族自尊的高尚观念，是有重要意义的。世界上任何一个国家都将自己的民族文化看成是莫大的骄傲，以此来证明本民族的文明程度和聪明才智。中国是世界公认的文明古国，传统遗产之丰富，艺术成就之高深，在世界上是少有的。作为中国人，应该花大力气研究、整理、宣扬我们的民族遗产，并从中推出民族风格的新成就。"[1]中国传统绘画是无尽的宝藏，中国绘画有着深厚的文化基础和内涵，是民族文化精神的体现，蕴含着中华民族的智慧和精神。中国精神贯穿于中华民族五千年历史，同样蕴蓄于近现代中华民族复兴历程。

在当代，美术家们已经从文化自觉走向文化自信，他们清醒地认识到传统艺术形式的现代价值，身体力行地坚持从中国画语言体系内部寻找创新的可能，从笔墨章法的个性气质、作品的内在风格等方面去追求时代审美的品质，他们的创作实践为传统绘画语言向现代审美的嬗变做了具体诠释，努力使传统中国绘画与现代新生活接轨，深入思考如何以个体的精神创造来实现民族文化的当代价值。

## 三、以现实主义美术创作构建当代中国美术高峰

现实主义美术创作是鲜活的时代印记，当代中国美术创作关注现实主

---

① 潘公凯编：《潘天寿谈艺录》，浙江人民美术出版社1985年版，第8、10页。

义，体现国家意志和民族担当。中华人民共和国成立以后，曾经出现了一批优秀的注重民族性的现实主义作品。它体现了以中华民族为中心的创作意旨，蕴含着浓郁的家国情怀，是历史真实与艺术真情的融合，同样也体现了宏大叙事与艺术表达的融洽，注重传统绘画独特的精神价值和民族主体意识的弘扬，最能代表中国绘画艺术水准和精神高度。因此，构建当代中国美术高峰，在坚定民族绘画之路的基础上加强现实主义美术创作是最正确、最根本、最有效的途径。

每个时代都有自己的时代精神，都需要与时代相对应的文艺作品，当代现实主义美术创作更多地描绘人民群众的生活图景和社会主义建设的新景象，创作思想体现国家意志和民族意识，体现时代的审美趋向和人民群众的普遍价值认同，是民族文化精神的映射，也是这一时代的文化印记。在中国当代美术高峰的建设上，现实主义美术创作最能体现中国风格、中国气派和中国精神。当代现实主义美术创作无论是形式、技术或者情感的表达都被赋予了诸多当代文化的审美特征，这些作品既符合反映现实生活的时代要求，又强调了以笔墨为本的中国画特色，从而使现实主义美术创作具有当代艺术的特征和鲜明的时代印记。

优秀的现实主义美术创作不仅有较高的思想性，而且富有较强的艺术感染力和鲜明的时代特征。党的十八大以来，以习近平同志为核心的党中央高度重视文艺工作，习近平总书记在文艺工作座谈会上的重要讲话，为在新的历史起点上做好文艺工作指明了方向。我们正处于中华民族伟大复兴的新时代，艺术家要心中有人民，笔下有担当，创作出更多展现时代风采、讴歌美好生活、蕴含家国情怀的精品力作，并不断发展创新，努力推进中国美术事业从高原迈向高峰，以优秀的作品来描绘这个伟大的时代。

当代中国美术的健康发展，尤其是中国绘画的健康发展关键在于用，新旧不在中西、不在今古，而在传统自身的变革，也正像黄宾虹所说的"用中法非旧，用西法非新"。当代中国美术家要以高度的文化自信、宽广的国际视野，用对传统的坚持来维护中国绘画的民族性；同时，自觉接受外来艺的融合，"历史上最活跃的时代，就是混交时代。因其间外来文化的传入，与固有特殊的民族精神互相做微妙的结合，产生异样的光彩。南北朝时的艺术，得外来思潮与民族固有精神的调护滋养，而得充分的发育。唐宋朝时的艺术，秉承南北朝强有力的素质，达到了优异的自己完成的领域。"①徐悲鸿、蒋兆和、黄胄等等，他们从西方绘画里吸收一些创作元素，注入人物画当中，为中国画的发展提供了创新的可能。但是，中国艺术的希望，最终还是在于民族艺术的复兴。因此，现实主义美术创作必须强调中国绘画要保持东方艺术的代表地位，要发扬自己民族的传统特色。

筑基当代中国文艺高峰，需要有筋骨、有道德、有温度的优秀绘画作品，这些作品都应当坚守中华文化立场、传承中华文化基因、展现中华审美风范。不通古今，何以言传承发展？不晓中西，何以称民族性的坚持？正如黄宾虹所讲："现在我们应该自己站起来，发扬我们民学的精神，向世界伸开臂膀，准备着和任何来者握手。"中国绘画有着独特的中华民族的基因和元素，中国美术家必须有强大的民族自豪感和文化自信心，坚持自己本民族的文化立场，在提高原创力上下功夫，实现从内容到形式、从观念到手段、从技法到意境的多层面突破，创作更多体现中华文化精髓、反映中国人审美追求、传播当代中国价值观念、符合世界进步潮流的优秀美术作品。如此才能在纷乱的国际艺术思潮面前走自己的民族绘画之路，进而在世界艺术之林中树立自己的民族艺术的高峰形象。

---

① 潘天寿：《潘天寿美术文集》，人民美术出版社 1983 年版，第 155 页。

# 略论惯性思维与安徽油画的惯性创作

◎秦一贝

　　艺术创作在创作动机形成之前，蕴含着无限的可能性；而在创作成果产生之后，则呈现出有限的效应性。要放大创作的可能性、规避创作的有限效应性，就要保持创作的持续与延伸，使创作行为形成创作思路、创作方法和创作技巧的惯性。这种创作惯性，有助于提升创作速度，使作品风格具有延续性。惯性创作在安徽油画创作领域占据不小的体量，譬如表现工业题材的巫俊与刘玉龙、刻画农业题材的高鸣与李宾、描绘徽州景象的周群与郭凯以及杨先行与钮毅的人物创作等，都是惯性创作表征明显的实例。

　　在地域性油画创作中，作品形象聚焦于展现地域性艺术语言的样貌，惯性创作发挥着重要的影响。以安徽油画创作为例，在整体面貌的构建中，惯性创作发挥着不可或缺的支撑作用。惯性创作的持续性与延伸性描述了安徽画家对人文精神和地域文化的歌颂与赞美，搭建了安徽油画艺术语言和创造表现的平台，展露了安徽画家对创作母题和创作主题的执着与信念。本文拟在辨析"惯性"与"惯性思维"概念的基础上，从社会认同和自我认同两个方面分析惯性创作的心理机制，并就安徽油画创作中的题材惯性、创作观念与艺术表现的现状及趋势展开讨论。

## 一、惯性思维与惯性创作

### 1.延续性和差异性：惯性思维

　　"惯性"（inertia）这一概念源自物理学。1632年，在《关于托勒密和哥白尼两大世界体系的对话》一书中提出惯性原理，认为物体只要不受到外力的作用，就会保持其原来的静止状态或匀速运动状态不变。[①]1687年，牛顿在《自然哲学的数学原理》一书中，对惯性原理进行了修正：一切物体都将一直处于静止或者匀速直线运动状态，直到出现施加其上的力改变它的运动状态为止。[②]

在现代科学发展的进程中，不同学科之间概念的借用、方法的移植日益频繁。在面对复杂的研究对象时，人们往往倾向于使用相对简单的工具，借助已有的理论，去解释、说明未知的事物。[③]作为物理学的经典概念，"惯性"也逐渐被引入其他领域。"惯性"广泛地存在于物质世界和精神世界。查尔斯·傅里叶认为，物质世界的运动体系与精神世界的运动体系是统一的，"牛顿第一定律"这一物理法则还具有一定的社会行为内涵。[④]卡夫西奇等人提出，人的思维也具有惯性，形成思维定式（Thinking Set），使人抗拒改变现状。[⑤]与物体的惯性相似，人们按照积累的思维活动经验教训和已有的思维规律，在反复使用中就会形成比较稳定的、定型化了的思维，即思维定式，又称惯性思维。在认知活动中，惯性思维具有重要的影响，可以使人能够应用已掌握的方法迅速解决问题，在艺术创作中有助于提升创作速度，使作品风格具有延续性。

## 2. 社会认同与自我认同：惯性创作

在艺术创作中，创作者个人化的技法、主观意志、个人的识见等都对创作产生持续的影响，在作品中留下自己的烙印。无论是创作思维，还是创作行为，都是长期创作实践中形成的创作惯性的持续与延伸。这种创作惯性，

① ［意］伽利略：《关于托勒密和哥白尼两大世界体系的对话》，上海外国自然科学哲学著作编译组译，上海人民出版社1974年版，第21页。

② ［英］牛顿：《自然哲学的数学原理》，赵振江译，商务印书馆2006年版，第15页。

③ 董春雨、姜璐：《论学科间概念及方法移植的若干问题》，《自然辩证法研究》1996年第4期。

④ ［美］莉莎·克纳普：《根除惯性——陀思妥耶夫斯基与形而上学》，季广茂译，吉林人民出版社2011年版，第43页。

⑤ Kavcic V.Krar F J.Doty.R W.Temporal cost of switching between kinds of visual stimuli in a memory task［J］.*Cognitive Brain Research*，2000（2）：199-203.

是创作者生活经历、行为习惯、认知视角、情感体验等主观因素和创作者所处的文化环境、社会制度等客观因素综合作用的结果。

作为一门艺术，油画作品是创作者精神境界与审美追求的固化，是创作者"表情达意"的工具。创作惯性虽然是各种因素综合作用的结果，但归根结底创作者心理层面的识见、主观意志在左右着创作思路的走向。行为主义心理学家伯尔赫斯·弗雷德里克·斯金纳（Burrhus Frederic Skinner）曾提出："每当一个行为带来积极或肯定的结果，如得到报偿、受到社会或某些人的赞誉等时，我们就会被驱动去重复这一行为；而每当这一行为带来否定的结果，如遭到批评、不被社会认可等时，我们便不再重复这一行为。这就是一种强化功能，即依据外在回报的肯定与否定来调节行为。"[①]另外，斯金纳的强化理论可拆解为正强化与负强化（又称消极强化）。强化理论用于对艺术创作的描述与评判含有一定的功利性，但用以解说构成惯性创作的艺术现象仍具有一定的科学性。

当作品得到了正强化（社会认同），创作者的创作心理会得到积极的鼓励，同时会对创作题材或创作手法产生心理上的肯定和保留，对得到认可的作品进行分析并总结经验，以期获得持续性的社会认同感。当作品得到了负强化（社会不认可），创作者的创作心理便会受到消极的影响，从而引发对创作题材或创作手法产生心理上的怀疑或摒弃，同样会对没有得到认可的作品进行分析并总结经验，以期改变现状后再获得社会认同感。这就是强化理论对艺术创作带来的社会认同效应。在社会认同效应的影响下，得到正强化的创作者就会进行行为的重复，用惯性创作延续成功的经验，后续推出更多的作品。反之，创作者则进行行为的调整，改变创作题材或创作手法，用新的创作形式呈现不同于以往的作品。

社会认同感会对创作心理造成影响，而自我认同则源于创作者对艺术创作的动力与信念，这是基于共同的心理认同感与专业归属感。当创作者对题

---

① SKINNER B F. *Verbal Behavior* [M].New York：Appleton-Century-Crofts，1957：37.

材、形式的描述和表达未能满足创作心理需求（自身对于作品的满意度）时，就会不断地发起创作攻势，直至问题得到解决，或者是自我放弃。完成自我认同层面的创作行为也会促使创作者用惯性创作的模式对某一题材或形式进行不间断的挖掘和探索。

自我认同的创作心理驱动力虽然不依赖社会认同效应的评价机制，但并不表示脱离社会认同的创作就不能产生优秀的作品。例如文森特·威廉·凡·高（Vincent Willem van Gogh）在世时，他的作品就一直未获得过任何社会认同，但他依然坚持创作，为后世留下了大量优秀作品。

## 二、安徽油画创作中的题材惯性

油画的创作题材会随着社会的发展和艺术家认知能力的提升不断地转变、升华，但母题和主题的方向依旧围绕题材进行着画面表述。在对创作题材的解读未完成之前，创作行为会一直持续。在安徽的油画创作中，此类的题材惯性也体现得淋漓尽致。安徽油画创作对工业题材和农业题材的持续解读已然形成了反映我国建设面貌最主要最直接的视觉印象，对地域文化题材的持续解读也为区域文化的传播和传统文化的传承作出了贡献。题材的解读促使惯性创作在纵向深入的同时增加了横向拓展。以地域产业题材、地缘环境题材、人物题材作品作为分析对象，能够解析安徽油画创作的母题类别与主题表现中明显的惯性创作现象。这些跨越不同年代、纵横各类展览、表现特定母题的作品，释放了惯性创作的艺术功效，构筑了安徽油画的创作面貌。

### 1. 地域产业题材
（1）工业题材

蒋岳红在对新中国十七年（1949—1965）工业题材美术作品的描述中提到：这一时期美术家"为表现新中国"而选择表现的新事物和新形象，必然地要与新中国的工业建设、新中国的工人形象，以及新中国人民对未来美好生活的向往有关。①工业题材从中华人民共和国成立初期、"文革"时期、改革开放时期至新世纪国家形象塑造时期，一直是我国主旋律油画创作题材的关键组成部分。安徽画家对工业题材的设计与表述也有其独特的艺术情怀，例如鲍加、巫俊、刘玉龙等画家，都从不同的角度刻画了我国工业建设的面貌。

图1　鲍加《葛洲坝工地写生》

图2　鲍加《情融江峡》

鲍加自20世纪70年代末至90年代末，一直都在进行关于工业题材作品的创作。例如1979年的作品《葛洲坝工地》、《葛洲坝工地写生》（图1）、《极目楚天》以及1999年第九届全国美展中的作品《情融江峡》（图2）等。作品母题和主题的一致与延续突显了画家创作的持续性，造型扎实，构成稳重，纪实感强。早期作品的色调有明显的苏联特质，后期作品的色彩表现接近印象派。这些作品虽不像《淮海大捷》或《大漠千里》那样成为鲍加的代表作，但却体现了作者对于我国水利工程建设的高度关注。

巫俊的工业题材油画作品堪称安徽油画的代表之一。由于长期在安徽美术教育领域工作，他对安徽的油画创作也产生了学缘关系层面的重要影响力，其绘画风格辐射到安徽诸多画家的油画创作之中。巫俊在第十届、

① 蒋岳红：《钢铁形象的生成与象征——以新中国十七年（1949—1965）美术中的工业题材绘画为例》，《天津美术学院学报》2015年第11期。

图3　巫俊《大编组站》

图4　巫俊、王璐、项雯《世纪金桥》

图5　刘玉龙、王璐《沸腾的船厂》

图6　刘玉龙《中国梦——丝路梦之连云港》

第十一届、第十二届全国美展中的作品《大编组站》（图3）、《"鸟巢"建设工地》、《繁忙的大江码头》以及第十三届全国美展中与王璐、项雯合作的《世纪金桥》（图4）等作品，画面构成关系复杂，调性饱和度强烈，运用了独特的气息流动感创作空间关系，展现了广阔雄浑的工业建设面貌，在展览中引人注目。巫俊的作品在创作母题与形式感上，采用持续性的工业题材与画面语言，在创作主题与表现对象上有着延伸性的转变与区分。

刘玉龙的工业题材作品同样代表了安徽油画的形象，第十届全国美展中的作品《怒放》、第十一届全国美展中与王璐、孙亮合作的《高峡赞歌》、第十二届全国美展中与王璐合作的《沸腾的船厂》（图5）在题材与形式上有着明显的惯性创作痕迹。刘玉龙在离开安徽后，依然在工业题材的母题下进行持续性创作，例如2015年中国百家金陵油画展中的作品《中国梦——造船二》与2017年中国百家金陵油画展中的作品《中国梦——丝路梦之连云港》（图6）。虽然刘玉龙的作品在创作语境和画面效果上与巫俊的作品有一定的相似度，但二者在惯性主题与惯性母题上却不同，刘玉龙把创作对象更为具象地锁定在造船与码头等元素，而巫俊则是在稳固的惯性母题范畴下，将惯性的形式语言用于不同的表现对象。

图7　高鸣《红火的牛市》

图8　高鸣《野旷天低树》

（2）农业题材

农业题材油画作品的创作轨迹更甚于工业题材的时间跨度，对我国农业大国的性质具有充足的艺术语言的说服力。陈宝菁在讨论我国农业题材油画的创作发展时提出：中国农民题材油画在表现手法上具有综合性和多样化。画家适当结合古典主义、表现主义等可以体现现实之一的相关手法，在最终成型的效果上，更注重用画面的真实性和直观性来表现主题。[1]安徽的农业题材作品作为安徽油画形象

① 陈宝菁：《中国农民题材油画的现实主义创作发展》《艺术科技》2016年第2期。

的构建元素，高鸣、李宾两位画家在题材的表现主义和古典主义范畴作出了较好的诠释。

高鸣是较早展露安徽油画面貌的资深画家之一，其独特的创作风貌早在1989年第七届全国美展中就以作品《乡场》面世。从2004年开始高鸣的创作母题转向农业题材，当年第十届全国美展中的作品《红火的牛市》（图7）和2014年第十二届全国美展中的作品《野旷天低树》（图8），都是对畜牧养殖和耕种收割的场景刻画。在一贯写意抒情的语

图9 李宾《暖风》

图10 李宾《暖阳》

言下，不仅色彩有了极大的转变，并且两幅作品的色彩变化也呈现出递进关系。画面以暖色系、同类色并列表现，笔触与刀痕张力强劲。这又是一个十年间创作母题的惯性，并且这个惯性将画家的农业题材延伸至2017年中国百家金陵油画展的作品《秋来九月八》与第十三届全国美展的作品《中华彩舞好丰年》，体现出画家在创作主题和技术表现上对母题的不断演化。

在第十届全国美展和第十一届全国美展中，李宾的作品《暖风》（图9）、《暖阳》（图10）是对我国西北地区山村农家院落的场景描绘，画面语言写实细腻、表现手法传统严谨，展现了西北地区农民一派祥和的生活场景。李宾惯性运用的母题不仅是农家，还有西北这一地理因素。参考他在省展中的作品

图11 周群《痴绝徽州·月沼魅影》

图12 周群《痴绝徽州·家》

《春意》，就不难发现这一点对于母题持续性与主题延伸性的重要影响。

## 2.地缘环境题材：以徽州题材为例

徽州题材对于安徽画家来说是永不枯竭的创作源泉，虽历经多年，仍能在各层次画展中见其一二。周群与郭凯就是其中较为典型的艺术创作者。"痴绝徽州"是周群自2001年开始至今一直在创作的主题。2011年创作《痴绝徽州·寂寞渔梁》与《痴绝徽州·净魂》；2012年创作《痴绝徽州·月沼魅影》（图11）参加第五届北京国际美术双年展；2014年创作《痴绝徽州·家》（图12）参加第十二届全国美展；2015年又相继创作了《痴绝徽州·牌坊》《痴绝徽州·祠堂》与《痴绝徽州·老街》。经过跨度近20年的探索，周群将画面苍劲的气息与徽韵古朴的气质相结合，挖掘了母题的持续性，拓展了主题的延伸性。

郭凯的《江湾岭上》、《松霜雪意》（图13）与《闲岭初雪》（图14）分别入选第十届、第十一届、第十二届全国美展，作品通过对徽州村落与皖南地貌张弛有度的描绘，体现了艺术家的人文情怀及创作技巧，再现了久历风尘的徽式民居和浑然天成的皖南风貌。从《江湾岭上》画面中迷蒙的灰色调到《松霜雪意》中不断减弱的造型和色彩元素，再沉淀出《闲岭初雪》这幅个性强烈、形式成熟的作品，是惯性创作不断延伸并演化的标志。画家在省展中的作品《野意》《白桥》等，更是体现出他在惯性母题与惯性主题范畴对形式和语言的多次尝试与逐步把握。

图13　郭凯《松霜雪意》

### 3. 人物题材

安徽较为典型的惯性创作人物题材作品，是杨先行的《泳者》系列，是母题、主题、形式、手法、造型、色彩、效果都较为统一的展现惯性创作的系列作品。杨先行运用平面化的造型手法塑造海边的人物形象，主体人物都以背像或侧像为主，不刻画具体样貌。这种平面化处理人体形态的手法早在杨先行参加第二届安徽美术作品展中的作品《阳光·花与女人》中就已作出了尝试。

图14　郭凯《闲岭初雪》

另外，钮毅的人物题材作品在观念与形式上也露出一个时期的惯性创作特征。钮毅对色调的表现处理很主观，画面语言写实性强，创作内涵丰富，画面气质浪漫抒情。在第十一届全国美展中的作品《远去的歌声》（图15）采用了条屏的组画形式，以女兵作为描述对象，追忆战争岁月的痕迹。第十二届全国美展中的作品《青春碎片》（图16）同样使用了条屏的组画形式，展现了对于知青岁月的感怀与惆怅的情绪，时代性强且富有诗意。这两次参展的作品创作主题各异，但母题都是追忆往事，而且两幅作品都是四条屏组画，尺寸都是200厘米×200厘米，体现出惯性创作题材、观念、形式、材料及画面展示效果的统一性。

图15　钮毅《远去的歌声》

## 三、惯性创作观念与艺术表现的现状及趋势

惯性创作深化了安徽油画题材的内涵，丰富了创作母题的类别，是画家对长期关注的创作题材进行反复审视与再次认知的创作行为。惯性创作对于展出体量较小的安徽油画，是现阶段能够并且已经熟练运用的创作手段，在学术容量并不充裕的地域环境条件制约下，惯性创作已然获得了一定的成绩。

## 1. 与时俱进的创作观念

安徽画家在历届美术作品展览中展现了富有时代性的惯性创作，各类创作题材在惯性创作观念与时俱进的精神指引下不断地深入和挖掘。例如由多年创作经验积累的工农业题材与徽州文化题材，势必在惯性创作观念的时代性视角下继续呈现更多不同面貌的优秀作品。近年来关注度较高的人文历史题材与都市题材同样受到惯性创作观念与日俱新的影响，成为油画创作表达时代性的聚焦点。生产建设的面貌、自然景观的壮美、传统文化的传承以及安徽地域文化的特质，都为安徽油画的惯性创作观念提供了丰富的创作素材和表现对象。惯性创作观念必将秉持地域文化的优势，积累惯性创作的宝贵

图16　钮毅《青春碎片》

经验。这种与时俱进的创作观念对惯性创作题材的创作面貌提出了更高的创新要求，为惯性创作题材的画面语境标榜了时代特征。

## 2. 推陈出新的艺术表现

"诗文随世运，无日不趋新。"艺术表现的创新是文艺的生命。艺术创作中的惯性不是因循守旧，创新也不是随波逐流。在当前的艺术环境下，提倡创新的声音太多，而只有真正能够不受外力影响、冷静分析现状并理性分析画面艺术表现性的画家，才能够正确地发挥惯性创作的优势，保持艺术表现的学术性与前瞻性。

安徽油画的艺术表现形式正逐步形成递进式的探索研究，在持续与延伸的动力下，惯性创作作品的画面品质、题材构思、形式语言等各方面都有了一定的提升。画面的艺术表现在长期的探索中，又融入了创新的精神。以安徽油画创作中的皖江工业题材、皖北农业题材和皖南徽州题材为例，尽管围绕这三类题材进行的创作占据了安徽油画的主要部分，但安徽画家已然把握了如何避免重复、如何立意创新和改变惯有形式的方法与技巧，避开模式化、套路化并脱颖而出，正是安徽油画创作长期以来逐步解决的主要问题，也是提升惯性创作品质的关键所在。

安徽的油画作品发挥了惯性创作的优势，对具有代表性的艺术表现手法反复揣摩，深入研究，把握画面表现的创作经验和艺术价值，推进惯性创作创新性的视角和绘画语言的探索，再将艺术创新的经验与技巧进行理性的归纳总结，使之成为艺术表现的学术支撑，从而创作出真正有筋骨、有道德、有温度的作品。

## 3. 相得益彰的融合发展

尼吉尔·温特沃斯（Nigel Wentworth）曾经分析过这一现象：一些画家（如透纳）感觉需要不断地有不同的主题，而其他画家（如莫兰迪）却能够画相同的对象长达40年之久。这些不同画家作品的意义反映在他们对待作品主题的态度上。对于透纳来说，重要的是一幅画画的哪个场景或风景，而莫兰迪认为持续不断地或有规律地改变主题，可能无法为他的创作作品提供所需要的参考点。[①]这个参考点就是惯性创作的支撑，是画家对主题的情感投入和关注度。在安徽油画多年创作发展的进程中，这个参考点已然超越了个人价值，成为引领安徽油画创作的导向与参照。安徽历年来的惯性创作油画作品，为安徽油画塑造了形象，为后续创作树立了榜样。

尽管安徽油画在惯性创作支撑下逐步展现出较为均衡的创作面貌，但在地域文化的创作土壤上，既需要莫兰迪式的持之以恒，也需要透纳式的多样多变，既要有对大型题材的长久探索，也要有灵光闪现的偶发艺术。在安徽新生代油画创作动能不断迸发的形势下，传统的惯性创作与非惯性创作要相互协调，融合发展，各取所长，共同构筑安徽油画新面貌。

## 四、结语

通过对历届美展入选的安徽油画作品的分析，人们可以清晰地认识到惯性创作在安徽油画创作中的巨大影响。惯性创作深化了安徽油画题材的内涵，丰富了创作母题的类别，补足了创作主题的表现，为安徽油画的作品形象构建了丰富多元的画面内容。但这个世界是矛盾的，在油画创作中同样要面对这种矛盾性。在今后的油画创作中，一方面要充分利用好惯性创作的积极面向，提升创作速度，使作品风格具有延续性；另一方面，也要改变惯性创作的消极面向，打破惯性创作的枷锁，释放冲动、压抑，从而创作出真正有筋骨、有道德、有温度的作品。

---

① ［英］尼吉尔·温特沃斯：《绘画现象学》，董宏宇、王春辰译，江苏美术出版社 2006 年版，第 90—92 页。

# 中国画《黄梅戏艺术的春天》的主题性表达

◎ 王力平

## 一、创作主题和思路

《黄梅戏艺术的春天》是安徽大学艺术与传媒学院教师刘永亮带领团队申报的国家艺术基金美术创作项目。项目2016年立项，2018年结项，画面大小3.8米×2.1米。该项目创作人员还包括安徽艺术学院美术设计系罗耀东教授和王力平老师等6人。在《黄梅戏艺术的春天》项目的创作中，其主题思想主要来源于习近平总书记2014年10月15日上午在北京主持召开的文艺工作座谈会上的讲话的启示。其中论述到文艺和文艺工作的地位作用、重大使命和有关文艺繁荣发展的一系列带有根本性、方向性的重大问题。《黄梅戏艺术的春天》旨在深入落实习近平总书记的文艺思想及指导方针，在自己的创作中发掘安徽本地资源，以安徽黄梅戏作为创作题材，以此反映新中国时期国家领导人对文艺工作的重视，新中国的文艺思想促进了黄梅戏的发展，特别是以严凤英、王少舫为代表的黄梅戏艺术家的卓著努力，带来了黄梅戏发展的"春天"。1951年4月3日，毛泽东主席在为新成立的中国戏曲研究院题词时写下"百花齐放，推陈出新"，这是指导中国戏曲改革的方针。不久，周恩来总理又签发了《关于戏曲改革工作的指示》，指出，地方戏尤其民间小戏形式较简单活泼，容易反映当代生活，并且也容易为群众接受，应特别加以重视。黄梅戏作为一个地方戏种，在新中国时期得到了长足的发展。黄梅戏的发展在20世纪五六十年代达到高潮，可以认为是黄梅戏艺术发展的"春天"，此时一方面是国家政策的支持，另一方面是黄梅戏演出很多，积累了很多优秀的作品。在本项目创作的前期，主要围绕黄梅戏的历史及发展进行了深入研究，到安徽省黄梅戏剧院、安徽省艺术研究院、安庆黄梅戏艺术中心进行专业考察，并对黄梅戏的身段、舞台、服饰、艺术流传进行了深入的研究；在画面内容的表现上，主要抓住了国家领导人接见表演艺术家的场景来展现和还原历史，是对历史记忆的表达。通过对黄梅戏历史记忆的画面表现，体现不同时期党和国家领导人对文艺工作的重视。创作通过中国画的形式还原历史真实，以此弘扬民族文化精神，建构中国自身的民族文化内涵，这不仅是加强民族文化自信心的表现，也是社会主义核心价值观的要旨。

在创作中融汇了很多有益构思。首先，融汇了习近平在文艺工作座谈会上的讲话和党的文艺方针的指引，习近平在讲话中指出，文艺是一个时代的镜子、是一个时代的精神面貌、是一个时代的精神风向标。实现"两个一百年"奋斗目标、实现中华民族伟大复兴的中国梦，文艺的作用不可替代。毛泽东在延安文艺座谈会上说，中国的文艺要坚持"为人民服务、为社会主义服务"的"二为"方向，坚持"百家争鸣、百花齐放"的双百方针。习近平的讲话，是市场经济条件下对毛泽东思想的继承和发展。黄梅戏艺术在新中国时期得到了党和国家的重视，反映了在不同时代国家对文艺工作的重视。其次，教育部出台的《完善中华优秀传统文化教育指导纲要》要求加强中华优秀传统文化教育，其中就包括戏剧艺术的教育。加强传统文化教育有利于增强民族文化自信和价值观自信，这也是社会主义核心价值观的体现。再次，黄梅戏艺术作为一门优秀的剧种，作为一种非物质文化遗产，已经到了亟待拯救的地步，把新中国时期的一个历史情境——毛主席接见黄梅戏艺术家这样一个场景进行历史展现，正与当时的文艺思想相呼应，这也表达了现代对历史的观照。通过前期细致的考察研究，在创作中主要撷取国家领导人对黄梅戏艺术的关注的历史片段进行美术画面的创作。20世纪50年代，当时国家主要领导人，包括毛泽东、朱德、陈毅、刘少奇、邓小平、董必武、彭真、彭德怀、叶剑英、陈毅、刘伯承、聂荣臻等都对黄梅戏艺术给予了关怀并且都看过严凤英的黄梅戏演出。1953年春，毛泽东乘船巡视万里长江，路过安庆，就讲道："要把这些人们喜爱的地方戏抢救过来，把它搞好！"安徽省委马上深入调查研究，当年4月30日便成立了以严凤英、王少舫为台柱的省黄梅戏剧团，使黄梅戏这一深受群众喜爱的戏种迅速发展起来。1958年春，毛泽东赴湖北视察工作，于4月6日、7日，在武汉洪山礼堂观看鄂皖两省的黄梅戏。1958年4月，中共中央在武昌召开武昌会议，毛泽东、刘少奇、周恩来、朱德等党和国家领导人在武汉洪山礼堂观看黄梅县黄梅戏剧团演出的《过界岭》，并调安徽黄梅戏剧团去为会议演出，其中严凤英主演《打金枝》《夫妻观灯》。1958年9月17日，毛主席到安徽安庆视察，观看了严凤英的黄梅戏演出，演出后严凤英受到毛主席的亲切接见。陪同毛主席视察工作的有中共安徽省委第一书记曾希圣，中共安徽省委书记处书记、安徽省省长黄岩，以及各地党委的负责人。1959年10月27日，严凤英为毛主席在合肥西山礼堂演出《喜荣归》。由此可见，新中国时期成为黄梅艺术发展的第一个"春天"。

此次项目申报以"黄梅戏艺术的春天"为主题，充分反映黄梅戏作为一个民族的艺术，在新中国时期成为大众喜闻乐见的艺术形式，在党和国家领导人的关怀下，迎来了黄梅戏的春天。黄梅戏艺术呈现出自身的艺术魅力，体现了艺术为政治为人民服务的思想。同时黄梅戏作为优秀的非物质文化遗产，应该受到保护并加以传承，这种中国独特的文化的保护，也符合当时国家的文艺思想的要求。在创作形式上，采用中国画的绘画形式展示国家领导人和人民艺术家在一起的场景，以此表达文艺思想的深入贯彻和为人民服务的宗旨。在艺术特色的表现上，以写实性的工笔人物画作为主要创作形式。这样更真实地反映了在文艺思想引导下的文艺工作的真实历史。从工笔画的特性上来看，工笔画法要求线条工稳、细致、流畅，色彩匀净、明丽、典雅，所画物象造型准确，生动逼真。

## 二、创作价值和意义

国家艺术基金美术创作项目《黄梅戏艺术的春天》以黄梅戏作为创作题材，在画面表现上以国家领导人关注黄梅戏的发展为主要视觉表现形式，这是当下深入贯彻落实党的文艺思想的具体体现。习近平在讲话中强调，坚持以人民为中心的创作导向，创作更多无愧于时代的优秀作品，实现中华民族伟大复兴需要中华文化繁荣兴盛，中国精神是社会主义文艺的灵魂，要创作无愧于时代的优秀作品，坚持以人民为中心的创作导向，加强和改进党对文艺工作的领导。黄梅戏艺术在中华人民共和国成立初期得到了较大的发展，黄梅戏艺术家在全国各地巡演，并出现了黄梅戏电影，黄梅戏艺术在全国影响深远。文艺思想的贯彻不仅是娱乐性的演出和观看，特别是作为广大文艺工作者要高度认识文艺的地位和作用。作为一个艺术创作者，认识到自己所担负的历史使命和责任，坚持以人民为中心的创作导向，努力创作更多无愧于时代的优秀作品，弘扬中国精神、凝聚中国力量，鼓舞全国各族人民朝气蓬勃迈向未来，这也是此美术创作项目的出发点。中华人民共和国成立以来，党和国家的文艺思想使得黄梅戏有了一个发展的高潮。党和国家领导人对黄梅戏艺术的支持成为一个历史记忆。然而这种深植在人民心中的黄梅戏艺术，作为一种非物质文化遗产，到了今天却亟待拯救和保护。习近平在讲话中强调，文艺是时代前进的号角，最能代表一个时代的风貌，最能引领一个时代的风气。实现"两个一百年"奋斗目标、实现中华民族伟大复兴的中国梦，文艺的作用不可替代，文艺工作者大有可为。在绘画作品的主题创作中，以"黄梅戏艺术的春天"为主题，希望黄梅戏再出现新的春天。本项目把黄梅戏作为创作的主题内容，同时也反映了不同时代党和国家对文艺工作的重视，一方面起到历史回顾的作用，另一方面也希望作为非物质文化遗产的民族艺术有更好的发展。

## 三、创作方法和内容

在国家艺术基金美术创作项目《黄梅戏艺术的春天》的前期准备中，第一步，进行资料的搜集和考察，对专业理论进行学习，并搜集、下载关于黄梅戏理论的专业资料，包括网络戏剧视频、报刊文字资源。第二步，进行专业考察，到安徽名人馆、安徽省黄梅戏剧院、安徽黄梅戏艺术职业学院、安徽艺术学院等组织机构对专业人士进行访谈，做口述史资料的整理。第三步，进行画面题材和内容构思。在构思过程中主要涉及画面选用的典型人物和典型事件。在创作技法上运用传统的工笔重彩，结合岩彩和壁画技法进行创新。

就画面图式内容和图式来言，本创作主要整合国家领导人对黄梅戏的关注和支持，画面中展现国家领导人对黄梅戏主要演员的接见与慰问的场面，在剧目表现中以展现《打金枝》的剧目为主。在初稿的创作布置中，主要涉及国家领导人和黄梅戏表演艺术家严凤英握手的画面，陪同毛主席视察工作的有中共安徽省委第一书记曾希圣，中共安徽省委书记处书记、安徽省省长黄岩。表演艺术家包括严凤英、王少舫等。项目组人员进行了研讨、论证，把初稿线描稿确定下来。在构图上注重形式美，前面接见的场面，做到错落有致，分组处理，和后边的文场相呼应。在草稿的创作过程中，数次易稿，逐渐丰富主题。起先是以黄梅戏的台上和文场、身段表达为主，来突出黄梅戏的艺术价值和文化传承。随着资料的丰富，逐渐向国家历史题材靠拢，以国家领导人与黄梅戏艺术家在一起的场景还原历史真实，突出党的文艺方针的指导思想。在构图创作中，逐渐丰富戏剧人物，起初以代表人物为主，后来加进相关历史人物，画面更具真实性。最后画面构图完整，通过大量的资料整理收集、专家访谈，使之符合历史题材的要求。

创作过程不仅要重视传统的工笔描线和设色，还要不断地探索创新，吸收各种画种的长处以及外来绘画的营养。就本项目的初步设想而言，首先是确定题材和内容，主要是国家领导人在黄梅戏舞台上接见黄梅戏艺术家的场景，其中主要人物有：毛主席、曾希圣、黄岩和黄梅戏艺术家严凤英、王少舫等。领导人着工作装，黄梅戏艺术家主要以穿戏服的形象出现，这样更丰富了视觉性，是加强不同服饰质感的表现。其次，在构图上，注重场面的开合，进入人物的分组，注重经营位置的大小、层次、聚散、开合。同时注重空间和色彩的处理。再次，在作画过程中以现有草稿为基础，继续丰富创作思路，主要以工笔造型基础，运用线条的力感和美感表现出整个画面的造型；在设色过程中使用传统晕染技法的同时，注重矿物质颜料和高温结晶颜料的融合运用，特别在处理领导人的中山装时注重墨色的晕染和肌理的表现，在戏剧服装、头饰表现上注重表现出质感。

## 四、结语

国家艺术基金美术创作项目《黄梅戏艺术的春天》主要以安徽黄梅戏作为创作题材，以国家领导人接见黄梅戏演员严凤英的场景作为创作内容。在项目的构思中，本着艺术创作不仅要表现出形式美，还要表现出思想性和艺术性的理念，表现出地方特色，弘扬中华文化。艺术要能表现形式美，同时还要抓住时代主题，表达出思想性、艺术性，符合党的文艺思想。就作品的表现内容而言：一方面可以通过作品表达出自我感受的世界，这种艺术更偏重内心心理和形式的表达，在创作技法上注重运用新技法、新材料，力图在视觉上有所突破；另一方面，通过艺术来表达整个社会的现实美，把人和其感受的自然作为表达的主体，突出表达人类社会中的社会关系、伦理关系。国家艺术基金美术创作项目《黄梅戏艺术的春天》在尊重历史的基础上进行艺术创作，同时在艺术创作中注重典型事件、典型人物的挖掘，努力做到思想性和艺术性的统一，从而创作出符合时代要求的主体性表达。

# 以美育人

## ——浅谈广西偏苗少数民族女性题材现实绘画创作

◎荣　林

少数民族现实题材类的绘画创作是关注少数民族地域特色和风土人情的重要依托。随着西部地区建设日益完善，越来越多的文艺工作者开始将艺术创作的视野转移到国家的西部和北部边陲地区，他们通过生活的实践和艺术的提炼，创作出一大批反映边疆少数民族人文生活和秀丽风景的艺术作品，少数民族地区多彩的人文风情和自然环境开始进入大众万家的眼帘，于是更多的目光和脚步被吸引到祖国的西部和北部。

2018年8月30日，习近平总书记在给中央美术学院老教授的回信中特别指出"美育"在社会文化建构中的重要性，他尤其强调："美术教育是美育的重要组成部分，对塑造美好心灵具有重要作用。""美育"概念的最早出现可以追溯到20世纪初期，当时"美育"一词普遍出现在"哲学"和"教育学"的内容里，由此可见，"美育"不仅是教育学科中的重要部分，同时也是哲学范畴里的关键知识。国学大师蔡元培先生是积极倡导"美育"的先行者，他所提出来的"美育"极具包容性并带有综合性、整体性和学科的交互性的特点，不仅包括学校美育，而且还蕴含家庭美育和社会美育。由于"美育"具有"美的教育"和"人的研究"的双层特点，因此，"艺术教育"的概念在"美育"过程中也具有重要价值。本篇文章以一直居住在桂西北地区的百色市隆林县德峨镇偏苗族群女性劳动者为主要考察研究对象，对偏苗女性劳动者的人物形象和精神面貌以及生活劳动场景进行艺术展示。笔者一直将德峨偏苗少数民族作为自己绘画创作的研究方向，通过自己考察、研究、创作的心路历程，运用工笔重彩画的艺术手法描绘广西丰富多彩的民族风采、历史渊源，展现劳动人民的精神品质和秀美河山。生活在德峨的偏苗女人，她们特有的民族文化、质朴的生活方式和面对大自然勤劳勇敢的坚毅品格，她们辛勤劳作、艰苦朴实的形象打动了笔者，激发了笔者的创作灵感，因此笔者想通过手中的画笔，讴歌、赞颂她们。

广西是我国少数民族聚集人口最多的地区，全区除汉族外，有壮族、瑶族、苗族、侗族、毛南族、回族、京族、彝族、水族等11个少数民族。广西全区的苗族人口就有47万之多，位居全国苗族人口第五位，其中桂西高原的苗族约有13万人，大部分居住在隆林县和西林县等地方，他们因为世居的地理位置不同，形成不同的支系：偏苗、白苗、红头苗、栽姜苗（亦称"哉江苗"或"哉庄苗"）、清水苗、花苗、素苗等。偏苗的得名据说是因为该支系的妇女梳头之后，绾髻偏右脑后侧，插一把月牙形状的木梳子。德峨圩场是隆林南部乡镇最大的农贸交易市场，每六天一次的圩日也就变成了生活在这里的苗人进行贸易、交流信息，甚至是寻找意中人的场所。笔者在读研期间，曾跟随导师多次下乡写生采风，其中留下最深刻印象的就是百色市隆林县德峨镇偏苗少数民族村寨——被誉为"活的少数民族博物馆"。写生期间，我们每天前往不同的村寨和圩场，拍摄了许多当地人生活、赶圩、劳动的照片，充分融入当地人的生活中，与他们对话，进行友好的互动，了解他们的历史文化、生活习惯、思想感情等。接下来返回学校整理素材，查阅文献资料，赋予笔者大量的创作想法和构图形式，从而使笔者更进一步地认识偏苗文化。再结合笔者所学的专业知识，运用中国工笔重彩人物画的方法，创作出一系列反映偏苗女性劳动人民精神特质的画作。

苗族题材的工笔重彩人物画在我国少数民族题材绘画领域中具有不可或缺的地位。近些年，随着人们对边疆少数民族地区越来越多的关注，反映当地少数民族人民生活形态、劳动形象的艺术创作也越来越多。其中，少数民族人口比较多，影响力比较大的民族，比如世居西藏的藏族同胞、内蒙古大草原上的蒙古族群落等，也顺其自然地成了众多画家关注的热点，在这些少数民族周围，都有一大批艺术家在研究和创作关于他们的画卷。相比之下，广西百色市隆林县德峨镇的偏苗族群这一题材的工笔画创作就显得冷清多了。中国是一个少数民族众多的国家，少数民族创造的文化艺术是中华文明的重要组成部分。

在我国灿烂辉煌的文化艺术历史上，女性形象题材的绘画一直在工笔重彩人物画中占重要地位，是中国绘画史的重要组成部分。明代徐燉在《红雨楼题跋》中曾写道，"画人物最难，而美人为尤难"，也表明了女性题材的绘画难度之大。随着近代新思潮的涌入，西画开始映入人们的眼帘，"西学东渐"的思想形态进入中国，这使得东西方文化、绘画理念得以碰撞、冲击，新的创作方式改变了国内封闭已久的美术创作模式。

广西隆林县德峨镇最高海拔1957米，镇政府所在地那地村海拔1600米，交通不便，与外界接触少。这里位于云贵高原余脉，气候寒冷，水源匮乏。德峨是大石山区，严峻的生存条件决定了苗人只能在石头缝里种植作物，寨子也分布在大石山区的不同角落。德峨当地的耕地以梯田梯地为主，也有开荒耕种陡坡地。长年以来，植被破坏严重，水土流失比较严重，当地人不得不采取轮歇耕种方式，即这片山坡耕种一至两年，又到那片山坡耕种一到两年，以此往复，轮换耕种。但是这些困难并没有难倒大山里的人们，德峨的偏苗女性，她们有着勇敢勤劳、坚毅不屈、艰苦朴素的品质。偏苗女性，她们是典型的中国农村妇女，具有农村妇女普遍的勤劳、坚强和朴实忠厚的特征，她们将家庭、婚姻、孩子视为她们人生的全部，日复一日，年复一年地默默付出和奉献。她们在很小年龄的时候，就已经开始给家里分担家务，干农活了，从捡柴做饭到放牛织布、蜡染刺绣，她们一直承载着家里生活的重担。恶劣的生活条件和保守的思想意识，恰如其分地锻造了她们的精神特质：用热爱和坚强书写对大自然的敬畏，用勤劳和勇敢歌颂劳动美。

广西这片土地充满民族文化特色和人文地理资源，这里自然景色秀美，少数民族风情浓郁，既有大都市的现代化建设成就，也有国家不断提供的少数民族优越政策，这块土地文明程度日益提高，城市也更加具有包容性。华南这片广袤的红土地也成功地孕育了一大批杰出的中国画名家，他们因地制宜的审美眼光和层出不穷的创作能力，让广西少数民族题材艺术成为全国瞩目的焦点，吸引了大批国内外艺术爱好者前来学习交流，成就了"广西是个好地方"这一说法。

郑军里先生是广西当代中国人物画家的领军人物，身为广西人的他，一直把少数民族题材绘画当作自己的艺术初衷，表达他对这片养育了他的土地的深深的渴望和热忱。1981年，在他大学三年级的时候，他创作的工笔人物画《金秋》在北京参加展览时获得空前好评，画面描绘的是一个身着苗族红装、手执长竹竿的苗族少女凑近竹筒喝水时的一霎。虽是转瞬即逝的一个动作，但是画家用扎实的造型基本功、流畅的线条、和谐的色彩搭配诠释出了画者内心的情感感受，突显了广西当地少数民族人民生活的静谧、和谐之美，这在现在看来是非常有远见的思想转变，预示着他审美品位和艺术修养的提升。他笔下的人物造型优美舒适，线条不仅具有强烈的张力，而且对线条的把握做到了入木三分，提按徐疾步步到位，色彩的搭配和渲染也都做得很到位。他在艺术上实现了创新，形成了新的创作观念，形式语言和表现手法也随之改变，具有强烈的个人风貌。

无独有偶，与郑军里先生相媲美的另一位杰出女性工笔人物画家魏恕，作为长期坚持在工笔人物画创作和教学研究上的学院派艺术家，也以广西少数民族题材为创作灵感源泉，绘制了一大批工笔人物画作。在她的作品中，我们可以清楚地感受到她对生活细致入微的观察，对人文精神和内心关照的审美把握。在艺术创作实践中，她的少数民族女性题材人物画形式语言丰富，不落窠臼，一方面继承传统文化知识，另一方面发展和创新工笔重彩人物画的表现形式，具有鲜明的艺术特色。魏恕创作的人物画《乡妇》入选中国美协"全国第十届美展"并获广西美展一等奖，这幅画以写实的手法描绘了一个年轻的少数民族母亲用背带背着一个正在酣睡的婴儿的画面。年轻母亲头戴浅色发带，上身着浅色衣裳，腰部以下的深色长裙与上半身形成对比，营造了一种很强的视觉冲击力，年轻母亲静坐不语，神情面貌静谧安详，母亲神情的静谧和婴儿熟睡的静谧又形成一种对比，让画者和看画的观众此刻都在享受着这少数民族人民生活的安静祥和。在绘画技巧上，魏恕突显人物内心情感的表达和画面整体氛围的渲染，通过造型上的适度夸张，让母亲形象更加生动，人物神态和心理特征跃然纸上；在人物衣纹和服饰纹样的处理上做了减法，化繁为简，简单概括，又不失局部的手法，增添了画面的趣味性；线条混润刚劲富有弹性，疏密得当不失节奏感，通幅画面施以淡彩，颜色晕染上恬静幽深，背景大面积设以薄色，底部略施淡墨，朦胧幽畅，整体色调清灵淡雅，给观者创造了无限的想象空间。

艺术是情感的表现，任何一种绘画形式都是"情之所至，有感而发"的体现，我的创作表达也无不时刻围绕着"情感"二字。在我去德峨采风的几次经历中，每每都会被当地的偏苗人民感动，我把心里的这份感动和收获，通过工笔重彩人物画的形式描绘出来，用中国最传统的艺术表现形式来表达内心的感受。德峨偏苗族的女性形象已经在我的脑海里成为一种符号标志，她们沧桑的面容、她们布满老茧的双手、她们装满果实的背篓……都已经成为勤劳勇敢、善良美丽、忠厚朴素、坚忍不拔的代名词，她们所具备的这种品格和气质，不正是我们宣扬的社会主义正能量一直在追求的吗？我把这些感知都放入画面中，通过偏苗女性劳动者平淡无奇的生活点滴，不仅要在视觉，而且要在心灵的触觉上感染观众。再者，偏苗女性劳动者大都心灵手巧，从很小的时候就学会了织布、蜡染、刺绣、编织等，她们的民族工艺也正属于当前正推行的保护非物质文化遗产的范畴，也正是她们的这种工匠精神，很好地传承和弘扬了民族的独特文化，为振兴传统工艺作出了巨大贡献。

艺术来源于生活，又高于生活。我希望通过我所学到的专业知识，站在绘画者的角度，运用手中的画笔，去描绘德峨偏苗女性劳动者的真实生活，在与这些少数民族劳动者形象相互"凝视"的同时，感受着、体悟着"她们"的精神世界，并反过来修正着自我对生活、对社会、对历史的认知。生活是艺术创作的源泉，只有深入生活，仔细观察，用心感受，才能获得有血有肉的画面。偏苗女性题材是一种媒介，它所牵引的是民族的品质和精神，在追求画面美感的同时，更要深度挖掘偏苗女性劳动者背后的精神世界和民族品质，呈现出"以美育人""以美化人""以美润人"的美育精神的延伸，而且，我相信她们代表的不只是偏苗这一个族群，更是从古至今整个中华民族劳动人民的优秀品质和内涵。

# 平生江湖心，聊寄笔砚中

——陆游论书诗中的豪情与逸致

◎ 秦金根

陆游是南宋著名的爱国主义诗人，其诗从吕本中上溯黄庭坚、杜甫，融入剑南等巴蜀之地的火热军旅生活，饱含爱国主义、现实主义精神，晚年独造平淡，落尽皮毛，归于自然。清赵翼《瓯北诗话》称："宋诗以苏、陆为两大家，后人震于东坡之名，往往谓苏胜于陆，而不知陆实胜苏也。"

陆游近万首诗歌记录了其不同阶段生活和情感的方方面面，其中就有关于对书法艺术认识和实践的诗歌，本文把这部分诗歌统指为陆游的"论书诗"。在这一部分论书诗中，我们不仅能读到其书法的渊源、风格、特征等内容，还能感受其豪情与逸致，是后人研究和认识其书法艺术的重要参照。

陆游是伟大的诗人，同时也是著名的书家，他位列"南宋四家"，与朱熹、范成大、张即之齐名，后人鲜知其善书，盖因书名为诗名所掩。陆游尤擅草书，楷、行也有独到的建树。其草书承黄庭坚之绪，入怀素、张旭门庭，是南宋狂草书家的杰出代表。其草书崇尚瘦硬，龙蛇瘦蛟，奔腾变化。陆游对自己的草书自视甚高，他在《草书歌》中写道：

> ……有时寓意笔砚间，跌宕奔腾作诙诡。徂徕松尽玉池墨，云梦泽乾蟾滴水。心空万象提寸毫，睥睨醉僧窥长史。联翩昏鸦斜著壁，郁屈瘦蛟蟠入纸。神驰意造起雷雨，坐觉乾坤真一洗……

用傲视怀素比肩张旭的气魄，心空万象，跌宕驰骋，创造出昏鸦、瘦蛟、惊雷般豪纵奔腾的草书意象，正是陆游要追求的审美境界。在另一首《夜卧久不得寐复披衣起呼灯作草书数纸乃复酣枕明旦作此诗记之》的诗中，他进一步阐述了草书的审美形象和审美理想：

> ……朝作一池墨，弄笔招羁魂。初若奔骤骥，忽如挐蛟鲸。鬼神森出没，雷雨更晦明。飞扬兴已极，投笔径就床……

骤骥、蛟鲸、鬼神、雷雨，这些变幻不拘而又释放着无尽动能的形象正是陆游草书要创造的，只有当这些形象在电掣雷奔的瞬间完成，陆游才能"飞扬兴已极"，"聊借旷快洗我胸"，得到莫大的审美满足，真所谓"不如醉笔扫青嶂，入石一寸豪健惊天公"（《醉书秦望山石壁》）。

陆游的草书不仅意象神奇变幻，更重要的是可当成抗敌、杀敌的武器，在王羲之那儿以军阵喻笔阵的论说，在陆游这里直接变成了其用毛笔腾挪杀敌的豪迈！

> 还家痛饮洗尘土，醉帖淋漓寄豪举；石池墨渖如海宽，玄云下垂黑蛟舞。太阴鬼神挟风雨，夜半马陵飞万弩。堂堂笔阵从天下，气压唐人折钗股。丈夫本意陋千古，残虏何足膏砧斧；驿书驰报儿单于，直用毛锥惊杀汝！——《醉中作行草数纸》

陆游还家痛饮，淋漓挥洒，用海般宽阔的墨池创造黑云舞蛟，这是怎样的豪情！陆游不是在写草书，而是裹挟风雨，驰骋笔阵，痛杀残虏！在另一首《题醉中所作草书卷后》的诗中，陆游也以毛笔为斩杀逆虏的刀槊。

> 胸中磊落藏五兵，欲试无路空峥嵘。酒为旗鼓笔刀槊，势从天落银河倾。端溪石池浓作墨，烛光相射飞纵横。须臾收卷复把酒，如见

万里烟尘清。丈夫身在要有立，逆虏运尽行当平。何时夜出五原塞，不闻人语闻鞭声。

与上述论书诗抒发豪情不同，在另一些论书诗中，陆游则斜风细雨般地记录了其老而以书为乐的恬静惬意的生活。他在《临安春雨初霁》中写道：

世味年来薄似纱，谁令骑马客京华。小楼一夜听春雨，深巷明朝卖杏花。矮纸斜行闲作草，晴窗细乳戏分茶。素衣莫起风尘叹，犹及清明可到家。

夜色阑珊，春雨初至，明天的深巷中该有清美的少女叫卖杏花吧！雨过天晴，春光透窗送来温暖，该做点什么好呢？就展纸铺毫写上一通草书吧，闲情疏意，随纸斜行，不着意，不求工，写累了，就晒着春阳，端起茶盏，细细地品鉴雨前春茶！读完这首诗，把盏捻髯的老者似乎就站在眼前，那份闲逸直入心扉，让人感动。

陆游老而归乡，闲居乡村，日以弄园种草、写字作诗、赏花读书为事，书法是其生活中必不可少的，春天春雨至、杏花开时是这样，其他季节也不例外。

燕子生雏梅子黄，断云残雨过林塘。孤舟正作答箬梦，九陌难随袘襫忙。团扇兴来闲弄笔，寒泉漱罢独焚香。太平处处熏风好，不独宫中爱日长。——《夏日》

衣食无多悉自营，今年真个是归耕。屏居大泽群嚣息，乍得清寒百体轻。桥北潦收波浅碧，埭西霜近叶微赪。一杯弄笔元无法，自爱龙蛇入卷声。——《晨起颇寒饮少酒作草数幅》

小堂稳暖纸窗明，低幌围炉亦已成。日阅藏经忘岁月，时临阁帖杂真行。诗才退后愁酣战，酒量衰来喜细倾。从此过冬那复事，夜深

时听雪来声。——《新治暖室》

初夏，梅子黄时，暑热渐臻，陆游点起香熏，摇着团扇，这时兴致偶发，便提笔作草。初秋，霜叶微红，清寒侵体，喝杯浊酒吧，暖暖身心，这时也当提笔作草，看它龙蛇腾游纸上。入冬了，在新筑的暖室中，围着火炉，闲读藏经，夜听雪声，静谧弥漫，还是临写阁帖吧，只有那真行相杂的行间才能让闲情逸致充满吧！

陆游幼时就临习书法，承继家风。青年时游镇江焦山、南京等地，陆游即以颜味十足的大楷题壁。在巴蜀的南郑、剑阁等地，陆游从戎，便以毛锥为刀槊，豪情奔放，斩杀逆虏。在绍兴，陆游老归故乡，书法便和读书、写诗、农事成为其生活中的重要部分，寄托情感，消磨岁月。在陆游的一生中，有一件事须臾不离，那便是心系杀敌，收复故土。而其情感的寄托则有赖于其诗书，在作诗、作书中，陆游的豪情和逸致得到充分展现。且看其对书法艺术的总结：

草书学张颠，行书学杨风。平生江湖心，聊寄笔砚中。龙蛇入我腕，匹素忽已穷。余势尚隐辚，此兴嗟谁同。——《暇日弄笔戏书》

### 参考文献

［1］《陆游集》，中华书局1976年版。

［2］李剑雄、刘德权点校：《老学庵笔记》，中华书局1979年版。

［3］孔凡礼、齐治平编：《陆游资料汇编》，中华书局1962年版。

［4］朱东润：《陆游传》，人民文学出版社2007年版。

［5］刘正成主编：《中国书法家全集》（第40卷），荣宝斋出版社2000年版。

# 新时代中国摄影发展之路

◎赵 昊

习近平总书记在中国共产党第十九次全国代表大会上的报告中关于繁荣发展社会主义文艺的论述，创造性地丰富和发展了马克思主义文艺观和社会主义文艺理论，对新时代文艺工作和文化建设具有重大的指导意义。报告在对文艺创作现状与发展的精准判断基础上，指出"人民为中心的创作导向""加强现实主义题材创作""提升文艺原创力，推动文艺创新""倡导讲品位、讲格调、讲责任"等，必将深刻指导新时代中国摄影的发展。

## 一、以人民为中心是新时代中国摄影发展的根本导向

"社会主义文艺是人民的文艺，必须坚持以人民为中心的创作导向"，报告指明了新时代中国摄影发展的根本导向。中国摄影的发展经历了美术摄影、国防摄影、宣教摄影、人文摄影、纯美摄影等几个具有代表意义的主流历程，从早期与美术相结合的美术摄影到抗战时期的摄影武器宣传，随着延安文艺座谈会的召开逐步树立了以人民为中心的摄影创作导向，尤其是"四五摄影"后，反映社会变革、人民生活、区域人文的作品大量涌现，彰显了摄影的本质力量与文化诉求。人民物质生活水平的提升、器材技术的改进加快了摄影大众化进程，"忽如一夜春风来，千树万树梨花开"的全民摄影景象在急速促进摄影繁荣的同时，带来摄影界对表象美的普遍追逐，一些摄影人本着对"优雅之美"的机械理解与遵循，拿起相机聚焦浅表层的"美感"，观照社会、反映人民生产生活内在大美的作品相对不足。与长期在一

线深入思考、精心创作不同，美人美景类的即景式拍摄相对简单又颇具视觉效果，稍加练习即自感"佳作"，加之周围友谊式点赞则自我认同感愈盛。就数量而言，当代摄影界多为拍摄此类情形，诸多摄影人为追逐自然季节变化的花开花落而东奔西走，热衷摆布人物动态的举手投足而乐此不疲，自认是在摄影创作道路上的精益求精，实则离摄影发展本质要求相去甚远。风花雪月的影像虽不乏美感，然经典则为反映人民真情实感之作。以人民为中心是文艺事业的要求，是社会的要求，是时代的要求，同时也是摄影发展的要求。传统影像时代中拍摄优美景象使人陶醉的独有优势已不再，数字时代美景美人图像泛滥，长期"炫"图使得观者欣赏摄影艺术时形成的静观思索已荡然无存，只有不断通过画面视觉刺激才有匆匆一览的兴趣，视觉上的绚丽与思想上的平淡成了当代多数作品的典型特征。只有坚持以人民为中心这个根本导向，从内心深处认同并努力践行，才能有效调整摄影创作思维，立足人民语境，从而构建摄影创作现实主题，创作思想性与艺术性相统一的作品，促进中国摄影发展。

## 二、加强现实主义题材创作是新时代中国摄影发展的首要思路

"加强现实主义题材创作，不断推出讴歌党、讴歌祖国、讴歌人民、讴歌英雄的精品力作"，报告指明了新时代中国摄影发展的首要思路。张彦远在《历代名画记》中论道："记传，所以叙其事，不能载其容；赋颂，有以咏其美，不能备其象。图画之制，所以兼之也。"图像在描绘现实、传递情感、宣传教育中具有重要作用，摄影作为图像传达的重要媒介，其本质更是记录，本身具有现实主义的品质。在辛亥革命、抗日战争、解放战争、新中国建设、改革开放等历次社会变革中，中国摄影家们以强烈的责任使命感、敏锐的观察感受力、真挚的人民情怀、高超的创作思维、精湛的摄影技术，聚焦现实，拍摄了《哨兵》（徐肖冰）、《埋地雷》（石少华）、《人民的力量》（李峰）、《淮海战场一角》（郝世保）、《开国大典》（侯波）、《雨

越大干劲越足》（陈勃）、《毛主席的好战士——雷锋》（张峻）、《团结起来到天明》（吴鹏）、《假日是这样度过的》（许志刚）、《汗与水》（黄成江）、《升》（周顺斌）、《狂舞》（吴宗其）、《生命之堤》（刘士斌）等诸多时代特征鲜明的作品进行广泛宣传，讴歌党、讴歌祖国、讴歌人民、讴歌英雄，得到人民大众的情感共鸣，推动社会发展，成为经典。俄国作家萨尔蒂科夫-谢德林曾言，"在新的典型的影响下，同时代的人不自觉地养成了新的习惯，接受了新的观点，有了新的姿态。一句话，渐渐把自己改造成一个新的人"，足见经典作品对人的影响。新时代的中国摄影家要有"铁肩担道义，妙手著文章"的艺术理想、创作情致与摄影技术，对于具有深刻时代意义、表现人的本质力量的题材要持续不断地关注，唯有此才能步步从艺术高原攀向高峰，才能在一次次艺术创作积累中形成独特的摄影风格，才能在摄影水平不断提升的同时通过对党、祖国、人民、英雄的讴歌，引领新时代社会新风尚。

## 三、提升原创力与创新是新时代中国摄影发展的内在动力

"提升文艺原创力，推动文艺创新"，报告指出了新时代中国摄影发展的内在动力。一段时期以来，中国摄影取得了瞩目的成绩，但也存在因跟风而导致的模式化、同质化问题，束缚了创新创造力的发挥，限制了中国摄影的发展，也造成了摄影作品的内在供需不平衡，难以满足人民群众对摄影审美的新需求。这种模式化、同质化反映出摄影创作思维的贫乏，更深层次地反映出摄影人深入生活的不足，没有基层扎根，没有生活体验，没有情感认同，则缺少创作灵感，缺乏创作激情，缺失创新源泉。黑格尔曾言，"人们用自己的工作，熟练技巧和勤勉复制原来已经存在的东西，固然也可以借此得到一些乐趣。但是仿本愈酷肖自然的蓝本，这种乐趣和惊赏也就愈稀薄、愈冷淡，甚至于变成腻味和嫌厌"，模式化图像充其量只能算是不断复制的视觉鸡肋。艺术需要提升原创力，注重创新。刘勰曾言，"夫缀文者，情动

而辞发"，要在生活积累与感悟中做到厚积薄发，宏中取精，原创创新。回顾新中国摄影发展，袁毅平先生在生活中提炼，感受到新中国建设发展，创作出《东方红》；袁廉民先生在新的历史时期感受到中国建设发展即将到来的巨大变化，创作出《蒸蒸日上》。这些精品力作在对现实层面的审美观照中兼具浪漫主义的象征意蕴，既彰显了中华传统艺术的意境，又呈现了鲜明的时代特征，既体现在生活中所感的真情，又表现在艺术中所创的新意。新时代中国摄影的发展必须重视原创，具备创新这一内在动力，从传统文化中找新意之根，从人民生活中寻新意之源，积极调动艺术思维，充分发挥想象力，不断推陈出新。

## 四、讲品位、讲格调、讲责任是新时代中国摄影家的职责与使命

"倡导讲品位、讲格调、讲责任"，报告指出了新时代中国摄影家的职责、使命与摄影创作要求。清代张庚曾言，"盖画品高下，不在乎迹，在乎意"。"意"关乎艺术作品的品位与格调，在于艺术家的责任。中国摄影家要讲品位、讲格调、讲责任，摄影创作应突破自我陶醉、小众欣赏的层面，从而建立大格局，创作出源于生活而高于生活的佳作，摄影家要深刻体悟到自己在新时代中记录、展现中国梦实现进程中所具备的责任担当与使命，致力成为新时期的视觉启蒙者、新形势的视觉宣传者、新征程的视觉动员者、新进展的视觉记录者。

经典作品源自伟大的时代，在伟大的新时代中，波澜壮阔的时代发展，日新月异的社会进步，遍地开花的凡人善举，感天动地的英雄事迹，都需要摄影家去深入观察、深刻思索、精心提炼与创新表现。我们要以习近平新时代中国特色社会主义思想为指导，坚定文化自信，为人民创作，不断创新，用思想精深、艺术精湛、制作精良相统一的摄影佳作引领社会风尚，为构建社会主义核心价值观而努力，为社会主义文化繁荣兴盛作出中国摄影人应有的贡献。

# 镜头持续关注现实的意义

——"习近平总书记文艺工作座谈会重要讲话精神"学习体会

◎ 刘兵生

　　"书写和记录人民的伟大实践、时代的进步要求，彰显信仰之美、崇高之美，弘扬中国精神、凝聚中国力量，鼓舞全国各族人民朝气蓬勃迈向未来。"通过专题研讨脱产学习，习近平总书记文艺工作座谈会重要讲话精神在中国摄影家协会安徽籍广大会员中达成了共识。

　　2017年5月下旬，中国文联和中国摄影家协会在安徽合肥市为会员举办了一期"深入学习贯彻习近平总书记文艺工作座谈会重要讲话精神专题研讨班"。授课老师将习近平总书记文艺工作座谈会重要讲话精神与摄影实际相结合，纠正了当前一些不正确的摄影观，为广大会员今后将镜头"对准大时代下火热的生活、对准广大人民群众"指明了方向。

　　2016年年初，为贯彻落实习近平总书记文艺工作座谈会重要讲话精神，安徽省摄影家协会在官方微信公众号"名家名作"栏目刊发了几位80多岁的摄影前辈记录时代的摄影作品，并准备编辑出版摄影画册。

　　本人荣幸作为摄影志愿者，为几位摄影前辈扫描早年的底片和照片，并悉心学习他们的作品，在各类题材的照片中，本人深刻地感到：照片上的事虽然过去了很多年，但是具有时代背景和人文情怀的照片更加吸引人，更耐看。随着时光的流逝，与当下的现实相联系之后，老照片愈发珍贵，生命力依旧。而他们拍摄的没有主题的艺术照片，则无法具备如此的吸引力。

## 一、时代背景映照纪实摄影特点

时间永不停息，时代不断进步，摄影则忠实地记录着当下的人和事，从照片画面中我们可以读出丰富的时代信息，甚至追忆那些不复存在的场景，这就是纪实摄影能在社会上得以最广泛传播的原因，也是彼时彼刻拍摄图片的纪录价值所在。

1914年，黄山上的迎客松就有了最早的影像，有人将106年间的迎客松相同角度的照片收集到一起，发现除了拍摄时背景气象有变化外，寿星迎客松的容颜基本未变。照片的画面缺少大时代背景下的人和事，其纪录价值大为打折。若我们拍摄106年间徽州地区徽商的经营、当地百姓生产生活的照片，那是何等珍贵的人文历史资料。

安徽省滁州市摄影家张荫曾在抗美援朝战场上担任摄影员，1957年复员到滁州地区嘉山县（今明光市）担任专职报道员。他在各个不同的历史时期，勤奋地拍摄了大量有人物、有内容的新闻照片。虽然很多照片没有见报发表，但今天的观看者依然可以感受到这些照片在向我们诉说着当年的故事。而一些所谓的艺术照片，由于影像缺失信息，没有包含时代的内容，除了能感受到当年胶片时代的工艺外，没有任何有效的信息可以获取。

张荫曾先生拍摄的一组上海知青照片，虽然带有那个时代的摆拍特点，但却能真实地感受到20世纪六七十年代城市年轻人的着装、农民的家居环境、农村劳动场景以及知青的精神风貌。本人将这几张上海知青的照片传给一位从安徽回上海的退休知青后，他也觉得照片很亲切、很难得，决定把照片放到他们的"知青微信群"里。老照片上的主人翁黄慧珠看到40多年前的老照片后，追忆着幸福的青春岁月。1971年秋，修建林东水库，成立下庄公社"铁姑娘战斗队"，她担任队长，在工地上与男劳力一起打钎、放炮、抬石头，还进行政治学习。今天，她还保留着这些照片，这些照片可以见证那个年代的风貌。

张荫曾先生于1980年拍摄的大包干带头人严俊昌一家是在"大包干"开

展约两年之后，虽然背景中的房子还是茅草屋，但全家8口人的脸上都洋溢着笑容。"大包干"后由于生活有了改善，人们良好的"精、气、神"从早年的老照片上就能读得出来。

法国当代社会学家、人类学家皮埃尔·布迪厄认为，"照片所摄取的姿势，其意义只有联系着整个符号系统中该符号的位置，才能得以理解"。从这个角度来看，照片的时代信息符号非常重要。因为我们的经济在飞速发展，"历史在加速消失"，纪实摄影可以担当为时代留存记忆的责任。

## 二、人文情怀彰显摄影温度

一切艺术都离不开人。

摄影师一定要有人文情怀，把镜头对准人，因为人民创造历史，一切背离人的摄影作品，在历史的长河中很难找到自己的坐标。摄影必须关注时代、关注社会、关注民生、关注芸芸众生，这样才能发挥摄影纪实的巨大功能。习近平总书记在文艺工作座谈会上强调："人民既是历史的创造者、也是历史的见证者，既是历史的'剧中人'、也是历史的'剧作者'。"

受中国画的影响，我们相当数量的摄影人还存在追求唯美、光影、技术等"术"的层面，而对摄影终极本质方面的"纪实"和"人文关怀"的"道"却较少追求。只有正确认识到摄影与绘画的区别，真正理解摄影的本质特征，我们才能把镜头对准应该拍摄的对象，只要持之以恒，就终能拍摄出无愧于时代的佳作。

北宋年间，王安石变法中一些脱离现实的政策导致民生困苦，一位勇敢的皇宫门吏叫郑侠，他终日站在宫门外，以图画的方式，把可怜的农民画了下来，献给皇上。画上，饥寒交迫的难民在大风大雨中流浪、半裸的男女正在吃草根树皮，还有人拴着铁链搬砖负柴缴税。皇帝看到这些图画不禁掉下泪来，终于废除了许多"新法"。

因为当时没有照相技术让上层了解民间最真实的状况，唯有写实的画作才能充当现在"纪实摄影"的功能。郑侠对自己"纪实图文"有信心。最终，王安石变法停止。可见，纪实的影像是有感情、有温度、有力度的。

安徽省老摄影家马昭运先生20世纪50年代的摄影作品《农业合作社的年轻男女》《分到棉花款》《安徽日报社大炼钢铁》《农业社农忙食堂》《青年学习毛主席著作》《农民投豆选当家人》《庆祝江淮牌汽车下线》、70年代的《赤脚医生陈玉荣》《合肥人民上街庆祝粉碎"四人帮"》《庐江县农民用上沼气》、80年代的《合肥生产黄山电视机》《合肥郊区举办集体婚礼》《文明礼貌月》《合肥文化宫举办集体舞会》等等，这些照片呈现的都是生动的工人农民生产生活的场景，都是深入一线的人物照片，都是江淮地区的人和事，都是连续地拍摄，展现了历史的风貌。所以作为一名摄影人，要有人文情怀，要勤奋坚持，这样才能厚积薄发，为人民留影，为时代留证。

### 三、持续关注形成时间之河

摄影是将过去的时间和空间用影像凝固的技术，用摄影持续地关注社会某一方面的人和事，则可以形成时间之河流，以后人们在欣赏照片的时候，犹如从曾经的时间之河上游而下，再次观照过往的人和事。当摄影照片形成时间之河时，那么，依托科技的摄影技术便升华为艺术，这就是摄影的魅力所在：纪实的力量。

地球上的万事万物都在时间的长河里漂流。今天的现实就是明天的历史。美国联系图片社总裁、著名摄影家普雷基来中国体验生活之后感慨：中国现在是变革，这是中国摄影人应该记录的内容。

马昭运先生从20世纪50年代开始，用照相机记录不同时期人们的生产生活和精神面貌。从马老的老照片中我们可以看出：五六十年代女同志穿对襟上衣较多，一些社员还穿着带有补丁的衣服；70年代穿纽扣小花格子上衣；80年代出现各种时尚上装，不少女同志穿上了连衣裙，跳起了集体舞。这些场景如今早已不存在了，唯有摄影能忠实地记录。只有在时间的长河中，我们才可以感受到这些时代的刻痕。一位热心读者看过马昭运先生的摄影作品后留言：作品场景原汁原味地反映了那个时代的面貌，真正发挥了摄影的纪实功能，由于不可复制，照片会越来越珍贵。

1990年元月，安徽省滁州市摄影家汪强在北京举办《汪强说凤阳》个人影展，万里、温家宝出席了开幕式，并对影展给予高度评价。影展通过400多幅照片记录了花鼓之乡的点点滴滴，以及小岗村的历史巨变，得到了万里的肯定。汪强更加确定了自己的目标：继续用照片记录小岗村的变化，一直到自己拿不动相机。

自1979年春天开始，汪强的镜头就关注"大包干"的发源地小岗村。他拍摄的《战胜贫困的小岗人》《讨饭庄的孩子》《快乐的小岗人》《退休后的严俊昌》《严家父子两代书记》《人民代表严俊昌》等图片，从侧面反映了小岗人的精神风貌。他用照片忠实记录了老一辈的改革创业史、村民们的生产生活和喜怒哀乐。大家都说小岗村40年来的沧桑巨变是汪强用图片绘制的，18户大包干家庭的影像档案全在汪强手里，他拍摄的40多幅图片被国家博物馆收藏并作为国史陈列。

180多年前，摄影继绘画之后，终于可以更为真实地记录我们自身的肖像，人类的生产生活、人文地理、战争灾难等社会图景都以摄影的方式被记录在案。摄影史就是人类近代发展史，为各个学科提供了极有研究价值的文献性素材。对一个国家、一个单位而言，摄影也真实地保留了演变和发展的宝贵史料。对一名专业或业余的摄影者而言，摄影就是客观的忠实记录。因此，摄影的记录有着特别的意义，这一点可以用充足的时间来证明。

从马昭运、张荫曾、汪强等身边老摄影家的摄影实践，我们可以体会习近平总书记在文艺工作座谈会上说的："我同几位艺术家交谈过，问当前文艺最突出的问题是什么，他们不约而同地说了两个字：浮躁。一些人觉得，为一部作品反复打磨，不能及时兑换成实用价值，或者说不能及时兑换成人民币，不值得，也不划算。这样的态度，不仅会误导创作，而且会使低俗作品大行其道，造成劣币驱逐良币现象。"

## 四、30多年经历摄影之感悟

受老一辈摄影家纪实照片观照历史的启示，我也试图找出自己30多年来的照片，切身感悟到纪实照片随着时间的远去而愈发珍贵。当初拍摄之后觉得很普通的照片，如今在年月的长河中却占有一席之地。

1986年初夏，大（湖北省大冶市）沙（江西省九江市）铁路湖北省阳新县陈家冲隧道附近，一位80多岁的老人走了10多里山路，想见识一下从来没有看到过的大火车进山来，年轻的同事穿着铁路制服在为老人介绍铺轨情况。画面上，老人穿着的衣服上还有几个破洞，但面容显得很开心。之后，铁路施工单位剥离中华人民共和国铁道部（简称"铁道部"）划归国务院国有资产监督管理委员会（简称"国资委"），如今铁道部也不复存在，铁路铺轨设备也改进了很多。当年借用画面上同事的照相机拍摄的唯一一张普通照片，却记录下如此多的时代信息。

1988年初春，在江西省永修县火车站，几位老太太在等火车，有几位还不停地抽烟，这画面上老太太的着装是属于那个年代的，在今天已经见不到了。

如今建高铁都是现代化大型机械施工，而30年前我拍摄的人拉肩扛、水中运料、雪中铺轨、穿越古城墙等铁路施工场景就显得可贵。这些施工方法改进、生产力提高的过程可以见证我们时代的进步以及高铁筚路蓝缕的艰苦历程。同时，人们也体会到把镜头对准人尤为可贵，是他们推动了铁路基础建设不断向前。如今高铁建设走出了国门，站在了世界的舞台，早年艰苦创业的建设者就是高铁发展的奠基石。

当我们所拍的照片有了一定的数量规模和时间跨度，将时间的概念与时代背景的照片结合在一起的时候，我们的摄影作品就与绘画作品有了本质的属性不同：

摄影：客观，有具体的时间和空间。

绘画：主观，无具体的时间和地点。

因此，摄影被公认为最有记录价值。作为摄影人不必舍近求远，也不必纯粹地追求画面的美和所谓形式上的艺术，只要持之以恒地深入生活，把镜头对准人、对准火热的时代，就能展现出纪实摄影的真正艺术价值所在。

云南摄影家吴家林的作品入选世界摄影大师系列丛书"黑皮书"，他曾说：我现在一般情况下不需要到很远的地方。记录身边的人和事，天长日久这些照片越来越有价值和意义。《浙江日报》高级记者徐永辉，倾毕生精力，记录了一户农家60年的剧变，成为中国跟踪摄影第一人。朱宪民先生从1970年开始关注、拍摄黄河人，他以一种平民姿态和鲜明的个人视点，记录黄河百姓的寻常百态和日常生活。他出版的《黄河百姓》是一部迄今为止表现黄河人生存状态最完整的著作，因此，被称为中国当代摄影界一位具有特殊地位的摄影家。中国摄影家协会副主席雍和坚持30年如一日地穿梭在上海的大街小巷。他说今天的现实终将变成明天的历史。新华社记者刘卫兵出版的新书《我们这30年》图文并茂，素材全部源自他20多年来数千次采访拍摄积累。著名摄影家王文澜总结自己的摄影：40多年前，技术对于拍摄最重要。到了20世纪80年代，我觉得技术不是最重要的，最重要的是对拍什么有新的想法。进入20世纪90年代，我觉得艺术对于摄影也不最重要。跨入新世纪，我觉得摄影不是最重要的。生活之广，历史之厚，一个镜头只是一个碎片，我力求给变化的生活留下一些痕迹。我比任何时候都渴望按动快门，摄影早已不是一种仪式，而是随时随地地释放，我想说的也都在这些照片里了。这正是习近平总书记在文艺工作座谈会上强调的："文艺只有植根现实生活、紧跟时代潮流，才能发展繁荣；只有顺应人民意愿、反映人民关切，才能充满活力。"

铁姑娘战斗队，嘉山县卞庄公社上海下放知青兴修水利。
1971年秋。张荫曾 摄

1994年7月，农民工在京九铁路工地湖北省蕲春段施工。
刘兵生 摄

80多岁的老人看铁路铁轨，摄于1986年5月。
刘兵生 摄

1995年8月，中铁四局工人在合肥市五里墩立交桥工地。
刘兵生 摄

1958年，桐城县（今桐城市）吕亭乡少先队员杨秀华在教母亲识字。
马昭运 摄

1973年，赤脚医生陈玉荣深入乡村为农民医病。
马昭运 摄

# 时代强音，世纪绝响

## ——作曲家童方《中国"战疫"三部曲》浅析

◎ 王顺中

为积极响应党中央"坚决打赢疫情防控阻击战"的伟大号召，经过几十天废寝忘食的艰辛创作，一组由我国著名作曲家童方先生发起，国内享有盛名的两位词作家张枚同和蔡善康加盟创作，以疫情肆虐的江城武汉为背景，反映国难当头、共克时艰的时代主题，号称时代战歌的《中国"战疫"三部曲》终于面世啦！该三部曲按照时间的先后和事物发展的自然逻辑进行合理架构，最终由《长江在呼叫》《一切都会好》《有一种信仰叫胜利》三部分组合成一个完美的整体。

百感交集的我权且不揣简陋，将童方先生的《中国"战疫"三部曲》简单解析如下。

"黑云沉，冷雪飘，长江在呼叫！"翻阅歌词，打开视频，我便不无惊讶地发现，《中国"战疫"三部曲》首先由一句振聋发聩，令人瞠目，警报一般的诗句划破夜空的宁静。它在给首章染上浓郁的悲剧色彩的同时，也将正沉浸在新年的快乐与幸福之中的人们的目光，从其乐融融的家庭，引向黑云压城、漫天飞雪的夜空。这时，一直陶醉于幸福，不知危险为何物的人们，才不无惊讶地发现，我们眼前这座英雄的城市，居然几乎于眨眼之间，在波涛汹涌，恶浪滔天，发出撕心裂肺的悲鸣中，坠入了人间的地狱。原来，"江城三镇风乍起"，突如其来的新冠肺炎疫情已经像一场铺天盖地的大火，烧红了武汉三镇，蔓延了智慧多才的九头鸟的故乡。"一发牵动万众心，中南海吹响集结号！"也就在这时，党中央果断决策，立马吹响了全国上下一盘棋、群策群力战武汉的集结号。

"白衣天使逆风行，黄鹤楼上祥云飘。"疫情就是命令，出征就是使命。随着命令的下达，无数白衣天使逆风而行。他们吻别执手泪眼的恋人，丢下嗷嗷待哺的婴儿，辞别头发斑白的双亲……"暖心融化三冬雪，大爱阳光普天照！"因为他们的负重前行，逆风而动，无数泣血待明，期待援手的江城儿女，面对肆虐的病魔、猖狂的疫情，始终坚信，一场由十四亿多人民参与、史无前例的会战在辛亥革命的首义之都拉开了英雄悲壮的序幕！

"长江奔腾急，武汉挺直腰。山河共日月，华夏展英豪！"继《一树金桂万朵花》《龙抬头》《登高才见万里天》《山里红》等作品问世之后，中国民间艺术家、词作家——蔡善康先生再次出山。面对肆虐的疫情，先生用其笔下那行字字千金的文字，在情景交融中，为受伤的武汉慷慨悲歌的同时，我国著名的曲作家童方老师再次欣然与之联袂出征。童方老师将自己、武汉，乃至所有国人此时此刻共同的心声、满腔的热血、满怀的激情，伴随那一行行潸然而下的泪水，化作一串串起伏灵动的音符。童方老师紧扣原作的主旨，来个高音首起，中音影随，最终低音煞尾。作曲家借助几乎上可摩天的高音，将武汉可能会瞬间沦陷的警报猛然拉响；随之借助平缓的中音，如泣如诉地道出了此番危机的罪魁祸首；最后又用缓慢迟重的低音，将"黑云沉"这一压抑得令人心碎、使人泪奔的旋律，在歌词回环复沓、重章叠句间得以强调与凸显。

童方先生锦上添花的助阵，得益于高音与低音的依次呈现，作品形成多次的轮回，从而构成跌宕起伏的优美旋律。从巍峨如山的高音，经过平缓似湖的中音，再到如坠深渊的低音，反差巨大，形成鲜明对比。其令人伤怀之情，堪比《苦菜花》那样令人痛彻心扉、揪心之痛，不亚于《枉凝眉》那般让人肝肠寸断。这样精美的歌词与跃动的旋律，以及赚人眼球的舞美效果，在歌者款款深情、如泣如诉的演唱中，更在沉郁顿挫之间，风行水面，了无痕迹地抒发了国人面对武汉疫情，无比心伤、万分悲痛的共同心声，并使首章——《长江在呼叫》，这一武汉告急，八方支援，天使驰援，凄美悲壮的主题得到完美而艺术的再现。

"我把一千个加油打包，陪着你一路奔跑，我把一万个祝福给你，守护你分分秒秒……"随着4万白衣天使从天而降，艰苦卓绝的武汉保卫战随之拉开了序幕。一时间，无论来自何方，不管耄耋还是年少，国人纷纷慷慨解囊。来自祖国的四面八方，无数没有署名的捐助物资纷纷汇集到同一个战场——武汉。在大家以各自不同的方式，纷纷向抗疫前线伸出援手的同时，我们期待已久的一个响亮的名字——张枚同闪现出来，这位一直笔耕不辍，多年以来曾先后创作出《年轻的朋友来相会》《二十年后再相会》《中国的节日》等1000余首歌词作品的著名词作家，在国难当头的今天再次登台亮剑。

随着一句句精美诗行的次第展开，另一个婉转优美、节奏舒缓的旋律进入耳鼓，我们那纠结不已的心绪，终于从《中国"战疫"三部曲》的首章自然流淌到第二章——《一切都会好》。这时，我们仿佛慢慢化身为那团雪白的聚光灯下身负彩翼、翩翩起舞的仙子，同全国亿万人民一道，已经迈开坚定而轻盈的步伐，情不自禁地跟在两位歌者的身后，来到鏖战正酣的武汉城。在这里，一个发自每个国人心底的呐喊声——"加油"，一句沸腾了所有的大街小巷，甚至响彻了偏僻而广阔的乡村，但却几乎在第一时间，一起涌向江城的"奥利给"，居然由抽象的声音、无声的祝福瞬间幻化为触手可感、能够随便打包的邮件。它们在词作家张枚同先生如椽的巨笔之下，好像神奇地受到了观音的点化，乃至于它们可以借助亲人手里那部小小的手机、孩子桌上那块巴掌大小的平板，以及你我面前那台便于随时携带的电脑，通过高悬于电信塔上那条有形的天线，不！更有可能是无数条无形的感情之线，伴随国人一颗颗跃动的红心，不畏艰险，迎难而上，健步如飞的脚步，快递到白衣天使们的身边。在每一个阴霾笼罩的日日夜夜，分分秒秒地守护着每一位不幸受伤的武汉人。

"我的心和你一起跳动，我的肩和你相依相靠。"尽管我不知道您是谁，但从词作者笔下这段饱蘸泪滴和感动写成的诗行里，从歌唱家温婉悠长、感人至深、令人陶醉的歌声中，我便知道你们究竟为了谁。透过不绝如缕的歌声，我们仿佛看到了护目镜下那一道道勒出血渍的伤痕，情不自禁地挺直了纵然早已疲惫不堪但却一直倔强得不曾屈服的腰板；读懂了纵使随时面临倒下的危险，但你们仍旧坚定睿智的眼神。眼前正在发生的变故无时无刻不在提示我们，因为你们的负重前行，因为心怀"扼住命运的咽喉才能取得成功，也一定能取得成功"的必胜信念，因为祖国背后强大的精神支撑，我们才能安守家园。由于五十六个民族兄弟姐妹的并肩逆行，我们并不孤单，"天涯海角，真情拥抱，有我有你，一切都会好"。

"我把一千个心愿打包，等着你胜利的微笑，我把一万个祈祷给你，守望你暮暮朝朝。"面对病魔，视死如归的你们不仅享有亲人的美好祝愿，十四亿多国人更会为你们及时送上他们暮暮朝朝渴望亲人早日扫除病魔平安凯旋的祈祷。作曲家童方先生在这里再次将千万国人携手战"疫"、同呼吸共命运的这种时代精神，化作舒缓、婉转、情味悠长的曲子，转为无形世界里的精神舞蹈，借助温馨似蜜、温暖如春的歌声，寄语于一对男女歌手的唱白，唱响武汉三镇，唱出湖广大地，唱进了神州大地每一颗怦然跃动的心里。因为心怀人间的大爱，白衣天使们无怨无悔；由于身边有世上最美的真情呵护，武汉前线的战地黄花格外芬芳，奋战湖北的白衣天使分外好看。因为和热血奔涌的你我，同仇敌忾的亿万国人一样，心中永驻风雨同舟直到消灭瘟疫的共同期盼，所以两只被真情感染、来自天国的夜莺，这才无法把控自己激动的心绪，主动挑起"化成天下"的使命，分别和泪写下一行行流光溢彩的文字，拨动一个个如星闪烁的音符，燃起他们心中如潮涌动的激情，唤醒一阵阵优美的鼓点，在武汉三镇，在王昭君的故里，以至神州大地，敲响《一切都会好》这一时代的强音。

如果说《一切都会好》那一段段发自肺腑的对白，让我们在严峻的疫情形势面前，看到了全国上下精诚团结，兄弟连心，力可断金的金牌组合，血浓于水的精神支撑，那么属于第三章的《有一种信仰叫胜利》，便用其激昂的旋律、铿锵的节拍、昂扬的气势，为我们吹响了决胜武汉的号角，敲响了扫除新冠肺炎这个瘟神的丧钟！

"国歌的旋律，在心中响起，没有硝烟的战场……危难中巍然挺立……"一个个铿锵有力的字符，一段段激情昂扬的旋律，像一阵阵滚滚的惊雷在我们的面前与耳边回响。通过舞台上演员的领唱与齐唱，沉醉于歌声，业已心动神摇，激情澎湃的我们，仿佛从这段极具阳刚之气的旋律中，看到一列列威武雄壮的共和国军人，在习近平总书记"坚决打赢这场新冠肺炎疫情阻击战"的伟大号召下，迈着整齐划一的步伐，昂首挺胸，奔赴沙场……

"……有一场战役叫决战千里……有一种信仰叫胜利胜利！"因为有党中央的英明领导，有社会主义的制度优势，有无数恪尽职守、逆风而行的白衣天使，有共和国亿万人民背后的坚强支持……拥有五千年的灿烂历史文化，历经磨难，"走过来就不后退"，仍旧屹立于世界东方，"依然所向披靡"的中华民族，岂能被小小的"新冠肺炎"所吓倒？

"有志者、事竟成，破釜沉舟，百二秦关终属楚；苦心人、天不负，卧薪尝胆，三千越甲可吞吴。"经过数万医护工作者冒着生命危险的艰辛努力，全国人民的默默支持，鏖战数月的武汉终于迎来了希望的曙光！湖北以外的众多兄弟省区市甚至连续出现了病例清零的吉象。日理万机，却一直心系武汉的习近平总书记也亲临江城，健步走上了瘟疫肆虐的武汉大街。他用自己频频的挥手，坚毅的眼神，真挚的感谢，为一直奋战在抗疫前线的白衣天使、人民军队、公安民警，甚至自我隔离在家的普通市民，树立起勇敢逆行、共克时艰、坚信胜利的标杆！

荀悦曾在其《杂言上》中说过："为世忧乐者，君子之志也。"为了用自己的实际行动践行一位"为世忧乐者"的"君子之志"，童方先生在这场抗击疫情的人民战争即将取得决定性胜利的关键时刻，将张枚同老师心血所化的每句歌词，逐字、逐行放在一位七尺热血男儿软软的心底，注满感情，浸透了泪水，认真研读，潜心酝酿……这位灵感迸溅、才华横溢的作曲家再次伸出那双点铁成金的大手，猛然敲响了那排沉寂已久的琴键。他想用细小的音符，雄壮的气势，鼓舞血战武汉的英雄士气；他用自己嘹亮的歌喉，琴弦上无形的舞蹈，展现国人战胜疫情的坚强意志；而今，他终于借助一段慷慨激昂的旋律，表达中华民族所向披靡，"只争朝夕""走向胜利"的坚定信念，打磨成一首节奏明快、气壮山河的进行曲——《有一种信仰叫胜利》！

音乐可以抚慰灵魂，鼓舞人心，振奋精神，激发斗志，甚至可以决定一次战役，乃至一场战争的胜负！在楚汉的垓下之战中，韩信利用"四面楚歌"，涣散了项羽的军心，瓦解了楚军的士气，从而最终取得这场决战的胜利。在北魏正光年间，征西将军崔延伯麾下的五万将士，就是在北魏"军旅歌手"田僧超那首《壮士歌》的激励下，一鼓作气击败了大举入侵北魏的柔然人。在中华民族面临亡国灭种的抗战时期，无数中华儿女就是在《黄河大合唱》《义勇军进行曲》的鼓舞下，义无反顾地投身革命，千千万万的热血男儿高唱着"大刀向鬼子头上砍去……"等战歌，前仆后继，奔赴战场。经14年的浴血奋战，这才将日本侵略者赶出中国，最终取得民族解放战争的胜利。当年的波兰人民也是在肖邦的"玛祖卡"，这门"藏在花丛中的大炮"（舒曼语）的鼓舞下，奋起反抗，赶走了外国侵略者。

历史虽然不会重演，但它运行的轨迹居然是那样惊人地相似。在疫情形势仍旧严峻的今天，正以各种方式投身于这场不见硝烟的人民战争的我们，一边焦灼地盯着不时飞跃头顶的雁群，聆听着童方先生的精品力作——《中国"战疫"三部曲》，一边在坚定必胜的信念支撑下打理行囊，静待窗外春暖花开……

有道是"金无足赤，人无完人"。这部问世不久的《中国"战疫"三部曲》可能不是尽善尽美，但它顺应了时代的要求，承载了这一特殊历史时期中国艺术家的社会责任与知识分子的家国担当。它唱出了受伤国人心底郁结数月的悲鸣，它用超离的审美眼光看待这场突如其来的疫情。它借助一向善于歌唱爱情的夜莺的歌喉，唱出了我们对逆风而行的白衣勇士们的真情礼赞。它唱响了我们这个伟大民族在危难面前瞬间迸发出来的"中国力量"和文化自信的豪情——这只属于我们伟大中国、这个伟大时代的强音！

"通过这次抗击疫情斗争，武汉必将再一次被载入英雄史册！"（习近平语）鉴于《中国"战疫"三部曲》催人泪下的艺术魅力，"懦夫成勇，勇者思奋"的激励效果，为时代呐喊、替民族鼓呼的战斗豪情……也许它将会在中国人民的心里，以及当代音乐史上留下一道深深浅浅的印记。

# 站在巨人肩膀上的思索

——浅论王少舫的创新精神对当下黄梅戏创作的指导意义

◎李　楠

　　黄梅戏作为安徽省第一文化品牌，伴随着近年来习近平总书记关于文艺工作一系列重要指示精神的贯彻落实，产生了一大批关注现实题材的优秀作品，在丰富全省人民精神生活方面起到了不可替代的作用，在弘扬社会主义核心价值观方面发挥了独树一帜的优势。笔者作为从安徽走出去并在北京扎根从事戏曲表演研究的高校理论课教师，在欣喜江淮热土取得丰硕成果的同时，不禁想到两个问题：以王少舫为代表的一代黄梅戏改革前辈所创造的数不胜数的新戏作品，为何一个接一个都成了经典？他们自身的艺术功底、灵感、修养以及在创造经典时所下的功夫，在今天究竟有多少黄梅戏从业人员认真研究过？今年适逢王少舫先生一百周年诞辰，如果先生活到今天，会对今天的黄梅戏新创剧目发出怎样的感慨呢？

　　在文艺创作中，戏曲新编剧目向来是重中之重。远话不说，当下的文艺作品的主导思想是扎根人民、贴近现实，具体到黄梅戏也不例外。甚至可以说，黄梅戏自古而然，《天仙配》《女驸马》在当年不也是配合形势发展创造的吗？众所周知，随着新中国的成立，不合理的父母包办、一夫多妻的婚姻制度被扫进历史垃圾堆，《中华人民共和国婚姻法》给人民婚姻生活的有力保障在当时深入人心。也正是在一夫一妻、自由恋爱的精神照耀下，以宣传爱情为题材的《天仙配》《女驸马》才得以应运而生。但不同的是，由于那时候有王少舫、严凤英这样杰出的艺术家来演绎神话或传说中的人物，又有王文治、方绍墀那样出色的作曲家兼演奏家来联袂合作，才使得黄梅戏第一次达到艺术高峰。不客气地说，现在功成名就的黄梅戏表演人才无一不是吃着那一代留下的"剩饭"长大的。试问哪个黄梅戏演员不是从小学演《天仙配》《女驸马》成长起来的？

戏曲精品的出现从来都是大浪淘沙的过程，无论哪个时间节点，都有一批新戏越唱越火，从而加入到传统戏队伍中去。同时又有许多新戏被观众冷落，从而销声匿迹。毋庸讳言，黄梅戏与京剧等其他剧种一样，新编剧目往往犹如昙花一现，演出期间热闹非常，获奖之后便退出了剧场舞台，也退出了历史舞台。这些让人眼花缭乱的新编剧目尽管花费了大量的物力财力，但其社会效应却不理想，说直白些，便是没有脍炙人口，更谈不上流传到千家万户。反观《天仙配》《女驸马》等经过王少舫那一代大师改革创新的剧目，不仅在他们生前家喻户晓，甚至在他们故去几十年后仍然久演不衰。这一奇怪的文艺现象，需要引起黄梅戏界的重视。并且黄梅戏与京剧等历史悠久的大剧种相比，家底不够丰厚，如果不依靠剧目创新为之添砖加瓦，只能越演越少，最终的局面还是天天《打猪草》，夜夜《闹花灯》。但要是盲目创新给黄梅戏注水，也无益于黄梅戏的发展。既然如此，我们不妨对黄梅戏的历史做一次深情回顾，看看以王少舫为代表的一代大师是如何将他们的艺术功底、灵感、修养转化成黄梅戏经典的。

话说王少舫编演黄梅戏新剧目，始于中华人民共和国成立之初。随着党的政策不断调整，他编演的内容也发生变化，从最开始配合土地改革、婚姻改革而演出的《新事新办》等小戏，到反映改革开放的广播剧《老爷爷填写入党申请书》，前后三十年左右的时间，都与现实题材紧密贴合。当然，有的新戏确实由于过于贴合激情燃烧的形势，内容极左，脱离了人民，在后来也被观众抛之脑后。然而戏迷并不因为作品思想性的过火而否定本身艺术性的高超。有人或许会问：何以见得戏迷没有对那些剧目弃如敝屣？答案是直到现在，有些戏没人演了，但其中的唱段还有人学唱、传唱。如《箭杆河边》《年轻的一代》等，即是此类。

还是说回大家最熟悉的《天仙配》，该剧是在旧本《路遇》的基础上改编延伸而成的。在舞台版演出中，比黑白电影多出第一场《卖身葬父》。这一场戏是董永的独角戏，有大段的平词唱腔。王少舫先生运用他那云遮月的嗓音和积淀多年的京剧功底把这一段唱腔唱到无与伦比，近乎完美。这一场大约十分钟的戏固然是好戏，而在拍电影时，由于与后面的诸多对手戏相比，稍显突兀，所以被删，日久天长，逐渐被人淡忘。笔者在高校毕业季，曾被特邀至中国音乐学院，与琵琶专业硕士研究生合作这一段，形式很简单，即笔者跟随琵琶伴奏演唱，经过认真排练准备，演出受到师生的热烈欢迎。当我们仔细研究这一段唱腔时会发现，它只不过是在传统的平词格律基础上的创新发展，并不是空中楼阁似的艺术作品。黄梅戏原有的平词形式，就是简单的四句一回头，翻来覆去用一样的旋律走势去唱。但王少舫先生由于是京剧老生出身，他早已习惯于依字行腔，自然不满足于用音乐"套子"来套唱词。这段唱腔是4乘5的结构，也就是五番四句一回头的结构，王少舫先生偏偏在旋律创新上大胆尝试，让人听来毫无重复之感。有意思的是，当下某些新编黄梅戏被部分作曲家直接夸张使用没有来历的旋律，听起来即使千姿百态，也会使人产生雷同的错觉，这是因为通篇充斥着怪味儿，令人生厌。

　　要说王少舫先生的京剧功底给他后来唱黄梅戏帮了大忙，这话不假。但在当年也有别的京剧班社中的演员试图改唱黄梅戏，却不像王少舫那么成功，其根本原因在于不懂创新。比如《渔网会母》这出戏，其中小渔网"见娘"时唱的一段唱腔与京剧《四郎探母》中的"见娘"一段剧情相似，并且唱腔节奏也一样，都是四二拍的一板一眼的格式。京剧里，这一段是"二六"；黄梅戏里，这一段是"二行"。那么，有的京剧演员在串演黄梅戏时还要故意把黄梅戏唱腔改成京剧来唱，唱成四不像的"二六"，使人啼笑皆非。这种创新活该遭到戏迷的唾弃，因为本身就是不费心血地照搬，当然不足为训。王少舫作为一名在南方颇有声誉的京剧名家，也不敢如此胡来，他唱任何一出黄梅戏都没有生搬硬套京剧的东西，都是在虚心把黄梅戏老腔老调学到手之后再融入京剧的润腔方法，开辟了一条属于他自己的演唱路径。坦率地说，能唱出特色、唱出风格是需要天赋的，否则为什么那么多试图创新的戏曲演员都以失败告终了呢？王少舫先生说过，黄梅戏是吃着百家奶长大的，但无论如何发展，黄梅戏也要坐在黄梅戏的椅子上去创造好听好看的黄梅戏。笔者虽然没有大师总结得这么到位，但仍然无比赞同这一观点。

笔者曾在中国艺术研究院做过戏曲资料的整理研究工作，有幸听到一些市面上不常见的黄梅戏艺术资料，如王少舫与潘璟琍合作录制的《补背褡》《夫妻观灯》。《补背褡》一剧是黄梅戏演员人人都会演的花腔小戏，而人们一般常听的是王少舫与严凤英合作录制的《补背褡》唱片。在唱片里，王少舫运用娴熟的技巧，把花季少年的天真纯朴展示得淋漓尽致。可在与潘璟琍合作时，时期更早，那时的王少舫改唱黄梅戏也没多久，所谓的泥土气息还不够浓。但细心懂戏的人可以听出，王少舫在努力地使自己唱得更像山歌小调。他调动一切可以运用的小技巧，尽量把花腔的几种曲牌唱灵活、唱婉转。没有那时的刻苦改造，哪有后来的一代大师风范？《夫妻观灯》的录音，是他与潘璟琍一起去上海参加华东地区戏曲会演的实况。那时候的唱法也不像后来他与严凤英拍摄的黑白电影那样充满安庆地域气息，那时他的京剧味儿仍然很浓，可以说那里面的王小六更接近于老生一些，端着的劲儿大于耍着的劲儿，似乎不太像滑稽可笑的丑角。反过来说，若没有那一阶段的打磨，后来演出来的王小六也不会那么顺溜、利索。换句话说，没有人能随随便便成功，王少舫更是梅花香自苦寒来。

其实王少舫在黄梅戏创作方面的独特优势更多发挥在现代戏方面，尽管他的古装戏已然炉火纯青，但在没有袍带、髯口、水袖、厚底靴等装束下，王少舫照样装龙像龙、装虎像虎。在大演工农兵的时代，王少舫演过的工人农民个个形象生动。这里笔者想举两例以做说明。一是《海港》，一是《红霞万朵》。《海港》本是京剧样板戏之一，电影的传播使得老百姓人人会唱"大吊车"。黄梅戏后来也移植了其中的重要一场"壮志凌云"。在这场戏里，工人马洪亮有两段核心唱腔，即"什么人似虎狼张牙舞爪"和"数九天大雪纷飞北风怒号"，京剧的原版催人泪下，而王少舫创造的两段唱腔更是曲折跌宕，韵味无穷。不仅如此，就连其中女主角方海珍的大段唱腔中间，马洪亮穿插唱的两句"红旗展暖风吹码头上变样，这传统你怎能把它轻忘"也是一唱三叹，余音绕梁。这两句在京剧的原版里，平淡无奇，属于要不下好儿的句子，黄梅戏却能锦上添花。总体来看，可以说京剧珠玉在前，黄梅戏后来居上。《红霞万朵》是在原创剧本的基础上创造而成的黄梅戏，这当中，王少舫通过两小段唱腔把农民青山伯伯的音乐形象塑造成高大上的楷模。唱段虽小，但旋律包含新意，听起来又那么"革命"，所以震撼人心。事实上也不仅是唱腔抓住观众的耳朵，身段动作也值得大书特书。比如青山伯伯挑扁担一路小跑的脚步，既来源于生活，又高于生活，就值得今天创作黄梅戏农村题材现代戏的演员同志抓紧学习。戏曲界都说程式化的表演很难突破，在笔者看来，其实是用心不够，懒于提炼。再者说，用古装演成的戏曲人物的全部身段也是从生活中得来，形成凝固的美化的动作才得以保留的。古人能够创造，今人为何不能？以上两出黄梅戏现代戏的成功在于先立住唱腔，再立住人物，从而立住剧目。王少舫按照这一基本规律办事，所以稳操胜券。这种做法的好处正如前文提到的，即使整出戏被人遗忘，整段唱腔也不会被人遗忘。

　　站在现代戏剧的角度来看王少舫的艺术成就，就不只是会唱会演那么简单。难能可贵的是，王少舫通过一系列新戏在黄梅戏舞台上站稳，他具有过人的导演意识与导演技能。有很多戏曲演员自己能演好，但缺乏总体把握整台戏的水平，这样的人往往由于缺乏创造力和想象力，便只能抱残守缺。追根溯源，王少舫的导演意识与导演技能究竟从何而来呢？笔者认为，这与他从小学习海派京剧分不开。京剧在其成熟之后，便有强烈的南北分化的趋势。特别是到了20世纪30年代之后，南派京剧是以周信芳、盖叫天等人为代表的，北派京剧代表人物自不必说，一般人们所谈到的京剧都是北派京剧，前辈大师数不胜数。王少舫从小学习京剧时，以南派为主，又学会了许多北派戏，而他的生活环境都集中在南方水乡。他唱惯了南方草台班子的戏，很多戏也是自编自演。长久的积淀，让他在摸爬滚打之中总结出了如何编戏导戏的窍门。会安排唱腔、会安排身段、会安排场次等等，这些都是今天的戏曲演员望尘莫及的。纵观当下许多黄梅戏新戏的创作，有的剧团甚至聘请缺乏戏曲知识的话剧导演来帮忙。遗憾的是，部分导演偏偏运用他们本来就导不好的话剧的手段，结果可想而知。

平心而论，王少舫那样的大师之所以那么了不起，归根到底是由于他是靠着戏曲传统培养出来的。从黄梅戏的历史往上数，只要数上来名字的艺术大师，都是靠着戏曲传统培养出来的。没有传统的支撑，就没有他们后来创新的造诣。可能他们都没想到，自己在当年的创新成就，会变成几十年后的经典。今天的黄梅戏演员赶上了前所未有的好时代，享有空前优越的戏曲资料数字化资源与传播手段，相比于连个录音机都没有的时代，今天的黄梅戏学生的条件太便利了。所以今天的编、导、表、音、美等等戏曲从业者，没有理由做不好自己的职业。如果做不好，只能说不够自爱。

不可否认的是，戏曲创新的前途，舆论导向至关重要。笔者作为一个学过京剧的戏曲评论者，始终认为戏曲评论不同于一般性的文艺评论，它不能是纯粹的理性行为，如果一个戏曲评论家从来都在一本正经地说三道四，他的理论文章玄而又玄，甚至从字里行间找不到温度，那么他有可能是一个不折不扣的外行。在当下这个美好的时代，我们希望再次出现王少舫那样的大师，我们也希望能涌现出留得住的原创剧目。到那时，才是中华民族实现伟大复兴的样子，才是戏曲界新的春天。当下我们为了更好地创新，所以强调挖掘传统。怀念大师是为了学习大师，或许我们仍然低估了大师的成就，但我们对这个时代能出现大师充满信心。

# 让诗意照亮现实

## ——关于现实题材戏曲创作的一点思考

◎ 沈　梅

戏曲具有悠久的历史、独特的魅力和深厚的群众基础，是表现和传承中华优秀传统文化的重要载体。戏曲界通常把描写现当代生活的戏曲剧目称为"现代戏"，这是从剧目表现时间上界定的，它与传统戏和新编历史剧共同构成戏曲创作的"三套马车"。就表现手法和舞台呈现而言，现代戏的面貌应该是多样的，不过就近年的演出剧目看，大部分现代戏是围绕革命历史、脱贫攻坚、改革开放等重大历史事件中的事迹或人物展开的，基本为现实题材戏曲。

现代戏的兴起和发展，重构了戏曲剧目类型，并在当下的戏曲舞台中占据着显要位置。中华人民共和国成立后，从"坚持两条腿走路"到"三并举"，党和政府对用戏曲反映现代生活的要求虽表述不同，但初衷未改。的确，在表现现实生活，塑造社会正面人物、英雄人物，展现社会主义建设新气象等方面，现代戏有着无可置疑的优势。回顾70余年的戏曲创作历程，现代戏无论是在程式的创新还是内容的变革上都不乏佳作。党的十八大以来，在各类戏曲创作实践中，全国现代戏创作在总量上不断攀升，艺术水准也有较大提升，涌现出一大批具有较高艺术水准的戏曲现代戏作品，为今后一个时期的戏曲创作提供了可贵的经验和借鉴。

## 一、现代戏创作存在的问题

毋庸讳言，在看到戏曲现代戏创作整体取得进步、一些优秀作品取得较高艺术成就的同时，也要看到它存在的一些不足和问题：现阶段的现代戏创作还存在数量较多而艺术质量不高、排演较多而优秀作品不多的问题，存在挖掘不深、表现手法单一、剧种特色不充分等问题。

### （一）选材同质

纵观近几年的戏曲现代戏创作，同类题材扎堆出现，好人戏、扶贫戏、英模戏层出不穷，相似的素材和目标，使不少剧目情节相似，矛盾冲突的设置与解决办法也多相近。例如扶贫戏，主人公有抛弃原有生活、奋斗在一线的扶贫干部，也有在新时代奋发拼搏、改变自身命运的年轻人。围绕脱贫攻坚创作，展现的自然多是如何改变一地面貌，脱贫致富之事。这些事件，往往就真实地发生在我们身边，平凡而琐碎——道路修不修？拆迁搬不搬？生态养殖（种植）搞不搞？旅游开发不开发？诸如此类。就实际效果而言，自然功莫大焉，但对于戏剧创作而言，却往往平淡无奇，缺少震撼人心的戏剧冲突。加上有真人真事的牵制，往往会让创作者进退失据——虚构了不符合现实，不虚构又难有冲突。平中见奇是个十分考验创作者水平的挑战。有的创作者原始积累不够、主动意识不足，不少作品在写作上就题材写题材，就事论事，缺少对题材和人物认真思考、深入探究，人物设置概念化、简单化，使剧目缺乏深刻的内涵和动人的艺术魅力。

### （二）生命短暂

现代戏创作围绕党和国家的重大事件展开，展现重大事件中的牺牲者和奋斗者，体现时代英模的感人风貌，这些都是应该且值得提倡的。不过需要注意的是，戏曲不是新闻报道，不能片面追求题材的新闻性、时效性、热点性，而忽视戏剧性、历史性、艺术性。近年上演的不少新创剧目，首演之后就"刀枪入库"，不再上演。这固然与现代社会消费方式的多元、观众审美方式转变、戏曲艺术的影响力不如以前有很大关系，但也与创作者普遍存在的急功近利不无关系。很多剧目从创作开始就是为了应时应景，缺少一种静下心来精耕细作的认真和耐心：很多剧院排演一部大戏，过去没有一年甚至更长时间的磨合不会搬上舞台，现在有的甚至一个月就可以上演。戏剧要给人精神力量，成为引导大众精神的灯塔与火炬，不能只流于重大事件和英模人物的表面宣传，创作者要摒弃浮躁，潜下心来，深入开掘现实世界，深刻把握时代脉搏。

### （三）表现形式不足

纵观近几年的戏曲现代戏舞台，"话剧加唱"的形式虽有好转，但表演和综合呈现的戏曲艺术之美还有待加强。一些剧目的舞台呈现手法相对不足，演员的表演要么生活化，要么歌舞化，缺少戏曲的韵味和魅力。不少剧目在创作上概念化、模式化：剧目缺少细腻生动的细节。这不仅体现为服装、化装、道具、布景上的"塑料感"，以光鲜亮丽的画面牺牲了生活颗粒的质感，也体现在用人海战术、歌舞场面去渲染舞台，然而"人"的故事却很空疏。

戏曲要好看，就应强化技艺，以增强其观赏性，发挥其艺术魅力。这是戏曲剧作家和舞台艺术家的用武之地。不过技艺也有入于戏中和浮于戏外两种。如戏曲的优势在于能歌善舞，但有些戏却忽略这一优势，除了有限的唱段，与话剧表现无异；有的戏又生硬强加，甚至把戏打散了塞进歌舞。歌舞不应只为剧场效果驱动，也不能只为某些演员之所擅长所驱动，尽管这是非常重要的，但只能入于戏中而使戏更生动、更深刻，才是必要的。

## 二、让诗意照亮现实

古典戏曲最初是从说唱、民间歌舞、技艺等民间形式的基础上逐渐发展成形，并继承了唐诗、宋词、元散曲的诗歌传统，"以歌舞演故事"，所以对于戏曲，过去有"剧诗"之说。可以说，写意与抒情是中国传统戏曲不可或缺的美学特质。现代戏作为古典戏曲的继承者，创新必不可少，但特质不能丢失，在追求和塑造现代戏曲的精神特质时，不妨用诗意照亮现实——守住传统戏曲的根脉，开拓创新；用传统戏曲的诗意之美，赋予现代戏以更持久的生命活力和更动人的艺术魅力。

## （一）选材多样化

一部优秀的戏曲剧目既要合乎时代精神，更要合乎艺术规律。模式化的东西是缺少生命力的，想要创作出真正优秀的戏曲作品，首先就应该尽量避免题材、情节的雷同。大量同类题材的扎堆出现，既是资源浪费，也容易造成剧团、剧种、创作者自身特色的削弱。戏曲的教化功能毋庸置疑，但它毕竟是艺术创造，不是单纯地记录社会发展，所以在题材筛选上，应进行有取舍、有规律的艺术甄别。

20世纪后50年的中国社会发生了翻天覆地的变化，可供选择的题材难以计数。我们的戏曲创作如果能力避重复，多样选材，也就避免了不必要的雷同。纵观近几年的现代戏创作，真正能让人耳目一新的优秀作品，往往独辟蹊径，走一条不同寻常的路径：荆州花鼓戏《河西村的故事》是扶贫戏中的佳作，它虽以潜江市"虾稻共作第一村"的发展变革为原型，但选材不落窠臼，不是就扶贫写扶贫，而是通过两个家庭、两代人之间长达数十年的情感纠葛，折射出改革开放40多年来的乡村剧变。湖南花鼓戏《桃花烟雨》也是扶贫戏中的优秀作品，在美丽动人的湘西风情中，创作者将"精准扶贫"这一紧贴时代的当下题材艺术化，通过几对男女的爱而不得和主人公夫妇之间的家庭纠葛，幽默风趣地讲述一段不同寻常的故事。

## （二）立意深远化

桑塔耶纳在《美感》里说：审美的第一项是实际呈现的事物，第二项是所暗示的事物，更深远的思想、感情，或被唤起的形象。我们的戏剧创作，如果仅仅满足于表面的铺排叙述，而没有深入的探究和思考，显然是不够的。其实有些工作，宣传报道、专题片也能完成，并且在技术手段和呈现方式上有着很多戏曲舞台不具备的特长。艺术不是陈列，物质变化的背后必须有更深刻的原因牵动人心，深刻独特的立意，能指引创作达到更高更远的目标。只有真正地抵达生活和历史的本质，而不是概念化的调子高扬，才能让文艺作品更有力量。

优秀的戏剧作品应该透视事件背后更深刻的原因，在立意的开掘上狠下功夫。秦腔《狗儿爷涅槃》改编自贾平凹的同名小说，从中国农民和土地的关系入手，以深沉的眼光审视时代巨变和人物的沧桑命运，体现着深沉的历史思考和强烈的主体意识。滑稽戏《陈奂生的吃饭问题》以"吃饭是个问题，问题不是吃饭，不是吃饭问题"点题，从"吃饭问题"这个普通百姓的基本需求入手，亦庄亦谐地讲述了陈奂生及家人在各个重要历史时期的土地、粮食、吃饭问题，以小人物的命运波折反映家国沧桑。

## （三）人物立体化

一切文学皆人学，戏曲作为表现"人"的艺术，关注人情，聚焦人性是其艺术魅力的关键所在，对题材和人物进行深入的开掘和深沉的思考应该是一部优秀戏曲作品的必要条件之一。生活中，每个人都有三个维度：生理、心理、社会。缺少这三个维度，我们就无法对一个人作出全面准确的评价。同理，塑造一个戏剧人物，也不能太过扁平。生活在变动，每个人都处于永恒的变化状态之中，没有人能在经历过一个影响其生活方式的冲突之后仍保持原样，他会从一个心理状态走向另一个，并被迫去转变、成长、发展。我们要交代什么造就了这个人物，其性格持续变化的原因，以及无论他愿意与否、其性格变化的必然原因。缺少对人物性格和行为动机的认真思考、深入探究，人物设置就会流于概念、肤浅，从而缺乏深刻的内涵和动人的艺术魅力。

其实无论是革命历史题材、英模题材，还是扶贫题材，事件只是表层，深层应该是人的、人性的冲突。目前的一些戏曲作品，往往乐于表达主人公对一个个难题的解决，却疏于交代他做这些事的心理动机，使剧中人从头到尾义无反顾、勇往直前，张口就是思想政策，缺少独特的生命力和动人的艺术魅力。优秀的戏曲作品大都十分注重人物性格的刻画，注重平凡和渺小，怀有悲悯地审视人的境况。秦腔《狗儿爷涅槃》对人物性格的剖视是立体而深刻的：对于狗儿爷这样的人，对于他所遭受的种种不幸，创作者深入地展现这个人的行为动机和心路历程，使他在追求土地的同时有着深刻复杂的人性……湖南花鼓戏《桃花烟雨》中人物的性格变化和行为动机也是非常清晰的——主人公石青峰是一个常年在外务工、学过技术、见过世面的当代青年农民，故事开始，他对于留在家乡帮助乡亲摆脱贫困很不情愿，在"蔫坏儿"的扶贫干部隆富平一个接一个让人捧腹的计策后，他终于被打动，愿意留下，但这又造成了他与忙于自家发展、不愿被拖累的妻子龙倪珍之间的激烈矛盾……在一环套一环的矛盾冲突中，该剧生动地展示人们对贫困的精神觉醒，塑造了一群有血有肉的鲜活的生命形象。

### （四）表达戏曲化

戏曲现代戏的表演和舞台呈现与传统戏有很大不同，强调艺术的推陈出新无可厚非，不过需要注意的是，对于戏曲而言，创新不能只是题材、情节、人物的创新，更不能流于表现形式的创新。其实，没有继承的创新，是无源之水；脱离继承的创新，极易迷失方向。纵观这几年全国的戏曲艺术创作，特别是现代戏的创作，取得成功、引人注目的作品都携带着强烈的传统基因。将戏曲拉回以歌舞演故事、强调写意抒情的传统中，是不少有识之士的共同呼声。传统戏曲蕴含着大量的宝藏，经典剧目中的声腔、表演值得后来者认真学习、潜心钻研。

戏曲艺术是身体的艺术——演员要通过刻苦、专业的训练，达到对自己身体的娴熟控制才能很好地在舞台上传情达意、塑造人物。不管是身段还是声腔，都需要持续不断地学习，即便是非常成熟的演员，也要注意训练提高自己的这种能力。中华人民共和国成立后，传统戏曲教育淡出历史舞台，艺术院校的通识教育提高了今天戏曲演员的文化水平，但戏曲表演的特殊性和对技术的强调在一定程度上被忽视，很多年轻的戏曲演员轻视练功，不注重传统声腔的学习和积累。"操千曲而后晓声，观千剑而后识器"[1]，量的积累带来质的保证和艺术上提高、突破的可能，传统戏曲博大精深，没有严格训练和大量积累的舞台表演，是无法"生根"、没有韵味的。成功的戏曲表演艺术家，一定是深扎于传统戏曲艺术的土壤之后，逐步形成自己的艺术特色的。前辈的黄梅戏艺术家严凤英、王少舫如此，今天的京剧表演艺术家张火丁、梨园戏表演艺术家曾静萍等同样如此。

俄罗斯人巴赫金曾经这样谈起艺术和生活的关系："艺术和生活不单必须互相负责，还应该互相承担罪谴。诗人必须记着：生活的鄙俗平庸，是他的诗之罪过；日常生活之人则必须知道，艺术的徒劳无功，是由于他不愿意对生活认真和有所要求。"[2]现代戏曲艺术的创作也应作如是观——在传统语汇遭遇现代表达的瓶颈时，在现代媒介分流观众时，正视现实、去伪存真、尊重传统，用传统戏曲艺术的诗意之美照亮现实，在尊重传统、认真学习的基础上，探索戏曲当代发展的正确路径。

---

① （南朝梁）刘勰：《文心雕龙·知音》，《增订〈文心雕龙〉校注》，中华书局 2000 年版，第 592 页。
② 李静：《文学批评的"不之性质"》，《南方文坛》2011 年第 1 期。

# 黄梅戏美学品格的拓展或错位

## ——安徽黄梅戏现代戏40年管窥

◎冯　冬

　　黄梅戏曾与京剧、豫剧、评剧、越剧并称为国内"五大剧种"，但其发展史并不悠久，一般认为黄梅戏在"清代咸丰时（1851—1861）才有整本戏出现"[①]，迄今不到两百年历史，可以说是一个正当盛年的戏曲剧种。就剧种发展的角度看，黄梅戏在中华人民共和国成立之后才进入了发展的"快车道"。一方面，黄梅戏是一种"草根戏"，群众基础极为雄厚；另一方面，黄梅戏从编到演轻便灵活，又有及时表现当下现实的传统，因而党和政府对黄梅戏非常重视，予以大力扶持。20世纪50年代，黄梅戏再次进入上海并名声大振、赴朝慰问演出并在归国后进京演出、参加华东区戏曲观摩演出大会大获成功，尤其通过黄梅戏戏曲电影《天仙配》（1955年）的发行风靡全国、盛极一时，并产生国际性影响，形成了黄梅戏艺术繁盛的第一个高峰。黄梅戏第二次繁盛的高潮形成于20世纪八九十年代，以传统剧目解禁后演遍内地，赴港演出并引发香港的黄梅调电影热潮，一批新创剧目的推出，黄梅戏电视剧、广播的风行，以及全国票选黄梅戏"十佳"为标志。那么，黄梅戏繁盛的第三次高潮呢？一时难以回答。按照王长安先生在《说说黄梅戏的阶段性定型》一文的说法，黄梅戏发展的每一次繁盛阶段往往也是形成一种"阶段性定型"的基础和依凭，在业已走过三次"阶段性定型"（即20世纪90年代末）之后，"却未能在一个新基点上平静下来，沉淀一番，凝

---

[①]　陆洪非：《黄梅戏源流》，安徽文艺出版社1985年版，第26页。

聚一回。如是，此阶段的定型始终是一个'未完成'形态，或者说'一直在路上'"①。在这个阶段，剧目生产主体"既未形成作品风格面貌的整体建构，也未生发和汇聚剧种的当下气质品质，形不成概括性气格……黄梅戏的发展不尽如人意，黄梅戏越演越烈的'啃老'也就势在必行了"②。

诚然，就整个中国戏曲艺术而言，其欲振乏力的状态并非黄梅戏一种，但在整体态势并不令人振奋的情况下，豫剧、淮剧、川剧、秦腔等一些剧种却显得生气勃勃、屡创佳绩。尤其值得注意的是，这些剧种的兴旺、所赢得的荣誉、所扩大的影响大都基于现代戏剧目的成功。一个剧种也好，一个戏曲院团也好，能够长期不断地进行现代戏剧目的生产并屡获成功，就是其进入良性的运作循环并走向壮大的标志。这些发展势头良好的剧种成功的因素当然是多方面的，对戏曲艺术创作主体来说，能否自觉地深化认识该剧种的美学品格和剧种特性，并在艺术实践中努力保持其美学风貌，提高其对现实题材的表现力并丰富表现形式，是找到剧种生命力的源头活水，使其得以健康发展的基本前提之一。

## 一、黄梅戏的美学品格和剧种特性

王长安先生在《黄梅戏通论》中将黄梅戏概括出四种"文化基质"：吴楚文化基质、通俗文化基质、青春文化基质和开放文化基质。③这种归纳是对黄梅戏美学品格的科学定位和命名，也成为黄梅戏美学和艺术研究的基石之一。

如果说四种"文化基质"的美学归纳较多地着眼于黄梅戏的发生、发育、发展过程和历史进入21世纪之前对黄梅戏给出的基本美学定位，那么黄梅戏又经过20年时势的变迁、文化环境的急剧转换，势必在黄梅戏的艺术实

---

① 王长安：《说说黄梅戏的阶段性定型》，《新戏剧》2019年秋冬卷，黄山书社2019年版，第122页。
② 王长安：《说说黄梅戏的阶段性定型》，《新戏剧》2019年秋冬卷，黄山书社2019年版，第125页。
③ 安徽省艺术研究所编：《黄梅戏通论》，安徽人民出版社2000年版，第62—120页。

践中产生新的经验和新的美学意涵，当然也会产生新的问题、新的迷惘乃至个别剧目的实验进入某种误区。因此有必要结合近20年来黄梅戏现代戏的实践，对该剧种的基本特性和一般规范加以明确。

第一，尚柔尚朴、自由灵动的审美品格和剧种特性。它包含两个方面：一是柔性突出，旦角为主。这源于吴楚人尚柔抑刚的集体意识和女性中心意识。"事"则女聪男憨，"情"则女性主导，男性被动。二是长于写情，重在写情而短于叙事、轻于说理，且多表现浪漫性、率真性。

第二，世俗的现实关怀、通俗的文化特性，决定着黄梅戏叙事重在表现平民百姓的文化性格和通俗晓畅的审美风格。黄梅戏在村间俗众的自娱自乐中产生，其表现主体、接受主体也是"草根小民"，这就从文化谱系上决定了其"俗文化"的属性。即便经过百年繁衍发展中知识界、其他艺术界人士的参与和 "改造"，黄梅戏的表现对象仍主要是平民百姓、民间的浪漫传说。它包含两个方面：（一）人物安排与塑造——这是黄梅戏剧种特性中的核心方面，它是以底层（即所谓"村间俗众"）为主的，以乡村百姓居多的，以整体地表现皖人的性格气质为目的。所选择与安排的主要人物多具有这些特点：（1）达观豁朗、胸襟开阔。此点正如王国维所指出的："吾国人之精神，世间的也，乐天的也。" 且"这种达观态度和审美意识来源于一个坚定不移的信念：美从来都压倒丑，善终归战胜恶，真不会让位于假，正一定会镇住邪"①。（2）勇敢大胆、富于韧性、聪明和机敏。《天仙配》中的七仙女、《女驸马》中的冯素珍都是这样。尤其应当注意的是黄梅戏中的机智人物常常占据舞台中心。（3）幽默、诙谐。从大量黄梅戏传统剧目中可以看出，剧中主要人物，甚至次要人物，大都富于幽默才情，语言诙谐。这是黄梅戏艺术的重要特点。甚至可以断言，当今黄梅戏剧目（不论喜剧还是正剧）中如果不贯穿进幽默的元素、语言诙谐风趣的成分，那么它就很难算得上是黄梅戏了。（4）剧目主角多有丑行、丑旦或小旦相衬。黄梅戏的

---

① 安徽省艺术研究所编：《黄梅戏通论》，安徽人民出版社 2000 年版，第 220 页。

传统剧目，有"无丑不成戏"之说。陆洪非在谈到传统黄梅戏艺术特色时讲道："剧中人以生、旦为主，兼顾丑行。……但丑行在这些以生、旦为主的本戏中却有一定的地位。"①甚至一些黄梅戏直接以丑角作为主角，如传统戏《鸡血记》中的王香保、新编历史剧《靠善升官》中的吴靠善。黄梅戏倚重丑角归因于其发生发育中的通俗艺术基因，大量深受观众喜爱的丑角形象鲜明、生动地表现了皖人的聪明智慧和乐观幽默，同时也丰富和提高了黄梅戏剧种的美学内涵和艺术质地。（二）主题的深刻性与戏曲呈现通俗性的统一，人物语言的通俗质朴与戏曲性文采的统一。黄梅戏的美学崇尚无疑是"雅俗共赏"，但比之昆曲、京剧、越剧等剧种更偏于"俗"，偏于俗中求雅。但黄梅戏今日之俗，尤其黄梅戏现代戏之俗，早已不再是"三打七唱"时期的粗野之俗、情趣不雅之俗，它主要于表现题材上、心理欲求上、表现方式上同平民百姓贴近，其情节编排、舞台呈现及艺术主题不能令观众感到费心劳神；而语言上既要通俗、质朴、生动，又要富于戏曲性文采，这是黄梅戏剧目达到较高艺术境界的要求。

第三，综观中华人民共和国成立至今的黄梅戏，无论是古装戏还是现代戏，仅就舞台上表现的主要人物和群体而言，黄梅戏完全可称为"青春戏"。黄梅戏的青春文化背景决定了它的舞台呈现。首先，黄梅戏绝大多数的男女主人公都正当青春年华，朝气蓬勃，也正处于"恋爱的季节"，尽管也有少数剧目的主人公系少男少女，正值豆蔻，情窦初开（如《打猪草》），而罕有以老生、老旦作为主人公的作品。其次是其载歌载舞的表现手段。陆洪非先生在《黄梅戏源流》中写道："以民歌为主体，广泛地利用民间文艺形式，并从青阳腔、徽剧这些成熟的剧种得到支援，逐渐充实了黄梅戏的小戏。……一部分以载歌载舞为特点的小剧目，和从属它的那些具有独特风格的曲调，今天仍然在舞台上发挥作用。"②

第四，黄梅戏自由、开放的属性，意味着该剧种在戏剧形式上擅于对其

---

① 陆洪非：《黄梅戏源流》，安徽文艺出版社 1985 年版，第 78—79 页。

② 陆洪非：《黄梅戏源流》，安徽文艺出版社 1985 年版，第 26 页。

他艺术元素进行吸纳，较之其他古老戏曲剧种具有极大的开拓实验空间。20世纪初黄梅戏由草台班子到进入安庆，再到进军上海都得益于受到青阳腔、徽剧、京剧等成熟剧种的极大影响。中华人民共和国成立后，黄梅戏在50年代和80年代的两度繁盛，都与电影、广播、电视的介入与传播密切相关。在这两个时期，黄梅戏与各种现代传媒相接轨，又广泛地借鉴和吸收文学、音乐、舞蹈、话剧、歌剧、美术等艺术形式中使其表现力更强、艺术效果更佳的手法手段。但在黄梅戏艺术向各艺术形式开放、借鉴的过程中，长期存在着两个明显的矛盾和问题：一是特定题材和剧种特性能否匹配的矛盾，二是艺术家的探索、创新、实验与黄梅戏基本艺术品格的矛盾。这种矛盾在黄梅戏现代戏创作中更普遍地存在着。

剧种特性既是一种具有长期稳定性的美学倾向，又是一种动态的、历史性的文化存在，它不是永固不变的清规戒律，不应该被当作教条。作为一个尚处于发展期内的剧种，从发展的规律看，其美学倾向必须朝着更强大、更丰富的方向发展，其剧种特性必须朝着更大的外延和更多的变通、提升的方向前行。

## 二、黄梅戏现代戏在美学品格上的拓展

即便堪称"古老"的成熟剧种，随着国运的盛衰、工业和商业的进步、域外文化的进入、新文化的普及，尤其是20世纪初社会主义革命文化的传播和对中国传统文化、艺术的冲击，其创作思想中的伦理观念、美学倾向和舞台表现必然发生演变，更何况对黄梅戏这一年轻的、未定型的剧种。黄梅戏在从乡间的松散班社发展成为颇具影响力的地方大剧种的过程中，不仅逐渐形成了剧种的艺术特性和风貌，也形成了相对系统、稳定的美学品格。然而，因其历史短、家底薄，向外吸纳更多的文化营养以促使自身壮大的意向更加强烈，另外，黄梅戏草根性、通俗性和即兴性的天然基因形成了其自由随性的艺术特质，因此一旦适逢适宜的外部条件，黄梅戏就会趋势而上，不

断升华、不断拓展其美学品格。这种拓展的效应在20世纪80年代以来的黄梅戏现代戏的创作上有着突出的表现。

（一）现实主义精神贯注于戏曲传奇之中

任何艺术现象都是人在生活中本能的生命反映。黄梅戏的草根性、通俗性和即兴性基因决定着它反映现实生活的敏锐性和快捷性，又使这种反映是自由的、往往远离专制管制的。而事实上"普天之下莫非王土"，凡有损皇权与封建道统的声音都是要被剿灭的，晚清统治者长期对黄梅戏加以禁止，对黄梅戏艺人加以迫害。尽管如此，黄梅戏还是一脉相承地保持着及时反映百姓疾苦、发出百姓呼声与诉求、同底层民众同喜怒共哀乐的习性，并使之形成剧种内容方面的一种传统。晚清"潜山壮乡（今岳西境内）就流行过青阳腔的《反清朝》"。"黄梅戏还从民间说唱中取材，编演了反清剧目《打粮房》。这也是在皇权统治较为严密、正统文化力量较为强大的时间和地域不可想象的事。我们看到，在黄梅戏传统小戏中常常出现攻讦皇帝、揶揄圣贤、嘲弄礼教的内容。"①及时快捷地编演现实剧目是黄梅戏的一大特长。1921年，孙中山曾于安庆南门在英国舰炮对准下演讲并销毁鸦片，紧接着即有表现深受烟毒之害的穆大寿醒悟戒烟的剧目《打烟灯》出现。演到穆妻劝夫时，台下一位大嫂也跟着号啕大哭起来了，原来她丈夫染烟毒走投无路而投河自尽。1912年孙中山在南京就任临时大总统，颁布的《中华民国临时约法》中有一条就是"劝禁缠足"，黄梅戏艺人就编演了《恨小脚》。抗日战争时期，有两出用黄梅戏形式编演的小戏影响较大，一出是《姑劝嫂》，一出是《难民自叹》，两部戏都控诉日军罪行，宣扬抗战精神。还有在部分地区演出的两部大戏《天莲配》和《新桥镇》，激励人们只有打败日寇才能安居乐业。②中华人民共和国成立后，黄梅戏艺人积极将现实斗争编成戏，如控诉地主阶级和旧社会的《不法石宣廷》，还有表彰劳动模范的剧

---

① 安徽省艺术研究所编：《黄梅戏通论》，安徽人民出版社2000年版，第21、22页。
② 王长安主编：《中国黄梅戏》，安徽文艺出版社2009年版，第90、91页。

目。当时皖北行政公署文教局曾发文倡导："创作新戏曲，可尽量围绕当前中心任务的要求，并多用真人真事为题材，以便使地方戏更好地向现代剧发展。"[1]1956年，安徽省举办第一届戏曲观摩演出大会，其中有《王金凤》一剧，写女主人公冲破封建主义束缚成为人民代表的故事，《金狮子》反映农业合作化运动，《泉边上的爱情》描写新时代婚姻自由，还有《洪波曲》《大别山上红旗飘》等现代戏。黄梅戏在党的十一届三中全会后出现了新的繁荣局面，其中最具剧种发展意义的是一批现代戏佳作的成功。陆洪非将其与早期黄梅戏相联系，明确说："黄梅戏是以反映现实生活起家的。早期的《逃水荒》《告粮官》《乌金记》都是当时的现代戏。"[2]综观20世纪80年代以来涌现出的一批黄梅戏现代戏佳作，可以明确地看出它们的共同点：思想内容上的现实主义精神，现实主义美学倾向又贯注于现代题材的戏曲传奇之中。

作为一种学术概念，现实主义美学理论并非中国古已有之，但这一来自西方文艺复兴时期的文艺思想同中国美学中的"文以载道"和"兴、观、群、怨"的价值论有相通之处。经过党的十一届三中全会以来的拨乱反正、解放思想、改革开放，中国文艺工作者才能够真正地奉行马克思主义的现实主义美学原则，并将这种美学原则贯注到中国化的艺术实践中。现实主义的创作方法要求真实性、典型性，而中国化在戏曲艺术创作中则要求这种真实性、典型性体现于戏曲化和传奇性上。几部黄梅戏现代戏出色地体现了这种要求。

《斛擂》（编剧草青，创作于1994年）取材于芜湖斛行同英国殖民主义和洋奴买办的民族斗争，表现了芜湖的社会历史进步和芜湖人民在半殖民地半封建社会背景下展示出的坚强的民族精神和追求进步的斗争意志。创作者选取的这场斗争不但具备特定的地域性、行业性，还有矛盾的复杂性、斗争的残酷性及传奇性。传奇性是中国戏曲叙事美学中的精髓之一，也是黄梅戏

---

① 《皖北日报》1951年3月21日。

② 王长安主编：《中国黄梅戏》，安徽文艺出版社2009年版，第155页。

进入本戏阶段之后逐步增强的一个重要特征。而剧作者就紧紧把握住传奇性这一特点，以现实主义手法成功塑造了特定历史背景下体现民族斗争精神的斛行掌门人和两个具有自我冲突的复杂的人物郑京生与道台，尤其突出刻画他们在特定现实处境中的内心世界和精神风貌。现实主义艺术方法贯注进各种戏曲化手法之中，既强化了剧情的现实性、戏剧性，又构成宽广的戏曲表演空间，使整部戏显得波澜壮阔、浑然天成。

《风雨丽人行》（编剧王长安、吴晓帆、吴朝友，创作于1998年）是一部带有典型意义的中国戏曲悲剧。悲剧在传统黄梅戏中较为少见，而带有现代历史观念、现代艺术意识的，以历史理性、社会批判性和社会革命为思想底蕴的现实主义悲剧黄梅戏现代戏就更为罕见。该剧主要致力于写情：结盟为三姐妹的姐妹之情、为民主自由而斗争的豪情。三姐妹因志趣相投走到一起，而这种姐妹情遇到生死考验是源于与当世皇朝统治、专制社会的水火不容，从而成为民主主义信仰者与封建帝制之间的冲突。作为民主主义先驱，三姐妹在这种残酷的斗争中必然成为为"主义"而献身的时代的悲剧英雄。该剧生动地表现了她们的正义精神、情操、道义、意志和先驱者形象，成为一代又一代后人崇尚文明、民主、自由、解放、人道主义精神的一曲悲壮而激越的颂歌、一部激情澎湃的"史诗"。

《逆火》（取材于鲁彦周同名小说，编剧周德平，创作于2004年）则是一部重在表现女性人格觉醒过程的具有史诗品格的社会历史悲剧。长期以来，学术界在探讨戏曲现代戏"现代性"问题时，很少有人谈及"启蒙性"，遗忘或回避启蒙思想、启蒙作用，似乎在当代中国社会中已不存在启蒙的必要性。事实上，对处于转型过程中的中国社会来说，只要尚属于社会主义初级阶段，那么文学艺术的启蒙话语就不应当被放弃、被削减。不然，关于戏曲"现代性"的探索或体现只能是空中楼阁。启蒙性其实与中国美学概念中的"道"相通，它对应的是艺术表现的内容性，而不应被狭隘地理解为不断地发展着的意识形态话语。当代的"启蒙"包含两个向度：一是历史启蒙，即我们是怎么走到今天的。其中有值得自豪的部分（比如推翻帝制与"三座大山")和必须警戒的部分(如"文革"思潮);二是前瞻性启蒙,或理想性启蒙(如何深刻地、艺术地揭示社会主义核心价值观)。《逆火》之所以令人满意,就在于它将批判封建宗法伦理、表现女性人格觉醒的启蒙意识熔铸于传统的戏曲样式、人物设置、音乐旋律和戏曲语言与韵味之中。其思想内容富于凌厉的批判现实主义精神,对社会历史和封建伦理的残酷性和封建秩序的虚伪性、欺骗性的解剖具有强烈的启蒙效果。

《青山楂 红山楂》(编剧王长安,创作于2006年)在现实主义真实性原则与表现生活的写意性、戏剧人物塑造的典型化与意象化的结合上堪称不可多得的精品佳作。其主题简单而又宏大:农民与土地;其内涵却丰厚而又深刻:农民与土地的关系本来是简单的鸡与蛋、皮与毛的关系,但百年来两者的关系颠三倒四,它不仅使农民的生存境况不定,更使农民的精神饱经折磨、命运难测。传统农民数千年来受制于农耕社会血缘宗法伦理凝结起的封建秩序,乡村虽已进入新社会,但其伦理又被"嫁接"上阶级论的规范。在阶级斗争的社会秩序里,不仅是物(如土地)的归属,所有人都不具有自己的自由属性,每个人都必须归属在阶级论的伦理规范中,因此山楂未婚先孕的事连政权组织也要用"公权"来强制干预。该剧还反讽式地揭示了这一"真理":"革命"就是暴动,通过暴动夺得的胜利就意味着得到生活所需要的一切。只要是以"革命的名义",就不管别人在"革命"中是否丧失了利益或者一切,甚至生命。这就把人物写到了深刻处。

《徽州女人》(编剧陈薪伊、刘云程,创作于1998年)的创作、推出并赢得巨大成功正处于世纪之交,冥冥中它成为黄梅戏在20世纪末的一个"总结性"成果,又成为黄梅戏迈入新世纪的献礼。该剧以现实主义精神和创作方法来剖示旧中国封建伦理文化对女性心灵上的浸染与精神上的钳制,体现了戏曲现代戏写意性、意象性的中国戏曲美学精神。在剧作上具有较强的文学性,在人物安排与人物塑造、艺术结构、节奏把握、角色表演和其他艺术要素创作空间的最大化方面均堪称完美。该剧不同于以往很多批判性描写宗族权力惨无人道的情形,更透出现实主义的深刻性:"女人"另嫁他人的障碍并非公婆、乡绅，而是她自己的"道理"令自己选择了"坚守"。在这个女人身上，承载着千百年来封建礼教对一个女性从内到外的"塑造"。《徽州女人》中的"秀才"这个配角在本剧中占有一个不可或缺的位置，作者对他的把握和塑造也是相当成功的。在这出清冷压抑的悲剧里，编剧在这个人物身上有意糅进了喜剧元素，这种元素不仅源于"秀才"自身的迂腐、尖酸，和他同乡邻在思维与语言表达上的不搭调，更在于"秀才"所特有的性格和心理：他虽数十年科考而不中，但读书人的虚荣时刻保持。他既有维护封建伦理的一面，又有与现实俗世妥协变通的一面，既有咬文嚼字的一面，又有见风使舵、狡黠诡谲的一面，这反映出从帝制崩溃到辛亥革命的新旧交替、社会变革时期下层文人应对尴尬处境的无奈与挣扎。"秀才"在该剧中被创造成由时代和生存环境所形塑出的具有现实意义的、附着在乡间残存着的宗族祠堂制度和宗法文化中苟且余生的文人角色。在中国每一次社会的巨大变革之时，总会有一批"机敏灵动"的旧时代人"顺应时势"，在新旧秩序的交替过程中寻找存在的缝隙并改变其姿态、更换其处事方式，以"新"的面目显示自己的价值。由此，"秀才"这一人物的塑造和呈现就具有了深刻性与典型性。该剧为黄梅戏，尤其是黄梅戏现代戏的创作积累了丰富的艺术经验，大大升华了黄梅戏现代戏的美学品格，提升了它的艺术境界。

《独秀山下的女人》（编剧刘云程、焦建云，创作于2002年）是一出表现民国初年一个山乡底层妇女丧夫后为抚养继子而再嫁，却遭到满脑子旧伦理的恶婆婆嫌弃虐待的伦理悲剧。该剧塑造出了一个贤淑善良、性格坚强、心有主见的青年妇女形象，展现了旧中国乡村妇女受到旧风俗、旧道德戕害的命运，彰显了妇女必须争取人格独立、人身自由的主题。本剧秀妹与继子拖儿的关系演变是剧中另一条重要的情节线，被创作者进行深度刻画自有其充分的理由：继母与继子的关系是中国传统社会中下层老百姓最关心的社会关系之一，因为这种关系最能映见社会的世态人心、良善与邪恶，以戏曲手法描写这种关系的发展、转折往往最具戏剧性。立足于普通百姓的伦理观念来叙事，这是本剧具有广泛接受度又具有深邃思想意义和长远艺术价值的堂奥所在。该剧中媒婆（丑旦行当）这一人物塑造得十分生动，她固然有着旧社会一般媒婆那种"无利不起早""见风使舵"的一面，却也有着为当事人着想、善于洞察双方所需并玉成好事的"职业"热心，甚至有同情弱者的怜悯心肠。这种摒弃了传统戏中多将媒婆漫画式表现的选择是有意义的：媒婆也是普通百姓中的一员，这一社会角色也是特定社会背景下的谋生者之一，因而对其描写秉持着正面肯定的态度而富于新意。

### （二）剧诗品格的追求

王国维用"以歌舞演故事"来概括中国戏曲的本质，张庚则以"剧诗"一词点明中国戏曲最高的美学品格。"诗"的品格必定是戏曲艺术中演员用四功五法充分展现出的写意性、意象性、虚拟性、程式性及韵律性来实现的艺术境界。

《徽州女人》的第三幕"吟"是一幕"独角戏"，它完美地体现出戏曲的剧诗品格，抒发了一个女人在明了自己将永远不可能拥有爱情、享受爱情时的感受与情绪、呻吟与"天问"。它将唱腔、动作、舞蹈的魅力发挥到极限，由内到外、淋漓尽致地表现出"女人"是如何从一个现实中的人变为一个绝望、虚幻、"哀莫大于心死"的人。所谓西洋戏剧观、中国戏剧性，所谓传奇、悲剧，"歌舞演故事""剧诗"……这一切被批评家们反复论辩的戏剧概念，在对《徽州女人》的接受中实现了共识与统一。中国诗学的要义之一是强调虚实结合、形神兼备、动静互文，以实现"象外之象""味外之味"，我们在《徽州女人》第四幕"归"的写意性、意象性呈现中能够充分领略到在中国诗歌中才有的"言有尽而意无穷"的美感："丈夫"归来了，但"女人"明白自己没有了"丈夫"；见面的对话极简，她只能将自己介绍为"侄儿的姑姑"；房间已收拾好，姜汤已备好，"女人"于是向观众走来……留给观众无尽的想象空间去想象、思索，这才是"剧诗"。

王长安在《风雨丽人行》的创作中，自觉地追求"史诗"品格，探索黄梅戏现代戏领域诗性的表达、意象与意境的营造和诗的韵致。该剧的序幕，整体而言就是一首戏曲化的诗——它奠定整部戏的叙事方式与基调：诗化的舞台呈现、诗化的戏剧背景、诗化的戏剧情节和诗化的表演，诗化地表现人物内心世界尤为突出。序幕的这一基调对观众的欣赏起引导作用和情感的调动作用，它导引观众进入特定的历史环境，事件的危险性、悲剧性所形成的诗境使观众明了：这是一出充满诗情画意的戏曲。既是戏，也是诗；既是一个传奇故事，也是凄风苦雨中三位丽人以生命相投入的抒情歌咏。

### （三）吸纳其他艺术元素，丰富剧种表现形式

剧种的发展都是从两方面来推进的，一是自身的创造性，在自我扬弃、自我丰富、自我提高的过程中形成新形态。20世纪初，黄梅采茶调向戏曲化发展，产生了一大批"自叹"小戏；而后由"黄梅调小戏"发展到一系列相关题材串在一起的"串戏"；再经过几番进军城市的演出剧场化，由"三打七唱"进一步行当化、程式化……都是黄梅戏艺人对剧种的创造性改进。二是剧种的形成、发展和壮大无不是在吸纳其他艺术元素的基础上实现的。一个剧种的发展历程也正是对其他剧种以及艺术的吸收、融化，并拓展、升华自身表现形式的历史。对黄梅戏来说，促进自我创造与外向吸纳的根本动力在于观众的需要与喜好、对创作演出条件改变的需要和自身生存的需要。20世纪五六十年代，黄梅戏在音乐、唱腔方面对歌剧和其他剧种优长的吸纳，在表演方面从与其他成熟戏曲剧种相互参照中进一步补强与提高，在电影、广播、出版等现代传媒的大力推广中进入了大剧种行列；那么进入新时期以后，黄梅戏，尤其是黄梅戏现代戏领域，由于思想大解放，较迅捷地接受文学、话剧、影视等文艺形式的影响、渗透，产生了一大批思想主题深刻、艺术表现精湛的佳作。从20世纪80年代到21世纪初，黄梅戏艺术家较早自觉地追求剧种上的剧诗品格，这种追求又基本体现在黄梅戏的叙事手段和舞台呈现两个方面。

1998年，王长安接受《风雨丽人行》再创作的任务。他在研究题材阶段，"就决定把这部戏写成具有诗化意味的'情操戏'。唯有诗境，才能超凡

脱俗"①。而这部"诗化结构"的戏,在努力体现戏曲人物意象化、剧情写意化的同时融入歌剧、话剧、电影等表现手法,从而营构出一部既具宏大史诗性又被充分戏曲化的"剧诗"。该剧的一幕多场,就是一种新的成功实践,这一形式既来自中国传统戏曲的无场次传统,又化用电影、话剧手法,在转场时能够自然而流畅地切入另一个时空。幻境的切入呈现也是一种大胆探索,它使戏曲舞台富于现代感,能够直接展现人物丰富、复杂、微妙的内心世界,增加了人物情感的厚度与广度。此外,该剧引入歌剧幕间曲的形式效果极佳,它用音乐将戏剧情节的"起承转合"与戏剧情绪相联结,使一种特定的戏剧情景、人物的情感、观众的情思在时空转换中连续贯穿,同时也给观众展开回味、联想的一个间歇、一种空间,因此整部戏结构更具艺术完整性与协调性,且余韵绵长。这一实验性的形式在《青山楂 红山楂》中运用得更显娴熟、自然。

《徽州女人》是由韩再芬欣赏应天齐的《西递村》系列版画引出的"依画作剧"的戏剧作品。主创者将《西递村》版画和版画所凸显出的明暗鲜明的色调、古意的徽式房屋、石径小巷、悠远而婉转的韵味、沉郁中缭绕着的难言的情绪、万籁俱寂中的微音……贯穿于世事的幻变不定、人物的多舛命运、剧情的起伏跌宕,它几乎完全主导着整部戏的艺术结构,整部戏的人物及人际关系的设置、故事情节的铺演,音乐、唱腔、念白、舞美的艺术基调与风格。这一创作模式无疑是罕见的,唯其"罕见",才具有戏曲形式上的"革命性"意味。《徽州女人》的创作过程表明,这一剧目的创新首先来自创作主体长期对黄梅戏艺术发展相对滞后和其影响相对减弱的焦虑,来自对黄梅戏艺术发展路径的苦苦寻求,来自对黄梅戏艺术境界提升的自我期许和自信,当然也来自韩再芬本人深厚的艺术素养、强大的创造能力和敏锐的戏剧艺术直觉。

---

① 王长安:《长安文丛·文选》,黄山书社 2018 年版,第 817 页。

### 三、探索中的错位与轻忽

随着中华人民共和国成立以来戏曲艺术的发展演变，传统戏曲的舞台呈现已发生很多质的变化，在呈现手段、导表演、音乐与舞美等方面的表现形式上都大为丰富和强化，因而，戏曲现代戏在对表现对象的择取上有了更多的可能性和容纳空间。我们从上述近40年来涌现出的一批优秀黄梅戏现代戏剧目中，即可明晰地看到该剧种大大地突破了传统的表现疆域。然而，任何一个剧种都不能"包打天下"，不存在一个能够出色呈现世上万事万物的剧种；某种特定题材也并非适合于所有戏曲剧种来表现。黄梅戏作为一个地方性剧种，携带着若干与生俱来的特有品性，而黄梅戏的表现对象也存在着与剧种品格的契合问题。黄梅戏现代戏的创作者应有足够清醒的剧种意识，应使所表现对象与剧种的审美品格、艺术特点相契合。从近十几年黄梅戏的存在状况看，影响这一剧种进一步壮大、黄梅戏现代戏艺术创作质量进一步提高的主要症结，就在于对其美学品格、剧种特性的淡漠、轻忽与错位，它几近形成了戏曲剧种"同质化"趋势。廖奔把剧种"同质化"趋势称为一种"断根危机"，他认为"地方戏遇到的特殊挑战在于，地方小剧种受到成熟大剧种磁场的吸引，在不断朝向正规化、规范化、成熟化发展的同时，也泯灭了其活泼天真、稚嫩拙朴的本性，这在戏曲史上虽然是趋势性规律，但个性泯灭的代价就是剧种特征的消除及其存在价值的消失"①。黄梅戏的"断根危机"大致有三个方面的表现。

### （一）对社会生活的表层化、概念化表达仍是突出问题

这一问题当然不是新问题，也不是简单的问题。这与黄梅戏产生之初就直接或随机地反映当时的时势、老百姓的疾苦和民众心声的特点有关。比如早期的"自叹"系列、反映同贪官污吏斗争的《张朝宗告漕》《打粮房》

---

① 廖奔：《论地方戏》，《反刍集：廖奔戏曲评论集》，海天出版社 2017 年版，第 263—264 页。

《闹官棚》。这一剧种的草根性似乎与"社会革命"有着天然的血缘关系。对近现代每一个主要历史阶段和重要斗争，黄梅戏都能及时反映，辛亥革命提倡戒"烟"、放脚，就有了《打烟灯》《恨小脚》；共产党领导人民进行土地革命，就有了《土劣自叹》《农人自叹》《金老三逼租》……这些虽被称为宣传戏，却完全出自艺人们自觉的、积极主动的投入，不仅是正义战胜邪恶、"不愿做奴隶的人们"战胜侵略者的大局需要，而且是观众们的需要、戏曲从业者的需要。应该说这些戏既对民族的自由解放事业做了贡献，又对剧种的改良、成长起到了推动作用。但是，十年"文革"和文化专制主义对戏曲艺术显性和隐性的长期影响则是恶劣的、不可低估的，对其影响的消除也绝非易事。其最大的影响莫过于艺术家们主体意识、现实主义精神及创作自由意志不同程度的丧失。经过对"文革"的全面否定、思想解放、40多年的改革开放、"双百方针"的深入人心，那种"革命"叙事、"斗争"叙事、"运动"叙事充满人间的时代早已过去，但很难说戏曲剧目生产模式、戏曲艺术家的创作思维中"写中心、唱中心"的惰性习惯已经完全改变。在这种情况下，"行业"叙事、"区域"叙事愈演愈烈，"获奖"叙事、"私人"叙事甚至"金钱"叙事不断发力……马克思所强调的历史的叙事、美学的叙事尚未得到足够的重视。如此，对社会生活表层化、概念化甚至线性地对生活的"误读"就会在创作上表现出来。

比如《公司》（编剧聂胜哲，创作于2003年）就是对"经商"生活的表层化、概念化的表现。其中的很多唱词都是编剧的宣教文字，且作者所宣扬的价值观本身就值得商榷。该剧反复强调的"商业至上""市场决定论"的文化概念实际上就是表达"商业主义"的戏剧式图解。作为艺术评论者，我们几乎无法以一般艺术的、美学的观念来解读它，事实上人们也无法以一般戏曲艺术的尺度来考量它，很难说它产生自创作者的生活体验与人生感悟。它的"故事"是由作者的主观观念所杜撰和演绎而来，其中的人物完全是"商业主义"所臆造出的概念的传声筒。在人物及其关系的演变、存续过程中，人们也难以感受到其中真实的感染力和情感的力量，很难说这是着眼于观众的戏曲。且不说作者所宣扬的商业主义观念是否经得起社会历史的理性辩论，像《公司》这样正面地聚焦在办公司、商业运作并详细描述日常公司运作细节，显然并非戏曲艺术之所长。如同过往长期存在的"演中心""唱中心"一样，尽管人们知道这并非专业的艺术创作，而是戏曲艺术之歧途，但诸多因素使这种生产"惯性"难以停止。

对生活表层化的认识使一部戏的主题开掘缺乏深度，因而弱化了思想力度和艺术感染力。《徽州往事》（编剧聂胜哲，创作于2012年）是一部既体现中国传统戏曲叙事形式之美，又融入现代戏剧、影视手段于无形的屡出新意的戏曲佳作。令人感觉不尽意者，在于本剧题材把握上对历史感的开掘、思想文化意蕴的深度探求与艺术揭示还不够，而这些都应最终落实在对女主人公成长过程、生命过程、人格觉醒过程的表现上。该剧的主题重在表现主人公的人格觉悟，但这样一个女性产生人格觉悟的根由何在？在她的成长过程中，是哪些因素给她埋下了觉悟的种子？这是该剧创作所忽略的地方。这种忽略还带来了另一个问题：人们从中感受不到体现历史发展必然性的因素、积极力量的因素。从现实主义美学观念上说，所谓"典型环境中的典型性格"的意涵中就包含着揭示历史发展必然性的要求，这一要求意味着仅仅表现一个女人由于"匪患""官患"的肆虐而遭遇"一女二夫"的尴尬命运，在两个男人将其物化、互相"礼让"以显示慷慨义气的受辱处境和两难选择中采取逃避的态度是不够的。事实上，这种"逃避"的处理方式正妨碍了女主人公人格觉悟的有效彰显。

（二）在选材上、艺术处理上与剧种特性的错位

由于种种原因，戏曲领域题材与剧种"不搭"，特定生活内容与特定剧种艺术表现形式不能达到相得益彰的状态，导致创作达不到预期艺术效果的情况屡屡出现。造成这种情况的根源在于忽视了戏曲创作中的一个内在规律：题材中的诸要素要适宜于某个剧种的特点和优长，而这种"适宜"是与该剧种主要观众的欣赏趣味、欣赏习惯紧密相关的。廖奔认为："地方戏所

具有的文化特性与审美特征，就在当地人耳濡目染的过程中浸润、渗透为其心理结构中的文化沉淀，成为其精神家园的珍藏。不同的地方剧种都有自己或大或小的观众群和拥戴群，以自己的特色和风格吸引着一方爱好者。"[①]不可否认，黄梅戏观众的文化水平、艺术审美、社会视野、世事见识，特别是伦理观念是在逐步改变的，其鉴赏水平也是在不断提高的，因此黄梅戏的艺术呈现也随之不断精进。但也必须看到，一个剧种内在的艺术特质是相对稳定的，黄梅戏艺术表现的丰富和创新应当是"万变不离其宗"的。

《风尘女画家》（编剧林青，创作于1984年）这一剧目与黄梅戏特质的"不搭"显而易见：该剧主要人物张玉良、潘赞化和多数相关人物都是文化界知识分子或高阶层人物，其主要生活环境是大城市和欧洲，最重要的是它主要表现人物间的思想之争、观念之争、美术创作探求和作为一个文化人的精神世界，凡此种种都不是黄梅戏擅长的。剧作采取时间跨度漫长的传记体、断层式的叙述方式力图展现主人公的一生，在结构上就必然过于松散，难以组织、营构出若干精彩的关目，从而使人物形象达到震撼人心的戏剧效果；另外，从揭示并表现戏剧矛盾的方面说，它停留在张、潘与国民党官僚、不法奸商之间的利益矛盾，而对张玉良人格解放、女性自由与旧中国封建伦理传统的深层矛盾挖掘不深，因而张玉良命运的悲剧性没能挖至深广、达到高潮。当然，这里不是说这一题材就完全不适宜黄梅戏来表现，而是说编剧应当在这一题材的把握上厘清主人公的一生中较适宜黄梅戏舞台呈现的方面。

不仅是对黄梅戏剧种特性的忽视，而且是对中国戏曲艺术一般艺术特点的掌握不够，搞出来的戏就必然散乱、失焦，缺失感染力。比如《公司》的创作。该剧情节密度甚大，却无中心线索，人物众多，却无创造人物性格之意，因而剧作在下意识的叙事中将"叙述情节"作为了中心任务，为此，不得不频繁、快速地交代头绪繁多而彼此孤立的情节，并以此"推动"剧情的

---

① 廖奔：《为地方戏说几句话》，《反刍集：廖奔戏曲评论集》，海天出版社2017年版，第235页。

发展，其结果是故事情节碎片化的多头交错，而在这种碎片化与多头交错的纷繁图景中，造成戏曲呈现的失焦和顾此失彼，不仅丢失了贯穿其中的情节主线，也失去了纵贯全剧的情感线，使观众处于一种茫然无着的接受状态。在一个散乱破碎的剧目中，不可能呈现出具有充分个性而且立体丰满的人物，不可能有一种情感使观众"入心"而受到感动，那么人们就应该问：本剧靠什么打动观众？

### （三）非戏曲化的舞台呈现

《公司》的编导认为戏曲的现代转型并不是一件多么繁难的事情，而其舞台呈现表明，将那些在当下被称为"现代的""艺术元素"实则不过是一些将西方当代舞台艺术、当代影视作品 "浮光掠影"式理解的东西加上中国香港和中国台湾地区以及日本、韩国的"时尚"元素拼贴、掺入或装点进戏曲舞台，即可成为"现代化""创新"。这种实践的实质在于，编导在对中国戏曲美学精神和戏曲艺术特点不甚了了的情况下，对戏曲艺术传统采取一种"敬而远之"的规避态度，甚至是菲薄、反其道而行之的态度，更谈不上对黄梅戏剧种发展轨迹的体认和对其特有美学品格、剧种特色、艺术特点的深入了解。如果作为地方大剧种的黄梅戏如此这般地搞下去，等待它的将会是一种怎样的图景？它们会有什么样的前途？

总体而言，从黄梅戏的发展史可以看出，黄梅戏在每一个发展阶段，在表现题材和艺术倾向上都体现了那个阶段的"现代性"。它的发展过程，没有像京剧那样经历过"皇家化"和"国剧化"的规制和改造，也没有像沪剧那样在其成熟期里较早地进入城市化、时装化阶段，也不像豫剧、秦腔、越剧那样长期处于政治的、军事的、社会的、文化的、交通的、商业化的中心区域。它始终行进在民间性、通俗性的轨道之上，在20世纪初进入城市之后，仍然在这种基质上走向剧种的成熟，因而形成这一剧种的特性体系和美学品格。这种特性和品格是在一代又一代相对稳定的观众群的影响、促进下形成的，从而也衍生着一代又一代欣赏取向、趣味、习惯相对稳定的观众。因为一些戏曲创作者剧种意识淡漠，对剧种美学品格、艺术特点体认不深，所以造成剧目与黄梅戏美学品格上各种形态的错位。其中根本性的问题是如何看待观众。艺术家面对特定题材，在创作之初就须考虑观众的接受心理和反应。张庚先生说："现代戏的选材非常重要……如果我们搞一个现代戏，它的题材和观众的思想感情有一段很大的距离，那么就很不值得了。现代戏还要写那些观众感兴趣的、很关心的题材。"[①]注重观众的反应，就须考虑题材与剧种的适应性，不但应考虑不同剧种间方言、声腔上的"显性差异"，更应考虑剧种元素"内在的地方文化的母语依凭"，即剧种间的"隐性差异"[②]。正是这些剧种间的差异决定着剧种自身的美学品格、艺术特性，这是戏曲艺术家们应当深入研究、体认和把握的，它是一部戏曲创作，尤其是黄梅戏现代戏的创作立于不败的先决条件。

① 转引自何孝充：《张庚同志与中国戏曲现代戏研究》，王安葵、张宏文主编：《中国戏曲现代戏研究会成立三十周年纪念文集》，中国戏剧出版社 2012 年版，第 72 页。

② 王长安：《戏曲是有母语的》，《剧本》2020 年第 3 期。

# 蠡谈现实题材支撑下的曲艺现实性文本创作

◎ 李冶金

曲艺的艺术表现手段主要是说与唱。曲艺就是通过民间口头文学的说与传统演唱艺术的唱来塑造人物、讲述故事、抒发情怀、反映社会生活的一种说唱表演艺术。作为曲艺表演的文本，它的题材内容主要包括现实题材和历史题材。而就曲艺短小精悍、快速机动的表演特点来看，反映现实题材的现实性文本无疑占据着显著位置，它支撑着新时代曲艺作品的高格调展现。

## 一、关于概念的自我诠解

曲艺文本，应该是指那些由语言文字构成的，描述人物、情节、场景、舞台指示等内容的书面实物，包括底本、脚本或大纲、剧本，以及策划书等曲艺作品的半成品和成品。

曲艺现实性文本，应该是指曲艺创作表演者在深入体验、观察思考广阔的社会生活后，使用丰富而生动的语言，创作出的能够反映时代主题、观众喜闻乐见、具有中国精神和民族风格的现实题材曲艺作品。

在中国文学艺术发展史上文艺创作就非常重视现实性。《礼记·乐记》指出："凡音之起，由人心生也。人心之动，物使之然也。"这里的"音"，是指音乐。南朝刘勰《文心雕龙·明诗》篇言："人禀七情，应物斯感，感物吟志，莫非自然。"大致同时期的钟嵘，也在其《诗品·序》中说："气之动物，物之感人，故摇荡性情，形诸舞咏。"北宋文豪欧阳修也说过："诗之作也，触事感物，文之以言。"上述所言的"物"，都是指现实世界中客观存在的万事万物。他们都认为，文学艺术作品是受到客观事物的感发而创作出来的，或者换个角度说，文学艺术作品离不开社会现实。

## 二、曲艺现实性文本的优良传统

安徽是曲艺大省。在全国四百多个曲艺种类里，根据表演形式，安徽就拥有其中的三十七种之多①，可谓色彩斑斓、争奇斗艳。

安徽曲艺，孕育萌动于江淮大地，生根发芽于民间沃壤，茁壮成长于广阔生活，蓬勃发展于社会现实。在中华人民共和国成立七十多年的风雨历程中，安徽曲艺人一直以来秉持社会生活是曲艺创作的唯一源泉的理念，他们深入、扎根于社会生活，发掘、精炼于现实题材。他们在学习、创作过程中深刻体会到，只有亲身投入到波澜壮阔的皖北江南，在瞬息万变的现实生活中，用艺术的眼光去搜寻、去捕捉那些生动鲜活的能够传递真善美价值观的素材，才能创作出"让人动心，让人们的灵魂经受洗礼，让人们发现自然的美、生活的美、心灵的美"（《习近平在文艺工作座谈会上的讲话》）的现实题材曲艺作品。

淮北坠子《摘黄瓜》，创作于20世纪50年代，是由安徽老一代曲艺工作者王庆丰先生创作的一部优秀曲艺作品。故事一开始，就开门见山地讲述姑嫂俩去南田摘黄瓜，一边走一边唠嗑，从中可知，小姑是种庄稼能手和学习文化的尖子；嫂子则是一位军嫂，勤俭持家又好学，是"百草丛中的一朵花"。接着，通过对话方式，将黄瓜的收成描写出来："嫂嫂说：'今年黄瓜长得大，'小姑说：'最短也有八寸八。'/嫂嫂说：'今年黄瓜长得好，'小姑说：'又青又嫩又光滑。'/嫂嫂说：'今年黄瓜收头重，'小姑说：'一条秧子结十八。'/嫂嫂

---

① 谢德裕：《安徽曲艺分类及其艺术特征》，"2005年安徽文艺论坛——曲艺文化的传承和创新"学术研讨会交流论文。

说：'黄瓜运到南京卖，'小姑说：'装上篓子火车拉。'"由到南京卖瓜，说到先为集体购买生产用品，再为个人买生活和学习用品；自然引出了姑嫂俩的爱情秘密，这在那个年头是羞于公开的事情。当小姑揭开嫂嫂写信告知军人丈夫自己怀孕的情境时，作品写道："嫂子一听红了脸，一伸手就往小姑背上掐。/小姑急中生巧计，弯腰捉只癞蛤蟆，朝着嫂嫂扔了去，嫂嫂吓得手一撒。/趁着这空，小姑撒开了腿，你看她挎起篮子一溜烟就跑回家。"

这部作品表现了当时新社会的农民对农业社的关心，以及对美好生活的热切向往。情节虽然很简单，却努力做到剧情波浪翻滚，活灵活现。作品使用地域民间语言创作，如用"收头重"的土语，来描写黄瓜的丰收景象，展示出了生机盎然的民族地方特色。这一特色，只有从社会生活中绽放的现实题材，才能锻造出来。同时段的还有安徽大鼓《认大娘》，它由徐永昌原创、蚌埠专署剧目组整理，讲述的是抗美援朝战争结束不久，参战负伤、转业到粮站工作的张玉昌，为军属老大娘夜送粮食的故事，讴歌了拥军敬老的时代风尚。可以说，淮北坠子《摘黄瓜》和安徽大鼓《认大娘》，是安徽在20世纪50年代表现现实题材的曲艺现实性文本的代表作品。

在20世纪六七十年代，出现了旨在颂扬一心为公思想品德的《双赶车》（安徽大鼓）。女青年马妙香赶马车送水泥下乡，半路下雨，看见老汉王好强正拉着一车新油布，就请求借用油布遮盖水泥，老汉因爱惜集体财产而拒绝，于是双方争执起来，后来误会解除，才知道两个人是未曾谋面的老公公和儿媳妇。作品开头写马妙香："赶车的姑娘十八九。"1950年颁行的《中华人民共和国婚姻法》规定："女十八岁，始得结婚。"到了1980年，《中华人民共和国婚姻法》才规定："结婚年龄，男不得早于二十二周岁，女不得早于二十周岁。"据此可知，这是一部紧扣时代、贴近现实的曲艺作品，它充分发挥了"无巧不成书"的艺术效果，通过凡人小事、生活细节，营造了生趣盎然的艺术氛围，反映了大公无私的时代风尚。前辈曲艺家庄稼先生创作的《闹机房》（淮北琴书），讲述了城里机械厂技术员姚彩云与农村抽水机手王杰民相爱，杰民娘却为城乡差别而纠结，担心姚彩云不会真心和儿子同结连理的故事。作者凭借深厚的生活体验，把人物的心理变化刻画得波澜起伏，从而表现了新旧思想的矛盾冲突。《闹机房》采用的思路与《双赶车》有些类似，都是儿媳（准儿媳）和公婆（准公婆）之间，因未曾谋面而产生误会，在误会中不打不相识，增进了相互了解和理解，最后柳暗花明，皆大欢喜。这是十分典型的中国式大团圆的故事结局，但也是广大民众所喜闻乐见的剧情结果。

自1978年改革开放、1982年安徽省曲艺家协会成立以来，全省曲艺事业进入了大发展大繁荣的时期，曲艺现实性文本亦如雨后春笋，绿满青山。如：张宏友创作的山东快书《巧退礼》，赞美了巧退婚礼红包、廉洁奉公的乡镇老税务工作者；郑林哲创作的数来宝《姐妹俩》，通过双胞胎姐妹的矛盾冲突，宣传计划生育国策；吴棣创作的相声《侃爷遇贤》，通过所设定的一个工厂车间的典型环境，运用诙谐机智的语言，反映了选贤任能、重视人才的现实需求；等等。进入新世纪，安徽曲艺的现实性文本突飞猛进。如谢德裕创作的音乐快板《黄山松》，运用优美的诗化的语言，通过黄山松树的著名意象，歌颂了黄山松精神；李慧桥创作的相声《不可救药》，直刺损公肥私的不正之风和贪污腐败的违法犯罪，幽默的语言里充溢着正义之声；曹业海创作的单口相声《"88"豆腐》，赞美了退休老职工正直善良的品质，同时从侧面讲述了下岗女职工王翠如面对现实困难，白手起家，立志创业的故事，流露出作者的悲悯情怀，显示出作品的语言功力。同样反映世纪之交企业职工下岗再就业状况的曲艺作品，还有李翔创作的小品《今夜情更浓》，它通过下岗的丈夫和公司副经理的妻子之间的冲突，在演绎小夫妻俩恩爱理解之情的同时，展示了直面艰难生活的态度和人心之美。

如果说改革开放以来的安徽曲艺是满天星斗，那么，由曲艺表演艺术家孟颖演唱的本土原创的安徽琴书《一块碎玻璃》，就堪称一轮皓月。这部作品在2004年荣获中国曲艺界最高奖——第三届中国曲艺"牡丹奖"表演奖。该作品取材于蒙凤（蒙城至凤台）公路上发生的一个车祸逃逸的真实事件。那天深夜，一辆汽车撞死两个女学生，司机驾车逃逸。蒙城县交警在现场发现一块碎玻璃，便以之为线索展开艰苦的追踪，最终抓获肇事司机，侦破了悬案。这是一部非常典型的曲艺现实性文本，它仔细发掘现实题材，通过跌宕起伏的情节，匠心独运的表演，锤炼出"一块玻璃破奇案，安全卫士传美德"的主题，颂扬了"人民交警为人民，红绿灯下唱赞歌"的时代精神，堪称安徽曲艺现实性文本的精品。

综上所述，在现实题材里挖掘曲艺真金，磨砺现实性文本精品，已成为安徽曲艺创作者的自觉行为。

曾经创作了长篇小说《红旗谱》的著名小说家梁斌在《新春致敬读者》一文里说过："根据我个人的体会，一个写作的人，要体验各种生活：农村生活，工厂生活，兵营生活，学校生活，等等，至少要熟悉一种。要有雄心与各条战线上的英雄们并肩作战，体会他们在社会主义建设中的无上忠心，体验他们的日常生活，要敢于在时代生活的海洋中游泳。"[①]这是从作家自身创作经历总结出的体会，它同样适用于曲艺现实性文本的创作过程。

## 三、当代现实性文本的题材空间

曲艺现实性文本的一个突出特点，就是它具有强烈的时代性。

明末清初大画家石涛曾经道出过一个艺术命题，他说："笔墨当随时代，犹诗文风气所转。上古之画，迹简而意淡，如汉魏六朝之句。然中古之画，如初唐、盛唐雄浑壮丽。下古之画，如晚唐之句，虽清丽而渐渐薄矣。至元，则如阮籍、王粲矣。倪、黄辈如口诵陶潜之句，悲佳人之屡沐，从白水以枯煎，恐无复佳矣。"[②]这篇跋文以时代的诗歌风格来比喻时代的绘画风格，尤其是第一句"笔墨当随时代"命题的提出，振聋发聩，它指出绘画艺术与古典诗歌一样，具有时代性，必须紧贴现实进行艺术创新。

这一艺术命题可以表述为"文艺当随时代"。对于曲艺来说，则可以表

---

① 《梁斌全集 6·文艺理论》，百花文艺出版社 2014 年版，第 266—267 页。
② 卢辅圣主编：《中国书画全书·大涤子题画诗跋》，上海书画出版社 1994 年版，第 591 页。

述为"曲艺当随时代"，它在曲艺现实性文本的创作过程中，在发掘现实题材时，延续着它的意义。如若创作出具有时代性的曲艺作品，还得将自身投入到社会生活的海洋里，去面对现实，关注当下，按紧时代的脉搏，去搜寻，去发现，去感动，去创作。

当代现实性文本的题材空间，对于安徽曲艺而言，主要就是围绕"建设现代化五大发展美好安徽"这个大主题进行创作。具体而言，有抗击疫情题材、抗洪抢险题材、脱贫攻坚题材等。为此安徽曲艺已在行动。

2020年春，新冠肺炎疫情来势凶猛，严重威胁着人民群众的生命安全和身体健康，严重影响了全国正常的生产经营建设和百姓的日常生活。安徽曲艺人和全国各行各业一起，团结一心，扭成一股绳，在不同的岗位上，以不同的方式，参与到疫情防控阻击战之中。在"'艺'路同心——安徽省文艺界抗疫主题作品展演"的舞台上，孟影和孙铭泽两位著名曲艺家，分别表演了淮河琴书《杞柳湾》、快板书《众志成城》两个现实性文本的原创作品，用真实感人的故事，歌颂了奋力抗疫的基层人民。

2020年夏，安徽境内暴雨如注，长江、淮河、巢湖全线超警戒水位，汛情猛如虎。生死存亡时刻，又是人民子弟兵逆势而上，筑起道道血肉长城，护卫了万千家园。安徽曲艺人用快板书《升国旗》、对口快板《抗洪小夜曲》、相声《一年更比一年好》等紧扣时代的现实性作品，表达了对抗洪将士的满腔敬意，传递出打赢抗洪抢险攻坚战的必胜信心。

2020年是脱贫攻坚战的收官之年。2015年11月，中共中央、国务院颁布了《中共中央 国务院关于打赢脱贫攻坚战的决定》，确定了"2020年农村贫困人口实现脱贫"的艰巨而宏伟的目标。安徽曲艺人责无旁贷，深入田间地头实地采风，创作出了一批反映现实题材的现实性文本。如夏重梁先生原创并表演的相声《唱支山歌给党听》，用幽默诙谐的语言，表现了贫困乡村在党的领导下走出贫困，脱贫致富的巨大变化。

由牛崇祥创作的安徽大鼓《上任第三天》，讲述了扶贫书记鲍国忠上任三天，正值寒冬腊月，大雪纷飞，遇到了一位身患白血病的女孩张彤。重病给这个原本就是贫困户的家庭，又带来深重的打击。鲍书记不仅为全村扶贫、脱贫倾力谋划，而且当他了解到孩子的不幸、家庭的遭际后，便毅然决然自愿捐献出拯救生命的骨髓，使这个不幸的孩子和穷困的家庭看到了希望的曙光，表现出一名共产党员、扶贫干部的崇高责任和真诚奉献。这一原创作品荣获了第十一届中国曲艺"牡丹奖"，全国曲艺大赛入围节目奖，是安徽曲艺以现实题材为内容的当代现实性文本的精品力作之一。

毛泽东在《在延安文艺座谈会上的讲话》里讲过："人民生活中本来存在着文学艺术原料的矿藏，这是自然形态的东西，是粗糙的东西，但也是最生动、最丰富、最基本的东西；在这点上说，它们使一切文学艺术相形见绌，它们是一切文学艺术的取之不尽、用之不竭的唯一的源泉。这是唯一的源泉，因为只能有这样的源泉，此外不能有第二个源泉。"习近平在《在文艺工作座谈会上的讲话》里也说过："我们必须把创作生产优秀作品作为文艺工作的中心环节，努力创作生产更多传播当代中国价值观念、体现中华文化精神、反映中国人审美追求，思想性、艺术性、观赏性有机统一的优秀作品，形成'龙文百斛鼎，笔力可独扛'之势。"这些讲话，是今天各个文学艺术门类在"文艺当随时代"创作过程中的驱动力和落脚点。

## 四、努力精简的小结

提倡以现实题材为主要内核的曲艺现实性文本创作，可以激励曲艺创作表演者不忘初心，坚定信仰，深入社会生活，挖掘现实题材的精神价值和艺术价值，摒弃庸俗、低俗、媚俗所谓"三俗"的陋习，追求高尚的曲艺艺术。通过聚焦现实题材，以曲艺现实性文本弘扬新时代的主旋律，倡导社会主义核心价值观，以及"爱国、为民、崇德、尚艺"的文艺界核心价值观，促进曲艺艺术的百花齐放和曲艺学术的百家争鸣，以此推动社会主义曲艺事业的大发展大繁荣，意义深远。

# 比较视域中新主旋律大片《中国机长》
# 与《攀登者》的叙事得失

◎ 峻 冰

　　2019年国庆档上映的电影《中国机长》（刘伟强，2019）与《攀登者》（李仁港，2019），均为"北上"香港导演[①]执导，均为关注真实发生的行业故事（前者关注民航行业，改编自2018年"5·14"川航航班备降成都事件；后者关注登山行业，改编自中国登山队1960年和1975年两次登顶珠峰事件）的新主旋律大片；虽二者乍看起来都获得较高的票房，但相比起来，《中国机长》显然大获全胜［截至2019年，累计票房29.13亿元，在赚得盆满钵满的同时，还跻身国产影史票房榜十强（排名第九）[②]；另外还摘取了第35届大众电影百花奖最佳女配角奖（毕男）］，而投资一定不菲的《攀登者》（截至2019年，累计票房10.98亿元），在与影院分账前提下很可能不会有什么收益（回本甚至都有难度）。审慎分析，二者所选题材虽都具掀起观影热潮的巨大潜力，但实际接受效果却相差如此之大，关键因由是在于叙事得失不同。在比较视域中细致探究二者的叙事异同及其表达短长，无疑对相似类型的国产电影创作有所裨益。

---

① 刘伟强电影摄影出身，曾执导《无间道》（与麦兆辉联合执导，2003）、《建军大业》（2017）、《武林怪兽》（2018）等影片；李仁港起步于电视剧，曾执导《鸿门宴》（2011）、《天将雄师》（2015）、《盗墓笔记》（2016）等影片。

② 截至2019年，国产影史票房榜十强为：《战狼Ⅱ》（吴京，2017，票房56.85亿元）、《哪吒之魔童降世》（饺子，2019，票房50.01亿元）、《流浪地球》（郭帆，2019，票房46.79亿元）、《红海行动》（林超贤，2018，票房36.51亿元）、《美人鱼》（周星驰，2016，票房33.94亿元）、《唐人街探案2》（陈思诚，2018，票房33.71亿元）、《我和我的祖国》（陈凯歌等，2019，票房31.71亿元）、《我不是药神》（文牧野，2018，票房30.75亿元）、《中国机长》（刘伟强，2019，票房29.13亿元）、《西虹市首富》（闫非、彭大魔，2018，票房25.27亿元）。

## 一、相同的类型旨归、形象标识与奇观表现

### （一）主旋律电影的类型化

"主旋律电影类型化可谓主旋律电影借鉴娱乐化的又不断演变的类型电影成功经验的现代性能指运动。"①很显然，《中国机长》与《攀登者》都是"北上"香港导演创作的类型化的主旋律电影，一改传统内地主旋律电影"非常庄重、理性，严肃有余而活泼灵动不足"的特点，而"由于文化背景、个体接受教育背景等的差异"，"看历史、表现历史跟内地会有差别"的刘伟强、李仁港，则"以一贯的实用精神，尊重观众、市场的务实态度"，举重若轻地把主旋律电影"方方面面处理得好看甚至好玩"②——当然，《中国机长》《攀登者》也摒弃了内地长期以来一些主旋律电影所存在的"主题先行、题材陈旧且模式化之弊"，以及"内容大于形式，说教色彩浓厚，往往流于'观念的传声筒'的层面"③的问题。

《中国机长》和《攀登者》显然都做了突破边界、类型融合的努力。作为主旋律大片，《中国机长》在灾难片的主导类型中融入恐怖片、惊险片等类型元素及亲情、友情、道德等题材成分。《攀登者》则在探险片的主体架构中融入武侠片、恐怖片等类型元素及爱情、政治等题材成分。在某种程度上，它们"较为注重以人本为核心的创作理念与以叙事为先导的类型经验的实施，较好实现了主旋律电影对主流意识形态与主流价值观的自然流露，同时又借类型建构与技法创新促进了主旋律电影应有的宣教功能与观赏吸引力的有效达成"④。

① 曹峻冰：《中国主旋律电影类型化的有益探索与启示》，《艺术百家》2017年第5期。
② 陈旭光：《中国新主流电影大片：阐释与建构》，《艺术百家》2017年第5期。
③ 曹峻冰：《中国主旋律电影类型化的有益探索与启示》，《艺术百家》2017年第5期。
④ 峻冰、宋佳芮：《"北上"香港导演的新主旋律大片：意识形态策略、影像表达技巧及意义》，《电影文学》2020年第3期。

## （二）“平凡英雄”的形象标识

实事求是地说，《中国机长》《攀登者》尽管根据真实事件改编，但它们仍然借鉴了好莱坞灾难片、探险片等类型成规，在一定程度上，融入个人英雄主义的渲染性书写——在导演意旨上，它们力求合情合理（虽然这种一厢情愿的创作意旨不一定能有效实现）。在某种意义上，“好莱坞电影是一个聚焦于一个主角（英雄、核心人物）的特定长度的故事；它包括了特定的制作标准，一种（无从觉察的）剪辑风格，音乐的运用，等等”[1]。毋庸置疑，《中国机长》刻画了英雄，如机长刘长健（张涵予饰）、第二机长梁栋（杜江饰）、乘务组组长毕男（袁泉饰）等；同样，《攀登者》也塑造了英雄，如登山队队长方五洲（吴京饰）、登山队副总指挥曲松林（张译饰）、摄影师李国梁（井柏然饰）等。只是这些英雄并非常规意义上的“本领高强、勇武过人的人”，或“不怕困难，不顾自己，为人民利益而英勇斗争，令人钦敬的人”[2]，而是活在现实中（有时就在我们身边）的“平凡英雄”——具有英雄性格（勇敢、坚忍、果断、利他、尽职等）的普通人，在关键时刻（尤其是危难时刻）能迸发出超乎常人的勇气、魄力且往往能扭转局面、化险为夷。

然而，《中国机长》《攀登者》对“平凡英雄”的刻画与塑造，不仅与内地传统主旋律电影有别，也与好莱坞经典类型程式不同。由于两片都书写鲜明的行业事件，因而它们聚焦职业群体，把其作为普通个体与家国民族密切相连的桥梁，如《中国机长》中的飞机驾驶员、乘务员，《攀登者》中的登山队员、气象监测员等。影片悄然放大了人物在艰危之时使他们安身立命的职业必然具有的社会担当与利他意识（敬畏职责，敬畏生命，敬畏规章等），使其在此时此刻的个体命运、人生抉择与集体利益、民族尊严休戚相关。也就是说，两片对“平凡英雄”的重塑并不生硬，也并非无原则地过度拔高，尽管其内在动力仍导源于东方文化与中华主流意识形态。它们“紧扣以运动画面为主导媒介的电影易于展现鲜活动作和进行生动叙事的规定性，

---

[1] ［美］托马斯·沙茨：《好莱坞类型电影》，冯欣译，上海人民出版社 2009 年版，第 14 页。

[2] 中国社会科学院语言研究所词典编辑室编：《现代汉语词典》第 7 版，商务印书馆 2016 年版，第 1570 页。

将源于欧洲艺术电影传统的形象塑造（注重人性化的个性展示等）、表意修辞（强调普适性的形而上的大众哲思的开掘及人性的深度建构等）之法，与源于好莱坞娱乐电影传统的类型叙事（注重因果逻辑与情节细节的合情理铺陈等）、工业原则（强调类型成规、技术审美与视觉图谱的质感呈现与有效达成等）、明星制（有意选择知名演员、流量明星来激发观赏吸引力等）等实用技法相结合，努力于角色卓越的职业素养与专业技能的声画展现，既突显主人公关键性决策及具体动作的实施，也巧妙铺垫、照应行为动机与不同的力量源，将叙事主线与辅线中的个性化人物并置，使显在文本、潜在文本的情理逻辑与受正史、野史共同作用的影像世界更加契合真实情境、人性本位及人道关怀意识"[1]。具言之，片中的"平凡英雄"均由明星生动平凡地出演；文本褪去其明星的光环，凸显角色特殊时刻的英雄人性闪光与高尚的精神品质，在逼真的规定情境中流溢出易于满足观众期待视野的某种东西，从而激起他们的观赏兴趣与审美渴求。

## （三）细节放大、宏大奇观是对观众猎奇探秘心理的迎合

众所周知，《中国机长》是将发生时间仅34分钟的真实事件（从飞机风挡玻璃破裂事故发生到飞机平安着陆）搬上银幕，拍成时间为110分钟的电影，而这显然要依据事件发生的自然逻辑对相关素材予以深挖来厘定影像表达的时空。因此，登机前机组人员的心理状态与情感指向、机场地勤部门的日常情况及工作准备、候机大厅的环境氛围、乘客登机时的样貌神情等，都要给予一定篇幅的交代；飞机失联时机组、空乘成员及机上乘客在地面的亲友非常焦虑的心情、样貌，备降机场地勤、医疗、安保、消防乃至军方应急部门等极为忙碌的情形也是影片展示的内容；有意味的是，航空爱好者们齐聚山顶对"一方有难、八方支援"团结精神的彰显，影片也适时适度地做了铺叙，自觉不自觉亦合情合理地扣合了主流核心价值观。当然，合乎情理地

① 峻冰、宋佳芮：《"北上"香港导演的新主旋律大片：意识形态策略、影像表达技巧及意义》，《电影文学》2020年第3期。

以压缩空间、放大细节来拉长时间的时空转换之法具体展现突发危机对身陷其中的机组人员、乘务人员、乘客的心理和生理影响，极限处境与人类意志的冲突，极不确定的场面、情境等，乃是叙事重心。鉴于影像叙事必须基于现实的情理逻辑，单一性事件冲突的不可逆转，驾驶舱、客舱等密闭空间中人物行动的严重受限，且本片在较大程度上可谓对真实事件的复刻，《中国机长》的情节高潮及演进发展主要集中于受损飞机返航途中的惊险遭遇——风挡玻璃破裂脱落、机舱突然释压、遭逢恶劣天气、冒险巧妙穿越厚积云（利用积云裂解缝隙）、被迫超重降落、紧急收油防撞、几次反推无效、机组合力刹车、空乘本真反应、乘客惊魂未定等，都是本文奇观表现的重点。不仅如此，在极为紧张、惊险、恐怖、绝望的视听氛围中，平行蒙太奇、交替蒙太奇的叙事技巧也巧妙呈现出客舱、驾驶舱内的险象环生，乘客与乘务员的情感、言语冲突，险恶的飞行空域环境，备降机场有关部门忙碌协调与通力配合等。其间，特效画面与外部叙事节奏对极端天气（尽管恶劣气团等是虚构出来的）的奇观化模拟，多种景别短镜头对驾驶舱、客舱危急情状（亦有虚构成分）的快切展现，特写镜头对第一机长刘长健坚定果断的勇敢动作的强调、渲染等，都使观影者因"心理迁移"和"完形推理"对饱满的情节及罕见的宏大奇观、微奇观（放大了的细节）生发出自然的共情心与认同感，宛若让·米特里（Jean Mitry）所界定的"求助于某种直觉逻辑"的"使感知延续和完善的一种'瞬间判断'"[①]。客观而言，除了对过去的闪回与对人物潜在心理的揭示，片中场景设置、影调色调、人物造型、角色言行、视听修辞等细节处理、奇观展现都较为契合现实的合情合理性；其在人物言语动作上显然借用近年颇为流行的国产都市青春片常用的时兴文化、生活元素，通过自由和恋爱、事业和家庭、婚姻和二胎、集体和个体等当代社会习见话题及大众时髦社交手段（微信、抖音、网游等）的适当引入，使影像世界更为写实、逼真，对观众也更具吸引力、感染力、亲和力乃至震撼

---

① ［法］让·米特里：《影像作为符号》，李恒基、杨远婴主编：《外国电影理论文选》上编，生活·读书·新知三联书店 2006 年版，第 329 页。

力。也正由于平行蒙太奇、交替蒙太奇、对比蒙太奇、重复蒙太奇等叙述手法的恰当运用，由多达近四千个镜头所组接的《中国机长》既创造出合于现实情理的叙事节奏、风格韵味，也借真实可信的视听修辞与影像表达自然流露出生动感人的人性基色和大爱情怀——有机实现的时空艺术转化与内容形式的互渗，有效迎合了观众的猎奇探秘心理；因为航空题材的惊险时刻、灾难复现，驾驶人员与美女空姐的遇险反应，抑或执飞机长于高空巡航时的悠闲姿态等，毕竟都是绝大多数人不曾见到过的。

诚然，讲述中国登山队员两次登顶珠峰旧事的《攀登者》，肯定要奇观化展现珠峰的壮观、奇险、神秘、伟力及与其相关的自然景观的雄奇、魅力，当然亦要表现人与自然的强烈冲突，人类征服自然的勇敢行动、心理状态和环境氛围。如中国登山队1960年首次登顶珠穆朗玛峰前突遇雪崩；中国登山实训队1975年攀登拉巴日峰遇险（海拔7018米，仅次于珠峰，队员们误以为雪崩而慌乱逃生），之后欲冲击顶峰的登山队在大风口侥幸脱险，为救所爱之人徐缨的"硬汉"方五洲硬是扛起滚落的巨大雪块，多次请缨带队冲顶的李国梁在最后关键时刻意外牺牲，（遭遇雪崩）劫后余生的方五洲终于带队成功登顶及大家激动地向大本营、北京、祖国汇报等场面，无疑都奇观纷呈、惊险无比。自然，其中亦少不了具有新意的细节处理。但毋庸讳言，其中亦有令人遗憾之处。由于影片对个人英雄行为的过度突显，对跨越时间、空间的爱情能量的超现实渲染，遂使改编自真实历史事件的影片的不少情节的逻辑前提与现实情理在一定程度上趋于证伪，甚而具有某种程度的超现实主义魔幻色彩——而这也较大地影响了故事的观赏性、可信性，从而与受众由前经验、前认识所累积的期待视野相左。

## 二、不同的叙事视点、叙事线索与真实建构

### （一）叙事视点切换与结构创新有异

显而易见，《中国机长》与《攀登者》都尽可能选取了客观全知的叙述

视点，然细加探究，两片在事件叙述的开端、叙事结构的铺排、叙事视点的切换、叙事线索的展开等方面则存在较大差别，或者说，是有着明显的风格化差异的。

《中国机长》的叙事采取客观视点的线性叙事方式，以"开端—发展—高潮—结尾"的事件发生的先后顺序依次展开。但它在客观再现灾难事件的同时，也四次巧妙植入影片主人公第一机长刘长健的主观话语，进而在主客观视点的合理转换中达成了观察者身份的变换确认与主流意识形态效果的有效传达——机长的预先想象性画面（全家人欢欢喜喜为女儿过生日，天真烂漫的女儿在空荡荡的机舱里漫步）：暗指家人实为生命个体遇险求生的最坚定、最本真的信念与力量；机长的合理想象性画面（机舱中乘客焦虑、恐惧、乏力的情状）：这组用另外时空（先前乘客登机时）中的藏族男孩讲"扎西德勒"的闪回画面作结的快切短镜头，呈示置身险情中各色人物的失衡心理情感与主人公对眼下历险的直观判断，这促其直面困境、坚定决心、恪守职责并奋勇一搏；机长的画外独白（飞机闯入恶劣云团与地勤失联时，"一定要挺住，冲过去"）：伴随画外音，特写镜头展示机长手部的果断操作，随后飞机冲出云团恢复了与地面的联系，展示了机长勇敢拼搏的英雄精神和集体信念；机长的画外独白（飞机坡度突变非常危急时，"我要把119名乘客安全地带回地面"）与画外音配合，特写镜头切到机长迅速拉抬飞机的手部动作，揭示曾有轰炸机驾驶经验（在军队服役多年）的机长的责任担当、战斗意识与奉献精神。主客观视点的恰当切换将客观真实与主观真实相统一、物理真实与诗化真实相交融，不仅展现了既为个体亦为主体的刘长健对自我"父亲／机长／平凡英雄"的多重身份的认同过程，也让他"咱们得把飞机开回去"的话（对身边机组人员所说）显得朴素自然和有力量。很显然，主流意识形态与主流核心价值观借这种颇为人性化的视点转换、情节设置自然而然地潜隐于个体视野与职业群体之中。

《攀登者》的客观叙事视点是有一个确认过程的，摄影机与剧中人物视点的合二为一逐渐被与"上帝的眼睛"重合的摄影机的全知视点所代替。影片一开始是以女主人公徐缨（章子怡饰）的画外旁白来展开的，影像世界被女主人公富有深情的讲述引领着徐徐展开。若由此判断，影片叙事应为限知视点，但本文随后的情节演进（12分45秒—20分54秒）则悄悄将客观的讲述者置于优先位置——叙事视角和观看视点的脱离导致摄影机的全知视点对画外旁白者"语言话语的置换"[①]并由此推演开来，同时通过插叙、闪回对非限知视角能够把握的叙事时空（已经不是女主人公的回忆或她所可见的内容了）的呈现对此一再确认。第三人称全知视点的成功设置无疑有助于对影片所改编的真实事件的还原——中国登山队确实分别于1960年和1975年两次登上珠穆朗玛峰。影片虽没按时间的先后顺序先交代1960年的登顶事件，它从1965年讲起（此时的中国登山队已经解散，因成功登顶珠峰而成为登山英雄的方五洲已经进了工厂，偶尔去给气象学院的学生开讲座，同时与在气象学院读书的徐缨恋爱），但之后的闪回还是清晰地交代了1960年中国登山队珠峰登顶成功但却因无图像证明（为救人而使照相器材遗落）而遭国外登山界质疑的旧事及现实影响。因而，本文在整体上还属线性结构，恰如罗伯特·麦基（Robert Mckee）所指出的，"无论有无闪回，一个故事的事件如果被安排于一个观众能够理解的时间顺序中，那么这个故事便是按照线性时间来讲述的"[②]——方五洲近景镜头转场对过去回忆的标明，提示重要时间信息的字幕以及徐缨的画外音讲述都使观众能有效还原情节结构和故事脉络，进而对历史叙事予以认同。然而与此同时，本文又借徐缨多次"我们的故事"的画外讲述，辅之配角杨光（胡歌饰，影片彩蛋中展示其为实现父亲的愿望，右腿伤残截肢后再次于2019年依靠假肢登上珠峰[③]）、李国梁（标示登顶时为留证据的摄影的重要，照应1960年中国登山队虽登顶珠峰但因无摄影图像而不被国外承认的前事）、黑牡丹（何琳饰，李国梁的爱慕者，多起

---

① ［法］弗朗索瓦·若斯特：《电影话语与叙事：两种考察陈述问题的方式》，远婴译，《当代电影》1990年第5期。

② ［美］罗伯特·麦基：《故事——材质、结构、风格和银幕剧作的原理》，周铁东译，中国电影出版社2001年版，第60页。

③ 此时的杨光由成龙饰演。这一虚构角色显然是在向1975年因帮助队友登顶，双小腿伤残截肢，并再次于2018年5月14日10点40分依靠双腿假肢登上珠峰的夏伯渝致敬。

增加叙事情趣的作用）等人的视点，民族记忆、集体意识、英雄精神等又因私人化叙事被自然而然地结构进主线，即以不无煽情意味的微观视点观照宏大主题，以私人话语与俗常情感的渲染来撩拨观影者的心弦，意欲激起其情感共鸣和同理认知。但毋庸讳言，徐缨的多处个人情感的画外音讲述因游离历史叙事主线之外而缺乏必要的张力；中国登山队第一次登上珠穆朗玛峰却因缺乏影像证明而不被国外承认的重要线索及由此带来的矛盾冲突（此时印度南坡登顶的竞争态势、民族的态度，以及被宣传塑造成英雄的登山队员方五洲、曲松林、杰布①与民族的关系等），也因与方五洲一样同为登山英雄的曲松林及领导、辅助于此的登山总指挥赵坤（王景春饰）等人无疑指向主流意识形态的视点与线索不同程度的缺失而没有较为充分的展延。概言之，"《攀登者》在叙事视角与情节结构的处理上进行了在形塑先进、刻画英雄的现实笔触中加入私人化浪漫情调的大胆尝试，体现出导演以个体话语、民间叙事（叙事主要被方五洲与徐缨的恋爱线索主导着）参与国族历史重构的努力"②——影像世界显明地浸润着创作主体与剧中人的英雄想象色彩。然而不得不说，正因个体对国家、民族从情感共鸣到自我身份认同的随意变化，私人叙事线索与主流意识形态线索发展的不平衡，民间话语与国族话语之间张力不够，故本片虽拥有足以燃爆观影市场的题材、意图，但终究没能激起更广泛的观赏趣味，没有实现社会效益与经济效益双赢的接受效果（至少没有实现它本应实现的接受效果）。

（二）实践价值与接受效果大相径庭

对书写历史的写实作品来说，不可回避的是要处理好必然的偶然性表达与历史事件的真实性建构问题。安德烈·巴赞（André Bazin）从"影像本

---

① 1960年5月25日凌晨4点20分，方五洲、曲松林、杰布因登上珠峰而成为国人皆知的英雄。这显然是对王富洲、屈银华、贡布等1960年成功登顶珠峰的登山英雄们的致敬。

② 峻冰、宋佳芮：《"北上"香港导演的新主旋律大片：意识形态策略、影像表达技巧及意义》，《电影文学》2020年第3期。

体论"的逻辑起点（影像与被拍摄物同一具有本体论的意义）出发，指出电影纪实主义的方法论为主要以景深镜头、段落镜头来构思、设计、调度、再现外部现实的"真实美学"，即表现对象的真实（如实再现事物原貌的多义性、含糊性、不确定性及题材的直接现实性）；时空的真实（严守戏剧空间的统一和时间的真实延续）；话语表达的真实[1]（"能够表现一切，而不分割世界；能够揭示人与物的隐蔽含义，而不破坏自然的统一"[2]）。然因历史事件（或历史事实）不可能自述，且不可能再次被经历或在场，故在某种意义上可谓永远是过去的未知的神秘的历史事实的文本化很不易建构。或严肃客观写实再现，或合情合理诗化虚构，或忠实于历史，或抛开它等，但无论如何，都应以最大的真实性为依据。

《中国机长》聚焦新近发生的灾难题材事件，影片叙事较为饱满，视听表达技法与意识形态策略的交融互渗显得到位传神；它在较大程度上紧扣客观实际与现实情理逻辑——采用实景拍摄（川航跑道，空客319事故飞机等都是真实的），狭小的机内空间规定了限制性摄影（大小景别几乎没有变形），同时照顾客观现实的诸多限制（如必须合乎民航飞行实际，合乎空客该型飞机的性能实际等）。然若以更高的要求来加以审视，尽管该片较为全面、充分地展示了建立于客观实际之上的视听内容，但倘能在题旨内涵、创意高度、思想深度和语言修辞上努力推进，精心刻画性格多样、立体复杂、个性突出的剧中主要人物，不仅高屋建瓴且合乎情理地展现源于个体本能、人性基色的差别化抉择的动机、诱因，同时展开不无新意的故事叙述、情节铺陈与深度表意，那该片就极易升级为艺术杰作——当然，它亦能有效询唤出意识形态效果，实现艺术与类型、思想性与观赏性的高度统一。

在宽泛的意义上，可以说《攀登者》的叙事动力具有为祖国、民族攀登的影子，创作者也在一定程度上接受了主流意识形态的询唤（如表现了方五洲、曲松林两位登山英雄的矛盾等），意欲用两组剧中人（方五洲、徐缨；

---

[1] 峻冰：《20世纪外国经典电影理论回眸》，《西南民族大学学报（哲学社会科学版）》2001年第7期。

[2] ［法］安德烈·巴赞：《电影是什么？》，崔君衍译，中国电影出版社1987年版，第80页。

李国梁、黑牡丹）的爱情线将这一情节动力多样化，进而实现个体与群体、历史与当下对国家主流意识形态的一致性表达。然而，过多地表现稍显旁逸的支线在与主线互动时反而淡化了主线，进而使包括主人公在内的众多剧中人物都不够丰满（曲松林除外）：方五洲带队第三次冲击珠峰时突遇雪崩，仓促下撤时竟武功超绝般飞跨大雪谷，并能立即反身跃起抢回重要器材，且能迎面雪崩袭击，被冰雪掩埋后侥幸存活的他仍能带队继续冲击珠峰峰顶，在徐缨突患肺水肿死亡之前仍能与她谈一次她认为的"真正的恋爱"，随后成功登上峰顶——问题是方五洲明显的"武功"卓绝在本文叙事中却无充分的铺垫，合情合理性不足；而他与徐缨的爱情主线中，章子怡所演的情窦初开的青年女大学生也因显"老"而违和。此外，影片在中心题材、主题意旨及与之相关的事件（为国族攀登，攀登之困难等）的叙述与表达的深广度上尚显不尽如人意、感人不深——与片中人物的视点重合的摄影机的观察视点也较大程度地游离于国族话语的具象呈现之外，私人视点所经历、见闻的尚有不近情理之处（如彼此爱慕的李国梁和黑牡丹面对面同时掉进大雪缝，李国梁在即将登顶成功时却因被前面队友一个不慎散落的氧气瓶砸中而死等）。再者，本片叙事结构基本循着1975年中国登山队第二次攀登珠峰的情节线索展开，被回忆出来的1960年第一次成功登顶珠峰之事也因过于简略而没有给叙事提供充分的动力——为什么攀登抑或为民族攀登的行为动因显得不够充分，好像登山英雄方五洲仅仅是被登上珠峰归来后要向心爱的人徐缨表白（"我要娶你"）这件事鼓励促进着。故而，1975年5月27日下午两点半，方五洲等9名中国登山队队员登顶珠峰后报告大本营、报告北京、报告祖国成功登顶并将国旗插上峰顶（实测8848.13米）的言语行为与影像表达，也显得过于形式，没能极大地震撼观影者；而最后也没凸显摄影的巨大作用，叙事亦没对此有所照应（摄影师李国梁已英雄般地牺牲了）——而这却是曲松林对方五洲10多年来耿耿于怀的点（责怪其不该为了救自己而遗落了照相机），是叙事必须予以正向观照的。更令人费解的是，片尾登顶成功的英雄方五洲作为主人公，他站在峰顶回想的竟然还是与徐缨之前的恋爱情境（在气象学院或废弃的工厂内手拉手谈心等）或处理与此有关的事（将曾送给徐缨的化石埋于峰顶等）——这明显是对观众过度迎合的结果。概言之，影片影像表达重视了特效画面的累积与渲染，过多地照顾了私人叙事与民间话语（个体无意识），但却在较大程度上忽略了对社会环境、主导文化、时代习俗、现实条件等的规定情境、真实逻辑与集体无意识的叙述、描绘、虚构与演绎。显然，这是需要国产主旋律电影的叙事创作未来加以总结并予以实践平衡的。

# 新时代文艺谈

# 中国当代电影产业发展的运营机制及问题症结

◎ 刘永亮

    改革开放以来中国电影产业从"为政治服务"转向"为人民服务"。在电影生产立项和电影播映审查不变的前提下，中国电影开始由国有国营制片厂向民营企业转变，电影生产逐步由计划经济向市场经济转变。从2003年开始中国电影真正走上了产业化的道路。近些年，我国电影产业发展取得了瞩目的成绩："2010至2015年，国内票房年均复合增速为34.07%；2015年，国内票房达到440.7亿，增速为48.69%。2016年，国内电影市场进入调整期，结束了票房高增长的态势，全年票房为457.12亿，增速为3.73%。进入调整期后，票房增长主要依托于优质内容以及渠道整合和多样化经营。2017年底票房为490亿（不含服务费），全年票房达到520亿左右（不含服务费），同比增长15%左右。"[①]中国电影产业取得了很大的成绩，但在取得成绩的同时也出现了很多问题。由于各个行业之间存在着行业壁垒，再加上电影产业缺乏完善的体制、版权的保障，所以电影在投融资中很容易出现资金链断裂、合作不稳定的现象；特别是在营销制作过程中出现的热度营销、IP制作跟风，在发行放映中的票房造假、恶意差评等都扰乱了中国电影产业化的健康发展。就电影的产业机制来看，它不仅是电影内部制片、发行和放映之间的关系协作，还涉及电影产业的外部系统。中国电影产业的发展需要更加完

---

[①] 《2017年中国电影产业票房、观影人次增速统计分析及未来前景预测（图）》，https://www.chyxx.com/industry/201712/596172.html，产业信息网，2017–12–23。

善的产业机制，才能维持电影产业生态链的健康发展。就中国当前电影产业的发展来看，出现了有产品没产业、有额度没高度、有制度没尺度、有收益没效益、有红线没底线的问题。

## 一、中国当代电影发展的运营机制及产业结构

### 1. 中国当代电影的运营机制及其特点

电影的制片、发行和放映构成了电影产业的主体，形成了电影系统内部的产业链。"电影产业链划分包括系统内产业链和系统外产业链。系统内产业链包括电影创意、制作、发行、放映等一体化的流程"，"系统外产业链在前端包括电影投融资，后端包括多元化的后电影产品如电影录像制品、电影广告、光碟、游戏、在电影频道和付费电视频道播放等"。[①]而电影产业机制是电影内部生产和电影外部环境之间的关系，是电影制度、电影制片、电影制作、电影发行、电影放映、电影接受等要素之间的结构关系和运行方式。在电影产业的运行过程中形成的各产业要素之间的互助关系、合作关系构成了整个电影的产业系统。电影产业是一个运动的生态系统，要实现电影产业利益最大化就要保持电影产业各链条之间的关系良性循环，不能断裂。因为电影是行业经济之间的组合，电影行业又是以知识产权为核心竞争力的产业。所以电影应依据现有的条件进行资本运营、分工协作，合理分配资源，这样才能保证电影产业顺利发展。同时，电影产业作为一个有机的经济体，在适应外部经济形态的过程中，应强化内部的功能，优化运行方式。电影产业在发展中受到市场、政策的制约时，产业本身应主动调整自身行为，改变电影生产的运行模式和方向。

机制本身含有制度的因素，同时还包含确保制度得以遵守的规则，或者说系统的方式方法。"机制一般是依靠多种方式、方法起作用的，而这些方

---

① 俞剑红：《中国电影企业运营模式研究》，中国电影出版社 2009 年版，第 1—2 页。

式方法的确立既要符合事物变化的内在原因及其规律，又要考虑外部因素对事物变化的影响。"① 电影产业的运行机制有其自身的特点，首先，电影产业发展具有目标性，在电影的运行机制中所有制形式决定了其对利益和资本的追求。目标追求不仅在于获取高额的利润，还在于电影内容的艺术性表达、合作团队及电影生产者之间的协作。各个环节协调发展，资源分配合理，才能实现最终的目标。其次，电影产业发展具有激励性，在电影生产的过程中，各投融资主体首先要考虑和服从集体的利益，只有整个产业顺利发展，每个成员才能收回资本，产生盈利。再次，电影产业发展具有调控性，电影产业的健康发展需要有一个良好的社会外部环境，包括国家政策、资金的支持；同时也需要产业内部进行合理的调控。由此可见，电影产业的生产机制既具有一定的经济利益机制，又是可以通过产业调整、控制来保持健康生态发展的生存机制，还是电影各行业之间、各产业要素之间畅通运转的机制。

### 2. 中国当代电影的产业结构

中国电影产业的运营和发展还没有形成完备的资源配置体系，整个电影产业运行机制不完善。自改革开放以来，中国电影产业已经初步形成了规模效益，并取得了很大的成绩和收益。所以就电影产业发展目标来看，"形成相对完整的电影产业结构体系，创新体制、转换机制、面向市场，调整产业结构布局，充分吸纳和利用社会资源，逐步形成多主体公平竞争、开放有序的市场环境，逐步形成产业体系比较完整，整体技术水平先进，市场导向作用明显，多种经济成分共同发展的产业格局"② 。从另一个方面来看，电影产业管理制度的不健全却给中国电影产业营造了更加宽松的环境，使中国的电影产业出现了空前繁荣的景象。除了院线电影，还出现了网络大电影、微电影、电视电影、新媒体电影等形式。但这种宽松的环境，也使某些行业缺

---

① 虞海侠编：《中国电影产业投融资机制研究》，经济管理出版社 2012 年版，第 7 页。

② 王红星：《我国电影产业的运营机制问题研究》，长安大学硕士学位论文，2008 年，第 22 页。

乏了自我约束的底线，片面地追求商业资本利益最大化，不从整个电影产业发展的大局出发，给电影的可持续发展带来了隐患。

在电影制作与融资机制方面，从国内的电影融资模式来看，主要有版权质押银行贷款、私募股权融资、专项电影基金、合作拍摄多方投资、影片预售融资、媒体预购等方式。国内电影资金的来源一部分是由国家资金支持，如政府设立的专项基金、影视互济基金、进口片发行收入提成、重大题材影片专项补助等各种形式直接或间接投入电影制作。另一部分是来自个人或集体出资设立的民营基金。目前我国还设立了专项资助基金，如中影青年导演计划、曲江助推金、亚洲新星导计划等，但金额较少。"中国电影产业投融资机制的概念是以促进中国电影产业投融资发展为目的，推动中国电影产业化发展为方向，通过一系列的产业结构和政策、制度设置，实现对电影产业投融资双方的产业行为进行必要的规范和约束，最终实现控制电影产业投融资风险和实现投融资双方共赢的电影投融资产业发展系统。"[1]在电影的融资过程中，电影产业自身通过债权投资、股权投资和多方投资的方式拉动电影产业的发展；其中债权主要是通过银行贷款，股权主要是股份合作，股权投资具有风险性；多方投资包括众筹、合作拍摄、多方投资、影片预售、天使投资等多种融资形式。中国电影产业投融资中既允许国有资本进入电影制片业，同时还允许民营资本、社会资金、境外资本进入制片业。

随着商业经济的发展，电影的融资机制中主要有投资人、电影制作方和第三方的担保方。在电影的融资过程中电影担保方成为整个融资结构的核心部分。在电影的制作中，一方面通过制片人落实剧本、导演、演员等制作环节，另一方面还要和投资机构、电影担保方完成融资环节。完片担保方为了保证资金的正常运转，在电影拍摄之前就要提前进行预售电影的全部版权或部分版权。电影担保方要了解整个电影的生产机制，包括整个电影的内容、情节、演员等要素，并能预算电影的票房及盈利，通过投资策略和投资资源

---

① 张步丞：《中国电影产业化进程中的投融资机制研究》，上海大学博士学位论文，2016年。

在电影制片人和电影融资中起到一个渗透和控制的作用，最后通过融资手段维持整个电影产业的运行。电影产业的融资具有风险性，然而"中国电影产业缺失一种可以有效衔接电影产业投融资双方资本供需的手段，而这种手段就是中国电影产业投融资机制的产业资本服务功能，通过这种手段的建构和完善最终实现电影资本供求双方的均衡"[1]。

在中国电影发行与放映机制方面，电影的发行与营销是重要的一环。"发行的工作即是将电影这项商品行销上市的过程，因此除了排片上档之外，另一个重要的手段即是行销。"[2]中国电影的发行主体现在主要有：中影、上影、华谊、博纳。电影的发行机制分为分账发行、买断发行、代理发行、协助推广等形式。分账发行主要是影片制片方、发行方、院线和影院按照一定比例分成票房的合作方式。分账有进口分账、出口分账、动态分账、保底分账等方式。在走账上主要有盈利分红、保底分红、股票分红、保额分红、保费分红、现金结算等方式。发行方和投资方在前期预售中往往通过预告片、电影海报、媒体宣传、电影节及其他文娱活动、上映档期、影音产品、后产品市场与无限扩张等方式扩大宣传，使更多的人关注预售电影。随着时代的发展，通过网络营销使消费者变成客户。在现代营销理念上通过话题、绯闻恋情、电影IP等营销策略夸大影响，观众通过网络搜索，进而决定消费，同时在网络分享的过程中加强了网络宣传。大多电影通过绿色营销、定制营销、体验营销、知识营销、文化营销、娱乐营销、机会营销、整合营销等方式，使电影生产者利益最大化。

在电影的放映渠道上，有影院渠道、电视渠道、音像渠道、网络渠道、手机等新媒体渠道、特许经营渠道等方式。2001年国家广电总局出台《关于改革电影发行放映机制的实施细则》，明确了以院线为主的发行放映机制。电影院线制依托影院，实行统一品牌、统一排片、统一经营、统一管理的发

---

① 张步丞：《中国电影产业化进程中的投融资机制研究》，上海大学博士学位论文，2016年。

② 李天铎、刘现成编著：《电影制片人与创意管理：华语电影制片实务指南》，台湾"行政院新闻局"2009年版，第28页。

行放映机制。院线制的实施有利于打破刻板僵化的行政区域垄断，提高市场效率，同时也有利于推动区域内发行业务的良性竞争，实现品牌规模效应。2011年3月由乐视、腾讯、激动、迅雷、暴风影音、PPTV、PPS七家视频网站联合组建的"电影网络院线发行联盟"，尝试以付费点播方式发展收费用户。"在当前中国电影正处于非理性成长的状态下，吸引众多来自业外的资金，然而电影投资所涉及的金额庞大，承担极大的风险，这些业外投资者亟须第三方来协助其评估风险，如此促成了中国艺恩网络这类咨询机构的出现，专门为客户提供票房资料与市场数据服务。"[1]在电影的播放中，通过数据统计、票房预售、退票数据、观看方式等方式来了解观众的偏好，其中包括观众的观影心理、消费习惯、审美习惯、年龄、性别、文化程度等数据的统计。通过这些数据的收集以改进电影的内容生产，提高经营者的策略应对水平。

## 二、中国当代电影产业发展中出现的问题症结

### 1. 中国电影产业制度不完善

在中国电影的运行机制中，电影制度是为了适应国家战略发展而设定的行为规范，是电影产业运行机制的有力保障。改革开放以后中国电影开始了产业化发展的探索，1984年成立电影总公司。进入20世纪90年代以后，中国政府先后出台了一系列的政策法规，如《电影审查规定》（1997）、《电影管理条例》（2001）、《中华人民共和国中外合资经营企业法》（2001）、《电影制片、发行、放映经营资格准入暂行规定》（2003）、《中华人民共和国电影产业促进法》（2017）等等。一方面这些电影制度的设定有利于电影产业面向市场化、多元化方向发展，另一方面电影制度和行业规范也给电影的生产带来了局限和困难。2016年电影行业种种欺骗观众的行为得到进一步治

---

① 李天铎、刘现成编著：《电影制片人与创意管理：华语电影制片实务指南》，台湾"行政院新闻局"2009年版，第28页。

理。2017年3月对票房、影评、放映等环节形成了法律规范。中国电影制度相对滞后，在发展中总是出现问题以后再治理，在治理的过程中缺乏一定的经验和方法。同时这些法律法规或其中有些条款具有不确定性，这就给电影产业的运行带来了主观性的判断，由于人为的因素并没有形成对电影产业的规制，在法律上形成了所谓的"灰色地带"，有些人开始钻法律的空子，在电影的产业中出现了一些投机分子和不法分子。同时，在处理电影产业出现的问题时由于缺乏行业规范，由此导致各行业之间缺乏信任度，在处理问题时不能形成统一的标准和共识。在电影产业政策的制定中，一方面要严厉打击不法分子，另一方面要提供必要的法律保障，促进电影产业的健康可持续发展。

## 2. 电影票房市场混乱

票房造假是电影产业不正当竞争的一种方式。在中国电影产业发展中，电影票房造假成为获取资本的游戏，偷票房、买票房、瞒票房的现象频繁发生。

（1）偷票房、换票房。院线同时放几部电影时，观众看的是C片，在票面上却打成B片，观众可以通过手写票或无效票进场观看。票被换了，这时B片的销量数据在排行榜上就会有一个较高的位置，本该是C片的钱却被院线给吞食了。票房决定院线排片的机制，同一时段播放的电影必然有一个竞争关系，排片时间和排片的数量决定了电影票房收入。假如C片在某一时间段的票房出售多，此影片也会被排到黄金档，制片方可以通过票房进行造假。自己投资先买一部分票房，使自己的影片放在黄金档，这样票房的统计数据就上去了，新闻效应也出来了。于是，片方和院线就有了合作的新模式，片方根据影片的上座率和票房收入返还院线一定的金额，排片越多返还金额也就越高。

（2）"幽灵场"是制造虚假票房的又一方式。片方通过包场的方式把整个影厅都包下来，包场的时间段通常是在半夜或者凌晨这个时段，这个时段一般没有观众，"幽灵场"在网上显示的排片时间很短，往往15分钟就能结束一场。"幽灵场"虽然包下了整个场次，但成本很低，往往是不到正常票价10%的费用，但呈现出的数据还是正常票价的数据。

（3）隐性补贴造假。随着网络的发展，观众通过不同的网站或者APP进行购票，而这些网站或者APP都有不同的票价，因供需关系票价会产生变化，对于片商而言，他们通过和售票软件公司合作，进行低价销售，其中的差价，片商可以对售票软件公司进行补贴。

（4）退票、改签也是电影资本游戏的一种方式。在影片预售期，通过大量购票引起购票效应，当售票高潮到来时，再把票全部退掉。现在电影生产的融资方既是出品方又是发行方，同时还是售票方。那么在资本的运转中，所有的资金都在自己的底盘内运转，在运转的过程中引发大众的观影效应，以此来达到获利的目的。

即便发生了票房造假，也不知道如何处罚，该由哪个部门来负责执行。针对这种情况，2017年3月实施的《中华人民共和国电影产业促进法》从法律上规定：电影院未如实统计销售收入，处5万元以上50万元以下罚款。情节严重的责令停业整顿，情节特别严重的吊销许可证。这让处罚票房造假扰乱市场秩序的行为变得有法可依了，但是没有监管，里边的空子依然可钻。通过票房造假把票房数据做得好些，通过广告营销的方式博取更多人的关注，可以获得更大的票房利益。有些电影捞回成本之后还要根据市场营销的"长尾效应"来赢取更多的利益，以此来冲击电影票房桂冠。有些电影获取足够的IP效应为续集做营销，同时相关公司的股价也会由此受益。毋庸置疑，无论运用什么样的手段，造假都会对电影生态产生恶劣影响。中国的电影票房造假如此明目张胆是因为"中国群募平台与电影金融商品化目前属于监管的灰色地带，没有成熟的运作体系，相关讯息披露不全。而中国大陆（地区）的《电影管理条例》中，对于影票补贴、买票房、假排片等行为，并没有相应的认定方法和处理措施，在热钱疯狂涌入的状态下，自然造成巨大的金融危机"①。一旦票房可任由种种手段被注水、被操控，那么电影票房与电影本身的质量就会脱节，好电影不见得有好票房，但使了手段的烂电影却赢得了市场。此时，电影市场沦为简单的票房游戏，这对于尚处于起步阶段的中国电影产业贻害无穷。"消费社会也是进行消费培训、进行面向消费的社会驯化的社会——也就是与新型生产力的出现以及一种生产力高度发达的经济体系的垄断性调整相适应的一种新的特定社会化模式。"②在票房飞速增长、产业空前繁荣的背后，买票房、偷票房等乱象花样翻新、层出不穷。可采取以下应对措施：一方面通过培养观众的审美素养，认清楚电影的好坏；另一方面，面对市场乱象暴露监管缺位，建立起规范化、法治化、长效化的监管机制，这也成为中国电影市场管理的当务之急。

### 3. 电影作品缺乏思想性和艺术性

就电影的内容来看，现在很多电影缺乏思想性和艺术性，甚至缺乏情理性、逻辑性。从电影作品的创作来看，电影应该具有思想深度，思想性是作品历史品格的表达，因为思想可以启迪智慧；同时一部电影还应该具有艺术性，艺术可以给人带来精神美感，它是作品美学品格的表达。现在很多电影的创作主要是依据大众的观赏性需要，根据网络数据及观众的消费行为和观赏趣味来进行电影生产，观众的观赏性成为电影生产者首要考虑的因素。这样的创作"会给人一种似乎符合逻辑的误解：好像有一种与艺术性无关的观赏性必须当成标准，这种与艺术性无关的观赏性恰恰就是凶杀、打斗、床上戏之类视听感官生理上的刺激感。这正是造成以营造视听奇观去取代思想深度和精神美感的创作倾向在批评标准上的理论根源"③。现代很多"消费电影"缺乏思想深度、人文关怀，有的甚至思想浅薄，剧情狗血，观众看完之

①　李天铎、刘现成编著：《电影制片人与创意管理：华语电影制片实务指南》，台湾"行政院新闻局"2009年版，第28页。
②　［法］让·鲍德里亚：《消费社会》，刘成富、全志钢译，南京大学出版社2014年版，第63页。
③　仲呈祥：《文艺批评三思》，《中国艺术报》2016年2月17日第3版。

后并没有印象，更谈不上思想深度和艺术感染力，整部电影仿佛是一个纷繁芜杂的游乐场。"现在的环境必须净化，电影市场院线主要的黄金时段全部给赚钱的片子，优秀的、思想性与艺术性结合得好的电影片根本排不上。我们在评金鸡奖的时候，十几个放映厅除拿一个给我们看外，其他放的全是《小时代》《港囧》之类。"①习近平总书记在文艺工作座谈会上强调："一部好的作品，应该是经得起人民评价、专家评价、市场检验的作品，应该是把社会效益放在首位，同时也应该是社会效益和经济效益相统一的作品。"

有的电影缺乏情理性和逻辑性，或者只是靠几个高颜值的明星、小鲜肉、言情搭配来支撑电影的情节，企图用华而不实的内容来吸引观众。在电影的营销中走情感营销的道路，通过明星效应、绯闻、热度、露脸、噱头制造粉丝群来赢得观众的支持。有些电影靠IP、颜值、明星光环赢得观众的信赖，上映之后票房看涨时各种批评也纷至沓来，出现了剧情空洞、演技差、特效差、缺乏人文深度等评论。不可否认，某些电影确实具有艺术上的瑕疵，但是从这些现象可以看出，有些网络大V利用自己的公众号、博客发布恶意言论，最大程度圈粉，以此博取眼球，从而达到流量变现的目的，严重破坏了中国电影的生态环境。电影作品的竞争不应该是依靠不正当炒作和无厘头的噱头，电影产业的发展应该是创作出更多"有筋骨、有道德、有温度的文艺作品，书写和记录人民的伟大实践、时代的进步要求，彰显信仰之美、崇高之美，弘扬中国精神、凝聚中国力量，鼓舞全国各族人民朝气蓬勃迈向未来"②。

### 4. 电影从业人员道德失范

电影编剧、电影导演和电影演员是整个电影思想和艺术的表现者和代言者。其中电影演员形成的明星效应，对观众和整个社会风尚的发展具有教育作用。而现在的电影明星和演艺圈呈现出无道德、无信仰、无担当、无底线

---

① 仲呈祥：《文艺批评三思》，《中国艺术报》2016 年 2 月 17 日第 3 版。
② 习近平：《在文艺工作座谈会上的讲话（2014 年 10 月 15 日）》，《人民日报》2015 年 10 月 15 日第 2 版。

倾向，表现出一种极端的拜物主义、个人主义和精致的利己主义。2016年上映的国产动画电影《汽车人总动员》被美国迪士尼、皮克斯告上法庭，起诉其抄袭了《赛车总动员》；2016年底，豆瓣、猫眼对《长城》《摆渡人》《铁道飞虎》三部国产贺岁档影片进行恶意差评，人身攻击，引起人民日报的关注；2018年崔永元在网上揭露电影行业偷税漏税现象；等等。有些电影导演、编剧、演员和大的资本运营商联合起来，阻碍电影产业的发展。他们无视产业规则，践踏产业规范，有的甚至钻国家法律的空子，损害国家利益。还有些导演、演员入股演艺公司，通过股份分成套取现金，逃避税收制度。据新华社2018年6月27日报道，中宣部等部门印发《关于开展文娱领域综合治理工作的通知》严控不合理片酬。要求加强对影视行业天价片酬、"阴阳合同"、偷税逃税等问题的治理，控制不合理片酬，推进依法纳税，促进影视业健康发展。更有甚者，一些资本集团以设置"国家精神造就者荣誉"为噱头，有些商业大咖联合影视圈的导演、演员进行炒作，制造名人效应。他们缺乏责任担当和国家精神，在商业利益的驱使下，寻求自己的生活品位，变成了精致的利己主义者。他们通过各种关系，把握各种时机，通过随意消费中国人民的"国家精神"，伪装自己的"利己主义"。

第一，电影人应树立高尚的道德观。当个人利益和社会利益发生矛盾时，很多人在道德行为前把个人利益放在首位，出现了道德缺失、道德滑坡，有的甚至在道德面前讲代价、不作为。道德缺失涉及当前社会精神领域的问题，甚至是某种危机的存在。在道德的选择上要学会保留优秀的传统道德，重视国家整体利益，不能因为个人利益而损害他人的利益。第二，要树立正确的价值观。价值观就是人们对于是非、善恶、好坏、利弊等的系统观点和评判原则。首先，价值观反映的对象不是一般的客体，而是价值客体的属性、功能与结构等与价值主体需要之间的关系。其次，树立正确的价值观。"价值观不是并列于政治、艺术、道德等等社会意识的，而是渗透于一切社会意识之中，通过各种社会意识形态表现出来的。"①在中国电影产业的运营中，有些人迷失了方向，把获取金钱和利益作为自己的价值目标，有些人搞不清自身追求的价值标准和价值尺度，分不清真假、好坏、荣辱。"不同形态的社会主义都有着自己的社会主义价值观，并且总是首先呈现为一种价值观，乃至通过这种价值观赋予自身一定的身份特征。"②现阶段我们应该遵循在社会主义国家和社会中占据主导地位的价值体系，对其他观念和价值体系进行规范和引导，从而体现出社会主义社会的基本性质和发展方向的观念形态。我们应该坚持在集体主义的视野中，发现我们自身的价值，应当遵循"我为人人，人人为我"的原则，正确处理好各种社会关系。同时我们的艺术创作应该一切为人民，传播正能量，弘扬社会主义核心价值观，弘扬中华传统美德。第三，要树立文化自信。树立文化自信，并且要树立高度的文化自觉，就要对中国文化的地位和作用、对中华文化，以及对中华文化与世界文明的关系有清醒的认识。应该看到传统文化和民族文化的时代性，不要盲目崇洋媚外，迷失自我。只有立足自身现实，中华文化才能实现创造性转化和创新性发展。

## 三、结语

中国当代电影产业的发展中出现的问题是客观存在的，并且影响到电影产业的健康发展。在电影产业运行中出现的不正当竞争是造成市场混乱的根本原因，这种不正当竞争主要反映的问题是：中国电影制度的不完善，融资制度不健全，电影的发行和展映不合理，电影内容缺乏思想性和艺术性等。针对中国电影产业出现的问题，第一，要在电影产业的发展中加强制度建设，制度建设并不是束缚产业的发展，而是通过有效的法律法规、条文条款使整个电影产业更加持续有效地发展。这样电影产业的链条才能有据可

---

① 王芳：《当代中国社会主义核心价值体系建设研究》，中共中央党校博士学位论文。

② 刘海涛：《社会主义核心价值体系解析》，《中共中央党校学报》2008 年第 6 期。

依，才能健康地发展。第二，在电影产业的发展中，各种行业分工交织在一起，既是制片又是投资人，既是投资人又是发行商等等，这为电影产业的发展留下了隐患。在电影产业的发展中，要充分建立行业规范，做到各行其职，健全监管制度。第三，在加强法律约束、行业规范的同时，更重要的是加强道德约束。只有加强道德约束才能更有效地保证电影产业健康有序发展。

导致电影产业生态不能健康发展的根本因素主要还是人的主观因素。在电影产业的发展中，有些人在市场的竞争中不择手段，崇尚拜金主义、个人主义和精致的利己主义。作为电影行业的经营者、创业者，应该树立职业道德意识，树立正确的价值观念导向，并树立坚定的文化自信，坚决反对把金钱至上、享乐主义、个人主义作为自己的理想和信条。因为这些电影行业的经营者、创业者承担着建设祖国的伟大责任，承载着人民赋予的使命，不仅掌握着巨大的资本运转，同时也是中国形象的代言人。所以作为现代的电影从业者不仅要有专业技能、人文知识，还要有人文素养。"盖良知只是一个天理。自然明觉发见处，只是一个真诚恻怛便是他本体。"[①]作为电影人要具有良知，只有认识到人生价值而真诚恻怛的人，才有可能成为一个真正具有人文素养的人，才不会违背以人为本的终极关怀。从人类学的视角来看，现代很多人没有时代精神追求，缺乏现代启蒙意识，只看眼前的利益和收获。很多电影从业者没有走出思想的"迷宫"和历史的"迷宫"。我们只有在实践中不断地探索，在"迷宫"里寻找出路，进而发现世界的存在，才能走出困惑。当代中国正是需要启蒙的时代，如萨特所言，人还没有脱离动物性，现代人的存在正是在人性与动物性之间的进化过程。我们还不是"人"，还在通向"人"的道路上慢慢前行，逐步走向文明。

---

① 王阳明：《答聂文蔚书》，吴光、钱明等校：《王阳明全集》，辽海出版社 2014 年版。

# 新时期以来安徽现实主义小说创作的成就与经验

◎薛　磊

安徽省作协第六次代表大会（2019年5月）工作报告指出：当前，"安徽作家新方阵已经形成并有不俗表现，诗歌、儿童文学保持全国领先位置，散文和报告文学创作异军崛起"。2018年，陈先发诗集《九章》荣获第七届鲁迅文学奖，李凤群中篇小说《良霞》、胡竹峰散文《中国文章》获"鲁迅文学奖"提名奖。《良霞》获得提名，也从一个侧面体现了近年来我省小说创作（现实主义）所取得的实绩。

在文化厚土之上，安徽文学创作自古就有现实主义的传统。特别是自"五四"新文学开创以来，陈独秀、胡适分别在《文学革命论》《文学改良刍议》中倡导"文学革命"，就明确提出"为人生"的写实主义文学主张。2014年10月，安徽文艺界在学习习近平总书记在文艺工作座谈会上的讲话精神以后，以人民为中心的现实主义风格的创作更是佳作迭出。

小说作为文学体裁的一种，在体现现实主义创作风格上具有明显的代表性。以下，就以小说文体为叙述对象。其实，安徽文学的其他体裁，如诗歌、散文、报告文学等都深深地贯穿着一条现实主义的创作主线。

评论界认为，如果要列出一个载入20世纪中国文学史的现当代安徽小说家名单，那么，像蒋光慈、台静农、苏雪林、吴组缃、张恨水、陈登科、鲁彦周、潘军等人都是不可忽略的存在。[①]改革开放以来，陈登科的《风

---

① 赵修广：《1990年以来安徽小说创作一瞥》，《小说评论》2016年第5期。

雷》、鲁彦周的《天云山传奇》引领风气之先，受人瞩目。20世纪90年代以来，陈登科、鲁彦周等老一辈小说作家继续探索现实主义创作道路，不断推出新的有特质的作品；一批中青年作家迅速成长，其中的佼佼者如季宇、许辉、潘军、陈所巨、王英琦、许春樵、熊尚志、严歌平、李平易、潘小平、曹多勇等等，季宇、许辉、陈源斌、许春樵等的创作在国内文坛颇受关注，这些作家成为安徽跨世纪文学中承前启后的中坚力量。进入新世纪以来，新生代作家苗秀侠、余同友、陈斌先等相继崛起。对现实题材进行创作是新时期以来安徽大多作家的自觉追求，也是这一时期安徽文学的一大特色与亮点。


## 一、成就

改革开放以来，以部分作家为代表，安徽现实主义小说创作取得了斐然成绩。

文学评论家陈振华曾在《人民日报》刊文，就当前安徽小说创作在题材方面聚焦现实的主要体现及特色加以解析：如季宇创作的《最后的电波》《金斗街八号》等，体现了红色记忆的当下叙述；许春樵的《麦子熟了》《月光粉碎》等持续关注社会弱势群体；苗秀侠的新著《皖北大地》等坚守新乡土系列写作；曹多勇的《淮水谣》写出了淮河沿岸人民的历史、文化、生存与灵魂的状貌；陈斌先的《响郢》、洪放的《百花井》、李凤群的《大风》等历史文化叙事作品向纵深掘进；余同友的《去往古代的父亲》在手法上将先锋精神和当下现实紧密结合。还有其他一些皖籍作家的小说创作等等，都坚守在现实主义的创作道路上，体现了现实主义的多方面特色。

季宇的小说创作引人注目，长篇小说《新安家族》（2010年版）全景式呈现了一代徽商的典型成长过程，徽商吃苦耐劳的精神品格、百折不挠的奋斗精神、为捍卫国家民族利益勇于自我牺牲的形象，渗透纸背、跃然纸上。该著出版后，根据小说作品改编的同名电视剧被搬上央视屏幕，赞誉不断，产生了广泛的社会影响。他还著有长篇纪实文学《淮军四十年》《权力的十字架》《段祺瑞传》《徽商》《共和，1911》《当铺》等，作品曾获中宣部"五个一工程"奖、星光奖、飞天奖、金鹰奖等奖项。中篇小说《最后的电波》获2018年度"人民文学奖·中篇小说奖"，短篇小说《金斗街八号》获《长江文艺》2017—2018双年奖。他还有部分中、短篇小说曾被《新华文摘》《小说月报》《小说选刊》《中篇小说选刊》等刊物选载。

许辉的小说创作受新写实小说影响，崇尚零度介入的客观平面化书写。《焚烧的春天》《夏天的公事》是这方面的典型代表。《焚烧的春天》传达的是20世纪八九十年代中国社会转型及农村变革的时代情绪。小瓦与传林之间发生的婚外情，是那样本色、自然，却又构成了对传统道德观念的瓦解。《夏天的公事》讽刺的就是所谓的"公事"：整天东游西逛、无所事事地参观，召开虚与委蛇、敷衍应付的会议等。文学评论家王达敏教授在其专著《新时期小说论》中就认为，季宇、许辉的小说既具有开放现实主义的品格，又内蕴着现代意识①，在他们的作品中表现出深厚宽广的民间情怀和坚定的人文立场。

在2013年安徽省社科院举办的"许春樵作品研讨会"上，与会专家学者认为许春樵叙写的是"根植现实的'知识分子'叙事"。许春樵是被王达敏誉为"学者气质的小说家"，他的中篇小说《一网无鱼》及长篇小说《放下武器》《男人立正》及《屋顶上空的爱情》《麦子熟了》等，是其代表作。《放下武器》将关注重心转向对主人公郑天良"人格分裂与自我异化的本质"的揭示，众多评论家认为，这是一部"另类"的官场小说。王达敏认为，该作"在一种司空见惯的庸常的政治现实中发现了一个天大的秘密：道德的个人与不道德的社会之间构成的悖论关系；个人的道德在集体中常常难以实现，而集体要求的道德表现在个体身上往往以牺牲个人的道德为代价"②。《男人立正》体现出对社会转型期底层生活与弱势群体的人性关怀。其主人公陈道生一生都处于一种生存悖论中：他以诚信经商处事，但诚

① 王达敏：《新时期小说论》，安徽大学出版社1999年版，第225页。

② 王达敏：《学者气质的小说家》，《安徽文学》2015年第1期。

信使他绝对贫困；他以一个卑微人物的身份极力维护做人的道义，但世人却对他的这种努力进行肆意的人格践踏……这两部长篇小说渗透着深重的现实主义关怀，反映社会本真生存困境，铺叙了底层小人物的悲剧命运，颂扬其坚忍受难的精神。

近年来，"大地的行吟歌者"女作家苗秀侠相继出版的农村"三部曲"（《农民工》《农民的眼睛》《皖北大地》）被誉为"坚定的现实主义乡土叙事"文本，为人们传递着皖北那片深沉土地上人们喜怒哀乐的生存情感与生死情状。长篇小说《农民工》（与许辉合著，2010年版）展现了农业文明在当代遭遇都市文明挤压的情况下，农民如何靠自立自强来改变自身命运所形成的一系列悲喜剧。评论家吴义勤从文学史的角度肯定作者写出了"乡土中国的希望"，称赞《农民工》使"乡土中国的价值与地位再次得到确认"[①]。长篇小说《农民的眼睛》（2014年版）以一位年近六十的乡村医生农民（姓农名民）的眼睛，讲述了皖北土地上一个叫大农庄的村庄近半个世纪的变迁史，文本以苍凉直白的文字直面当下乡村生活的真实状况，涉及中国农村的医疗、养老、殡葬、留守、土地流失、环境污染等诸多问题，揭示、质问并反思乡村文明日渐衰败消亡的症结所在。长篇小说《皖北大地》（2017年版）是苗秀侠根据自己在宿州的一年挂职经历而创作，该作深度关注"三农"，以农瓦房和安玉枫两代农民以及他们的情感生活为主线，生动展现了新型农民的风采，直面中国当下乡村，抒发了农民对土地的热爱和精神皈依。

余同友自2005年开始小说写作，迄今已逾10年，他的创作以乡土题材为主，脚踏实地，注重艺术内涵，作品反映新旧世纪之交中国乡土社会转型中乡野平民阶层在时代挤压中所产生的人性畸变与命运轨迹。中篇小说《我们村庄好风景》《夏娃是个什么娃》是他早期的代表作品。前者写青年王立正打工返乡后，怀着对心中姑娘纯洁的爱与美好憧憬，计划开办绿色观光旅游

---

① 吴义勤等：《讲出了打工者的辛酸》，《光明日报》2012年6月12日第14版。

业，继而出于忧愤，不自量力单挑家乡猖獗的色情业，但得到的只有嘲讽、奚落、拒绝、拆台乃至毁灭性打击。在笑贫不笑娼、世风日下的环境里，他孤身奋斗，愈挫愈勇，文字最终展现出了他的高远志向与品格。《夏娃是个什么娃》为读者展现了一对乡村恋人在期望脱贫、追求财富的过程中阴差阳错地走上了犯罪道路的故事图景，该作写出了作者对在物欲横流时代乡村难以自持的没落颓败景观的哀伤。诚如评论者赵修广所言：苗秀侠、余同友等用直面当下人生实际的现实主义创作方法，创作出了一批对于家乡土地与人民充满深厚感情的关涉"打工题材"的好小说，作家们在作品中或称赞淳朴乡民对乡土精神的坚守，或真情演绎了进城游子们浸透血泪的奋斗史，叙写了他们深沉的故园情思以及在正义良知、古朴天性与魑魅诱惑、物欲横流之间的苦苦挣扎。这样的论断，堪称十分精准。

六六原籍安徽合肥，是皖籍海外女作家，近年来，她的代表作品《王贵与安娜》《蜗居》《心术》等都是根据时代大背景而创作，且多被改编拍成影视作品搬上荧幕。她的这些创作，勇敢地涉及中国当下的婚恋、家庭矛盾、房价、医疗等问题，其作品被评论界称为是"插入现实生活的一根骨刺"，是对现实主义传统的回归。六六在创作《蜗居》之后，秉持一贯的现实主义视角，抓住"医患关系"这一焦点创作了《心术》这部作品。六六认为仁心重于仁术，如原著所说："作为一个医生，首先，你要有仁心，其次才是仁术，有了这一点你就成功了一半。" 其次，六六认为医患的矛盾根源就在于先天性地存在的信息差，解决这种矛盾，需要回归到传统的医患相互信任的关系之中。六六对这些题材的探索，丰富了现实主义的表现触角。

安徽省作协第五次代表大会上的工作报告明确向作家们发出号召："要坚持以现实题材为主，拥抱和讴歌火热的时代。"几年来的创作实践，也充分证明了安徽作家对现实主义的躬身践行。安徽作协创联部主任余同友认为，近年来安徽文学的现实题材创作关注现实的广度、深度、厚度在增强，这是可喜可贺的。

## 二、经验

安徽文学界新时期以来在现实主义文学道路上取得如此丰硕的成绩，除了对现实主义文学理论、思想的服膺践行外，还有哪些值得汲取的经验呢？值得一提的是，近年来，省文联、省作协、安徽文学艺术院等部门单位对此做了诸多方面的有益探索与尝试。

### （一）省文联文学期刊《清明》《安徽文学》等的扶持培育

以《清明》为例，该刊由省文联主办，创刊于1979年，延续至今已有40余年的发展历程，是目前安徽省内最权威的大型文学双月刊。评论界一致认为：文学期刊在文学发展过程中扮演着扶植作家、文学生产导引和文学评价的三种重要功能。如代表新时期安徽文学创作成就的一大批作家梁小斌、陈所巨、季宇、许辉、许春樵、潘小平等，他们中的大部分可谓都与《清明》联系紧密，是《清明》期刊最早刊发他们这一时期初创的作品。毋庸讳言，《清明》是他们从安徽走向世界的重要平台。特别需要指出的是：自创刊始，《清明》历任主编均是现实主义的积极倡导者、遵从者。新时期初期，《清明》编辑部同人在发刊词中发出明确号召：要恢复和发展"五四"以来的现实主义的优秀传统，加强与人民群众的血肉关系，发挥大胆干预生活的精神，歌颂人民群众在美好"四化"建设中体现出来的革命理想、科学精神及其高尚情操，揭露和鞭挞阻碍社会文明进步的腐朽的假丑恶。这一时期《清明》刊载了像鲁彦周、陈登科、江流等安徽重要作家的作品，期刊也呈现出了鲜明的现实主义风格。到了80年代中后期，文坛上各种流派、创作风格风起云涌，如先锋、新写实等等，《清明》并没有跟风，而是仍然坚持现实主义创作导向，相当一部分皖籍中青年作家，"在小说创作中，都致力于对当前改革开放中的现实生活作真实的描绘"①。90年代之后，《清明》主

---

① 严云受：《略论九十年代的"皖军"》，《清明》2000年第6期。

编段儒东曾不无坚毅地表示："现实主义命题虽然古老，但远未走到尽头，它仍具有旺盛的生命力。《清明》将坚持现实主义不动摇，坚定地走自己的路。"世纪之交，《清明》再一次坚定地申明：自新时期以来，现实主义始终是《清明》的一面旗帜。[①]通过对《清明》期刊这段发展历程的回顾，我们会发现：坚守现实主义创作理念、高扬现实主义创作旗帜、刊发体现现实主义风格的作品，可谓是它始终坚守的"红线"。这也从另一个层面使得《清明》以贴近现实的高昂姿态，在深刻导引、影响着安徽作家、安徽文学的现实主义创作风貌。近年来，按照省文联的工作部署，由省作协牵头，与安徽文学艺术院、安徽文艺理论研究室，《清明》《安徽文学》《诗歌月刊》《传奇·传记文学选刊》等期刊成立经常性议事协调机制，在推进主题性创作方面，由作协与安徽文学艺术院拟订方案，安徽文艺理论研究室组织评论，这几家文学期刊共同发力刊发作品，已形成分工协作、合力推进的工作机制，且取得了明显成效。

（二）省作协一系列创新性活动的引领

活动是载体，省作协创新性开展的一系列评选、表彰及会议等活动，在现实主义旗帜的引领方面发挥了重要作用。一是实施精品扶持工程，对作家、出版等进行资助，目前扶持的体裁种类已扩展到小说、散文、报告文学、诗歌等领域。省作协已连续开展了多届次的中长篇小说精品扶持工程，活动推选在全省有影响力、有潜力、年富力强的实力派作家，帮助他们明确创作计划、做好选题规划，并聘请专家对其选题进行评估，为作家定点深入生活提供帮助，为他们提供创作培训，召开创作评论会，邀请省内外专家对其创作进行把脉问诊，通过每年度重点扶持长篇、中篇小说创作若干部，一批文学皖军新锐快步迈入全国文坛前沿。通过对现实题材的扶持、引导，作家现实题材创作取得了一定的业绩，如2016年中国小说排行榜，安徽作家许

---

① 《清明》编辑部：《卷首语》，《清明》1998年第4期。

春樵的中篇小说《麦子熟了》和李凤群的长篇小说《大风》入选，两部小说都是典型的现实主义作品。二是举办小说对抗赛、散文大奖赛。如2013—2014年举办的第二届全省小说南北对抗赛、首届散文大奖赛，大赛的举办激励了小说、散文等的创作，涌现出大批文学新人，出现了一批精品力作。三是自2012年以降，安徽省作协在全国率先开展了几年一届的"安徽省文学创作先进县（市）"的评比表彰活动，此举受到全省各县（市）及其文学创作队伍的广泛好评，也较好地达到了"为基层文学创作鼓劲加油，在全省营造浓厚创作氛围"的目的。四是安徽省作协还在全国首创、创造性创办受到中国作协等相关部门高度肯定的地方文学刊物主编联席会议制度——"安徽省地方文学刊物主编联席会议"，此举在培育奖掖新人方面作出了有益的探索，截至目前，已连续召开8届。五是坚持以人民为中心的创作导向，深入开展"深入生活　扎根人民""我们的沃土我们的梦——安徽省千余名文艺工作者下基层"等主题实践活动，勉励新时代文艺工作者在下基层中端正创作方向，与社会共奋进、与人民同呼吸，创作出激荡时代风云、散发泥土芬芳的精品力作。如2016年，为庆祝中国共产党成立95周年和红军长征胜利80周年，开展了以"金寨红"为主题的大型文学采风活动，约请省内实力派中青年小说作家深入革命老区采访，最终收获一批优秀小说作品，出版了《有一种红叫金寨红》大型文学原创作品集。2017年，省作协还组织开展了大型文学创作采风活动——"走淮河"，这次活动历时3月余，近百名作家通过各种交通方式途经沿淮两岸3省20多个市、县，创作出的一批文学作品在全国多家重要文学媒体刊发，目前已结集长篇散文集《走淮河》出版。

（三）安徽文学艺术院推出"签约作家制"

安徽文学艺术院自2002年始推出以早出人才、多出精品为宗旨的"签约作家制"，以期重振文学皖军雄风，再创安徽文学辉煌。2008年签约了第二届作家，2010年签约了第三届13位作家。2014年，安徽文学艺术院与13位富有创作实力的青年作家正式签约第四届，2016年第五届15位作家正式签约。

签约作家的签约时间一般为两年多，签约期间将得到安徽文学艺术院的重点扶持培养，同时也将获得由安徽文学艺术院定期发放的生活和创作补贴。自推行"签约作家制"以来，多出精品、培养文艺人才队伍的战略目标得到很好实现，成果辉煌。如"安徽省第二届签约作家丛书"（小说系列，共9本）含陈家桥、何世华、苗秀侠、郭明辉、曹多勇、杨小凡、陈斌先、余同友、张殿权9人的作品，展示了安徽省小说界中青年作家群体立足江淮、坚持人文关怀的创作实绩。其中，苗秀侠、余同友、郭明辉、杨小凡、曹多勇、陈斌先等持守现实主义创作手法，《屋角的战争》《夏娃是个什么娃》《我们村庄好风景》等都可谓近年国内乡土文学的佳作。第三届签约作家在两年左右的时间里发表、出版长篇小说9部、中篇小说29部、短篇小说25篇、中短篇小说集4部，800余万字；散文作品100篇，散文集3部，200余万字；诗歌作品250首，诗集4部，4万余行。小说创作成绩尤为突出。

## 结语

改革开放的新时期以来，文学皖军们以他们真诚的实践，火热的笔触，服膺的现实主义追求，在文学创作特别是小说创作的道路上阔步前进。陈登科、鲁彦周、季宇、许辉、许春樵、苗秀侠、余同友等一大批老中青作家以他们斐然的创作实绩彰显了现实主义的伟大力量，也在全国文坛上凸显了文学皖军的品牌形象。近年来，专家普遍认为安徽文学的现实题材创作在关注现实的广度、深度、厚度上都有所增强，安徽文学的美誉度进一步得到提升。探寻成绩取得背后的经验，与省文联、省作协、安徽文学艺术院等部门单位的关心与指导密不可分，其中特别是省文联文学期刊《清明》《安徽文学》等刊物的奖掖扶持、省作协实施精品扶持工程等一系列创新性活动的引领、安徽文学院推出"签约作家制"等创新性举措，助推文学皖军在现实主义创作道路上取得了一波又一波的伟大成绩。

# 新时代背景下文艺思想探析

◎ 李俊民

　　文艺，是一个民族集体意识与智慧的结晶，更是民族精神传承与传递的重要载体，体现着一个民族的面貌，彰显着所处时代的风气。伴随着我国经济建设获得的诸多成效，文艺事业顺应着时代发展的潮流稳步前行，创作思想更加丰富、多元化，诞生了一大批具有高度思想性的文艺作品。经济的繁荣发展虽带给文艺事业机遇，但同时也不可避免地带来了功利、消费主义的价值观，一些文艺创作者为了吸引大众的眼球，创作了一大批快餐式、机械化的作品，缺乏基本的教育性与审美意识。面对这种发展现状，习近平总书记明确指出文艺发展的前进方向。

## 一、新时代文艺思想的来源与内容

### 1. 思想来源

　　党的十八大以来，习近平总书记亲自指导推动新时代文艺工作，2014年亲自主持召开文艺工作座谈会，2016年出席中国文联十大、中国作协九大开幕式，2019年看望参加全国政协十三届二次会议的文化艺术界社会科学界委员等，发表一系列重要讲话、作出一系列重大部署，科学阐明了新时代文艺的前进方向，系统擘画了新时代文艺事业的美好蓝图，是新征程上推动文艺事业繁荣发展的根本遵循和行动指南。习近平总书记关于文艺工作的重要论述是习近平新时代中国特色社会主义思想的重要组成部分，是对马克思主义文艺学说、毛泽东文艺思想和中国特色社会主义文艺理论的继承和发展，是马克思主义文艺理论中国化的最新成果，是21世纪马克思主义文艺理论，是中华文化和中国精神的时代精华，实现了马克思主义中国化新的飞跃。马列主义认为人民是社会实践的"主体"，因此，作为反映大众生活、社会百态的艺术作品，理应具有"人民性"。"从本质上讲，是因为'人民历来就是作家够资格和不够资格的唯一判断者'"。艺术来源于人民，以人民为创作源泉才能够团结群众、凝聚群众。此外，列宁还指出，文学作品必须能够作为服务阶级的组成部分，具有一定的党性。毛泽东全面继承了这种文学作品与党性结合的思想，强调作品应能服务于广大工农兵，同时，结合当时文艺事业的实际情况，支持并推动大众创作文艺作品的激情，奠定了我国文艺作品书写群众、服务群众的整体基调。中华人民共和国成立后，为适应当时文艺事业发展的新任务，毛主席明确指出文艺发展应符合"百花齐放、百家争鸣"的方针，并且鼓励文艺创作者创作出具有本民族风格、特色的艺术作品。新时代的文艺思想从这些理论思想中汲取营养，延续了我国文艺事业发展的核心要素，以"人"为发展根基，进一步深化、形象化、具体化"人民"。

2. 思想内容

新时代的文艺思想具有多元性、丰富性、深刻性与哲学性等特征，它不但是对前人思想的继承与发展，还体现了对于其他国家优秀思想的借鉴，同时，它也解决了我国当前文艺发展中的诸多问题，并作出方法指导。其中，"人民性"应是思想的灵魂与本质，是新时代我国文艺事业发展前进的根本方向。新时代的文艺，就本质而言，即人民的文艺，这也是文艺发展之路持久的源泉所在，它服务于社会主义，二者是有机统一且互相需要的关系。首先，"人民"是文艺创作的源泉，大众的日常生活为文艺作品的创作提供了取之不尽的素材与灵感，文艺作品只有从中借鉴、吸收营养，关注大众的生活与情感，才能成为历久弥新的经典之作。其次，大众的需求为文艺创作赋予了现实价值。我国当前文艺事业发展的主要矛盾与问题在于文艺事业的发展已经无法满足大众日益提升的审美品位与精神需求。一方面是由于文艺创作缺乏创新性，另一方面在于当前许多文艺创作者偏离了文艺创作的核心内涵，一味地追求商业化，出现了雷剧盛行、抄袭成风等不良风气，不但没有充分利用创作资源，还影响了文艺创作的环境与风气。而忽视了人民的精神需求与审美趣味，就脱离了艺术发展的正确轨道，必然会被大众所摒弃。再次，创新也是继承的一部分，文艺作品在对传统的借鉴、转化过程中，进行新时代的艺术加工，使得艺术作品兼具民族性与时代性特征，更容易为大众所接受。最后，文艺作品服务于社会与大众，而大众也是文艺作品的评判者与鉴赏者，只有经历过评判与鉴赏并不断提高，方能日臻成熟。

## 二、新时代文艺思想的鲜明特征

### 1. 时代性

文艺作品是展现时代面貌与精神的最佳载体。2014年，习近平总书记在《在文艺工作座谈会上的讲话》（以下简称《讲话》）中对于新时代如何促进文艺发展以及如何科学运用文艺来实现中国梦作出指导。中国梦，既是国家梦，又是每一个普通人的梦，它不但包含充盈的物质内容，还包括丰富的精神内容。而这里的精神内容，需要靠文艺来实现大众的精神需求。笔者以为，首先，新时代的文艺作品应无愧社会、无愧时代，它是时代的剪影与写照，只有尊重与顺应时代性特征，才能书写时代，反映时代。其次，文艺创作的内容必须与我们的人民、国家、民族建立密切的关系，这样的作品才能顺应时代、反映时代。最后，文艺是实现中国梦的强大推动力，而中国梦又为创作文艺作品提供了丰富的资源与素材，在这段征程中，文艺只有紧跟时代的步伐，才能创造出时代精品。

### 2. 人民性

"人民"是历史的主角，也是文艺作品创作的主体，大众的日常生活、社会实践是文艺创作的源泉与动力，需要文艺创作者贴近生活、感悟生活才能创作出与大众产生共鸣的文艺作品。但这并不意味着大众生活中的任何素材都能够被文艺作品运用，艺术家们需要从中发现、挑选，精心地雕琢，以文艺作品的形式来鼓舞大众、启发大众。此外，艺术作品虽取材于大众的生活，但并不是单纯的照搬，而应顺应时代与社会的发展需求，为素材赋予更高的立意、更新的内容，才能使大众从中获得美的愉悦。

### 3. 实践性

"现实问题"是习近平总书记在《讲话》中阐述的中心问题，并指出当前文艺创作、传播等方面存在的诸多问题，例如当前有些文艺作品质量粗糙、创作者缺乏德艺等等，总书记对这些问题进行了批判与指正，鼓励文艺工作者们深入实践、贴近人民、实事求是，对大众生活中的各种现实问题，如实"描写"。除了理论方面的阐述，总书记还指出如何进行文艺实践，激励广大文艺创作者积极学习、创作。在新时代良好的文艺氛围下，涌现了众多贴近生活的文艺精品，广受大众喜爱。

### 4. 创新性

文艺创作永葆生命力的关键在于创新，只有创新才能使文艺作品具有竞争力。文艺创作的服务对象在于大众与社会，人民与文艺是相互需要、相互贯穿的，文艺基于人民而创作，而人民又通过文艺来表现，如同"水"和"鱼"的密切关系。习近平总书记在《讲话》中明确指出，文艺工作者的中心任务与立身之本是创作作品，只有对艺术有追求、精益求精，才能给予大众最好的精神食粮。这里所指的创作，究其根本在于推陈出新，以新的形式创作出能够反映当代大众心声的作品。因此，文艺工作者与人民皆应不断深化自己对于文艺的热爱，并不断提高自己的艺术审美与鉴赏能力，方能不辜负这些文艺精品。同时，在当前的市场经济体制下，文艺事业需要一定的经济利益，这也是文艺事业发展的前提与基础。但文艺工作者们须把握"适度"原则，不可过度追求经济利益而忽视了文艺作品的内涵，失去了社会效率的文艺作品必然会失去大众的文艺期盼。

## 三、新时代背景下文艺作品的价值实现之路径

### 1. 国家层面

任何行业的发展都离不开国家的扶持，文艺事业亦是如此。为促进文艺作品的价值实现，国家可加强重大文化项目与工程的建设，不断加快产业的发展速度以满足大众的文艺需求。在过去一个阶段的实践过程中，"五个一工程"对此论述作出了实践回应。2017年，国家针对我国传统文化传承事业提供了指导意见，并形成文化工程项目，强调此项工程须在2025年基本落实，包括研究、传播、传承等多角度、全方面落实，以更具我国民族特色、丰富的文艺作品来彰显中华文化的魅力，赋予我国文化软实力更加厚重的内涵与坚实的根基。此外，充分利用信息化社会的便捷，促进资源共享工程的发展，创造多元化文化平台，能够更加全面、广泛地传播文艺作品，实现文艺作品的人民性价值。

### 2. 社会层面

建设文化平台，推动公共服务，以现代化的传播途径与方式，扩大公共文化的覆盖面。这里所指的公共服务，事实上是指由社会参与、政府主导，融合了各种公益性文化服务与机构的集合体。文艺作品在这种社会文化背景下，能够得到更加持久、有效的发展，没有良好的社会文化环境与服务体系，文艺作品将无法以消费品的形式面向大众。通过社会层面的多元化建构，不但能够为大众提供高质量、可消费的文艺作品，还能保障大众的基本文化权益，在潜移默化中提升大众的文化素养与艺术审美能力。而通过这种形式，能够使高雅艺术更加贴近群众，有助于我国传统优秀艺术文化的传播与传承。

### 3. 大众层面

对于个人而言，大众的文艺基因与审美能力关系着文艺作品的创作趋向

与传播范围。在过去很长一段时间内，大众的文艺素养存在许多问题。一方面是由于基本生存问题尚未得到解决，更遑论精神层面的需求；另一方面在于一部分群众存在观念上的偏差，对文艺素养认识有误。当前社会，大众已经不再像过去那样为解决经济问题而心力交瘁，而过去那些"难以企及"的高雅艺术也逐渐大众化，深入平民百姓的消费领域内，如歌剧、音乐会等。但同时，过去较为普遍的一些文艺形式在今天开始逐渐走向没落，受众日益减少，如曲艺、杂技等艺术形式，过去在街头巷尾随处可见，如今却开始走"国际化"路线，这说明了当前的文艺教育与文艺素养的一些问题，忽视了"浸入式"的文艺素养需求，更倾向于"观摩式"。笔者以为，国家、社会以及广大文艺工作者应承担起大众文艺素养培养的责任，转变观念、培养人才，鼓励多元化文艺形式在新时代的发展，共同促进我国文化软实力的深化。

## 结语

内涵丰富、思想深刻、高瞻远瞩，是新时代我国文艺思想的重要特点，它确定了我国文艺事业的前进方向。新时代的文艺工作者应始终坚持以"人"为中心的创作思想与理念，在文艺作品中铸就我们的民族精神与灵魂。文艺工作，对于实现中华民族伟大复兴具有重要意义，广大文艺工作者有责任、有义务去承担起这份使命，以更多鼓舞人心、波澜壮阔的艺术作品来刻绘历史、讴歌祖国、书写新时代，让大众能够从这些优秀作品中聆听自己、见证自己，从而以更加积极、奋进的姿态投入到祖国的建设之中去。我们必须明确，优秀的文艺作品，是内在蕴含无限力量、斗志昂扬的，能够激发大众对祖国与民族的热爱，而不是无聊、苦索，更不是无病呻吟。面对新时代多元化艺术作品的竞争，只有不断提高自身质量与能量的作品，方能受到大众的喜爱，也唯有这样，广大文艺工作者才能站稳脚跟、焕发力量。

## 参考文献

［1］《马克思恩格斯选集》第4卷，人民出版社2012年版。

［2］中共中央宣传部编：《习近平总书记在文艺工作座谈会上的重要讲话学习读本》，学习出版社2015年版。

［3］罗嗣亮：《现代中国文艺的价值转向——毛泽东文艺思想与实践新探》，社会科学文献出版社2015年版。

［4］张晶：《人民是文艺审美的主体》，《现代传播》2015年第1期。

# 脱贫攻坚主题
# 文学创作研讨会

评胡竹峰散文《离幸福九公里》
## 方　川　张小平

评苗秀侠中篇小说《拯救那片庄稼地》
## 江　飞　胡功胜

评刘鹏艳短篇小说《猪幸福》
## 陈振华　刘霞云

评余同友中篇小说《找呀找幸福》
## 彭正生　丁友星

评张扬纪实文学作品《马郢计划》
## 周志雄　马书玉

# 评胡竹峰散文《离幸福九公里》

## "精准扶贫"：伟大创举　人间奇迹

方　川

读中学的时候，我最喜爱的课程是被同学、老师称为"副科"的地理。考大学时因为文科考地理，选了文科，出分数线填报志愿时，我一下傻了眼：地理专业只招理科，此生与地理专业失之交臂。但是地理学科知识的滋养，使我受益无穷。记得当时地理老师说，安徽最贫困的地方，就数皖北的"定凤嘉"［定远、凤阳、嘉山（今明光市）三县］、皖南的"宣郎广"（宣城、郎溪、广德三县）。为什么这么说呢？"定凤嘉"，地处江淮分水岭北侧，夏天暴雨一浇，水土流失严重，土壤贫瘠，粮食产量不高，"十年倒有九年荒"，老百姓吃不饱穿不暖，导致"大户人家卖骡马，小户人家卖儿郎"。穷则思变，这才有1978年凤阳小岗村18位村民冒着杀头危险按下18颗红手印，悄悄进行土地承包。"宣郎广"属于皖南山区的丘陵，土壤侵蚀严重，致水患频仍，土壤肥力下降，生态环境恶化，老百姓长期在温饱线上挣扎。改革开放后，虽然解决了温饱，但是仍有许多人口没有摆脱贫困。所以，描绘脱贫攻坚的散文《离幸福九公里》（2020年9月2日《中国艺术报》发表），就是从郎溪县起的头。读完这篇散文，我感慨万千：改革开放40多年，"精准扶贫"政策提出7年，绝对贫困人口锐减，全面建成小康社会指日可待。"精准扶贫"是一个伟大的创举，是人间的奇迹。《离幸福九公里》是一篇值得细读点赞和推崇传播的美文。

## 一、这是一篇见证"精准扶贫"伟大创举的美文

2013年11月3日，习近平总书记在湖南花垣县排碧乡十八洞村考察时第一次提出"精准扶贫"号召。习近平总书记强调，扶贫开发，贵在精准，重在精准，成败之举在于精准，必须做到"扶持对象精准、项目安排精准、资金使用精准、措施到户精准、因村派人精准、脱贫成效精准"，才能保证真脱贫、脱真贫。7年过去了，全国脱贫人口达6000多万，"精准扶贫"在全国开出幸福花，结出富裕果。

《离幸福九公里》的开头，非常巧妙，引人入胜。文章标题源于宣城市郎溪县的一块道路指示牌"离幸福九公里"，即从主干道到幸福乡，还有九公里的路程。作者引用何颖女士讲述的、流传于幸福乡的民谣："没到幸福想幸福，到了幸福不幸福，离开幸福才幸福。"类似绕口令的歌谣，让人浮想联翩，吸引了读者的好奇心，从而达到"披文入情"的审美效果。

作者被郎溪县等一系列脱贫故事感动着，"缘情造物"，行笔信马由缰，似闲庭信步，自由灵动。从皖南山区、江淮丘陵，到淮北平原、大别山区，从他乡到自己的故乡，胡竹峰像一位摄影师，镜头在不断变位、推拉、扫描、切换、闪回着"三皖"大地脱贫攻坚各种不同的美丽乡村景色。似中国画的散点透视，以点带面，全景展现了"三皖"大地精准扶贫伟大战役中的生动情节、典型事件与感人故事。

胡竹峰用愉悦的心境、欢畅的笔墨，描摹全面建成小康社会、精准脱贫道路上的风生水起和蝶变升华。全文时空转换精妙，主客体自由出入，全篇若行云流水、形散神聚。美丽的田野、富裕的乡村，处处都能见到笑逐颜开、洋溢着欢快、荡漾着幸福的"中国老百姓"。

《离幸福九公里》首先从皖南着笔，笔触不断向北延伸铺展：从郎溪县飞鲤镇"五根火柴"艺战的新时代文明实践中心丰富多彩的文化活动到岳西

县黄尾镇的全方位旅游开发，再到中国酥梨之乡黄河故道砀山县的特色农产品产业扶贫、太和县马集乡致富的发制品支柱产业、利辛县巩店镇的扶贫车间等，安徽省"精准扶贫"的亮点与闪光点，处处彰显乡村振兴战略背景下，中国农村物质文明、政治文明、精神文明和社会文明的建设成就。证明了改革开放以来，中国特色社会主义发展历程中的道路自信、理论自信、制度自信和文化自信。可以这样说，《离幸福九公里》虽然写的是"安徽故事"，却是对全中国"精准扶贫"伟大创举的美丽见证。

在撰写此篇评论时，无意间读到2020年第19期《求是》杂志刊登的《大湾村的幸福故事》。碰巧的是，我们这次"脱贫攻坚主题文学创作研讨会"，就选在"精准扶贫"一线的革命老区金寨县花石乡大湾村召开。文中写道："雨后的大湾村，小桥流水，鸟语花香，灵气秀美，生机盎然，幢幢小楼错落有致，男女老少有说有笑，一切都是幸福的模样。"的确，自从2016年4月24日，习近平总书记一路奔波，来到大湾村村民陈泽申家的小院，和乡亲们围坐在一起拉家常，向大家了解精准脱贫工作情况，提出"全面建成小康社会，一个不能少，特别是不能忘了老区"之后，革命老区焕发了脱贫攻坚的活力。

前些年，陈泽申的儿子、妻子相继离世，他和孙子相依为命。为了"转运"，他按照"风水先生"的指点，改了家里大门的朝向。显然，这样的"改变"什么也改变不了，幸福依然遥不可及。

真正的改变，是总书记的到来，给包括陈泽申在内的大湾村村民带来了精准脱贫、富裕幸福的希望。4年过去了，陈泽申已经成功脱贫，办成了他做梦也想不到的大喜事。第一桩是他搬了新家。陈泽申家的新房子水、电、路设施完善，厨卫干净整洁，客厅装了空调，卧室铺上了木地板，他说，没有精准扶贫，不能住进这么好的房子。第二桩是多了收入。陈泽申通过养羊、养牛、种植天麻等作物，不仅脱了贫，还生活得非常体面。他在茶厂找到了领着游客体验采茶炒茶"茶旅"融合的工作，月收入近3000元。他想对总书记说，"现在脱贫了，日子越来越好，请总书记放心"。第三桩是有了盼头。陈泽申的孙子，在国家助学贷款的支持下，顺利完成学业，在合肥一家软件公司上了班，月收入7000多元。他教育孙子说："家里脱了贫，但吃水不能忘了挖井人。"陈泽申的幸福故事是大湾村精准脱贫的历史见证，也是全国精准脱贫的历史缩影。

《离幸福九公里》与《大湾村的幸福故事》异文而出，又同义互见，感人至深。

## 二、这是一篇把散文技法发挥到极致的美文

《离幸福九公里》虽然篇幅不长，但写事、写人、写景，叙述、描写、抒情、议论、引用等都登峰造极。《离幸福九公里》看似在写脱贫故事，但是故事里又穿插着人、描写着人、塑造着人。比如，省文联党组书记何颖，郎溪文联徐艾平、老家岳西的父亲、致富带头人舒寒冰，太和县的制发老人，身残志坚乐天派利辛人郇子杰等，这些人物群像着墨不多，却充满生活激情、个性趣味和乐观向上的人生态度。

在太和县马集乡，作者见到一位正在专心致志做假发的老人，同行的人上前问："老人家，您今年多大年纪啦？""我七十五喽。""您老眼力真好，不戴花镜，看得清吗？"老人抬抬头："身体好，看得清，看得清。""像您老这样，一天能有多少收入呢？""能有三五十块钱。""累不累啊？""不累，你看，都是些手边轻松活，哪里会累呢？在家待着也没事。"我在一旁看着，很温暖、很感动。

在利辛县巩店镇，作者见到一位叫郇子杰的残疾人贫困户，他家小院里鸟语花香，家里养了猫狗，还养了几只鸟：两只八哥、两只铜嘴、两只画眉。初见郇子杰，每个人心头一紧，怕言语错失伤到他的自尊。他逗弄着八哥说话，向我们一行人问好：你好！你好！郇子杰笑声朗朗，这让我尤为感动，一番交谈发现，他充满乐观，比很多身体健全的人还要坚强，谈笑风生，不染一丝雾霾。我们问他："你身体残疾，会不会再返贫呢？""不会，

不会。和我妈两个人生活，每个月有低保，村里公益岗还有工资，家中土地流转也还有些钱，平时打打零工，一年两万多块钱的纯收入，生病了还有医保，够用了，够用了，好日子芝麻开花节节高……"起身出门之际，郇子杰又叫门边的两只八哥说："你好，再见！你好，再见！"两只八哥应声和着，引得一院子的笑声。母子二人感慨：托共产党的福，我们生活过得好得很，这些年镇上没少帮我们。

这些对话和描写看似不经意，却丰富了文章的血肉，扯拽着文章的灵魂，使得"戴着镣铐跳舞"的主题创作，读起来也是那么滋润有味、那么耐人咀嚼！

文章几处景色描写也是非常不错的。作者生在南方，却对北方景色情有独钟。文中写道："皖北是平原地区，广袤、充满生命力的田野和起伏、连绵不断的麦田，在我的视界里持续展现着，无限延伸。一个个很有味道的村庄，像明信片上的场景，炊烟、水田、小溪、河流，应有尽有。看到丰收在望的小麦，闪闪发亮的河流、灌渠，心里欢喜。"仅是欢喜是不够的，他继续写道："皖北地貌如关外如中原，如果是冬日，景象更为相似，有种黄褐的辽阔。黄的是土，几万万年自然之力聚集如此。褐色是草木稼穑，寒风吹送，翻起了一轮又一轮苍茫，起伏不定。我们去的时候是暮春，平原的河埂沟壑上一排排冲天而起的大树，白杨、苦楝、刺槐、梧桐，枝干粗壮，一人抱不过来。两层小楼的新式民居一栋栋在远处忽隐忽现，有看得见的幸福生活。"皖北大地，阡陌纵横，绿黄褐并重，色彩斑斓。

文章结尾，作者又写道："那日在村里，风吹过麦浪，也吹起衣服一角，树枝上栖着几只小鸟。地里耕作的农人高声唱出来，没有器乐，风声轻和，将戏词送往远处，在天空经久游荡。鸟一惊，左右顾盼，复又静立不动，似懂非懂地听着。我也听着。"视觉的盛宴，听觉的复调，美不胜收。

胡竹峰走遍"三皖"大地，人们撸起袖子加油干、全面奋斗奔小康的景象和感人事迹涨满眼、灌满耳、扑满鼻，让作者赞叹得合不拢嘴。天地间充溢着的安居乐业、幸福喜悦，看得见、听得到、嗅得出、尝得来、触摸得到。全文充满了通感与灵感，让人感到跟幸福"零距离"。

## 三、这是一篇有着文学创作理想的美文

撰写此文之前，我与胡竹峰未曾谋面。从安徽省社科院文学所所长张小平那里得知，他原在《安徽商报》供职，是我省一位80后新锐作家，现在已转为省文联专业作家。著有《空杯集》《墨团花册》《衣饭书》《豆绿与美人霁》《旧味》《不知味集》《民国的腔调》《闲饮茶》《中国文章》等作品集十余种，获得过"紫金·人民文学之星"散文奖、滇池文学奖、林语堂散文奖、草原文学奖等。

让我佩服的是，胡竹峰是一位有鲜明创作理想和自我审美追求的作家。《离幸福九公里》是他散文创作主张的生动实践。他在谈创作体会时说："我的散文是写心写意。我写散文的时候，脑海中混沌一团。也知道这团混沌里会孕育一个东西，到底是麒麟还是野马，是兔子还是斑鸠，是龙凤还是虫豸，我都不在意，写的目的只是让那团混沌成形。"他是这么说的，也是这么做的。

这篇散文是胡竹峰散文创作主张的生动实践。为了写好这篇散文，他加入了2020年安徽省文联脱贫攻坚主题创作小分队，奔波于皖南、皖北的旷野平畴，回眸于故乡的小路田园，"精准脱贫"的故事，如长了翅膀的喜鹊，不断刺激着他的多感神经，成为"混沌一团"。再经过作者渐次地着床构思、发酵孕育，终于一朝分娩，《离幸福九公里》呱呱坠地，昭然天下，风光旖旎。

他非常自信地说："老庄孔孟包括韩非子我系统读过，唐宋八大家，明清之际的公安派、竟陵派、桐城派，也曾比较着研究过。一个写作者需要在不断的阅读中寻找自己的坐标。我读先秦、六朝、魏晋、明清很多文章，哪里会觉这是作家的作品啊，仿佛天地间光剌剌一脉气一脉山一脉水。这种看法使我惭愧，轻视起自己以前的作品，也失却了对世上很多文章的尊敬。"

凭着这股豪情，他创作了长篇散文《中国文章》，于2018年8月获得鲁迅文学奖提名。

胡竹峰说："散文写得太直露，剑拔弩张，段位不高，稍稍拐点弯，绕个圈子才是上品。中国文坛向来崇尚史诗，但好的散文不过心迹之流露。"范培松在评价胡竹峰散文《随意闲适的散文独行客》一文中说："胡竹峰安静，他在散文里搭一个凉棚，沏了一壶茶，平静地等待着亲热的故交读者前来。他不寂寞，也不孤独，仅是要和读者挚友般对谈，说的是屋前屋后家长里短，推诚相与，闲适轻松境。他不是板着面孔的说教者、权威，他是和我们读者并起并坐的读者，一起来阅读世界，他的并起并坐姿态使他的散文成了一股清流，成为如汪曾祺说的'文化休息场所'。"从胡竹峰《离幸福九公里》，我们也能深切感受到其散文"写心写意"的安静闲适与淡定从容。

在拿到第三届"紫金·人民文学之星"奖后，胡竹峰说："生活比写作重要，写作比获奖重要。好的散文应该安定寂静，少火气，无躁气。用强使气，会影响艺术成就。散文的字与字之间应该荡起来，平淡朴素是后话。散文应该好玩，绝妙好辞的好，玩味之玩，把玩之玩。"

愿胡竹峰拥抱伟大的新时代，深入实际，观察体验生活，博览群书，含英咀华，从宇宙苍穹、市井烟火、人文历史、中外名著中不断吸吮创作的精华与养料，化为自己的创作动力，创作出讴歌"精准扶贫"这一"伟大的创举、人间的奇迹"的杰出作品，早日获得"鲁迅文学奖"的散文大奖。

# "散漫"的变奏和胡竹峰的散文

张小平

"散漫"，无疑是这个时代文学创作的主基调之一，散文随笔写作中的这个特点尤为明显，胡竹峰的散文创作也不例外。

"散漫"的特点如同孩童的漫步，随意感性，是无拘无束的，是碎步的，是无主题的，表现在文学结构上，是尝试对"形散神不散"传统模板的突破，试图成为"形散神也散"的新类文体。

　　这种"散漫"写作，是时代的产物。放在时代坐标上看，余秋雨的文化散文是"散漫"写作之前的一座高峰，影响了一代人的创作。相比较来说，尽管有人说他的文字有些"做作"，但余秋雨对中国传统文化的剖析和理解，还是比较深刻的，是启迪人的心智的。既然这座高峰难以逾越，那就瓦解它，消解它，也不失为一个办法。在这样一个文化快餐泛滥的时代，碎片化的消解正好满足了不愿深刻思考的年青一代的需求。

　　这并不意味着，"散漫"就是不好。"散漫"也是文化需求，是多元文化的补充。

　　"深刻理解"是这个时代的关键词，要做到"深刻理解"需要努力学习，需要付出时间和精力。碎片化创作和碎片化阅读，其社会文化心理的解释，就是对"深刻理解"的拒绝和反叛。因此，"散漫"的文学创作开始流行起来。

　　其实，"散漫"的文学创作从20世纪90年代初就开始了，为了适应社会中低阶层的欣赏口味，同时也是为了报刊发行量，为了电视收视率，人生百态、生活空间、百姓故事等一类的栏目大量涌现。这种有意识的引导，带来了文学创作的新一轮繁荣景象。其最突出的特点，就是在主流创作、严肃文学或"做作"文学的主基调之外，多了一些民间的散漫的基调。

　　散漫有很多类型，胡竹峰的散文算是一类。如果说10年前文坛流行的散漫是以小人物、小故事为中心，那么胡竹峰的散漫是以自我感悟为中心的一种变奏。他的变奏，侧重于传统文化，谈人物，论经典，评绘画，说风花雪月、山川境界，随手拈来，经他把玩便多了文化的气息，其文字的气味、感性、笔调自成一体，和别家（譬如阎红的散文）的出品不一样。

　　那么，文字是不是无所不能？从理论上讲，文字可以描述任何事物。如同手机中的芯片，理论上讲，人类还可以把芯片做得更小，但要做到国际顶尖水平，需要超一流的科技做支撑。散漫的碎片化思考在面对重大主题的挑战时，文字的力量就显得力不从心，就是因为缺少文化层面上的深刻理解和系统思考。

胡竹峰《离幸福九公里》，沿用他惯常的"散漫"的笔调去呈现脱贫的主题，竭尽全力地去激活文字，但效果绝对不如他闲来写就的文化随笔。这是"散漫"导致的障碍，也许不是文字的原因，而是需要人生的历练才能超越。有句名言：你现在的气质里，藏着你读过的书、你走过的路和你爱过的人。诚哉斯言。

谈到文学创作，我们有些人在忧虑有高原没有高峰。可是面对碎片化创作和碎片化阅读，面对重大社会主题的挑战，我们可以反问自己：我们身在何处？是否身在高原？

# 评苗秀侠中篇小说《拯救那片庄稼地》

## 紧扣土地和时代做扶贫新文章

江　飞

在我的印象中，苗秀侠是一位把根深扎在皖北大地上的最接地气的乡土作家。她像一个老农一样，对农村、对土地、对庄稼怀有天然的深情，我想正是这种深情，使她能够对中国当下农村的状况和土地问题、对农民的精神境遇和情感问题有深切而精准的观察、思考和追问，能够持之以恒地"打捞土地的故事"，此前的《农民的眼睛》《农民工》《皖北大地》已经充分说明了这一点。这次读到的中篇小说《拯救那片庄稼地》，依然属于其乡土系列写作，我猜想可能是她的第四部长篇小说《大浍水》的一部分。这篇小说的特点，我觉得可以概括成三个"紧扣"：

一是紧扣土地再做扶贫新文章。如果说十多年前的《遍地庄稼》打捞的是20世纪七八十年代的土地的故事，那么《拯救那片庄稼地》打捞的则是新时代"脱贫攻坚"背景下的土地的故事。我们知道，无论是在传统农耕时代，还是在现代农业产业化时代，"土地"都是农民的生存之本、财富之母，换句话说，只有盘活土地，才能真正实现精准扶贫，才能让贫困农户脱贫致富。但是，随着乡村城镇化、工业化进程的加快和农业生产成本的增加，大批农村劳动力进城务工，导致大量土地被撂荒，在此形势下，土地流转成为解决耕地撂荒问题的一种有效方式。但在流转土地的过程中，又出现了土地承包流转不规范、土地征用不合理、很多农民拿不到租金、管理机制不健全等各种新问题。《拯救那片庄稼地》直面和回应的正是这些现实问题。浍水镇村主任路进步鼓动富裕户路大进流转两千亩土地，建成浍湾农场，但由于干旱，昔日的良田变成了一望无际的蒿草地，路大进只好再次出门打工，路进步被迫收拾烂摊子，竟成了返贫户。这两千亩长满荒草的庄稼地成为横亘在村民和乡镇政府之间的鸿沟，成为精准扶贫、奔向小康道路上的路障，亟须拯救，而这拯救的重任就压在重回旧地的浍水镇镇长陆文昌身上。让这片庄稼地不再荒芜，重新长出庄稼，是基层扶贫干部和村民们的共同心愿，由此土地又成为化解矛盾、连通情感的纽带。总之，小说围绕这片庄稼地做足了文章，既写出了土地对于扶贫脱贫的重要价值，更写出了村干部与村民对土地的深厚感情，可亲可感，真实动人。

二是紧扣时代描绘现代农业新图景。小说的后半篇幅主要是在叙述如何盘活这片庄稼地，真正实现土地价值，这其实是在考验作者对当下时代精神和未来农业发展的思考与把握。一个时代有一个时代的农业模式，传统农耕时代形成家庭种植的传统农业，而现代工业时代则孕育产业化的现代农业。所谓"现代农业"，就是要用现代物质条件装备农业，用现代科学技术改造农业，用现代产业体系提升农业，用现代经营形式推进农业，用现代发展理念引领农业，用培养新型农民发展农业。正是基于现代农业的新时代理想，小说通过陆文昌与两位企业家稽成煊、夏小荷的共同谋划，对浍湾农场的土地盘活和未来前景进行了描绘，那就是：因地制宜，南北融合，政府搭台，企业唱戏。先成立一家大浍水生态农业旅游发展有限公司，浍湾农场再拿出来五百亩土地，做成"智慧＋旅游综合示范农场"，简称智慧农场，形成农业观光休闲体验的引擎，吸纳资金，盘活浍水古镇的旅游，打造大农业产业链，振兴乡村经济和文化。在这样的宏伟蓝图中，农业成为"新时代的大农业"，农民成为"新时代的农民"（产业工人）。很显然，这样的现代农业的未来图景，不是作者的凭空想象和主观虚构，也不只是为了完成脱贫攻坚的短期任务，而是立足于当下中国的农村现实和土地政策，试图提供一种可能的现代农业的建设方案和未来远景。由此，我们不难看出作家对现实的责任担当和对人民的人文关怀，以及对美好生活的诗意期待。当然我们也必须指出，真正的"智慧农场"需要集绿色生态农业、休闲观光农业、高科技现代农业等为一体，核心是农业本身的发展，其次需统筹城乡，融入休闲旅游、大地风景园林等进行综合规划。

三是紧扣对话创造艺术新形式。作者显然有意以浍湾农场的三场对话和一场茶馆对话来塑造人物和推动情节，借用巴赫金的话来说，这是一种"多声部性"的、"全面对话"的"对话体小说"，对于中篇小说来说，是一次颇有难度的写作。作者有意通过两两对话、多人对话、群体对话、人物之间的对话、人物自身对话等多种对话形式，展现官员、商人、农民等不同人物的身份、思维、性格、语言等差异，加速推进叙事视角的转换，在小说文本内部呈现多声部的碰撞与融合，在众声喧哗中凸显叙述声音。此外，对话还呈现出典型的戏剧化特征，人物、时空、情节相对集中并富有戏剧性，尤其是茶馆和农场大会的两场对话，仿佛舞台上的方言版群口相声，语流密集且迅速，信息丰富而形象，具有强大的裹挟力和感染力，让人如闻其声、如临其境。尤其值得一提的是，在对话结构中作者还建构了多重嵌套结构，比如在土地对话中嵌入淮海战役的支前故事，自然而然地交代了这片土地和人民的光荣前史，丰富和强化了小说的历史内涵和红色基因。可以说，对话既创造了艺术的新形式，更使得扶贫主题的表达有声有色，灵动而不生硬，通俗而不庸俗，从而保证了作品的艺术水准。


# 脱贫攻坚：乡土文学的时代主题

胡功胜


中国"乡土文学"的发展与20世纪中国现代化进程是基本同步的。不论是20世纪初中国现代乡土文学的发生，还是其后的社会主义革命和建设时期，乡土都是文学表现最为重要的领域。尤其是80年代风起云涌的文学思潮中，乡土小说更是进入了一个狂欢繁荣的年代，到90年代中期，乡土小说进入了一个新的观念和美学层次，"农村题材"的整体性叙事遭到质疑，乡土小说的优秀文学传统被激活，西方文学经典的引入也大大丰富了中国作家的写作资源。在这种中西文化的碰撞与交融中，乡土小说发生了现代转型。世纪之交，中国乡土小说进入了一个新的发展阶段。

一个时代有一个时代的文学，当下的文化语境，"新时代"不失为一个最精准的把握，文学对这个"新时代"的表现也开始出现了许多新的特征，中国乡土文学的书写对象、题材范围、文本观念、叙事手法等方面都呈现出不同于以往任何时代的全新发展态势，而"脱贫攻坚"，正是这个新的文化语境中的一个重大的时代主题。可以说，国家的扶贫工程与乡土文学的现代化也基本是同步的。1986年，国务院贫困地区经济开发领导小组成立，标志着中国开始启动大规模、有计划、有组织的扶贫开发。1993年以来，国家开始实施《国家八七扶贫攻坚计划（1994—2000年）》《中国农村扶贫开发纲要（2001—2010年）》《中国农村扶贫开发纲要（2011—2020年）》。党的十八大以来，习近平总书记站在全面建成小康社会、实现中华民族伟大复兴中国梦的战略高度，把脱贫攻坚摆到治国理政的突出位置，提出一系列新思想新观点，作出一系列新决策新部署，目标是到2020年我国现行标准下农村贫困人口实现脱贫，贫困县全部摘帽，让贫困人口和贫困地区同全国一道进入全面小康社会。这是我们党的庄严承诺，是对中华民族、对整个人类都具有重大意义的伟大事业。乡土文学对这一时代主题做了深刻的回应，不同的文学思潮都从不同的角度对这一伟大事业的历史进程有着不同的审美表现。安徽文学对这一时代主题一直都有着出色的表现，尤其是世纪之交以来，许春樵等以农民进城、农裔小知识分子为题材的"底层叙事"，许辉、潘小平等对皖北大地的书写，胡竹峰、余同友、刘鹏艳等的乡土题材，都贯注着一种严肃的乡土精神，把它们作为"脱贫攻坚"历史进程中的一种时代话语和审美表述也不为过。这次"脱贫攻坚"主题文学创作研讨会所提供的作品，更是旗帜鲜明地亮出了这个"时代主题"，让我们更具体地感受到新时代乡土文学的最新流变。

苗秀侠也是一个坚定的皖北大地的书写者，她所提供的中篇小说《拯救那片庄稼地》再次把笔触伸向了脱贫攻坚战中的淮北平原。小说开篇就制造了一个看起来很不着调的悬念：曾经的村主任路进步牵着一群羊在镇政府门口，要镇长陆文昌给他出示这群羊"肥"的书面证明。事情的起因是这样的：在那场声势浩大的土地流转风潮中，乡村能人路大进放弃了在外挣大钱的机会，回村流转了三个自然村两千亩土地建了浍湾农场。不过谨慎的村民不愿意跟私人签合同，村主任路进步只好出面签了。一场大旱让农场无以为继，路大进折腾光了所有积蓄重新背井离乡出门打工。村主任路进步无路可逃也无力承担土地流转和继续耕种的费用，但村民也不同意他甩掉村主任的帽子，要他继续留任充当债主的角色，于是，两千亩沃土变成了一望无际的蒿草地，路进步只能靠养羊来暂时堵住村民的嘴巴和拳头，正如他向镇长哭诉的："这都是孝敬那些土地流转的村民的。要不是一到过年就杀羊送羊肉，俺哪还有命在哟，不是看在羊肉的分儿上，他们早就把俺打死喽！"到这里，小说的标题就出现了：拯救那片庄稼地。后来号称浍水镇"风尘三侠"的陆文昌、稽成煊、夏小荷通过多方努力，绘制了一幅"脱贫攻坚"的蓝图，那片庄稼地被拯救了。

这是一个非常精彩的"脱贫攻坚"故事，但小说不只讲故事，重要的是故事背后的现实主义精神和审美化呈现，小说两个地方给人的印象非常深刻。首先，小说对当下乡土现实有着相当程度上的精准把握。几年前那场声势浩大的土地流转风潮现在有许多"烂尾工程"，小说也开始于这些"烂尾工程"中的一个悲情故事。这些"烂尾工程"的出现，从小说的叙述中可以总结三个根本原因：一是农业的水利等基础设施建设问题，二是农业的风险控制问题，三是农业的金融保障问题。如何拯救这些"烂尾工程"，小说提出了"大农业＋小农业"，也就是种植业＋养殖业＋加工业"等边三角形"

的立体模型，外加"文化+"休闲现代农业，更有夏小荷银行的金融支持，这些都是中国农业转型升级的基本模式。在当前的脱贫攻坚战中，顶层设计提出了"精准扶贫"，习近平同志指出："扶贫开发推进到今天这样的程度，贵在精准，重在精准，成败之举在于精准。" 小说通过审美化的呈现把这些先进的农业生产理念落到了实处，让干巴巴的文件在皖北大地上落地生根，有了情感，有了温度，这也正是文学的社会功用和表现技能。其次，小说对当下乡村人情世态有着新的感知。中国百年来的乡土小说中对农民形象的描写有揭露农民性格劣根性的批判，有对农民善良淳朴品格的歌颂，苗秀侠在小说中彻底抛弃了这些成见。的确，当下的农民很滑头，小说中土地流转时，他们不愿意跟私人签合同，必须村里出面盖大印。大旱之后流转土地难以为继，他们不愿主动撕毁合同而是揪住村主任不放，甚至使用暴力保护自己的利益。而当浍水镇的"风尘三侠"绘的"脱贫攻坚"蓝图让他们看到了美好的前景时，又欣然签订了合同。并不是当下农民的刁钻和势利使然，作家也许是要我们正视农民的本相，不能一味贬低农民，也不能把他们的品格无限地拔高，中国的农民是最实际的，民意不可违。小说中写到了新的"官民"关系，村民们再也不像过去那样逆来顺受，他们敢于紧紧抓住村主任的辫子不放，对镇长也不再那么敬畏，如果不急于褒贬，难道这不也是当下社会民主制度的一个生动表现吗？小说中还插入了皖北大地解放战争历史的回忆，这不能简单地理解为主题小说的一般特征，其里有着深刻的反思。可以这么理解，我们的农民在社会主义革命和建设中是作出了巨大牺牲的，他们也是识大体顾大局的。历史给我们的深刻启示是：任何改革都不能以牺牲农民的利益为代价，只要尊重他们的利益，农民永远是社会主义新农村建设最坚实的支持者。从小说的叙述中，我们不难发现作家对当下"三农"问题独到的思考，对农民群像的最新发现。

这样一来，苗秀侠的《拯救那片庄稼地》给我们提供了两个文本：一个是社会剖析的文本，有着社会调查研究报告式的科学性和前瞻性，但它是以审美的形式呈现的；一个是建构文学形象的文本，但其里也渗透着社会的剖析。两个文本相互交融，对当下的脱贫攻坚工作一边进行着客观写实的呈现，一边进行着形象审美的思考。可以肯定，苗秀侠的中篇小说《拯救那片庄稼地》是这次"脱贫攻坚"主题活动的优秀成果，作家以更加直面现实的勇气深入到新世纪新时代乡土世界快速变化、纷繁复杂的社会现实中，敏锐地捕捉到传统乡土秩序被破坏而引起的新矛盾与新危机，完整地展现新时代乡村振兴的心路历程和发展愿景，让我们看到了新时代乡土中国的新现实、新感知、新判断与新想象。

不过，小说的叙述过于朴实，"对话体"的结构看起来操作简单，但操作好并不那么容易，因为在当下消费性阅读的文化语境中，我们的读者对趣味性的需求非常苛刻。一个聪明的小说家也许应该把文本一分为二，一半给普通的读者，一半给专业的批评家。说到这里，我也希望安徽作家在今后的乡土文学创作中，要更加贴近新时代乡土中国的新现实，全面整合乡土小说的文学传统与现代精神，充分圆融古今中外乡土小说的叙事成果，在新时代的乡土书写中真正体现中国经验和中国精神，为安徽文学奉献一批真正具有中国作风、中国气派和安徽地域文化色彩的精品力作。

# 评刘鹏艳短篇小说《猪幸福》

## 生活微视角下的"脱贫攻坚"叙事

陈振华

"小康"一词最早出自《诗经·大雅·民劳》："民亦劳止，汔可小康。惠此中国，以绥四方。"原意是指比较安逸稳定的生活理想，现在主要指的是介于温饱和富裕之间的生活。自古以来，脱离贫穷，步入小康，一直是善政良制的基本追求。改革开放后的1979年，中国提出了建设现代化的小康社会，建成"小康社会"就是社会主义初级阶段的标志性目标。党的十八大明确提出到2020年要全面建成小康社会。为此，脱贫攻坚一直是近年极为重要的政治任务，同时也是近年文学创作的核心主题和宏大叙事。时代文学的主题诉求，诞生了一批出色的脱贫攻坚叙事文本，刘鹏艳的《猪幸福》（《作家天地》2021年第5期）就是其中优秀的一篇。

1. 微观生活视角下民间伦理的背弃与守护。尽管脱贫攻坚属于时代、国家的宏大叙事，但宏大叙事依然可以选择比较小的切口，并由此进入，深入时代的肌理和社会的皱褶，探寻时代脱贫攻坚的国策在乡村或偏远山村的影响和巨变。《猪幸福》就是这样一篇以微观视角、生活视点聚焦脱贫攻坚叙事的小说。小说的视角很小，叙述在大山深处的国家级贫困县深度贫困村的脱贫故事。故事也是从养猪这个小的切口进入，围绕着养猪这一扶贫措施展开。以村委会为担保，甲方为收购高海拔散养生态猪的公司，乙方是建档立卡的贫困户，双方签订收购和喂养合同，以此帮助这些困难户、贫困户脱贫奔小康。当然，扶贫不是一件容易的事，出现反复、波折是扶贫的常态，也是脱贫攻坚情节故事的必然。小说中，以长锁夫妇为代表的村民把猪养得膘肥体壮，但是快要到按照合同价收购的时候，市场的变化让合同价远低于市场价。于是以老癫子、玻璃花为代表的村民背信弃义，密谋把猪卖给市场，然后购买山下的猪以次充好，企图瞒天过海。这种行为不仅背弃了合同或者说是契约精神，更是背弃了民间素朴的道义、诚信等道德伦理。不过，长锁的媳妇却能够坚守民间的道义，说服长锁不参与偷卖猪的行为，而是通过诚实的劳动改变贫穷的境遇。那些贪图小便宜的村民在经历了一番教训之后，也开始幡然醒悟自己行为的不道德、不诚信、不道义，最终转向了劳动致富。小说在村里挂职的余书记"猪幸福的哼哼"的美好憧憬和村民齐心奔小康的气氛中走向了结尾。我觉得这样的叙事视角和凡俗生活的描摹将宏大主题融入了日常叙事，改变了主旋律叙事给人的刻板印象，充满生活味道和世俗烟火的气息。

2. 社会历史进程中的现代性悖论。小说不是简单停留在脱贫攻坚的问题层面，而是在叙事过程中诘问乡村贫穷的历史根源和现实成因。原来的石佛村尽管偏远，但在闹饥荒的年代，山外的社会没得吃，在石佛村倒还是能混个肚儿圆。只要人们勤快，山上有的是野生动植物的馈赠，地里也有依靠勤劳而收获的土豆和玉米，山上也不缺石头，住房问题也不算太大，只要依山而筑居，栖身之地还是可以不愁的。长锁的媳妇，就是住在靠着石壁搭建的房子里，生下了儿子，过了多少年虽贫瘠但也算安稳的日子。社会历史的现代性进程打破了山村固化的样态，也改变了人民的心理感受以及生活期待。大多数年轻人已经不安于待在安宁静谧的山村，而是走出大山，去寻求现代性的生活。长锁记得自己送儿子出门，从来没有走这么远过，似乎远方、城市就是现代性的富足、文明、现代以及今后衣锦返乡的坐标。但是，充满吊诡的是，现代性的到来，不是带来了乡村繁荣、现代和富足，恰恰相反，它造成了乡村的空心化、土地的荒芜和乡村风俗伦理等的沦落。这不仅仅是石佛村的个案，在中国改革开放，尤其是20世纪90年代社会世俗化商品化市场化的现代性历程中，这样的现象在乡村是一种普遍的存在——这在特定历史时期构成了现代性的悖论，现代性的由远及近，导致了乡村贫穷和落后，甚至成为国家级贫困县的深度贫困村。而且在这一历史进程中，乡下人的进城，乡村付出了极为惨痛的代价，小说中长锁的儿子殒命于城市中的车祸，既是现实的叙述，也带有隐喻的意味。那些在城市打工的群落，现实中只有极少数混得有模有样，但多数面临着在城市的肉身挣扎和精神没有家园的煎熬。这就是小说要告诉我们的：现在的扶贫不仅仅是全面建设小康社会的需要，同时也是救赎特定历史时期现代性的"原罪"。因此，现今的脱贫攻坚和乡村振兴、美丽乡村建设，无论从哪个角度而言，都具有历史和现实的正当性和补偿性。

3. 扶贫干部和村民双重主体性的确立。尽管小说对扶贫书记的着墨并不多，但老余的形象已经鲜明地印在我们的脑海中。老余不是那种筚路蓝缕开创性的英雄，也不是那种一呼百应式的英雄，部队转业干部出身的他，也不是高喊标语口号的表演家，更不是把扶贫视为走过场、应付检查做表面文章敷衍的乡镇领导。他是带着问题意识和精准扶贫观念到山村"深扎"的扶贫者。从老余的角度而言，他的使命是扶贫或者说是帮助村民们脱贫，因此在小说中，从村民的观感传达的信息是：他是脚踏实地的，来到石佛村尽力摸清情况，建档立卡，实施精准扶贫。他的帮扶措施因地制宜，让村民养高海拔的生态猪。为了解决危房的问题，老余提出了"1+3"的方案。在这些精准施策的过程中，作为"扶贫"的驻村干部，他的所作所为充分体现了"扶贫"干部的主体性。脱贫攻坚，仅仅依靠帮扶干部的主体性是远远不够的，必须充分激活、建构和凸显那些被帮扶对象的主体性，让他们有充分的主体意识、担当、责任和勇气，才能在真正意义上让脱贫攻坚的历史使命落到实处。小说中的老癫子、玻璃花等人在脱贫过程中，开始的时候非但没有建构起有效的主体性，还密谋不光彩的勾当，拖村里集体脱贫计划的后腿。后来事情败露，在老余的批评教育和引导下，他们的主体性才开始回归。有意思的是，老余并没有用国家政策等大道理来说服教育他们，而是以民间的道义、荣辱观念对他们进行劝导："给脸要脸啊，人家仗义，咱不能不识数，这打脸的事断不能做第二回。""都是站着撒尿的老爷们，可得让咱这张脸有地方搁。"自此，老癫子、玻璃花等真正意识到自己的行为不合民间的伦理，才纷纷表示以实际行动走脱贫致富的正途。由此，他们的主体性才得以确立和凸显。

4. 小说语言的形象性与质感。刘鹏艳的小说语言值得称道。文学就是语言的艺术，小说当然莫能例外。作家的语言形象，富有表现力，语言的感觉非常好。比如，小说开头就写几个村民"密谋"贩卖猪的行为："几个人蹲在地上，围成一个不规则的圈，劣质的烟草味道不断从头顶蹿出来，狼奔豕突。"再如写群山的浩荡，"山叠着山，山擦着山，纠缠、蔓延、覆盖"，等等。这类富有表现力的情状、环境、心情、动作的描写在小说中随处可见，极大地丰富了小说的艺术表现力，提升了小说的审美品位。不仅如此，小说的语言将乡村人物的俚语、典雅凝练的书面语和作家略带谐谑的叙述语熔为一炉，进一步丰富了语言的表现力。比如乡村老癫子的口语："你奶奶的，顾头不顾腚。"写长锁家的破败用的是"灰扑扑、乌糟糟的家"。但在这些俚语口语中，穿插一些书面语，两种语言相辅相成。文中用了诸如"袅娜""迢递""逡巡""吊诡""断瓦残垣"等带有或古典或现代意味的语词，让语言在斑驳的呈现中充满了质感。作家的叙述语也带有一定的诙谐意味，让整个的文本叙事不至于过度严肃和沉闷。

当然，小说也并非尽善尽美，如小说主题的深度开掘得还不够。尽管小说在脱贫攻坚的总基调下，触及了乡村朴素的伦理、扶贫者以及脱贫对象的双重主体建构以及社会进程中的现代性悖论等主题，但这些主题还没有得到深度拓展，给人没有写深写透的感觉。另外，在人物心理的刻画上，笔墨还是欠缺了一些，比如老余的心理活动、长锁的心理变化以及其他乡亲在脱贫致富道路上的内心悸动等表现得也还不够。

# 微观视角下的乡村扶贫叙事

刘霞云

　　这虽是一篇带有一定主题先行意味的命题作品，但作者在选材立意、叙述表达以及话语方式上精心布局，使其不同于一般意义上正面演绎国家政策、承担讴歌传颂重任的所谓主旋律作品。相反，其在不着一丝图解痕迹中，不仅让读者饱览大山深处清新优美的自然景观，体味大别山区百姓在时代巨变中经历的酸甜苦辣，同时也让读者领会到基层干部在扶贫工作中所经历的艰辛与不易，以及他们在工作过程中所展示出的魄力、能力和体察民情、深解民心的人民立场，更能感受到国家扶贫政策给千万百姓带来的幸福与希望，在纵横交错中勾勒出新时代百姓生活的中国质地。

　　众所皆知，短篇小说最根本的特征是"短"，正因其"短"则不能赋予其太多使命，所以大家对短篇小说最大的期待首先集中在思想力的表达上。以此观之，本文虽取材于脱贫攻坚的生活素材，但切入角度巧妙，将宏观的国家政策落实到一个县城、一个村庄、一个项目乃至一户人家，以小小切口放大生活的横截面给读者看，并凝练出一个关键词：幸福。关于幸福，习近平总书记曾言：老百姓的幸福就是共产党的事业。本文题为《猪幸福》，在精神高度上正好契合党中央全心全意为人民服务、增强人民群众幸福感的根本宗旨。"猪幸福"若脱离具体语境或许会让人不明其意，但结合作品则能理解作者的写作意图。首先可以理解为"向猪要幸福"，本文的核心事件是扶贫猪项目，向猪项目要幸福，文章立意的生发皆源于此。其次可以理解为"像猪一样幸福"。文中的长锁媳妇将猪当作自己的儿子来养，从此角度看，猪是幸福的。其实何止猪感到幸福，长锁和其媳妇也是幸福的，因为他们在养猪项目中不仅获得了经济的创收，更重要的是收获了关爱、温暖与活下去的希望。扶贫干部老余也是幸福的，因为他的不懈努力使他的诸如"1＋3"以及"123"等扶贫项目落实了并结成硕果，很显然，百姓的幸福就是他的幸福。甲方董事长也是幸福的，因为他"猪不是目的，是手段，是帮山里的乡亲们脱贫致富的手段"的愿望得以实现，作为从深山里走出去的精英，不仅要自己富起来，还要带动自己的父老乡亲富起来，这是何等的幸福与荣耀。作品通过小小的合同风波，在给予大家一定幸福感的同时，还高屋建瓴地诠释了国家扶贫政策的深层内涵：授人以鱼不如授人以渔。当然，扶贫政策的最终目的不仅在于物质脱贫，更重要的还是精神脱贫。一个个扶贫项目也只是手段，最终目的则是点燃贫困农户的生活激情，激励大家去做一些力所能及的事情，充满希望地活下去。与此同时，文本不限于对国家扶贫政策的诠释，还在闲笔中夹杂有对新时代农民固存的如狡黠、短识、缺乏契约精神、重利轻义等农民文化心理的反思，有对中国农村在国家现代化进程中走向贫穷与落后的现代性追问。

毋庸置疑，对于一部作品来说，内容与形式必须贴切适宜，否则上好的内容会被平庸的叙事弄得味同嚼蜡。本文除了选材巧妙、立意鲜明，与之相适应的叙述策略也令人印象深刻，主要体现为叙述节奏缓急有致，叙述方式自由灵活。短篇小说的文体特征决定其在安排情节时不可肆意铺陈，需节制含蓄，力求做到微言大义。本文在情节进展上以草蛇灰线伏脉全文，如开篇以违约的"密谋"为切入口，通过叙述者之口道出贫困县的由来，通过参与"密谋"村民的对话引出扶贫项目以及扶贫干部老余和甲方董事长，而贫困户的生活困难、人生遭遇等则通过村民长锁的回忆以及与其媳妇的对话展开。长锁媳妇第一眼见到年轻的甲方董事长，"欢喜的样子""眼中放着光"，频频添茶、问长问短等不合常态的殷勤背后隐藏着他们痛失爱子的伤痛。同样出自大山的甲方董事长虽不知因为自己和他们的儿子相近相似而勾起他们的伤痛与格外关爱，但却和长锁夫妇之间有着本能的相通，尤其当他看见长锁儿子的遗像时，更是增添了这份理解与关心，这也为后文猪项目的继续合作埋下伏笔。最后，违约者受到该有的惩罚，长锁和其媳妇却因诚信而意外收获活下去的希望，那"松软的笑容"成为天下最美的笑容。如此行文舒缓有致，情节跌宕起伏，显示出作者老到的掌控能力。而在视角安排上，本文采用第三人称限制视角与人物视角的自然转换相结合的方式，使得行文推进自如。文中几个不同的声音在不着痕迹地转换，如叙述者的声音、村民长锁的声音、老余的声音以及甲方董事长的声音等，而人物的对话又恰到好处地起着推动情节与补充内容的作用，如此处理相对于完全依靠上帝之眼的叙述显得活泛，也符合人物的性格特征，使得文本洋溢着浓郁的生活气息。

除了叙述策略令人印象深刻，作品最大的特色还是其语言表达。语言对于一部作品的重要性不言而喻。阿来认为，一部作品若语言不好，即便红极一时也很难作为经典存在。阿来的语言极富诗性，他所强调的好则指语言的灵动与诗性。而本文的语言最大特色恰恰也是诗性的形象语言，尤其是叙述者的声音，不死不僵，极富形象感。王小波曾说过，文学是用来谈、用来听的，而不是用来看的。在此，他强调的是语言的形象性与口语化。作者在文中也有了一定的展示，诸如"有毛病没有""是这个理呀""各有各的贫困，这就不说了，单说……"，这些带有说书先生般不加掩饰的评议，使其更接地气，颇具"说书体"味道。而在语言以及句式的运用上，作者可谓十八般武艺一并运用，有专项的扶贫术语"1＋3"惠民保障改善计划、"蹲点扶贫"、"一过线"、"两不愁"、"三保障"、"村出列"等，有书面的四字成语"狼奔豕突""青天白日""脚不沾地""昏天黑地""兴兴头头"，还有俯拾即是的口语、俗语与方言等。而在句式上，有多处重复循环句子的运用如"山叠着山，山摞着山""吃着，听着；听着，吃着"，尤其是老余和违约农民的对话："能好好养猪不？""能，能。""能踏踏实实脱贫致富不？""能，能。"多种风格的语言形态与多样的句式运用形成一定节奏，强化文本的反讽与戏剧效果。

质言之，作者选取极小切口，以微观视角演绎巨变时代乡村扶贫生活的一隅，在选材立意、谋篇布局、叙述表达上皆鲜明彰显出女性作家特有的细腻特质。与此同时，其在文本中所体现出的写作立场、精神高度与艺术格调令人赞赏。更要提及的则是，当下全国各族人民在党的领导下克服重重困难，为如期打赢脱贫攻坚战付出巨大努力。在这样的重大历史时刻，每个中国人都为之感奋，都强烈意识到这将是一个伟大的时代。我们的作家拿起手中的笔，用文学的方式记录脱贫攻坚工作中的点点滴滴，肩负起反思过往、审视现实、探寻未来的重任。多少年后，这些炽热文字中跳动的脉搏和沸腾的情感将被作为历史而珍藏。从此角度看，历史的第一现场或许就在文学，而这也正是诸此脱贫攻坚文学超越于文学本身所具有社会和历史价值的体现。

# 评余同友中篇小说《找呀找幸福》

## 尊严，是幸福的底气

彭正生

《找呀找幸福》是以决战决胜脱贫攻坚历史实践为背景，聚焦时代主题，抒写新时代农村的新面貌、新气象，谱就而成的新时代农民寻找幸福的动人诗篇。故事发生在偏远山村幸福村，讲述的是以王功兵为代表的村民们在驻村扶贫干部李朝阳带领下，奋斗自强，坚定自信，最终脱贫致富，获得了有尊严的幸福的故事。应该说，如何写好主题文学，写出时代本质，既弘扬正能量、唱响主旋律，又具有真实性、现实感，无疑是对小说家能力的考验与挑战。尽管《找呀找幸福》是"命题作文"，但它较好地处理了主题与方法的关系，突破农村题材小说的既定框架，没有落入主题创作的模式窠臼。总体来说，它是一篇别样的、有特点的主题文学小说样本。

《找呀找幸福》没有袭用既往农村题材文学惯常的叙事视角，通过叙事焦点移位实现叙事伦理转变，彰显了新时代农民的主体精神。不论是鲁迅的《故乡》，还是路遥的《人生》，都选择"外在于"农村的知识者（文化人）为叙述视点（叙事焦点）。农村景观通过他们被"看见"，农民故事通过他们被"讲述"。他们虽是剧中人，更是旁观者。乡土世界是他们视界里的"他者"，是被观察和审视的对象。这样的叙事视角之下，潜隐的是乡土家园亟待被改造的启蒙现代性叙述伦理与价值观。如果《找呀找幸福》以李朝阳为叙事视点——这也是此类主题文学的常规方式，因为李朝阳是上级下派的驻村扶贫干部，是脱贫攻坚政策的直接落实人——小说就可能会被写成：扶贫干部李朝阳带着一颗火热的心来到农村，望到一幅闭塞、贫穷和落后的村庄景观，他思想坚定，行动坚决，撸起袖子，甩开膀子，殚精竭虑，率先垂范，最终带领村民脱贫致富。如此，《找呀找幸福》就会被写成李朝阳的"脱贫手记"，或"扶贫日记"，成为非虚构的报告文学，降格为程式化的流水账。巧妙的是，余同友放弃了扶贫干部（知识分子）李朝阳的叙事视角，让农民扶贫对象（农民）王功兵成为叙事焦点，让王功兵的故事成为小说的重心。还是写脱贫攻坚，却隐去了李朝阳规划扶贫产业、招商引资、商务谈判等情节，浓墨重彩地写了王功兵从冒尖户转为穷光蛋的屈辱历史，又从贫困户变成致富带头人的华彩现实。此种详王略李的剪裁，选择叙事曲折却更迷人的"羊肠小道"，让小说更具时空纵深感。

　　叙事视角还是一种"有意味的形式"，它关乎小说的叙事伦理。《找呀找幸福》以王功兵（扶贫对象/农民）为叙事视点，李朝阳（扶贫主体/文化人）的叙事功能便发生了有意思的变化。李朝阳的角色功能发生了变化，扶贫干部不再仅仅是乡村世界的改造者，而是时代课题的"答卷人"。他的工作方式也发生了变化，他不是硬性向村民"植入"自己的理念，而是转换角色，主动"融入"幸福村。这种叙事焦点的取王舍李，突出了农民的主体性，彰显了农民的主体精神，强调脱贫攻坚历史性实践的内因作用，更符合乡村社会的真实。毕竟，正如小说标题所暗示的，寻找幸福、创造幸福的主体，不可能是他人，只能是农民自己。

　　《找呀找幸福》刷新和再定义了农村题材小说中的基层干部形象，塑造了充满正能量的新时代农村新人。中国当代文学中的乡村干部形象，大都是灰色的，甚至是可鄙、可憎的。从革命文学时期柳青《创业史》里的郭振山，到改革开放时期路遥《人生》里的高明楼，《平凡的世界》里的田福堂，再到新世纪毕飞宇《玉米》《平原》里的王连方，这些农村干部的共同特征是自私、虚伪，他们漠视群众利益，将权力视为满足个人欲望的工具，缺失是非、善恶观念。与之相反的是，《找呀找幸福》的李朝阳是组织下派的驻村扶贫干部，是幸福村的第一书记。他工作勤勉、作风硬朗，热爱生活、低调务实，可以说是"权为民所用、情为民所系、利为民所谋"的基层干部典范。当然，小说也呈现了基层干部的黯淡面孔，这里既有失职渎职致人死亡的乡镇卫生院医生，也有蔑视农民人格的派出所户籍干部，他们是造成王功兵记忆中最深刻创伤的源泉。这些灰暗的基层干部形象，显示出余同友对乡村社会多元性、复杂性的深切体认，增添了小说的现实感。当然，这些黯淡的面孔不是小说的主要表情，他们就像阳光投射的影子，反衬出李朝阳形象的温暖、明亮。

余同友没有采用"正面直击"，而是以"侧面打量"的方式来塑造核心人物形象，让小说更合乎心理逻辑、情感逻辑，也更具说服力。正如前文所示，《找呀找幸福》的叙事视点是王功兵，王功兵是"观看者"，李朝阳是"被观看者"，因此，李朝阳的形象雕刻只能借助于王功兵。小说细腻、出色地刻画出王功兵的心灵辩证法，并通过王功兵的心灵辩证法——情感、心理的变化来完成对李朝阳的形象描摹。源于妻子死亡、女儿生病、人格被漠视等沉痛与屈辱的记忆，王功兵对基层干部自然排斥、反感。小说开始的时候，李朝阳因事耽搁，王功兵内心不耐烦（大概认为李朝阳是说话不算数、轻视老百姓的官僚主义干部）；李朝阳四处寻找幸福碑，王功兵不屑（大概认为李朝阳是做做样子、虚头巴脑的形式主义干部）；李朝阳提出拓宽公路，王功兵不相信（大概认为李朝阳是不自量力、脱离实际的理想主义干部）。然而，随着故事的演进，李朝阳谋划的扶贫产业、工艺车间、乡村艺术团均获成功，幸福村发生了翻天覆地的变化，王功兵对李朝阳的印象，也经历了从消除猜疑，到接受、认可，最终感动、佩服的变化。

《找呀找幸福》积极借鉴了经典文本的立意与结构模式，增加了小说的完成度，丰富了小说的题旨。这篇小说很容易让人联想起《百合花》，茹志鹃采用异于彼时革命历史小说的笔法，不去写正面的战争，而是着眼战争中人与人之间的关系；小说用"百合花"为贯穿性意象，以小见大地赞美温暖而美好的人性。《找呀找幸福》也是如此，它聚焦脱贫攻坚国家战略，但是它并没有机械地、流水账式地记录驻村扶贫干部的日常活动，而是通过一位农民之眼写出新时代基层干部务实的工作作风、良好的精神风貌，描画出基层干部与群众之间和谐、融洽的关系。小说以寻找幸福为题，幸福的能指符号具有多重所指意义：它既指称村庄的名字，又是村头石碑之名，是实在的、具体的；同时，它还指认心灵的感觉，是抽象的、象征的。不论何种指向，幸福在小说中都寄托了幸福村村民对幸福生活的美好愿景与向往。

《找呀找幸福》也有一个贯穿始终的意象——幸福碑。幸福碑在小说里具有特殊的叙事功能，它是小说的线索，使得小说结构首尾呼应，小说也因此具有极高的完成度。同时，幸福碑又是小说主题的隐喻。在小说的开头，幸福碑是贫穷的标记、美好生活的反讽，它的被推倒、被丢弃隐喻的是幸福的遥不可及。小说的结尾，幸福碑是新生活的象征，它被拾回来、被竖立起，隐喻的是村民幸福感的找到与获得。当然，对于王功兵来说，重要的不仅是他由经济条件改善、收入水平提高而找到了幸福，获得了幸福感；更重要的是，他找到了自尊，获得了尊严。那种不被漠视、不受屈辱的尊严感，才是幸福感的源泉和底气。在这个意义上，《找呀找幸福》既是关于幸福的小说，也是关于尊严的小说。

# 诗意地书写与幸福的双重建构

丁友星

诗意是什么？是"诗人用一种艺术的方式，对于现实或想象的描述与自我感受的表达。在情感立场上，有深情赞美的，有热情歌颂的，也有批判反讽的，等等；在表达方式上，有委婉的，有直抒胸臆的，有用象征或隐喻手法的，等等"①。只要你在作品中能营造出一个氛围，让别人看了能从潜意识中浮现出内心深处的感受。能做到这些，你的作品就具有了诗意，表达出了诗意。余同友的中篇小说《找呀找幸福》，从某种意义上讲，便具备这些方面的某些特质。因此，我称之为一首充满诗意的抒情诗。其通篇都洋溢着大山深处贫困的幸福村村民在扶贫干部李朝阳的带领下，追求幸福生活的美好情感。小说中，余同友借人、借物、借景抒情，把一个本来十分枯燥的乡村脱贫故事书写得诗意盎然。这不禁令我想到当年铁凝的短篇小说《哦，香雪》，全篇就像一首诗一样，抒情意味浓厚地书写出了相对偏僻落后、封闭隔绝的台儿沟人对大山外面世界的渴望与向往。二者有着异曲同工之妙。

首先是在借景抒情方面。余同友把幸福村的落日比喻成了一面大铜锣，当一只无形的手把这面大铜锣无声地敲响了之后，我们惊喜地发现，这面大铜锣"敲出满天的晚霞，敲着敲着，哐当一声，就把自己敲到地底下去了"。此时此刻此地，大铜锣极具象征意义，它一响，好戏便开场了。什么好戏？脱贫致富的好戏。事实上，幸福村的幸福生活也就是从这个时候开始的。而这一切别人看见没看见，我们不知道。反正都让开二手小四轮来接扶贫干部李朝阳的村民王功兵见证到了，他成为幸福村村民追求幸福生活全过程的见证人。为什么是他，而不是别人？因为他是幸福村幸福阻力最大、后来又是"带头人"的"犟驴子"。不过，一开始，他对幸福村的幸福是抱有怀疑态度的，至少也是半信半疑的态度。对此，余同友用了一个二手小四轮两只车前灯"只有一只是亮的"为象征，很好地诠释了王功兵当时的心理状态。他用"独眼的"二手小四轮车灯"把山里的黑夜挖出一个大洞"，然后，行驶在两边都是"树木、峡谷"的山路上。而这条山路则是"颠簸不平"，且"又弯又陡，弯的地方几乎是九十度直角，一个转弯，让人感觉不是转弯，而是直接将车身射进峡谷悬崖，陡的地方简直就是悬挂在绝壁上爬行，似乎轻微的一阵风就会将车子吹翻"。余同友这样的描写预示着什么？

① 李少君：《日常诗意的发现与捕捉》，《文艺报》2017年8月11日第8版。

窃以为，预示着李朝阳带领幸福村村民通往幸福的扶贫道路是不平坦的，是艰难辛险的。然而，通过李朝阳的努力，到最后，幸福村终于走上了脱贫致富的道路。这时，余同友笔下的幸福村，一下子便"陷落在温柔的夕阳里"了，"白芷种植带头人"王功兵也一改先前的"犟驴子"脾气，"坐在田埂上，吸着烟，看着脚边的土地，一只蚂蚱在跳跃，一条蚯蚓在钻洞，不远处的一只八哥在啄食草籽，微风将泥土的气息运送到很远的地方，又运回到人的心里。王功兵不禁伸手捏了一把泥土揉搓着，泥土潮润、细腻、松软，似乎可以食用"。一切都是那么温馨、美好和祥和，透露出幸福村人特有的一种幸福感。

其次是在借物抒情方面。小说借助一个标志性物象，或者说是具象，也就是"刚解放"时立的一块"幸福"石碑为抒情物，抒发出幸福村村民现实生活的变迁。这块石碑两次出现。第一次出现的时间是在刚解放的时候。当时是由石匠村民王功兵的太爷爷应山东南下干部县委书记的邀请刻出的，碑铭"幸福"二字由县委书记亲笔手书，就立在通往幸福村的桥头。但是，幸福村并未因此而幸福起来，反而继续贫穷。甚至村子里的人还编了一个顺口溜："没到幸福想幸福，到了幸福不幸福，离开幸福才幸福。"形成了对"幸福村里贫困户们的一种讽刺"。后来，由于村民王功兵因女儿王琼瑶的病从南京治疗回来，在山脚歇息睡着了，醒来瓢泼大雨，无处躲藏，闪电一亮，照亮了身边的这块石碑，当时他的驴脾气就上来了，便把所有的恨都撒在了这块石碑上。结果，他把这块石碑推倒了，还不解恨，"便抱了它扔到一旁的山沟里"去了。"幸福"石碑第二次出现的时间是在李朝阳扶贫结束后正在悄悄离开的时候。当李朝阳离开的车子行驶"到了山脚时"，车子突然"开不动了"。这时，他"下车一看，呆住了"。他意外地发现"一块石碑立在山崖边"，而且"石碑上'幸福'两个字被重新描红了"。他的内心不禁由衷地赞叹起来，"果然是好书法"！"铁画银钩，力道十足"。同时，他也走向石碑，"用手抱住那块石碑，双手抚摸着石碑，久久不语"。这时，王功兵"一挥手，顿时，鼓、琴、锣、笛、镲一齐奏响，众声高唱，唱的还是那首毛阿敏的《幸福》"。一时间，李朝阳也"禁不住泪水涟涟，像往常一样，他立即拿起了铜号，走进他们当中，加入了演奏的行列"。其情其景，令人动容。石碑的前后两次出现显示的意义完全不同，第一次出现时显示的是"村子里的人并没有感到幸福"，反而，仍然是"山穷水恶，人瘦毛长"。再次出现的时候，则是"换了人间"，显示的是幸福村脱贫致富了，"找到了幸福"的感觉。

再次是在借人抒情方面。余同友的中篇小说《找呀找幸福》和铁凝的短篇小说《哦，香雪》，虽然选择的是两种不同的表达路径，但是，两位作家对不同人物的描写却都是在揭示着不同时代的人对美好生活的期望和向往。在短篇小说《哦，香雪》中，铁凝通过对香雪，一个小山沟里的村庄台儿沟的小姑娘的生动描写，抒发出了她对外界美好事物的向往和期待，同时也揭示出了在改革开放初期中国人民对美好生活的期望和向往。而在中篇小说《找呀找幸福》中，余同友则通过对扶贫干部李朝阳到大山深处贫困落后的村庄幸福村的扶贫过程的生动描写，抒发出了他以扶贫的方式，去帮助一个"山穷水恶，人瘦毛长"、没有幸福感的贫困村庄幸福村的村民们实现他们的幸福期望和向往，同时也揭示出了当下中国农村脱贫致富的重要性和必要性。所不同的是，香雪是对山外充满着向往和期待，而李朝阳则是为村民们去实现他们的期待。

然而，不管余同友是在借人抒情、借物抒情，还是在借景抒情，所有的抒情，窃以为，都是在某种程度上的言志。正所谓：一切言情皆言志。换而言之，"志亦达情、情中有志"也。其实，这也正是诗意的真实表现。要知道，在中国古代诗学中有两个极富思想性的美学观点，那就是"诗缘情"和"诗言志"。通常二者之间都会被合称为"情志"。君不见孔颖达在《毛诗正义》中说："包管万虑，其名曰心；感物而动，乃呼为志。志之所适，外物感焉，言悦豫之志则和乐兴而颂声作；忧愁之志则哀伤起而怨刺生。"不过，要知道，孔颖达在这里所谓的以"情"解"志"并非他自己的创意，也不是将"言志"与"缘情"调和贯通，而是在讲二者本来就是一回事，

"情"就是"志","志"就是"情"。所以，他在《左传正义·昭公二十五年》中便明确地讲："情、志一也。"到李善注释陆机《文赋》"诗缘情而绮靡"时，他便更加明言："诗以言志，故曰缘情。"至此，我们可以清楚地看出，"言志"就是"缘情"。同样，李善也不认为"言志"与"缘情"是可以调和贯通的两个事物，因为二者本来就是一回事。只不过抒情有时是"喜柔条于芳春"，有时是"悲落叶于劲秋"等的物感之情与个人体验之情而已。这种实践作为一种创作方式，无论我们采取何种途径、何种方式，都是通过人、物、景表情，以情达志，最终实现作者的理想和自由意志的完美结合，达到以志成文的目的。余同友在从事小说创造之前，也曾是一个诗人，作为曾经的诗人，这一点他不可能不知道。因此，从表面上看，他是在写人、写物、写景抒情；实质上，他就是在言志，言他对贫困山村幸福村的脱贫致富之志。

而在幸福村村民幸福的建构上，余同友则又不像一般的作家那样只是简单、单纯地把幸福建构在物质之上，而是从物质和精神两个层面来进行双重建构。事实上，幸福本身就是具有物质和精神二重性的。只不过，中国人更重视其物质性而已。或者说，在贫困落后的村民身上，甚至是在部分扶贫者身上都存在着典型的物质脱贫思想，而忽视了精神扶贫的追求，也即精神幸福的人文追求。但随着时代、环境和社会的变化进步，人们对幸福的要求已经不仅仅只是对物质的需求了，而是需要对物质和精神两个方面的满足。因此，在脱贫致富过程中，扶贫工作者也就必须同时满足被扶贫者的物质和精神需求。只有这样，被扶贫者才能真正幸福。因为"幸福是在一定温饱和安全条件基础上，在社会生态环境下，拥有能产生幸福感的要素、机制、动力的生活和生活状态"，还是"一种主观感受，但是又与客观因素密切相关，它的发展变化表现为个体的特殊性，但它又在社会成长中遵循着普遍的客观规律，它既受内部因素影响，又受外部因素制约，涉及自然、社会、心理等方方面面"。所以，它又是指"一个人自我价值得到满足而产生的喜悦，并希望一直保持现状的心理情绪。而幸福又被划分为四个维度：满足、快乐、投入、意义。对于幸福的诠释涉及哲学、心理学、社会学、经济学、文化学等多个学科"[1]。仅此而言，我便十分推崇余同友的中篇小说《找呀找幸福》，它清晰地描绘出了扶贫干部李朝阳对幸福村村民的幸福进行的是物质和精神的双重建构。

幸福的第一重建构：物质建构。在物质建构层面，余同友和其他作家一样，采取的方法也是让扶贫干部李朝阳去抓经济作物生产，以此来满足幸福村村民们的物质生活需求。小说中，李朝阳来到幸福村后，做的第一件事就是"开了几次村民大会，商量着要抓扶贫产业"。最后，通过对周边的考察，"定下来，要种白芷"。但是，却遭到了村子里一个被人称为"犟驴子"的村民王功兵的反对。他这个人"专门和政府、干部们作对，你让他往东他偏要往西，你让他杀狗他偏要撵鸡"。造成他如此仇视政府、干部的原因有两个：一个是他老婆赵红梅生产，乡卫生院妇产科医生"偷着去打麻将"，还"关了手机"，找不到人，连值班医生打电话也没找到她。结果，他老婆赵红梅胎位不正，"母子双双危险"，转院到"五十里外的县医院"，耽误了时间，导致他老婆难产死亡，孩子被"脐带绕颈加上在娘胎里长时间呼吸窘迫，先天不足"，脑瘫了。一个是他去乡派出所办身份证，姓名被民警错写了，他让民警改，民警改了中间一个字，最后一个字拒绝改。结果，他的姓名原本取的是"王功斌"，被写成了"王功兵"。反对就反对吧，又不缺他一家种植白芷。可是，偏偏他家的"田就在畈中央"，他不种没办法"集中打药、喷灌"。经过几番周折，李朝阳让王功兵种上了白芷，还派他去"药材协会在皖南那边开办"的"白芷新型种植培训班"学习，使他"成了幸福村白芷种植带头人"，带领全村人走上了脱贫致富的道路，进而实现了幸福村的物质脱贫。这便是第一重建构。

幸福的第二重建构：精神建构。如果余同友的中篇小说《找呀找幸福》对幸福村村民们的幸福生活的建构，仅仅只是停留在物质建构这一重建构

---

[1] 360百科，https://baike.so.com/doc/5339893-24446985.html。

上，那么，这种建构也就不足为奇了。因为脱贫致富过程中的物质建构余同友能想到，其他作家也都能想到。这是一个幸福指数较低的幸福。一般作家都是这样建构的，可以说，再平常不过了。然而，余同友高就高在他为幸福村的村民们建构的幸福还有第二重建构，那就是：精神建构。这样的幸福才是真正的幸福，幸福指数极高。为此，他一下子便拉高了这部中篇小说的品位，同时，也把这部中篇小说的思想境界提升到了一个与众不同的位置。余同友从村民王功兵女儿王琼瑶病后爱上打架子鼓入手，到扶贫干部李朝阳背来"金黄的大铜号"和她合奏一曲毛阿敏演唱过的《幸福》曲；从村民王爱莲利用王琼瑶的残疾，带她到县城去配合自己演唱打架子鼓挣钱，让李朝阳想到组织一个"残疾人艺术团"。很快，他在取得自己单位文联领导的支持后，利用"王琼瑶会架子鼓，王爱莲会唱歌，尤其是山歌，她老公还会拉二胡，再弄几个会吹笛子会打锣的"，便"整出个艺术团来了"，为幸福村村民们的精神幸福创造出了一个不可或缺的艺术载体。当一切就绪后，他又让文联"派知名的导演、音乐家过来，辅导和培训"艺术团的人员。从此，在幸福村的时空里，便经常荡漾出一首首优美的歌曲，尤其是毛阿敏的《幸福》歌。第一次，"王爱莲扯着嗓子带头唱"，"她老公拉着二胡伴奏，黄铁牛敲着不知从哪里捡来的破瓷盆，其余的人则跟着王爱莲吼唱，吼秦腔一样，喊得山野里群山回响"，李朝阳"取下背上的铜号，鼓起腮帮子吹了起来，楼上的王琼瑶架子鼓也敲了起来"。这"热烈而又抒情、高亢而又悠远的曲调"，连过去是"犟驴子"的王功兵听了，都"背过身偷偷抹抹眼睛"，流下了兴奋的热泪。幸福指数猛然地便上升起来。

至于《中篇小说选刊》责任编辑欧逸舟在这部小说的《责编稿签》中讲："余同友笔下总是会走出这样一类人：他们热爱村庄、依恋乡土，纯粹而执着，怀抱理想主义与浪漫主义，却往往遭遇冷峻的现实，无法企及自己渴望的幸福。"这一点，我也以为不无道理。然而，在中篇小说《找呀找幸福》里，我却和余同友的看法一致，即"幸福村找回了幸福碑，每个人也都找到了自我的价值和尊严"①，也就是找到了幸福。为了书写和表达这些怀抱的"理想主义与浪漫主义"，余同友采取的是一种不可多得的诗意方式。这也正是我文前所论述的，余同友的中篇小说《找呀找幸福》和铁凝的短篇小说《哦，香雪》一样，从某种意义上讲，就是一首充满诗意的抒情诗的真正原因之所在。虽然诗离小说很远，但是，小说一旦与诗联系起来，便无异于为小说插上了飞翔的翅膀。

---

① 欧逸舟：《责编稿签》，见余同友中篇小说《找呀找幸福》，海峡出版发行集团出版，《中篇小说选刊》2020 年第 8 期。

# 评张扬纪实文学作品《马郢计划》

## 一首乡村振兴的赞歌——读《马郢计划》

周志雄

张扬的纪实文学作品《马郢计划》直面沸腾的社会生活现实，为我们描绘了以钟宇为第一书记的马郢社区这一安徽省长丰县重点贫困村脱贫致富的伟大历史变革历程。2020年是全面建成小康社会目标实现之年，是全面打赢脱贫攻坚战收官之年。张扬以新闻记者的敏锐、以翔实的调查和独特的视角为读者讲述了马郢社区的变革故事。不同于众多写扶贫题材的文学作品，《马郢计划》充满文艺气息，"马郢计划"是由钟宇与萧寒、程龙伟、沈国慧等几位新文艺群体人士策划的方案，突出了"文艺扶贫"的特色。

"马郢计划"是文艺扶贫的典范，在"马郢计划"里，钟宇创造性地开展乡村扶贫工作，依托国家的政策，因地制宜，发掘乡村的优势，建构乡村与城市的新型关系。利用新媒体，以志愿者的加盟为乡村引来活水，通过文化搭台经济唱戏的路子，开发乡村的历史文化资源，开展乡村旅游，建立文化下乡的渠道，将现代艺术和现代文化带入马郢，以城乡的资源互补激活乡村，使马郢成为风景优美，可看、可吃、可住、可购的现代新型乡村。

纪实文学作品，考验的是作者的脚力、脑力和笔力。《马郢计划》通过真实的人物、真实的场景、真实的故事，再现乡村剧变的历史图景。目前能读到的《马郢计划》有两个版本，一个是在《中国艺术报》上刊发的5000多字的版本，一个是在《安徽文学》上刊发的1.7万字的版本。据作者说，这个作品还有更完整的第三个版本，将会是一本书的容量。马郢计划是一个立体的计划，包括救助失学儿童的助学计划、开展精准扶贫的助农计划，以及引进资金、改善环境、开发乡村文化资源的助村计划，这三个计划的策划实施，其间也曾遇到各种挫折和困难。钟宇充分发挥个人能动性，积极寻找办法，完成了这一系统的工程。《马郢计划》在有限的篇幅中，在充分调研的基础上，以中国传统工笔描绘的简练笔法，画下了一张张剪影，犹如一部凝练的新闻纪录片，将读者带入真实的历史场景之中。作品以卡片式的结构讲述了马郢村各色人物的故事，他们有扶贫对象马郢村民孙瑞景、孙涛、夏怀兵，有回乡创业的胡克、魏小青，有到马郢投资的花店主郑贤永、IT男庄翔杰、"草莓王子"张海波、80后创客王义强、"龙虾哥"陈川生，有下乡的志愿者张静宜、丁琳静、萧寒、程龙伟、沈国、邓卫华等文艺人士。作者以简练的笔法描述了他们的形象，字里行间写出了他们的精、气、神，这种写法形成了作品高密度的内容特质，质地坚硬、耐读。

近年来纪实文学以"非虚构"之名在文学界形成风潮，出现了黄灯的《大地上的亲人》、梁鸿的《中国在梁庄》《出梁庄记》、赵瑜的《寻找巴金的黛莉》等引起广泛关注的作品。在面向生活热点时，文学如何表现伟大的时代变革？黄灯的《大地上的亲人》以一个乡村儿媳的眼光讲述乡村家庭的起起落落，表达了作者对当下乡村生活的思考；梁鸿的《中国在梁庄》《出梁庄记》中，作者与所写的人物进行现场交流，以参与的立场表达思考。与这种内视角的情感立场不同，《马郢计划》的叙述是"出乎其外"的，作者主体在叙述中被隐藏起来，《马郢计划》不以情感力量力度见长，在写法上注重新闻性和事实感，在人物的刻画上，并未讲述过多的人物故事，叙述是简洁而紧凑的。即便是主角钟宇，作品展示的主要是人物的行动，而较少写人物经历，人物心理描写也是点到为止，形成作品简练、绵密、散淡、意味深长的风格特点。

乡村振兴是一场伟大的现实变革，亦是一项系统的工程，其中可以探讨的政策、路径、模式空间巨大，即便是"马郢模式"所确立的成功范式也需要进行深入的总结和反思。在一些非虚构作品中，作家们着眼于在广阔的领域里，以全景式思维写出人在现实变革中的种种心态，写出现实变革与历史政治之间的联系，将作者的主观评述与客观的历史纪实有机融合，极大地增加了作品的深度。《马郢计划》没有采取这种以思想力打动读者的纪实文学写法，张扬的笔力很节制，几乎没有思想的驰骋与情感的宣泄，他充分发挥了新闻记者的长处，主要选择以事实说话的方式，以春秋笔法将宏观视野隐含在依次陈述的微观事实中。《马郢计划》从钟宇在困境中寻找突破口开始讲起，脚踏实地地一个个项目做起来，一点点见到成绩，通过"留白"与"闪跳"为读者留下思考的空间。

　　《马郢计划》是一篇充满文艺气息的纪实报告。在作者的叙述中，不时穿插乡村景物与时节天气的描写："村中青壮年大多外出务工或久居城中，空置的房屋如落寞老人。风从门缝里钻过，木门嘎吱嘎吱作响。"这是钟宇初到马郢村遭遇困境时的描写。"乡野间流动着草木气息，晴朗的天空上放飞着风筝，孩子们奔跑着，爆发出的笑声如鸟翼振飞。"这是马郢计划开始有效推进后的乡村景象。"长势良好的棠梨树默守在岗地上，团着一股生气。植树节之际，钟宇戴着草帽，与志愿者一起将树苗植入战马嘶鸣过的土地，阳光温暖而明亮，柳枝轻抚水面，垂丝海棠开得热烈。"这是马郢计划全面铺开，马郢社区焕发出生机与活力后的景象。一切景语皆情语，这些景物描写与文中所叙述的事例相得益彰，让读者真切感知到马郢的变化。马郢计划的特色是文艺扶贫，作者采集了马郢的顺口溜来写地方民俗与传说，"炒十三，炸十四，十五晚上照蝎子"；"大长岗小长岗，油坊店二房庄，三星照月魏祠堂"。这些民俗描写为钟宇找到扶贫路线的突破口提供了思路，也是作品的重要有机部分，有力地增加了作品的文化含量，拓展了作品的意蕴空间。

# 以梦为马，扎根大地

马书玉

## 引言

2020年11月13日至15日，由中国艺术报社、安徽文艺理论研究室、安徽省文艺评论家协会、安徽文学艺术院共同主办的脱贫攻坚主题文学创作研讨会在六安市金寨县花石乡大湾村举行。我评论的作品是张扬的纪实文学《马郢计划》。

11月13日深夜和14日清晨，我接到两个电话，都是来自鲁西南老家那个偏远的乡村，我的九旬老母亲再次诉说身体里讲不清楚的不适、提不起兴趣的乏味生活、谁家青壮年远走他乡、谁家留守老人在空落寂寥中谢世等等，都是母亲不倦的话题。母亲甚至哭哭啼啼着说："我的日子就是吃饭睡觉，睡觉吃饭就是我的日子。""天天如此，年年这样，日子越来越没味道，活着越来越没意思……"

其实，父母生活并不困难，我们村里的村民基本都已经达到当地政府界定的脱贫标准。父母身体的各项体检指标按照他们这个年纪，也不算糟糕。但是他们就是有诉说不尽的烦恼、忧伤、沮丧等缺少安全感的情绪。这，也时时困扰着、折磨着我。

父母及其周围的老邻居，似乎在自己生活的老屋，把幸福感丢了。而那让游子流连忘返、畅饮乡愁的乡村，仿佛缺少一种让我深情回眸的滋味。

每次回老家，我常为村庄升高的洋楼、拓宽的马路以及车水马龙的集市而自豪而欣慰。但是，走进村庄，往往看到麻将室里的灯光、锣鼓喧天的艳舞。有时，还看到个别不算贫困的村民，蹲在村干部家里要"贫困户"的吵闹……个别业已旧貌换新衣的村庄，她的"心"还是空的。支持村民站立的文化精神，仿佛羸弱蹒跚的婴儿，左摇右摆，飘忽不定。富足的村庄，贫乏的文化艺术生活，让我的每个长假，都是不远千里而来，身心疲惫而去。

那天，我在评论《马郢计划》的发言现场，正纠结着母亲的电话，还有我那千里之外的家乡。我对合肥市长丰县杨庙镇马郢村的文化娱乐生活，简直就是"羡慕嫉妒叹"。

是的，没有对比，就没有感叹。

同样的时代背景下，我的父母、亲人和左邻右舍，尚在或僻静或偏远的村庄，无助无奈，唉声叹气。

不错，作者笔下的马郢村，正人欢马叫，莺歌燕舞。这里的老人安然"老吾老"，悠闲乐享"文艺马郢"；这里的孩子，自得"幼吾幼"，快乐成长于"研学基地"。

作者介绍，由"助学""助农""助村"三个子计划组成的"马郢计划"，"旨在架设一座连接城市与乡村的桥梁，通过这座桥梁，打通城市与乡村的连接障碍，让城市与乡村的资源得到有效的互换和互补，让城市的优势资源落地马郢，让城市的居民回归乡土，让乡村回归它应有的价值，让留守村庄的老人和孩子获得更多的陪伴和帮助，让马郢和马郢的村民能够在资源的交换中获得实实在在的收益，尽快摆脱贫困"。

事实上，作者张扬先生已经让他笔下的孙瑞景老人及其残障儿子孙涛等村民告诉我，马郢村的父老乡亲不仅已经基本摆脱物质的贫困，更是在精气神上扬眉吐气、活力四射了。

作者用自己真诚的叙述让我明白，马郢人正在孜孜探索并践行的计划，"不仅仅是简单的扶贫公益计划，不是单方的给予，而是期望通过计划能够以互换和互补的方式，整合城市和乡村的资源，通过资源的整合达成统一的目标，满足各方的需求，并最终实现让乡村更美好，让农民更富裕的目标"。

同一时代背景下，同一国政环境中，甚至同样的土地、同样的村民，为什么有的乡村能够脱贫致富，甚至实现华丽转身、振兴腾跃，而有的乡村还在苦苦挣扎，翘首以盼。比如我的村庄，我的父老。

在乡村，还有多少像我父母这样的老人，在全国，还有多少我这样无助的离乡儿女，在等待"马郢计划"，在翘首以盼。

读了作品《马郢计划》，我感到，选对一个人，下活一盘棋，干好一件事，造福一群人。这应该是各级党政干部用人、施政乃至实践"不忘初心，人民至上"宗旨的根本。

我想把张扬老师的作品《马郢计划》打印几十份，分别寄给我老家的村镇干部，希望能够让我的家乡干部看看千里之外的马郢村村民何其幸福，江淮大地上的钟宇等社区干部何其倔强，居然在那片被遗弃撂荒的土地上，播种出葳蕤的禾苗，收获丰硕的果实。

在大地清瘦、落叶一片的秋冬季，囿于父母留守老家的困惑，我突然思绪翩翩、暖流跌宕，有一个抑制不住的冲动：到马郢去，到马郢村的田间地头去，看看那里的村民，是如何从物质到精神全面脱贫的。学习一下那里的文艺志愿者，是如何把马郢村的脱贫攻坚上升到扎根大地、服务人民的文化宗旨上来的。

到文艺脱贫攻坚前线去，是的。这是我，一名基层文学工作者，拜读了省脱贫攻坚主题文学创作系列作品后，萌发的真实冲动。

## 《马郢计划》艺术特点

作品之所以让我等读者产生如此深刻的感触，除了马郢人自己设计并实施"马郢计划"的感人事迹和业绩，也在于作者真诚的调查研判力及其娴熟的文字驾驭力。

（一）以轴线手法，勾勒乡村画卷，是作者深入扶贫第一现场的妙手必得

《马郢计划》以扶贫干部钟宇为轴，以受到他帮助的村民个案为支线，围绕淮河大平原上一个普通村庄的发展蓝图——"马郢计划"的"前世今

生"，讲述一个叫马郢的省级贫困村脱贫致富的途径和愿景，用诗情画意般的文字，为投身乡村建设的企业"创客"、扎根基层创作的文艺工作者等人物，浓墨重彩，写真写意，让我们认识了一个涅槃的村庄以及一群以梦为马的文艺志愿者。他们既是"马郢计划"的策划者，又是"马郢计划"的推动者、实践者，也是"文艺扎根大地服务人民"理论的践行者，展示了平凡的乡村拥有一个不同凡响的计划，普通的扶贫干部践行了一个党员在党旗面前的庄严誓言。

（二）以志愿者的公益活动，讲述不一样的扶贫故事，是作者独具一格的构思

2014至2020年，在党的建设史上，应该有一段不同凡响的大记事。其间，关乎国运民生的脱贫攻坚战号角吹响，领导挂帅，干部挂职，党的千军万马冲锋陷阵，奔赴贫困村，建设贫困县，奋斗在脱贫攻坚第一线。富裕的村庄脱颖而出，贫困的村民弃贫解苦。

而身先士卒、战斗在扶贫最前沿的千万名扶贫干部，会与自己的扶贫村庄、扶贫对象，产生千万个扶贫故事。

如何把反映此类题材的作品写厚实、写扎实、写出"心"意和新意，如何用手中的笔记录再现当下这个史诗般的时代，需要深刻的思考和成熟的技术。

作者把挂职马郢村的扶贫干部钟宇及其扶贫伙伴以及马郢村的脱贫故事，放置在文艺志愿者"以梦为马"这个主题上，围绕他们制定、实施壮大发展"马郢计划"的系列活动，让读者看到与时下流行的扶贫故事很不一样的视角和切入点。主人翁们搭建留守儿童"梦想舞台"、建设留住乡愁的"乡束花园"民宿、组织"空巢老人"助人自助、种植文艺家创作基地"安徽文艺林"，甚至在淮河平原上的一个小小的村庄，建马场、办马赛、驯马术等等，他们以马奔的姿态、马不服输的信仰、马不停蹄的干劲，驰骋在扶贫疆土上。

加上作者善于用静静的文字，叙述人欢马啸、朝气蓬勃的场景，顿时让

人产生龙腾虎跃、万马奔腾的激情和联想。

（三）以艺术的视角，切入文化的扶贫内涵，是作品别出心裁的意蕴

公开资料显示，"马郢计划"由"助学""助农""助村"三个子计划组成。它的组织架构、支持机构、主要参与发起人等林林总总，会有千百项、千万人。可写的人物，可赞的事迹，可圈点的成就，肯定不计其数。但是，作者张扬先生，以其敏锐的视角，看到了脱贫攻坚战役上最难啃的骨头：贫困家庭精神的羸弱，贫困村庄文化艺术的单一，百姓致富智慧、致富志气的匮乏等等，才是致贫致困的致命根源，才是扶贫战场上"雄关漫道真如铁，而今迈步从头越"的重点。只有精神立着的人，才能不囿于贫困而又敢于超越贫困、战胜贫困。

扶贫先扶智，攻坚先攻志。让文艺温暖乡亲心田，让"扶志""扶智"滋养村庄泥土。作者抓住文艺志愿者的扶植"赋能"这一独特入口，在宏大的"马郢计划"中，采撷自己的叙事花蕊，使作者文本的《马郢计划》，与马郢人努力实现的"马郢计划"，合二为一，互为佐证。马郢村的"马郢计划"给张扬先生撰写《马郢计划》文本提供了真实的故事、感人的场景；而张扬先生的文本又让马郢人的"马郢计划"蜕变为艺术的绘本，升华为振兴乡村的清明上河图——赋予耐读耐看、耐人寻味、虚实蓄势、生动鲜活等属性。

深受我父母所在村庄的文艺匮乏之苦，用"大气恢宏、唯美诗意、质高品重"等一系列褒义词来溢美，远远不足以表达我对作者用心创作、用情雕琢的敬佩敬仰。

穷尽我的感激感动，也无以言表。我对作者笔下的钟宇书记、孙瑞景父子及其他村民、马郢计划的发起者、文艺志愿者等等，我对那些个性鲜明、形象生动、扎根基层、服务人民的脱贫攻坚战线上的主人翁的感动感慨，他们都是脱贫攻坚战线上最可敬可爱的发起者、建设者。

作为一位基层挂职干部，钟宇书记居然能调动全省乃至全国新文艺团体深入马郢开展文艺帮扶，除了政策环境，一定有其个人不同寻常的办法与

睿智：上到中国文联最高领导，下至安徽省文联党组书记等一大批文艺志愿者，在《马郢计划》中出谋划策、参与其中。作者没有让钟宇书记说什么豪言壮语，广大文艺志愿者干部职工也没有行惊人之举，但那片郁郁葱葱的、根植在马郢村的"安徽文艺林"，一定会向读者、向百姓、向大地和蓝天，见证并诉说！

### （四）值得商榷的浅见

当然，可能受篇幅和时间限制，作品在艺术手法、思想高度、理论创新等方面，还有很多值得拓展的空间，尚存一定的缺陷，比如叙述平铺直叙、平均用力等，使得文本兼顾了丰满而欠缺立体感、故事情节没有波澜、艺术加工痕迹明显等等。

艺术离不开真实，没有真实性的作品，就没有艺术的真实；但没有艺术的真实，也缺乏滋味和嚼劲，对读者没有强烈的吸引力，缺乏激发读者好奇心的张力，多元化阅读时代，难以促使读者产生窥探最后结局的诱惑力。

限于纪实性报告文学题材，也缺乏一波三折、生动跌宕的故事和事迹支撑。虽然能够体现党的基层干部、挂帅者的党性、政治觉悟、毅力智慧和人格魄力，但经典语言和典型事迹发掘不够，没有"山重水复疑无路，柳暗花明又一村"的艺术手法和故事构思。

人物事件的生动感不强、丰满度不够，缺乏人物矛盾和性格冲突。

当然，对只有5000多字的作品，我们不能用小说或者非虚构艺术来求全责备，也许我的点评是苛刻的、不够科学的。

相反，马郢村的蓝图未来，那里文艺志愿者助力脱贫攻坚的热情干劲，已经激起我无限的联想和好奇。

## 结语

无论是张扬先生的《马郢计划》，还是马郢人的"马郢计划"，无论是马郓安详的村庄、马郓质朴的村民，抑或那热血沸腾的文艺扶贫志愿者，那锣鼓喧天的乡村大舞台，那如火如荼的脱贫攻坚大会战，那以梦为马春暖花开的泥土愿景，在张扬老师生花的文字镜头里、妙曼的诗意中，在马郓村那泼墨的山水画卷中，都让人挥之不去、流连忘返，仿佛让我听到抑或看到了全国脱贫攻坚战场上的万马飞跃、万马齐鸣！

如果说抗日战争和解放战争以及改革开放时期是全国亿万农民饿着肚子支援全党全军全民族的振兴事业，那么是否可以这么说，如今，我们全党全国各族人民，正以举国之力打一场消灭贫困的歼灭战，从脱贫攻坚到乡村振兴，有千万个马郓人在创意中国，亦有千万个"马郓计划"蓝图被复制、被推广、被赋值。

总之，《马郓计划》凸显了作者驾驭文字的魔力，激起我这个"觉人间，万事到秋来，都摇落"的懒散读者突发无限的想象和好奇——想踏上那个花香袭人泥土暖的村庄，以此为家；余生与那人面桃花相映红的朴素村民和众多企业家、文艺志愿者为邻，那里可以煮茶听炊，可以琴棋诗画，可以痛饮回不去的乡绪乡愁，去吟咏祖国大江南北城市工厂反哺农村、文艺公益扶贫的浓缩版、精华篇，进而聆听到全省乃至全国脱贫攻坚战、乡村振兴的铿锵强音、喜报捷报。

期待再借他们的激情和心血，引领更众多、更广泛的文艺志愿者，立足乡土，"扎根人民"。深扎根，真扎根，到偏远地区"扶志""扶智""植艺""赋能"。

让我们以梦为马，不负韶华，使千万个"马郓计划"的蓝图，辐射四面八方，燎原华夏乡村；使我们党的文艺工作者发力，再发力，扎根基层，花开四季，让亿万片"安徽文艺林"扑面而来，叶嫩花初，香熏大地。

让我们广大文艺工作者，在乡村振兴战役中志愿服务，不忘初心，人民至上。